YOUNG BOND™

Traduit de l'anglais par Julien Ramel

Titre original : *By Royal Command*
Édition originale publiée par Puffin Books Ltd en 2008
Couverture : Puffin Books

Charlie Higson

Sur ordre de Sa Majesté

la jeunesse de James Bond

GALLIMARD JEUNESSE

1. Kitzbühel

À Vicky

À la mémoire de Kate Jones

Un grand merci à Franz Hink, de l'école de ski de Kitzbühel, pour m'avoir appris à skier et initié aux joies de la montagne.

1

Que sera sera

S'il y avait une chose que le colonel Irena Sedova, membre éminent du Guépéou, détestait par-dessus tout, c'était bien les tracteurs. Il faut dire que des tracteurs, elle en avait construit, elle en avait conduit, elle en avait inauguré, statufiés sur des places de village, et, enfin, elle en avait chanté les louanges dans un nombre incalculable de discours aux quatre coins du pays... Des tracteurs russes ! Fruit du génie de la classe ouvrière soviétique ! En un mot, les meilleurs tracteurs du monde !

Le colonel Sedova avait survécu à la Grande Guerre, à la révolution bolchevique et à la guerre civile qui s'en était suivie. Elle avait connu la terrible famine de l'hiver 1921, au cours de laquelle des masses de paysans affamés avaient été réduites à manger tout ce qu'elles pouvaient trouver : de l'herbe, des rats, le cuir des chaussures et, même, à l'occasion, leurs congénères. Elle était également passée à travers les purges de ces dix dernières années et avait échappé à trois tentatives d'assassinat. Pour autant, elle eût sans problème accepté de tout revivre depuis le début plutôt que de passer une minute de plus devant une de ces machines de l'enfer, oubliées de Dieu.

Et pourtant. C'était bien à une parade de ces engins abhorrés qu'elle assistait en cette froide matinée de mars, sur la place d'un affreux quartier industriel de Lisbonne, au milieu d'un aréopage de notables locaux et d'hommes d'affaires portugais peinant à masquer leur ennui.

Les vingt pièces issues des chaînes de montage de l'usine de machines agricoles Chelyabinsk étaient toutes de modèles différents. Pour autant, ces engins partageaient un certain nombre de points communs. Ils étaient bruyants, ils étaient sales et affreusement laids.

Le colonel Sedova avait grandi dans une ferme en Ukraine. À l'époque, à la fin du siècle dernier, il n'y avait pas de tracteurs. Les travaux des champs s'effectuaient avec des chevaux, des bœufs et des paysans. C'est seulement après la révolution qu'ils avaient commencé à apparaître en Russie, ou en Union soviétique, comme on disait maintenant. De fait, ils en étaient devenus le symbole. L'incarnation pétaradante et puante de la nouvelle Russie, l'effigie du fabuleux monde moderne qui avait jailli des cendres de l'ancien. Ils allaient révolutionner l'agriculture aussi sûrement que Lénine avait révolutionné tout le reste. Lorsqu'un nouveau tracteur arrivait dans un village, on organisait des fêtes et des célébrations. L'engin faisait lentement le tour du pays en tête d'une longue procession d'hommes, de femmes et d'enfants qui agitaient des drapeaux en entonnant des chants patriotiques.

Après avoir vaillamment combattu lors de la Grande Guerre et pendant la révolution, le colonel Sedova avait rejoint le ministère de la Propagande où l'une de ses premières missions fut de réaliser une série de films à la gloire du vaillant tracteur russe. Plus tard, elle avait rejoint le

Obedinennoe Gosudarstvennoe Politicheskoe Upravlenie, alias le Guépéou, la police secrète soviétique, où sa tâche consistait à diriger un réseau d'espions et d'agents secrets qui sillonnaient l'Europe dans le but de saper les gouvernements étrangers et d'éliminer quiconque œuvrait contre le nouveau régime communiste.

« Au moins, avait-elle pensé à l'époque, je ne verrai plus de tracteurs. »

Las, tel ne devait pas être le cas. En effet, sans une couverture digne de ce nom, un groupe d'agents secrets russes aurait eu toutes les chances d'attirer l'attention en terre étrangère. Voilà comment le colonel Sedova et son équipe s'étaient retrouvés à voyager sous les traits d'une délégation du commerce extérieur soviétique, chargée de la promotion et de la vente de tracteurs russes.

Elle poussa un profond soupir. Décidément, la vie d'espion n'était pas aussi palpitante que ce qu'en disaient les romans populaires. La plupart du temps, elle s'ennuyait à mourir.

Mais, ce matin-là, elle avait une mission.

Elle jeta un regard autour d'elle. Personne ne remarquerait son absence si elle s'éclipsait maintenant, tant il ne faisait aucun doute que c'était avec les ingénieurs que les Portugais voudraient s'entretenir. Histoire d'évoquer des sujets aussi fascinants que la cylindrée des moteurs, la puissance à l'essieu ou la capacité de traction. Non, vraiment, elle ne manquerait à personne.

Elle murmura quelques mots à l'oreille de sa secrétaire, Alexa, puis recula discrètement à l'ombre d'un entrepôt avant de se glisser dans une allée où attendait sa voiture, une Citroën traction avant noire, banalisée et flambant neuve. Elle adorait cette voiture. Les Français avaient beau être des ennemis de la mère patrie, il fallait bien leur reconnaître un certain talent pour construire des automobiles. Son chauffeur, Anatoly, lui ouvrit la portière et elle s'installa sur la banquette arrière, dans les odeurs de bois et de cuir. Le parfum du luxe.

– Quartier Alfama, grogna-t-elle à peine installée.

Anatoly démarra aussitôt, se frayant à vive allure, d'une main sûre, un chemin dans les rues de Lisbonne. Il fit quelques détours au hasard pour s'assurer qu'ils n'étaient pas suivis. Quand il fut certain que la voie était libre, il prit le chemin de la vieille ville.

Perdue dans ses pensées, le colonel Sedova – que dans le métier on appelait le plus souvent Babouchka, « mamie » – ne prêta aucune attention au paysage qui défilait, préférant se concentrer sur la mission qui l'attendait.

Qu'est-ce que pouvait bien mijoter ce Ferreira ?

Dans le jargon du renseignement, on disait une cellule pour désigner un petit groupe d'espions travaillant ensemble. Si les membres d'une même cellule se connaissaient les uns les autres, cela s'arrêtait là. Si bien que s'ils étaient arrêtés et interrogés ils ne pouvaient fournir aucune information sur le reste du réseau. Seul le responsable de la cellule connaissait l'identité de la personne suivante dans la chaîne de pouvoir, ainsi que, parfois, celle d'autres chefs de cellule. Mais, là encore, s'ils étaient découverts, ils ne pourraient trahir qu'une poignée d'autres agents. L'organisation en cellules apportait ainsi une certaine sécurité à l'ensemble de la structure. En revanche, si un responsable de cellule commençait à débloquer, cela pouvait causer de gros problèmes.

Depuis sa librairie spécialisée dans les livres d'art, Martinho Ferreira dirigeait la plus importante cellule communiste de Lisbonne. Ferreira reportait à Franco Fortuna, l'officier de liaison des soviets, en charge de l'Europe du Sud, basé à Rome, qui, lui, dépendait directement de Moscou.

Mais un grain de sable était venu gripper ce bel édifice et le colonel Sedova avait été obligée de se découvrir pour venir en personne s'occuper de cette affaire. En effet, un expert en cryptographie du quartier général du Guépéou, la Loubianka, avait remarqué un changement dans les rapports, de subtiles différences qui seraient sans doute passées inaperçues à un œil non averti, mais qui, à ceux des experts surentraînés et suspicieux jusqu'à la nausée, se voyaient comme le nez au milieu de la figure. Une recherche attentive dans les archives révéla que ces modifications remontaient à plusieurs mois. Que s'était-il passé ? Pourquoi y avait-il eu ces glissements ? La cellule de Ferreira avait-elle été infiltrée ? Avait-il lui-même été retourné par un gouvernement étranger ? Les Allemands peut-être, ou les Anglais ?

Babouchka allait tirer ça au clair, découvrir ce qui clochait et faire ce qu'il fallait pour y remédier.

Arrivés devant les remparts du Castelo, ils évitèrent au dernier moment un tram en bois brinquebalant bruyamment sur ses rails avant de descendre la colline en direction du Tage, en serpentant dans le dédale de placettes et d'étroites ruelles pavées du quartier médiéval d'Alfama.

La librairie était située à la lisière nord du quartier, à proximité du marché aux puces du Campo de Santa Clara. Anatoly arrêta la voiture devant une rangée de maisons vétustes, d'un vague orangé, et tira le frein à main, laissant le moteur tourner au ralenti.

– Laisse la voiture ici et va te poster à l'arrière du bâtiment, ordonna Babouchka en s'extrayant de la Citroën. Surveille les allées et venues et filoche si nécessaire. Moi, je vais passer par-devant.

Anatoly acquiesça d'un hochement de tête et coupa le contact.

Au tintement de la cloche au-dessus de la porte, Olivia Alves leva les yeux et jeta un regard curieux à la femme qui venait d'entrer. En effet, celle-ci ne ressemblait pas au chaland habituel. Olivia avait beau ne travailler ici que depuis trois mois, elle avait appris à reconnaître les professeurs d'université et les étudiants qui composaient l'essentiel de la clientèle, tout comme les barbus un brin bohème qui complétaient l'éventail. Et, bien qu'il ne fît aucun doute qu'elle n'était pas portugaise, elle ne ressemblait pas non plus à une touriste. Elle venait du Nord. Allemande peut-être. Râblée et entièrement vêtue de gris. Bas de laine gris, bottines à lacets grises, tailleur gris légèrement trop cintré tirant aux coutures, cheveux gris ; jusqu'à son teint qui lorgnait vers le cendré. Son visage rond et plat évoquait une paysanne des grandes plaines septentrionales, illuminé par deux petits yeux en alerte permanente. Elle fit vaguement semblant de s'intéresser aux livres alignés sur les étagères avant de se diriger avec assurance vers le comptoir où Olivia feuilletait une monographie du Tintoret.

– Le *senhor* Ferreira est-il là ? demanda-t-elle dans un portugais approximatif.

Olivia haussa le menton en direction de l'arrière-boutique. La femme en gris bougonna quelque chose et tourna les talons. Son dos était aussi large et solide qu'un roc.

Babouchka dut baisser la tête pour passer la petite arche menant au labyrinthe de couloirs et de petites pièces encombrées de livres attenant au magasin principal. Elle se fraya prudemment un passage jusqu'à finalement découvrir, dans une des alcôves, un homme avec une épaisse barbe qui étudiait des documents à la lumière d'une lampe de bureau tout en mangeant un sandwich exhalant une forte odeur d'ail.

Il leva le nez de ses papiers lorsqu'il l'entendit arriver et remit devant ses yeux la paire de lunettes qui, jusque-là, était coincée sur son front. Une certaine mélancolie se lisait sur son long visage aux traits avachis.

Sedova l'observa un moment avant de demander, se concentrant en vain sur son accent :

– Vous êtes Martinho Ferreira ?

– Qui d'autre ? répliqua l'homme.

Basculant instantanément dans sa langue maternelle, Sedova ordonna :

– Envoyez la fille déjeuner et fermez la porte de la boutique.

L'homme lui adressa un vague sourire gêné, feignant de ne pas comprendre le russe.

– Je suis Sedova.

L'homme pâlit et laissa choir son sandwich. Puis il se leva d'un bond de sa vieille chaise bancale et disparut précipitamment dans le magasin où Babouchka l'entendit s'entretenir d'une voix feutrée avec son employée avant que ne retentisse le tintement de la porte donnant sur la rue.

Sedova s'approcha du bureau et balaya d'un œil acéré ce qui s'y trouvait.

Un détail attira aussitôt son attention. Un bout de papier avec un nom. Un nom surgi de son passé. Fronçant le sourcil, elle le glissa vivement dans la poche de sa veste en entendant l'homme revenir.

Avec un grand sourire, celui-ci passa la porte en s'essuyant les mains sur sa veste.

– Babouchka, dit-il en tendant la main avant de poursuivre dans un russe impeccable. C'est un honneur de vous rencontrer. J'ai tellement entendu parler de vous.

Sedova déclina la main tendue, se contentant de répondre par un laconique :

–Faut qu'on parle.

L'homme s'activa pour faire une place au colonel et lui permettre de s'asseoir. L'alcôve ressemblant davantage à une grotte creusée dans les livres qu'à un petit salon, l'entreprise se révéla moins aisée que prévue.

Sedova demeura debout tandis que l'homme retournait à sa vieille chaise.

– Un problème ? demanda-t-il à peine assis.

Sedova ne répondit pas, préférant laisser planer un lourd silence tandis qu'elle scrutait son interlocuteur d'un œil inquisiteur. Elle ne l'avait jamais rencontré. En revanche, elle avait soigneusement épluché son dossier à la Loubianka et, de ce fait, avait eu le temps d'étudier les photos.

Or, cet homme avait beau lui ressembler, il apparaissait clairement que ce n'était pas Ferreira. Il lui manquait cinq bons centimètres et son nez était différent.

– Vous n'êtes pas Martinho Ferreira !

– Non, effectivement, répondit l'homme avec un haussement d'épaules. Martinho n'est pas là pour le moment.

– Dans ce cas, pourquoi avez-vous dit que c'était vous ?

– Bah, on n'est jamais trop prudent, répondit l'homme en riant.

Disparaissant dans les profondeurs de son bureau, sa main en reparut bientôt, tenant une bouteille de vodka.

– Un petit verre ?

– Je ne bois pas.

– Moi si. Donc, si vous n'y voyez pas d'inconvénient… poursuivit l'homme en faisant tinter le goulot de la bouteille sur le bord du verre avant de se verser sans attendre une solide ration d'alcool.

– Vous savez qui je suis ? demanda Sedova.

– Bien sûr ! Vous êtes le colonel Sedova. Tous les membres du réseau vous connaissent. Vous êtes une célébrité.

– Comment vous appelez-vous ?

– Cristo Oracabessa, répondit l'homme en remisant la bouteille dans le tiroir de son bureau. Je travaille avec Martinho.

– Quand sera-t-il de retour ? J'aimerais beaucoup avoir une petite discussion avec lui.

– Hélas, pas de sitôt, répondit Cristo en pointant un pistolet par-dessus son bureau. Vous arrivez trop tard.

Sedova reconnut l'arme instantanément : un Tokarev TT-33, de facture russe, d'une efficacité redoutable.

Bien qu'il ne fît aucun doute à ses yeux que l'homme était susceptible d'appuyer sur la détente, elle garda tout son calme. Il connaissait sa réputation. Il avait entendu toutes les histoires qui couraient à son sujet. Si on l'appelait mamie, c'était par ironie, car, au fil des ans, elle s'était également forgé une réputation de tueuse endurcie, capable de toutes les extrémités pour sauver sa peau, comme manger de la chair humaine – ce qu'elle avait bel et bien fait pendant la grande famine. Et ça, c'était bon pour le mythe. Mais tout cela semblait si loin aujourd'hui. Même en cherchant bien, elle n'aurait pas su dire quel goût avait la viande. De fait, à ses yeux, c'était la même chose que toutes les viandes bouillies qu'elle avait été contrainte d'ingurgiter à l'époque.

Oui, il connaissait toutes ces histoires.

Tout comme il savait qu'il n'aurait pas de deuxième chance.

Une pellicule de sueur poissait sa lèvre supérieure.

– À croire que vous saviez que j'allais venir, dit le colonel Sedova. Moi ou quelqu'un comme moi.

– J'espère que vous n'attendez pas de moi que je m'explique avant de vous abattre.

– Je n'attends rien. N'est-ce pas un dicton portugais qui dit : *O que sera ?*

– *What will be will be*, paraphrasa l'homme en appuyant

trois fois sur la détente, son arme pointée sur la partie la plus évidente de sa cible, c'est-à-dire le plastron du colonel Sedova. Chacune des balles trouva sa cible. La force combinée des trois projectiles la fit basculer en arrière. S'écrasant contre l'étagère qui se trouvait dans son dos, Babouchka disparut sous une avalanche de livres.

Il fallait reconnaître à Cristo, si tant est qu'il se soit véritablement nommé ainsi, un brin de savoir-faire. En effet, une balle aurait pu ne pas suffire. Trois était la bonne mesure. Une quatrième eût été superfétatoire.

L'homme poussa un profond soupir qui fit trembler ses lèvres. Puis il avança d'un pas prudent vers le colonel.

Hélas pour lui, au Guépéou, on n'atteint pas l'âge respectable de cinquante ans sans assimiler un truc ou deux. Ainsi Sedova avait-elle appris à se montrer défiante, perfide et soupçonneuse jusqu'à l'excès. On lui avait déjà tiré dessus pendant la guerre civile. Elle en gardait d'ailleurs une sale cicatrice au flanc, reliquat des efforts maladroits consentis par un camarade pour retirer la balle. L'expérience avait été assez douloureuse pour la convaincre de porter en permanence un corset de cuir renforcé de plaques d'acier. Conjugué à une puissante musculature et à une bonne couche de graisse, cela sous-entendait qu'il fallait plus qu'une balle de TT-33 pour atteindre ses organes vitaux.

En tombant, elle avait eu la présence d'esprit de garder les bras repliés, les poings prêts à frapper. Elle gisait sur le sol, parfaitement immobile, retenant sa respiration, les yeux ouverts dans le vague, prenant garde de contrôler jusqu'au plus petit battement de cils. Elle n'en suivait pas moins du coin de l'œil chaque mouvement de son adversaire. Ne restait plus qu'à attendre. Et ça, elle savait faire.

Enfin, l'homme s'approcha. Elle sentit les relents d'ail et d'alcool portés par son haleine. Un cocktail pour le moins déplaisant. L'homme s'approcha encore, de plus en plus près, le pistolet braqué sur sa tête. Elle allait devoir agir vite et de manière définitive. Il ne ferait pas deux fois la même erreur et, pour le coup, un tir en pleine tête lui serait fatal.

Le crâne de l'homme vint se placer entre la lampe et elle, cachant la lumière. Elle entendit le souffle de sa respiration.

Maintenant.

Elle frappa simultanément des deux poings. L'un repoussant la main armée tandis que l'autre s'écrasait comme une enclume sur la face de l'homme, pulvérisant l'os de la mâchoire inférieure. La puissance de l'impact fit basculer sa tête sur le côté. Les vertèbres cédèrent. Il était mort avant d'avoir réalisé son erreur.

Sedova étouffa un grognement. Elle aurait préféré ne pas le tuer. Il était plus fragile qu'elle ne l'avait supposé. En même temps, quand il est question de vie ou de mort, on ne fait pas les choses à moitié.

Elle se redressa et épousseta son tailleur. Son ventre lui faisait mal. Une des balles avait percé le corset et appuyait sur ses côtes. Elle la retira en la pinçant entre ses doigts d'acier et la glissa dans sa poche. Elle ne tarda pas à retrouver les deux autres. Puis elle ramassa le pistolet et l'enveloppa dans une serviette.

Quel gâchis ! La cellule tout entière allait devoir être dissoute sans qu'elle ait pu interroger le principal suspect. Savoir qui il était vraiment. Apprendre ce qui était arrivé à Ferreira. Et aussi découvrir ce qu'il avait voulu dire lorsqu'il avait déclaré qu'elle arrivait trop tard.

Trop tard pour quoi ?

Elle sortit le bout de papier de sa poche et baissa les yeux afin de vérifier qu'elle n'avait pas rêvé.

Les deux mots qui s'étalaient en toutes lettres sur la feuille ne laissaient place à aucun doute.

James Bond.

Qu'est-ce qu'il venait faire là, celui-là ?

Quand bien même cela lui coûterait des heures d'efforts fastidieux, elle le découvrirait. En attendant, elle allait devoir passer l'endroit au peigne fin et charrier des tonnes de papier pour tenter de découvrir ce qui s'était passé ici.

Du bout du pied, elle secoua le cadavre et le maudit.

La vie d'espion, parlons-en. Une infinie succession de périodes d'ennui, ponctuées de brefs instants de terreur intense et de mort.

Tout le reste n'était que tracteurs et paperasse.

2

C'est seulement quand on est proche de la mort que l'on se sent vraiment vivre

Le Graf[1] von Schlick écrasa son pied au plancher. Instantanément, la Bugatti 55 Super Sport lui répondit en bondissant avidement vers l'avant. Ces tortueuses routes des Alpes étaient parfaites pour tester ses limites – tout comme celles de son pilote. Un seul instant de déconcentration suffirait à lui faire perdre le contrôle du véhicule qui, immanquablement, finirait sa course au fond d'un ravin. Abordant une plaque de verglas, les roues perdirent leur adhérence. Tel un cachalot éméché, la voiture zigzagua à la surface de la route, arrachant un petit cri aigu à Liesl, assise sur le siège passager.

Von Schlick éclata de rire.

– Vous n'avez pas confiance, ma chère ? hurla-t-il tandis que les ongles de sa passagère se plantaient dans son bras.

– Otto ! Vous essayez de me faire peur.

– Au contraire ! J'essaie de vous réveiller. C'est seulement quand on est proche de la mort qu'on se sent vraiment vivre.

1. Titre nobiliaire germanique équivalant à comte

Liesl n'était pas certaine d'adhérer à cette maxime. Jamais elle ne se sentirait plus vivante qu'en mangeant du chocolat dans un bon bain chaud, au son des rengaines sirupeuses d'un des derniers crooners du jazz américain, échappées du pavillon de son Gramophone.

La voiture passa une énième épingle à cheveux en dérapage et ils poursuivirent leur descente entre deux hauts talus de neige immaculée.

– Dites-moi, que pensez-vous de mon cottage ? demanda von Schlick.

Par cottage, il entendait sa maison de famille, le *Schloss Donnerspitze*, un énorme château médiéval construit au sommet d'un piton rocheux, sur les flancs du Schwarzkogel, au-dessus de Jochberg. Parler de cottage à propos de cette demeure était une ineptie tant l'imposant empilement de pierres de taille grises évoquait tout sauf l'idée d'une maisonnette champêtre et bucolique. Il était lourd, grossier, prétentieux, tel un tyran semblant railler de toute sa hauteur les chétives maisons de paysans qui se trouvaient à ses pieds.

Enfant, von Schlick le trouvait froid, lugubre et oppressant. Il faut dire que, construit à l'échelle d'un géant, l'endroit avait tout pour intimider un jeune garçon. Bref, il ne s'y était jamais senti à l'aise et enviait secrètement les enfants de fermiers, dans leurs jolis chalets de bois, intimes et douillets, avec des fleurs aux fenêtres en été et leur épaisse coiffe de neige en hiver.

Aussi avait-il quitté le berceau de la famille dès qu'il en avait eu l'occasion, c'est-à-dire au moment d'entamer des études supérieures. Il s'était alors installé à Vienne où il avait fait l'acquisition d'une charmante maison moderne, près de Karlsplatz, qui était tout ce que le château n'était pas : lumineuse, aérée, épurée et conviviale. Restée seule au Schloss avec quelque personnel de maison, sa mère y était morte, il y a quatre ans. Dans les semaines qui avaient suivi, Otto avait fermé l'endroit après avoir tout fait empaqueter dans la naphtaline, se jurant de ne plus jamais y remettre les pieds. Un temps, il avait même envisagé de mettre en vente l'horrible mastodonte.

De fait, plus rien ne le retenait dans cette triste campagne arriérée. Sa vie était à Vienne maintenant, où il avait pris pour épouse Frieda, une femme de petite noblesse, au bras de laquelle il était rapidement devenu un des piliers de la vie mondaine de la capitale. Pas une fête, un opéra, une pièce de théâtre, un cabaret, un restaurant ou un dancing dont ils ne furent. Et c'est seulement lorsqu'il avait pris le temps de s'arrêter un instant, après cinq ans de mariage et d'une vie de barreau de chaise, qu'il avait brusquement réalisé qu'il n'avait rien en commun avec sa femme. Au terme d'une douloureuse introspection, il était parvenu à la conclusion qu'il ne l'aimait pas et, en y réfléchissant, elle non plus.

Fort de ce triste constat, il s'était mis à fréquenter une cohorte de femmes plus jeunes et plus excitantes dont, au fond, il se moquait comme d'une guigne, ces créatures n'ayant guère plus d'importance que le contenu de son porte-cigarettes. Une marchandise à fumer, à jeter et à oublier, en somme. Les choses avaient changé du jour où, au théâtre, il avait posé les yeux sur l'envoûtante Liesl. Le charme, l'élégance et la grâce de cette actrice danseuse l'avaient immédiatement subjugué.

Peu de temps après leur rencontre, Otto avait annoncé à sa femme qu'il était fatigué de la vie en ville et qu'il aspirait à retrouver ses racines, dans le Tyrol.

– Dorénavant, avait-il déclaré, je passerai l'été au Schloss Donnerspitze et l'hiver à Vienne. En dehors des occasionnels séjours au ski, cela va de soi.

– Dans ce cas, mon cher, vous passerez vos étés seul, avait

rétorqué sa femme. Car je n'ai aucunement l'intention de séjourner ne serait-ce qu'une nuit dans ce sombre furoncle, lugubre et froid.

– À votre guise, avait conclu Otto.

Ce que sa femme n'avait pas besoin de savoir, c'est qu'en fait de retour aux sources, il comptait installer Liesl au Schloss pour l'été. Cela lui permettrait, si tel était son désir, de poursuivre sa carrière d'actrice pendant l'hiver, à Vienne, puis de jouer à la châtelaine pendant la période estivale.

Ce matin-là, ensemble, ils avaient justement quitté Vienne, filant sur l'asphalte à des vitesses que la prudence réprouve, protégés du vent glacial par un casque de cuir et des lunettes d'aviateur. Quand, enfin, ils étaient arrivés au Schloss, Liesl était plus morte que vive et il lui avait fallu un bon verre d'eau-de-vie pour retrouver ses esprits.

Sa première impression en voyant le château n'avait pas été très favorable et, là, en redescendant de leur escapade motorisée en montagne, elle venait d'avouer à Otto qu'elle commençait à douter que s'installer ici fût une si bonne idée.

– Mais *Liebste*, plaida Otto d'une voix suppliante en ralentissant quelque peu afin de ne pas être obligé de pousser la voix pour couvrir le rugissement conjugué du vent et du moteur. C'est que vous n'avez pas encore vu cette bonne vieille bicoque sous son meilleur jour. Je vous assure que, lorsque le soleil paraît, que l'herbe est verte, et que les vaches laitières s'ébattent gaiement dans les prés parsemés de fleurs sauvages au doux son des cloches qu'elles portent autour de leur cou, c'est un vrai château de conte de fées. Un château dont je veux faire de vous la princesse.

– Mmh… On verra, répondit Liesl en fronçant légèrement les ailes de son joli petit nez retroussé.

– Faites-moi confiance ! ajouta Otto avant d'écraser à

nouveau la pédale d'accélérateur à la faveur d'une courte ligne droite.

– Chéri ! se cabra Liesl dans un cri. Je vous promets de faire un effort, mais, pour l'heure, je vous en conjure, essayez de vous montrer plus prudent. Ralentissez, je vous en conjure.

Otto était sur le point de répliquer par une remarque piquante, mais ce qui lui apparut à la sortie d'un virage aveugle négocié à la limite de la sortie de route l'en dissuada : une voiture en panne arrêtée au beau milieu de la chaussée. Il donna un féroce coup de frein et se débattit avec son volant pour dompter l'embardée de la Bugatti qui, au terme d'une longue glissade, s'arrêta à moins d'un mètre de l'autre véhicule.

Liesl était au bord des larmes, Otto hilare d'avoir évité la collision. Sa passagère avait raison, à l'avenir, il devrait se montrer un peu plus prudent. Mais, aujourd'hui, il était exalté et plein d'insouciance. Pour un peu, il aurait presque cru au tableau idyllique qu'il venait de brosser de la vie au Schloss. Oui, vraiment, ça serait épatant ! Il battrait le rappel de ses vieux amis, et des autres, et organiserait des fêtes à tout casser. D'ailleurs, toutes sortes de gens bien possédaient une résidence d'été dans les Alpes.

Les deux hommes penchés sous le capot de la voiture en panne ne prirent même pas la peine de relever la tête, continuant imperturbablement d'inspecter le moteur, apparemment étrangers à l'accident qu'ils venaient d'éviter de justesse.

– Un problème ? cria Otto sans quitter son volant.

La route était étroite à cet endroit, et, arrêtée au milieu de la chaussée, la voiture lui interdisait toute manœuvre de contournement.

Un des hommes émergea enfin de sous le capot et croisa le regard d'Otto. Jamais ce dernier n'avait vu quelqu'un avec de si petits yeux. C'est à peine s'ils étaient visibles sous la masse flasque et tombante de paupières bouffies à l'extrême.

– Vous vous y connaissez en voitures ? demanda l'inconnu dans un allemand où résonnaient de fortes intonations étrangères.

Otto conjectura qu'il était probablement russe.

S'il s'y connaissait en voitures ? Quelle question ! Il avait couru le Grand Prix d'Allemagne, Monsieur. En 1932. Précisément au volant d'une version course de la voiture qu'il avait là. Une type 51. Alors, oui, en effet, on pouvait dire qu'il s'y connaissait en voitures. Il lui arrivait même de penser qu'il aimait davantage les voitures que les femmes. C'est dire !

– Bah, je connais bien un truc ou deux, répondit-il, modeste, en mettant pied à terre. Quel est le problème ?

Il s'avança d'un pas décidé, posa les mains sur l'aile, et se pencha sous le capot. De prime abord, il ne remarqua rien de particulier, sinon une forte odeur d'essence.

– Possible que vous ayez une fuite dans la durite d'essence, dit-il en jetant un œil à l'intérieur du véhicule.

Un troisième homme était assis au volant, le visage entièrement bandé, les yeux dissimulés derrière de grosses lunettes noires.

Il était parfaitement immobile.

Otto détourna rapidement le regard, ne voulant pas paraître désobligeant. Pour autant, la vue de cette étrange apparition l'avait glacé. Une sueur froide courut le long de son échine. Il ne voulait plus qu'une chose. Partir d'ici au plus vite.

Reportant son attention sur le moteur, il finit par remarquer quelque chose : un des fils de l'alternateur était débranché.

– Mmh, dit-il, je crois que je vois ce qui cloche.

Liesl vérifiait son rouge à lèvres dans le rétroviseur extérieur lorsqu'elle vit les deux hommes s'éloigner de la voiture en panne. Otto, lui, avait toujours la tête dans le moteur. Elle fronça le sourcil en voyant l'un d'eux se pencher et ramasser quelque chose par terre, caché dans la neige. Une petite boîte noire reliée à un fil électrique qui disparaissait sous le châssis de la voiture. Elle était sur le point de l'interpeller quand l'homme actionna un interrupteur sur la boîte. Une énorme flamme jaillit alors de sous le capot, avalant Otto jusqu'à la taille. Il poussa un cri abominablement perçant et bascula en arrière, les mains collées au visage.

Liesl comprit instantanément qu'elle était en danger. Sa première idée fut de sortir de la voiture et de fuir à toutes jambes car jamais elle n'aurait le temps de se glisser derrière le volant, de démarrer et de passer la marche arrière. Mais, le temps que sa main trouve la poignée de porte, l'homme aux yeux bouffis était déjà sur elle. Et un poing américain s'abattit brutalement sur son menton.

Elle entendit un grand boum et se sentit submergée par une horrible nausée. Son cerveau lui fit l'impression de pétiller. Et puis elle se retrouva marchant dans la neige, au cœur d'un épais brouillard blanc.

Non.

C'est dans sa tête qu'il neigeait.

Un froid intense l'envahit.

Fondu au blanc…

3

Hitler-Jugend

– Tu triches !

– Non, je ne triche pas.

– Moi, je te dis que si. Sinon, comment expliquer que tu n'arrêtes pas de gagner ?

– Tout simplement parce que je suis meilleur que vous aux cartes, répondit calmement James, soucieux de ne pas attiser l'animosité générale qu'il sentait monter contre lui.

En effet, le petit groupe de jeunes Allemands, blonds comme les blés, auquel il s'était joint pour égayer un peu cet interminable voyage en train dans le Tyrol autrichien, quelque part entre Innsbruck et Kitzbühel, commençait à être sérieusement remonté contre lui. La tension était palpable.

Au début, il les avait pris pour des boy-scouts, à cause de leur uniforme paramilitaire : chemise et short kaki, cravate noire, ceinture et solide baudrier de cuir leur barrant la poitrine. Il avait ensuite découvert qu'il s'agissait de *Hitler-Jugend*, des Jeunesses hitlériennes, en route vers un camp dans les Alpes. Il avait déjà entendu parler de cette organisation, dans laquelle tous les jeunes Allemands de quatorze à dix-huit ans étaient incités à s'enrôler pour y subir un entraînement faisant la part belle aux camps dans la nature, aux défilés militaires et aux immenses rassemblements.

Le voyage de nuit depuis Boulogne à bord du transcontinental *Arlberg Express* s'était déroulé sans histoire. Mais quand, à Innsbruck, James avait pris sa correspondance, il s'était retrouvé noyé dans une foule de ces jeunes en uniforme. Les wagons en étaient pleins. C'était comme si une marée de soldats allemands miniatures avait déferlé sur la gare et submergé le train, leurs uniformes impeccables arborant fièrement le swastika ainsi qu'un S stylisé (le *sig* de l'alphabet runique) qu'ils partageaient avec les SS.

Certains jeunes gens jouaient aux cartes, assis par terre dans le couloir. Pour tuer le temps, James s'était joint à eux. Il les avait déjà délestés d'une belle somme, mais, plus il gagnait, plus ses adversaires voulaient se refaire… et plus ils augmentaient le montant de leurs pertes. Pour finir, James s'était senti tellement coupable qu'il avait jeté ses cartes en affirmant qu'il en avait assez de jouer. Ils avaient aussitôt insisté pour qu'il leur laisse une dernière chance. Devant son refus, un jeune gaillard à la bouche lippue nommé Gerhardt l'avait attrapé au collet et menacé de le cogner s'il ne jouait pas encore quelques mains. James l'avait repoussé, mais l'adolescent n'en démordait pas. Il avait le visage tout rouge et il tremblait de colère.

– Moi, je dis que tu es un *tricheur*, répéta-t-il en enfonçant son doigt dans la poitrine de James d'un air menaçant.

– Crois-moi, je n'ai pas eu besoin de tricher, répondit James qui, ayant passé l'essentiel de sa petite enfance en Suisse, parlait couramment l'allemand.

– D'habitude, c'est moi qui gagne, rétorqua le gaillard d'un air mauvais.

– Certainement parce que tu joues avec une bande de bras cassés, fit valoir James. Car, sans vouloir offenser personne, ils sont franchement irrécupérables. Donc, dis-toi que c'est un mal pour un bien. On a toujours besoin de se remettre à niveau.

De fait, James était bon joueur de cartes. Il le devait en grande partie au Chinois mal embouché avec qui il cantinait à l'internat. Tommy Chong. Tommy, lui, était un excellent joueur, qui plus est, bon professeur. Gagner aux cartes exige de la technique, du culot, de l'expérience et de la chance. Et James était abondamment doté de chacune de ces qualités, à l'inverse de ces jeunes gens dont l'inexpérience n'avait d'égal que leur enthousiasme juvénile. Un cocktail désastreux pour les jeux de hasard.

– Tu m'as pris tout mon argent de poche du voyage, geignit un petit maigrichon nommé Artur, au bord des larmes.

– Dans ce cas, tu aurais dû t'arrêter avant d'avoir tout perdu, non ? répondit James en essayant de cacher son irritation croissante. Qu'est-ce que vous attendez de moi, au juste ? Que je vous rende gentiment ce que j'ai gagné, c'est ça ?

– Donne-nous simplement une chance de nous refaire, répondit un troisième larron.

– Ouais, quitte ou double, renchérit Artur.

– Non, objecta James. Je vous ai laissé assez de chances comme ça. Regardez les choses en face ! Je suis meilleur que vous et, si vous continuez à vous entêter, vous allez finir par y laisser votre chemise.

– Si tu ne nous laisses pas l'occasion de nous refaire à la loyale, nous allons devoir nous y prendre autrement, dit Gerhardt dans un haussement mauvais de son double menton.

– Ne soyez pas stupides, répondit James. Vous avez beau être habillés en petits soldats, je suis sûr que vous ne savez pas vous battre. Croyez-moi. Si vous me provoquez à ce jeu-là, vous allez perdre encore. Le seul conseil que je peux vous donner c'est de passer moins de temps à apprendre à marcher au pas en agitant des petits drapeaux et un peu plus à apprendre à jouer aux cartes. D'ici là, tenez-vous-en à la bataille. Sur ce…

James fut probablement mal avisé de les narguer ainsi car, avant d'avoir fait un pas, Gerhardt lui tordit le bras dans le dos.

– Fouillez-lui les poches, aboya-t-il à l'adresse de ses compagnons.

Ceux-ci eurent un instant d'hésitation que James mit à profit pour écraser son talon sur le coup de pied de son agresseur. Gerhardt poussa un cri et lâcha prise. James paracheva sa contre-attaque en enfonçant sèchement son coude dans le ventre rebondi du jeune Allemand, en même temps qu'Artur, sûrement galvanisé par ses pertes, lui décochait maladroitement un coup de poing que James n'eut aucun mal à esquiver. Il pivota, attrapa le bras du garçon, et, dans le même mouvement, lui fit une clé dans le dos.

– Aïe ! grogna Artur. Arrête ! Ça fait mal !

– C'est un peu l'idée, rétorqua James. Maintenant, je veux bien te lâcher si vous me promettez d'arrêter vos âneries.

– D'accord, d'accord, répondit le garçon.

James le repoussa violemment.

Las, Gerhardt ne l'entendait pas de cette oreille, et il se jeta sur lui.

Mais, cette fois, James l'attendait. Se pliant en deux, il para facilement le crochet du droit et répliqua par un coup au menton de la base de la paume droite. La tête de Gerhardt bascula en arrière. Ses mâchoires s'entrechoquèrent. Il avait dû se mordre la langue car du sang se mit à couler. Il porta vivement ses deux mains à la bouche en gémissant.

Deux autres adolescents, prêts à en découdre, encadrèrent James. Mais celui-ci leur lança un tel regard qu'ils reculèrent aussitôt en levant les mains en l'air.

Ramassant une poignée de menue monnaie au fond de sa poche, James la lança sur le plancher du train avec une moue de dégoût.

– Tenez, c'est mon jour de bonté, dit-il. Partagez ça entre vous. À l'avenir, si vous n'êtes pas disposés à perdre de bonne grâce, évitez les jeux d'argent.

Puis il tourna les talons et remonta le couloir tandis que, dans son dos, les gamins, à quatre pattes par terre, se chamaillaient comme de jeunes chiots pour récupérer le maximum de pièces.

James n'était pas particulièrement fier de lui. En d'autres circonstances, il eût mieux géré la situation et ainsi évité une bagarre inutile. Mais, aujourd'hui, de son propre aveu, il était fatigué et de mauvaise humeur. Cela faisait déjà deux jours qu'il voyageait. En train jusqu'à Douvres, en ferry jusqu'à Boulogne, puis à nouveau en train, de nuit, pour traverser le nord de la France et la Suisse jusqu'à l'Autriche. Il avait peu dormi ces dernières quarante-huit heures – et guère davantage mangé, en dehors des sandwichs que sa tante Charmian avait eu la bonté de lui préparer.

En outre, il n'avait cessé d'avoir l'étrange sentiment d'être suivi, épié, surveillé. Bien que rien ne vînt formellement confirmer ses soupçons, une sorte de sixième sens lui avait mis les nerfs à vif. Ça avait commencé à Douvres, où il avait repéré un homme en pardessus et chapeau mou qui semblait l'observer depuis un trottoir. Il se tenait debout devant une vitrine violemment éclairée, le contre-jour le transformant en silhouette informe, impossible à détailler. Ainsi James ne pouvait-il être certain qu'il l'observait bel et bien, encore moins savoir à quoi il ressemblait.

Plus loin, il avait encore noté d'autres petites choses : la vision fugitive d'un homme qui semblait le suivre du regard ; un homme détournant les yeux au moment où James posait les siens sur lui ; une silhouette perdue dans la foule reculant dans l'ombre dès qu'il avait tourné la tête ; des bruits de pas résonnant dans son sillage sans qu'il puisse en déterminer l'origine.

Finalement, il s'était convaincu qu'il se faisait des idées. Après tout ce qu'il avait traversé ces derniers mois, rien d'étonnant à ce qu'il développe un syndrome de persécution. Il n'empêche, il était aussi tendu qu'une corde de violon. Tout ce qu'il lui fallait c'était du calme et du repos. En bref, il lui tardait d'arriver à Kitzbühel et de retrouver le groupe d'élèves d'Eton avec lesquels il allait passer les vacances de Pâques, à la montagne.

Pour essayer de se changer les idées, il attrapa son manteau et marcha jusqu'en queue du train, où il y avait une petite plate-forme à l'air libre. Il ouvrit la porte, sortit dans la brise nocturne et regarda défiler le paysage, accoudé à la rambarde.

Le train cliquetait sur une voie unique, au fond d'une vallée émergeant à peine de son manteau neigeux hivernal, dominée par les majestueux sommets alpins dont le pourpre profond crevait les nuages et sur les flancs desquels scintillaient des plaques blanches. Bientôt, ils croisèrent un hameau de chalets en bois à larges toits, typiques de l'habitat montagnard, qui rappelèrent aussitôt à James son enfance en Suisse. De fait, le train était passé à Bâle, où il avait grandi, mais au beau milieu de la nuit, lui interdisant de voir quoi que ce soit de la ville. La silhouette familière de ces chalets éveilla en lui une pointe de nostalgie. Ils disparurent bientôt, avalés par la forêt dans laquelle le train venait de s'engouffrer. Avant que le pincement de la nostalgie ne se change en véritable douleur, il détourna ses pensées de cette époque révolue.

La vapeur de la locomotive s'accrochant aux branches des

pins, un épais brouillard nimbait la plate-forme arrière. Puis les arbres s'éclaircirent et le train retrouva l'air cristallin et coupant de la montagne.

Derrière lui, la porte s'ouvrit. Il fit volte-face. La silhouette de l'un des jeunes Hitlériens se dessina dans l'embrasure. James se raidit, prêt à se battre, mais, en fait d'agression, le garçon lui lança un sourire amical en tendant la main.

– Pas de panique, dit-il, en anglais. Je ne viens pas chercher querelle. Au contraire, je voulais m'excuser pour le comportement des autres.

– Excuses acceptées, répondit James en lui serrant la main.

– Je m'appelle Eugen, dit le garçon en s'accoudant à la rambarde à côté de James. Tu sais, nous ne sommes pas tous comme Gerhardt.

– Il faut l'espérer.

– En fait, si tu n'adhères pas aux Jeunesses hitlériennes, ils te mènent la vie très dure, confia Eugen. Moi, je déteste tout ça, même si, bien sûr, il y a des côtés marrants. On va à la campagne, on fait des marches, du vélo. Et puis il y a la camaraderie. Mais l'entraînement est vraiment dur. Tu sais ce que dit Hitler ?

James secoua la tête.

– Nous, on doit apprendre ses discours par cœur, pouffa Eugen avant de basculer dans sa langue natale et de se lancer, d'une voix criarde et rocailleuse, dans une convaincante imitation du chancelier allemand :

« Si mon programme pour l'éducation des jeunes est dur, déclama-t-il, c'est pour éradiquer le doux ronron de la médiocrité, sous toutes ses formes. De mes châteaux de l'ordre Teutonique émergera une génération devant laquelle, bientôt, le monde tremblera. Je veux une jeunesse brutale, dominatrice, intrépide et sauvage. La jeunesse doit être tout cela à la fois.

Elle doit savoir supporter la douleur pour apprendre à s'affranchir définitivement de toute forme de faiblesse et de clémence. Alors brilleront à nouveau dans ses yeux la splendeur et la liberté du majestueux oiseau de proie ! »

Ce fut au tour de James d'éclater de rire.

– Je crois que Gerhardt a pris ça un peu trop au pied de la lettre, dit-il. Malheureusement pour lui, il me semble qu'être un dur demande plus que d'avoir au fond des yeux « la splendeur et la liberté du majestueux oiseau de proie ».

– Oh, mais il y a plus, répondit Eugen en reprenant son imitation de Hitler :

« Voilà comment je vais éradiquer des millénaires de domestication humaine ! Voilà comment je vais créer un Ordre Nouveau ! »

Soudain, il s'arrêta et jeta un regard inquiet autour de lui.

– J'espère que personne ne m'a entendu. Je n'aurais pas intérêt à dire ce que je viens de te dire devant d'autres Allemands. Ils me feraient pendre.

Après avoir marqué une courte pause, il se tourna vers James et reprit :

– Le pire, c'est qu'ils nous enseignent la haine. La haine de tout ce qui n'est pas allemand. Gerhardt et les autres ont dû être surpris. On nous a tellement bassinés avec le fait que les Anglais sont des lavettes…

Une bourrasque balaya la vallée en sifflant. James frissonna et fourra les mains au fond des poches de son manteau.

– À la fin des fins, dit-il, nous ne sommes tous que des hommes. Peu importe d'où on vient. On est ce que l'on est.

– J'avais un ami, poursuivit Eugen, les yeux baissés sur les rails comme s'il voulait vérifier qu'ils ne se dévidaient pas de sous le train. Mon meilleur ami, pour tout dire. Un jeune juif nommé Siggy Canter. On a grandi ensemble sans que jamais je ne me soucie de sa religion. Mais, aujourd'hui, je n'ai plus le droit de le voir. J'ai peur de ce que l'avenir nous réserve.

James ne trouva rien à dire pour rassurer Eugen. Malgré son jeune âge, il en avait vu assez pour savoir que les atrocités étaient choses courantes de par le monde et que les êtres humains témoignaient d'une singulière propension à la cruauté et à la destruction. Un constat qui n'avait fait que le conforter dans sa détestation de tout phénomène de groupe, de tout embrigadement, de toute organisation collective dans laquelle les faibles se fondent de bonne grâce afin de constituer une entité puissante dans le seul but de tyranniser tous ceux qui ne pensent pas comme eux. Les Jeunesses hitlériennes n'étaient qu'un exemple parmi d'autres. Le parti nazi en Allemagne, les bolcheviks en Russie, les…

Une fois encore, il fit un effort pour s'ôter de la tête ces idées noires et tous deux discutèrent de choses et d'autres jusqu'à ce que le froid les contraigne à retourner à l'intérieur. En passant la porte, Eugen arrêta James en posant une main sur son bras.

– J'espère qu'il n'y aura pas de nouvelle guerre, dit-il. J'espère que je n'aurai jamais à me retrouver devant toi sur un champ de bataille, un pistolet à la main.

L'après-midi touchait à sa fin lorsque le train, après un tour presque complet de la ville, s'arrêta en gare de Kitzbühel. Attirés par de récentes chutes de neige, des dizaines de citadins surexcités, montés en chemin, se répandirent sur le quai, armés de leurs skis et de leurs bâtons.

James descendit de voiture et fit un point rapide. Kitzbühel était située à 760 mètres d'altitude, dans les Alpes orientales, au creux d'une riche vallée ceinturée par les montagnes. Derrière la station s'élevait le Kitzbüheler Horn en face duquel se dressait l'imposant sommet aplati du Hahnenkamm, relié à la ville par un téléphérique. Au loin, au nord, se découpant sur le ciel telle une rangée de crocs gris et irréguliers se trouvait la chaîne dite du Wilder Kaiser.

James s'enquit d'un porteur. Celui-ci lui apprit que son hôtel était facilement accessible à pied depuis la gare. Taraudé par une vive envie de se dégourdir les jambes après cet interminable voyage, il emboîta le pas de l'homme et s'enfonça dans la ville. Ainsi traversèrent-ils un pont enjambant une rivière, puis une grande route, avant de s'engager dans une rue sinueuse, serpentant à l'ombre des deux églises de conte de fées qui dominaient Kitzbühel : une haute et étroite, la Liebfrauenkirche, l'autre, baroque et lourdement ornementée, la Andreaskirche, dont le clocher, comme il est de coutume au Tyrol, était surmonté d'un détail évoquant un turban de sultan turc. Alors qu'ils arrivaient dans la Vordere Stadgasse, la rue principale de la ville, il se mit à neiger, de gros flocons cotonneux qui virevoltaient dans les airs à la manière de confettis tombés du ciel. Le porteur poussa de plus belle son chariot surchargé sur les pavés impeccables, pointant gaiement pour James les lieux les plus pittoresques de la ville médiévale d'où émanait une atmosphère de carte postale. Difficile de croire que des gens travaillaient et vivaient dans ces maisons de poupées géantes, aux teintes bariolées, avec leurs volets rouges, verts ou bleus, sous leurs avant-toits démesurés.

C'était l'heure de fermeture des magasins. Les rues étaient très animées. De solides montagnards allaient et venaient d'un pas allègre au milieu de femmes presque aussi charpentées qu'eux. Certains portaient l'habit tyrolien traditionnel : les hommes une plume à leur chapeau, les femmes en robe lourdement brodée. Autant d'attributs qui ne faisaient qu'ajouter au sentiment de débarquer au beau milieu d'un immense décor de théâtre.

Passant devant une pâtisserie, un frisson parcourut l'échine de James. Jetant furtivement un regard par-dessus son épaule il aperçut un homme qui se démarquait dans la foule. Un homme en manteau et chapeau mou, typiquement anglais. Le temps que James cligne des yeux pour se débarrasser du flocon qui l'aveuglait, il avait disparu.

Une fois de plus, James se persuada qu'il se faisait des idées, prenant sur lui pour se convaincre qu'il verrait moins de fantômes après un repas chaud et une bonne nuit de sommeil.

Au bout de la rue, ils franchirent une arche qui passait sous un immeuble et émergèrent dans une ruelle où James ne tarda pas à repérer une enseigne en fer forgé annonçant l'hôtel Franz Joseph. Le porteur déposa les bagages dans le hall d'entrée. James le remercia en ajoutant un pourboire au prix de la course. L'homme tourna les talons et disparut dans la pénombre de la nuit tombante.

Un grand portrait de l'empereur François-Joseph, à qui l'hôtel devait son nom, trônait en majesté sur l'un des murs de la réception. James se perdit un instant dans la contemplation de son impressionnante pilosité, incarnée par d'épaisses bacchantes et de luxuriants favoris. Un cri le sortit de sa rêverie. Se retournant, il avisa son ami Andrew Carlton qui venait à sa rencontre, un large sourire aux lèvres.

Andrew était légèrement plus âgé que James, ce qui ne les avait pas empêchés de rapidement sympathiser lorsque ce dernier était arrivé à Eton. Depuis, ils avaient vécu maintes péripéties ensemble, notamment au sein de la société secrète à laquelle ils appartenaient tous deux : le club du Danger.

– Pile à l'heure, le félicita Andrew en lui tapant sur l'épaule. S'il faut reconnaître une qualité aux gens d'ici, c'est qu'ils savent respecter l'horaire. Et leurs trains ne font pas exception à la règle, quelles que soient les conditions météo. Oublie la paperasse, tout a déjà été réglé par l'école. Les autres sont en train de dîner. Oui, je sais, c'est un peu tôt, mais c'est comme ça ici : manger de bonne heure, dormir comme une souche et se lever au chant du coq. Allez, viens, je vais te montrer. T'inquiète pas pour tes bagages, quelqu'un va les monter.

Puis, sans lui laisser le temps d'émettre la moindre objection, Andrew conduisit James à l'intérieur de l'hôtel dont la décoration faisait la part belle aux lourdes boiseries savamment sculptées, tournées et peintes. De fait, rares étaient les endroits où apparaissaient les murs derrière l'improbable accumulation de tableaux de paysages alpins, de miroirs et de trophées de chasse.

Une acclamation retentit quand James franchit la porte du restaurant. Pourtant, lorsqu'il balaya du regard la vingtaine de garçons et de professeurs rassemblés autour de la grande table en bois, il ne reconnut que peu de monde. M. Merriot, son professeur principal, assis aux côtés des autres accompagnateurs, en bout de table ; Freddie Meyer, un élève originaire d'Allemagne avec lequel il avait perdu contact depuis un moment ; deux garçons de sa section d'internat, Tom Llewellyn et Teddy Makereth, plus quelques autres. Tous lui faisaient de grands signes de bienvenue en souriant. Une atmosphère festive et enjouée régnait dans le groupe. De toute évidence, les garçons appréciaient leur séjour.

Andrew lui avait gardé une place, entre Gordon Latimer, un autre membre de la bande, et lui. Ainsi James fut-il rapidement mis au courant des derniers potins d'Eton en même temps qu'il reçut des nouvelles de son meilleur ami, Perry Mandeville, renvoyé de l'école pour avoir introduit des moutons dans la chambre à coucher du proviseur. Perry était le fondateur et condottiere du club du Danger. Depuis qu'il avait quitté Eton, celui-ci avait, de fait, cessé d'exister.

Quel dommage que Perry ne fût pas parmi eux ! James aurait tant aimé le voir. Malgré tout, il était heureux de retrouver des visages familiers. Il avait raté le dernier semestre de cours et venait juste de rentrer du Mexique, ce qui expliquait pourquoi il rejoignait les autres avec deux jours de retard.

Quoi qu'il en soit, maintenant qu'il était entouré de ses amis, il retrouvait avec bonheur un certain sentiment de sécurité.

James leur raconta vaguement ses récentes aventures, omettant l'essentiel de ce qui s'était passé, enfoui profondément en lui, à côté d'autres secrets. Tout ce à quoi il aspirait dorénavant, c'était se fondre à nouveau dans la vie d'un lycéen ordinaire, se réjouissant par avance des trois semaines qui l'attendaient : marche, escalade et, avec un peu de chance, apprentissage du ski.

– Tu es dans la même chambre que moi et deux autres, expliqua Gordon. Y'en a un, ça va, Grenville Warner, je crois qu'il a à peu près le même âge que toi. Mais l'autre, pardon ! Dans le genre raseur, il se pose là. Format monsieur Je-sais-tout qui ne perd jamais une occasion de te rappeler qu'il a bien bachoté et qu'il connaît tout sur tout, chiffres et dates à l'appui. Si y'avait des jeux Olympiques du blabla, il serait un sérieux prétendant à la médaille d'or. Tiens, c'est lui là-bas. T'as de la chance, pour l'instant, il a la bouche pleine.

Suivant le regard de Gordon, James avisa au bout de la table un gaillard au visage rougeaud avec des cheveux ondulés châtain foncé. Malgré ses dents de cheval, il était plutôt pas mal de sa personne, genre charpenté qui n'aurait pas dépareillé dans une équipe de rugby. Il parlait fort et vite, en riant beaucoup – probablement de ses propres blagues car personne autour de lui ne semblait partager son hilarité.

James esquissa un sourire. Il ne s'attendait pas à retrouver sa vie de lycéen avec autant de bonheur. Dans cette vie-là, les problèmes ne dépassaient jamais le stade de la broutille et l'on pouvait tous facilement les résoudre. Rien ne pouvait plus l'effrayer. Il comprit alors que l'école était une parenthèse dont il fallait pleinement profiter en étant simplement soi-même, sans se soucier outre mesure du vaste monde qui les attendait dehors, tel un loup aux abois.

Ce soir-là, il monta se coucher le ventre plein et le cœur léger. La solide nourriture autrichienne qu'on lui avait servie : escalope viennoise suivie d'une roborative tarte aux pommes, la célèbre *Apfelstrudel*, avait idéalement fait son œuvre. À tel point qu'il se sentait d'attaque pour affronter sans trembler les présentations avec le redoutable Miles Langton-Herring, arborant présentement un pyjama orné d'un monogramme à ses initiales. C'est à peine si ce dernier marqua une pause entre le moment où ils se saluèrent et celui où il se lança dans une longue et laborieuse histoire du ski.

Au bourdonnement incessant de sa pompeuse voix mouillée, James ne tarda pas à sombrer dans le sommeil, sans que cela ne semble en rien gêner le monologue de son voisin de chambrée…

– Il va de soi que le ski n'est pas une invention récente. Il existe des peintures rupestres datant de plus de mille ans montrant des hommes avec des skis aux pieds. Mais, pendant longtemps, le ski demeura un simple moyen de locomotion adapté à la neige. Personne n'avait jamais pensé à gravir une montagne pour descendre les pentes à ski. On doit aux Norvégiens le développement du ski de fond. Mais, quand cette pratique fut exportée aux régions alpines, on dut l'adapter à ce nouvel environnement, c'est-à-dire des massifs plus hauts et, par conséquent, des pentes plus raides. De nouvelles techniques virent le jour. C'est un Autrichien, Zdarsky, pour être précis, qui, le premier, dans un ouvrage publié en 1896, décrit la technique du Télémark. Mais le père du ski moderne est sans conteste Hannes Schneider qui…

Dehors, dans une sombre ruelle, un homme en pardessus et chapeau mou fumait en prenant soin de dissimuler le bout incandescent de sa cigarette dans le creux de sa main. Hormis quelques imperceptibles balancements d'un pied sur l'autre, c'est à peine s'il bougeait, apparemment insensible au froid.

Une à une, les lumières brillant aux fenêtres de l'hôtel s'éteignirent.

Tout était calme maintenant. Rien ne bougeait dans la rue. Plus aucune allée et venue ne venait troubler la tranquillité du Franz Joseph.

Finalement, l'homme laissa tomber sa cigarette, qui alla rejoindre le petit tas de mégots à ses pieds, l'écrasa consciencieusement, puis se fondit dans la nuit.

4

Sanglante valse de Vienne

James fut le premier éveillé. Avant même que le réveil ne sonne, il bondit hors de son lit, se précipita à la fenêtre et tira les rideaux. Sous la voûte d'un ciel incroyablement clair et bleu, la vallée était plongée dans l'ombre, le soleil ne dépassant pas encore le sommet du Hahnenkamm. Il ouvrit la fenêtre et inspira une profonde bouffée d'un air vibrant, délicieusement frais, qui possédait une odeur différente de tout ce qu'il avait pu respirer ailleurs. Un parfum coupant, pur et, pour ainsi dire, vide.

La chambre donnait sur la rue, face au Hahnenkamm dont les contreforts laissaient entrevoir des plaques d'herbe marron alors que, dans sa partie supérieure, le mont disparaissait sous un épais manteau neigeux, d'un blanc immaculé. De sa fenêtre, il pouvait également apercevoir le Hahnenkamm-Bahn, le téléphérique conduisant au sommet, dont l'itinéraire était matérialisé par une longue saignée rectiligne dans les pins. En haut, la station d'arrivée étincelait dans un halo de lumière dorée.

À lui seul, le panorama était tellement grisant que James bouillait de se retrouver dehors.

Miles Langton-Herring s'agita dans son lit en sentant le souffle d'air froid qui envahissait la pièce. Il se redressa et lança un juron à James qui, pour toute réponse, le regarda en souriant.

– Quelle heure il est ? grommela Miles.

– Sept heures moins le quart, répondit James.

– On a encore un quart d'heure à dormir.

– Ben, reste au lit, alors. Qu'est-ce que tu veux que ça me fasse ?

– Mais ferme cette maudite fenêtre !

James s'exécuta, puis sortit de la chambre et longea le couloir jusqu'à la salle de bains où il se lava et se coiffa rapidement avant d'enfiler un caleçon de soie, un tricot de corps à manches longues, une chemise en flanelle et un pull de laine ainsi qu'un épais pantalon en sergé de coton et de grosses chaussettes. Pour finir, il chaussa ses bottes et ramassa ses gants de cuir, reliés l'un à l'autre par une longue lanière afin d'éviter de les perdre dans la neige, ce qui impliquait de les passer par les manches de son épaisse parka.

Il fut également le premier à descendre prendre son petit déjeuner. Dans la salle déserte, il mangea comme un ogre : du pain, des viennoiseries, des œufs, du jambon, du fromage, qu'il fit passer avec une délicieuse eau de source des montagnes environnantes ainsi qu'un grand bol de café noir. Cela faisait longtemps qu'il ne s'était pas senti aussi bien, aussi détendu.

Engloutir tout ça demandant du temps, il fut bientôt rejoint par d'autres élèves qui descendaient au compte-gouttes avant de s'éparpiller dans la salle de restaurant en traînant des pieds. La majorité d'entre eux avaient les yeux gonflés et la bouche tordue en une moue maussade. Ils parlaient à voix basse et, de toute évidence, avaient quitté à contrecœur leur petit lit douillet.

M. Merriot s'installa à la table de James, l'air plus gai et plus pimpant que ses collègues. Rien d'étonnant à cela puisque, à bien y réfléchir, James ne l'avait jamais vu autrement. Cet homme semblait perpétuellement en paix avec lui-même et avec le monde extérieur.

– Je n'ai pas eu l'occasion de vous accueillir dans les formes hier soir, dit-il en s'asseyant et en sortant sa pipe. Alors ? Comment va ? Quelles sont les nouvelles ? Bon, en même temps, vous n'êtes pas obligé de me répondre. Après tout, nous ne sommes pas en Amérique où tout le monde demande sans arrêt comment ça va sans jamais attendre de réponse sincère. D'autant qu'en ce qui vous concerne, je suis parfaitement au courant des nouvelles puisque votre tante m'a tout raconté.

Il marqua une pause, jeta discrètement un regard alentour, puis se pencha en avant pour ajouter, à mi-voix :

– On dirait qu'on n'arrivera jamais à vous éviter les ennuis, hein, James ?

– Faut croire que non, répondit ce dernier avec un sourire narquois.

– Enfin, d'une manière ou d'une autre, vous réussissez toujours à retomber sur vos pieds et, au fond, c'est ce qui compte, dit-il un peu plus haut avant de coincer sa pipe entre ses dents.

Pour autant, il ne fit rien pour l'allumer, se contentant de tirer nonchalamment sur l'embout tout en beurrant consciencieusement une tranche de pain.

– Je vous prédis un bel avenir, jeune Bond, confia-t-il une fois satisfait du résultat. Je vous vois soit en grand héros, soit en grand bandit.

– Ne vous en déplaise, m'sieur, je n'aspire ni à l'un ni à l'autre, répondit James. J'estime avoir eu mon compte d'aventures et, pour tout vous dire, il m'arrive plus souvent qu'à mon tour de me languir de toutes ces petites choses qui font la vie des garçons ordinaires.

– Allons, allons, James. Regardez les choses en face. Il n'y a pas un seul garçon dans toute l'Angleterre qui n'échangerait volontiers sa vie contre la vôtre.

– Peut-être, mais s'il y a bien une chose que mes péripéties m'ont apprise, c'est qu'il vaut mieux écouter le récit des aventures des autres que les vivre soi-même.

– Je ne vous le fais pas dire, concéda Merriot en contemplant par la fenêtre la glorieuse lumière de cette matinée radieuse. J'ai moi-même vécu mon lot d'aventures durant la Grande Guerre et force est de constater que la réalité était bien différente de ce que l'on a plus tard dépeint dans les livres. À les lire, on pourrait croire que la guerre n'est qu'un grand jeu de bruit et de fureur, mais allez dire ça à ceux qui y sont allés…

– N'était-ce pas aussi une aventure que de courir pour l'Angleterre aux jeux Olympiques de 1924 ?

– Il faut avouer que c'était exaltant. Mais tout cela est derrière moi maintenant. Désormais, tout ce qui compte à mes yeux c'est de transmettre mon savoir et, croyez-moi, ce n'en est pas moins palpitant.

James réprima un sourire dubitatif.

– Mmh, je vois, bougonna Merriot, à qui l'expression n'avait pas échappé. Monsieur me prend sans doute pour une vieille bique ressassant ses lubies sur l'enseignement. Pourtant, enseigner est œuvre utile et voir son élève réussir à exécuter ce qu'on lui a appris est aussi gratifiant que le faire soi-même. Quand vous avez remporté l'épreuve de cross-country du trophée Hellebore, mon cœur battait aussi fort que si c'était moi qui courais. Jamais je n'ai été aussi excité et aussi fier.

– Malgré tout le respect que je vous dois, m'sieur, et en dépit de ce que j'ai pu vous dire précédemment, je n'échangerais jamais une victoire contre la satisfaction d'apprendre à quelqu'un comment en remporter une.

– Et pourtant, objecta Merriot avec un sourire magnanime. Il ne faut jamais oublier que la gloire est passagère. Une fois au sommet de la montagne, la seule option qui s'offre, c'est de redescendre. Tournez-le comme vous voulez, mais le moment où un homme atteint son pinacle est aussi celui à partir duquel il se met à décliner. La célébrité est vouée à s'éteindre. Une nouvelle génération émerge, qui court plus vite, saute plus haut, frappe plus fort et, avant qu'il comprenne ce qui lui arrive, le héros du moment passe au second plan, devient une gloire du passé, sombre dans l'oubli. L'exaltation de la victoire n'est plus alors qu'un vague souvenir qui réchauffe le cœur pendant les longues soirées d'hiver. Non, croyez-moi, il vaut bien mieux être un bon professeur qui transmet son savoir aux autres plutôt que quelqu'un qui soulève les foules pendant un bref instant. Bien sûr, tout dépend de qui l'on est. Vous connaissant, James, je sais que les moments de gloire sont tout pour vous. Mais, pour quelqu'un comme moi, les choses sont différentes. Je travaille sur le long terme. Et ma condition de professeur me comble. Pour autant, on ne peut pas avoir tous les talents et vous serez certainement heureux d'apprendre que ce n'est pas moi qui vais monter là-haut pour vous apprendre le ski. Cet honneur revient à quelqu'un d'ici : Hannes Oberhauser, qui est une véritable épée. Les moniteurs autrichiens, en particulier ceux de l'école d'Arlberg, comme le nôtre, sont les meilleurs du monde. Vous devriez le voir en action ! Un modèle de grâce et d'élégance ! Le tempo de la valse qui coule dans ses veines, j'imagine.

Après le petit déjeuner, James fut conduit dans une grande cabane en bois en face de l'hôtel où il choisit une jolie paire de skis en hickory, bordés d'un carre en acier. Ces « planches » étaient plus grandes que lui et très recourbées au bout. Quand il était enfant, ses parents l'avaient emmené skier une fois ou deux, mais il ne s'en souvenait guère. Aussi dut-on lui montrer comment chausser les fixations, d'abord en enfonçant la pointe de sa botte dans une plaque de métal fixée au ski, puis en tirant une sorte de long ressort attaché au talon pour maintenir son pied en place. L'opération se révéla plus difficile et malaisée qu'il ne lui avait paru de prime abord. Toutefois, lorsque ce fut fait, il se sentait stable et fermement maintenu. Ensuite, il se choisit deux tiges de bambou, particulièrement légères, munies d'un petit cerclage mollement attaché à l'extrémité du bâton par un treillage de cuir. Il avait hâte de se mettre en action.

Une heure plus tard, au pied du Hahnenkamm en compagnie des autres débutants, il se sentait nettement moins en confiance. Le simple fait de rester debout sur ses skis lui paraissait une épreuve, alors de là à descendre une pente… Par chance, le moniteur de l'école de Kitzbühel, Hannes Oberhauser, était d'une patience d'ange. Mais, malgré les encouragements dont il faisait constamment assaut, James avait l'impression qu'il n'y arriverait jamais.

Hannes était un petit bonhomme d'une trentaine d'années à la mine joviale et à la peau burinée par le soleil. Ses cheveux blonds étaient coupés court. James avait remarqué qu'il marchait avec une légère claudication qui disparaissait dès qu'il chaussait ses skis. De fait, sur la neige, il se déplaçait aussi aisément que si ses planches avaient été une extension naturelle de ses pieds.

– Aujourd'hui, nous avons un nouveau, dit-il quand le groupe fut au complet. J'aurai donc besoin de passer un peu de temps avec lui pour l'aider à démarrer. En attendant, les autres, entraînez-vous au stem.

Les garçons s'exécutèrent aussitôt, se lançant maladroitement dans la faible pente, les genoux fléchis, les skis croisés en chasse-neige, se rentrant allègrement les uns dans les autres.

– Je doute qu'un seul d'entre eux devienne un jour un skieur de classe mondiale, déclara Hannes avec un petit sourire amusé. Heureusement, ce n'est pas le but. Le but, c'est de s'amuser, de prendre du plaisir, n'est-ce pas ? Mais, même pour ça, il faut commencer par apprendre les bases.

Il parlait un bon anglais, avec seulement une pointe d'accent. Il confia à James qu'il avait pris des cours car l'essentiel de ses élèves était britannique.

– Je vais vous apprendre à skier en toute sécurité et avec classe, poursuivit-il. Pas comme ces jeunes gens qui, au prétexte qu'ils apprennent relativement vite, se jettent sur les pistes sans posséder de réelle technique. En fait, ils font semblant de skier. Moi, je les appelle « les barbares ». Ils ne contrôlent absolument pas ce qu'ils font. Ils vont là où leurs skis les mènent. Ceux-là ne seront jamais de bons skieurs. Ce qu'il faut, c'est apprendre à maîtriser ses skis et, à la fin des fins, la montagne. Bien sûr, au début, ça peut paraître fastidieux et ingrat, mais, c'est comme tout, si on ne prend pas le temps d'apprendre les bases, on ne va jamais bien loin.

La première technique qu'il convient de savoir maîtriser, c'est le chasse-neige. Le cauchemar de tous les débutants. Pour autant, c'est un geste essentiel qui sert non seulement à ralentir et à acquérir un certain contrôle, mais qui, en plus, est à la base de tous les changements de direction, à l'exception des virages effectués à grande vitesse. Le principe en est simple. Il consiste à faire un V avec ses skis, les spatules bord à bord et l'arrière aussi écarté que possible, les genoux fléchis, les pieds bien à plat, et les skis légèrement inclinés sur les carres intérieures. Mais, attention, pas trop. L'idée est de caresser la neige, pas de la labourer.

James fit ce qu'on lui demandait et s'engagea prudemment

dans la pente sans pouvoir refouler un puissant sentiment de ridicule. Ses gestes étaient raides, maladroits et il devait se concentrer de toutes ses forces pour maintenir ses jambes dans la bonne position en contrôlant un tant soit peu le mouvement de ses skis, qui lui semblaient animés d'une volonté propre. Néanmoins, petit à petit, ça commença à rentrer. Le plus important, c'était de prendre juste ce qu'il fallait de carre : trop, les skis partaient dans la direction vers laquelle ils pointaient jusqu'à se croiser ; pas assez, les planches avaient tendance à s'écarter l'une de l'autre, l'obligeant à un douloureux grand écart.

– Très bien ! hurla Hannes en filant élégamment au pied de la pente, où James s'était arrêté et où le reste du groupe attendait mollement en discutant.

Hannes leur ordonna de remonter. James les vit alors se positionner en travers de la piste et gravir gauchement la pente à petits pas de côté comme s'ils voulaient hacher un bouquet d'herbe fraîche avec la tranche de leurs skis. Bientôt, il découvrit que remonter la pente était presque plus difficile que de la descendre.

– En soi, le ski n'est pas un sport difficile, déclara Hannes tandis que James se débattait sur la pente. Bien sûr, cela requiert l'apprentissage de techniques un peu particulières, mais, dans l'ensemble, le ski n'exige qu'une bonne dose de courage, le sens de l'équilibre et beaucoup de patience. Un solide sens de l'humour n'est pas inutile non plus dans la mesure où, au début, on passe plus de temps sur ses fesses que sur ses skis.

Et il avait raison. Au cours des dix premières minutes, James chuta seize fois. Mais il persévéra et, les dix minutes suivantes, tomba deux fois moins. Après une demi-heure d'efforts opiniâtres, il avait acquis une relative confiance et les chutes commencèrent à s'espacer.

En cours de route, il apprit qu'un des principes fondamentaux du ski était de se pencher en avant pour que le corps soit au moins à angle droit par rapport à la déclivité. Cette loi était baptisée *vorlage*. De fait, il y avait beaucoup de termes allemands à apprendre comme *abstemmen*, freiner, ou, à l'inverse, *schuss*, descendre tout droit. Une chose que Hannes lui déconseilla vivement d'essayer pour l'heure.

– Observe bien la pente, dit-il. C'est la nature qui l'a construite, pas l'homme. De ce fait, elle est pleine de dévers, de courbes, de trous et de bosses, bref, d'obstacles en tout genre. Il importe donc d'apprendre à choisir la bonne trajectoire. La route la plus directe, là où la pente est la plus raide, s'appelle l'abrupt. Neuf fois sur dix, vous ne l'emprunterez pas, mais la croiserez en réalisant une longue succession de virages harmonieux en forme de S.

Au rang des découvertes, James entendit parler pour la première fois du *Hocke*.

– La célèbre position d'Arlberg, comme la qualifia Hannes. Un terme à l'origine de bien des incompréhensions. Prendre cette position revient à plier les genoux, mais pas au point de s'asseoir sur ses skis, comme certains semblent le penser. Pour être efficace, cette position ramassée, en gros en forme d'œuf, doit être combinée avec le *vorlage*. Maintenant, à vous. Traversez la largeur de la piste en maintenant vos skis parallèles. Quand vous voulez vous arrêter, freinez simplement en chasse-neige…

James planta ses bâtons et poussa. Cette position lui parut aussitôt plus naturelle et moins périlleuse que le redoutable chasse-neige. S'enfonçant dans la poudreuse, il réalisa une belle ligne droite, légèrement dans la pente. Glissant à son côté, Oberhauser ne cessait de l'abreuver de ses instructions.

– Le poids sur le ski d'aval… Celui d'amont légèrement plus avancé… Les épaules vers la pente… Si tu sens que tu vas tomber, n'essaie pas de te retenir… laisse aller les skis… détends-toi… et tombe en douceur…

« Plus facile à dire qu'à faire », pensa James en sentant ses skis se dérober sous lui. Deux secondes plus tard, c'était la culbute, son corps s'affalant en un tas informe dans un improbable imbroglio de jambes, de bras, de skis et de bâtons.

Hannes éclata de rire et l'aida à se relever.

– Ne t'inquiète pas, dit-il, avec un peu de pratique, ça viendra. Il faut apprendre à sentir la neige. Mais tu apprends vite. Cet après-midi, tu feras le cours avec les autres.

Le déjeuner consista en une soupe suivie de saucisses allemandes fortement épicées et de pain et de fromage avalés sur le banc d'un chalet-restaurant installé au bord de la piste. C'est alors que James réalisa à quel point la matinée l'avait éreinté. Il avait des courbatures un peu partout, sans parler des bleus. Ses genoux et ses chevilles lui donnaient l'impression d'avoir été passés à la moulinette. Disparaissant sous une épaisse croûte de neige et de givre, ses bottes étaient comme deux gros blocs de glace qui se seraient refermés sur ses pieds. Il dut taper par terre pour retrouver quelque sensation dans ses orteils. Autant de petits tracas qu'une nourriture roborative ne tarda pas à balayer. Ainsi, quand ils se retrouvèrent à nouveau sur la piste, il se sentait regonfler à bloc et impatient d'en découdre.

Las, ce bel enthousiasme fut rapidement douché durant l'après-midi et ses progrès beaucoup plus modestes que ceux de la matinée, entre autres parce qu'il avait perdu le bénéfice du cours particulier pour se fondre dans le groupe. Il y avait tant de choses à apprendre que son cerveau semblait trop petit pour les intégrer toutes, la preuve, elles lui sortaient de la tête dès qu'il se mettait à skier. Était-ce la tension, la concentration ou le craquement des skis glissant sur la neige, toujours est-il qu'il restait sourd aux injonctions incessantes d'Oberhauser. Seul motif de réconfort, ses muscles semblaient commencer à se plier à la singulière position qu'il leur imposait. Ainsi parvenait-il sans trop d'efforts à maintenir le haut du corps bien droit, légèrement penché en avant, le dos un peu voûté et les bras détendus devant lui.

– Vous devez apprendre à débrancher votre cerveau et à laisser votre corps vous guider, déclara Hannes à la fin de la journée, tandis qu'ils déchaussaient. Bien pratiqué, le ski est une sorte de ballet au son d'une musique imaginaire.

Les jours suivants, James travailla d'arrache-pied à mettre en pratique ces belles paroles. Ce qui lui posa le plus de difficultés fut d'apprendre à tourner, une manœuvre qui se révéla beaucoup plus ardue qu'il ne l'avait d'abord imaginé. En effet, au lieu de se pencher vers l'intérieur du virage, comme il eût été logique de faire, il fallait se déporter sur l'extérieur sans quoi les skis refusaient obstinément de pivoter. Le problème c'était que ces planches étaient longues, lourdes, raides et droites, en un mot tout sauf maniables. Oberhauser leur expliqua que, pour changer la direction des skis, il fallait les soulever du sol sans quoi ils poursuivaient leur route tout droit, comme sur des rails.

– Pour prendre un virage, il faut faire un mouvement vertical, de haut en bas, dit-il en illustrant son propos par quelques rapides petits sauts sur place. Aussi surprenant que cela puisse paraître, si vous montez sur une balance et que vous vous accroupissez brutalement, l'aiguille va descendre. C'est cette fraction de seconde de légèreté qu'il faut mettre à profit pour décoller les skis du sol et les faire tourner.

James s'entraîna et s'entraîna encore, combinant flexion et extension avec une rotation des hanches jusqu'à ce que, soudainement, un après-midi, le tout s'harmonise et qu'il dessine élégamment un grand S dans la neige en dévalant la pente. Cet exploit lui procura une satisfaction d'autant plus grande que la plupart des autres, raides comme des piquets, lambinaient en essayant nerveusement de maîtriser le chasse-neige.

En fin de journée, alors que James retirait ses skis, le soleil passa derrière le Kitzbühler Horn et un vent glacial, venu de nulle part, se mit à hurler. Il frissonna et leva les yeux vers le sommet du Hahnenkamm, sur les flancs duquel, quelques heures plus tôt, tout le groupe batifolait encore gaiement. Il était mieux placé que quiconque pour savoir avec quelle brutalité la montagne pouvait changer d'humeur, comme le lui rappelait sans cesse un sinistre souvenir qui hantait son esprit depuis son arrivée ici.

Le souvenir de la mort de ses parents, décédés tous deux dans les Alpes, à l'ouest d'ici, en France, près de Chamonix. Certes, ils ne skiaient pas lors de l'accident, mais faisaient de la varappe. Quelle différence ? Ils avaient clairement sous-estimé la puissance de la montagne et l'avaient payé de leur vie. James savait qu'il devait se montrer particulièrement prudent ici. Pas plus tard que l'année dernière, quatre maîtres d'Eton avaient péri dans l'ascension du Piz Roseg, dans les Alpes suisses. Et ils n'étaient pas les premiers.

Avisant un groupe de jeunes garçons en train de rire en se lançant des boules de neige, il se demanda si tout le monde était aussi conscient du danger que lui.

5

Pas par là !

La clémence de la météo se poursuivit les jours suivants avec des chutes de neige pendant la nuit et un soleil éclatant le jour. Les conditions de ski étaient parfaites, James progressa rapidement. Lui qui adorait apprendre des choses nouvelles et être actif en permanence ne pouvait rêver mieux que ce séjour à la montagne. À ses yeux, il n'y avait pas de plaisir plus grand que la fatigue physique qui l'étreignait à l'issue d'une journée de ski, lorsque à ses muscles endoloris répondait une intense satisfaction intérieure. De plus, en s'immergeant dans la pratique du ski, il parvenait à mettre sous le boisseau ses idées noires à propos de ses parents. Plus il la côtoyait, plus il aimait la montagne. Elle lui manquait quand il retournait à l'hôtel.

Ainsi les jours se succédaient selon un rituel bien rôdé : ski sur les pentes les plus accessibles pendant la journée puis, le soir, un solide repas bien bourratif à l'issue duquel il se couchait tôt, trouvait immédiatement le sommeil, et dormait comme une souche jusqu'au lendemain matin. La seule note discordante venant troubler cette belle symphonie alpine avait pour nom Miles Langton-Herring qui, se couchant plus tard que James, prenait un malin plaisir à faire du bruit dans la chambre, vraisemblablement pour lui rendre la monnaie de sa pièce et se venger d'avoir été réveillé en avance ce premier matin. Oui, c'était vraiment le seul point noir de ce séjour, par ailleurs délicieux. Car Miles était un insupportable fâcheux, se vantant sans arrêt de ses exploits sur les pistes ou de ses connaissances prétendument encyclopédiques. Le pire à son sujet, c'était qu'en dépit du puits de science qu'il prétendait être, il demeurait obstinément ignorant du principal, à savoir que personne ne s'intéressait à ce qu'il disait. En bref, Miles était un raseur et, comme tous les raseurs, il n'en avait pas conscience. Ainsi, longtemps après qu'une conversation avait pris fin, lui continuait d'ergoter, tel un disque rayé oublié sous l'aiguille d'un Gramophone. James apprit rapidement à faire abstraction de ce qu'il disait, fermant hermétiquement son esprit dès que cet indésirable bruit de fond se mettait en route. Le problème, c'était qu'il était pratiquement impossible d'avoir une discussion avec quelqu'un lorsqu'il était présent.

Au ski, Miles était dans un groupe plus avancé, aussi, au moins durant la journée, James n'avait pas à supporter le braiment incessant de sa voix d'âne, avec ses agaçants claquements de langue et autres chuintements humides. Las, à la fin de la première semaine, Hannes considéra que James avait atteint le niveau pour rejoindre le groupe des skieurs expérimentés, sur les pentes supérieures du Hahnenkamm.

– Nous allons descendre tout le versant depuis le sommet, expliqua-t-il. Il y a une voie relativement facile qui sera parfaite pour évaluer tes points forts et tes points faibles.

C'est ainsi qu'un samedi matin, James prit place à bord d'une cabine du Hahnenkamm-Bahn pour les mille cinq cents mètres d'ascension jusqu'au sommet. Étaient présents Hannes, un professeur d'Eton nommé M. Eastfield et un groupe de dix garçons qui, debout dans l'espace confiné du téléphérique, leurs skis serrés contre l'épaule, discutaient fiévreusement, excités qu'ils étaient par la perspective de la descente.

La nacelle se verrouilla sur son câble et quitta en sursaut l'aire de départ pour entamer l'ascension de la pente. Sous leurs pieds défila bientôt la lisière de la ville avec ses toits recouverts d'une épaisse couche de neige. Il n'y avait plus aucun bruit sinon le sourd bourdonnement du câble ponctué par les soubresauts de la cabine à l'instant de passer les pylônes jalonnant le parcours. La pente ne tarda pas à se faire beaucoup plus abrupte, la cabine grimpant entre des pins incroyablement hauts qui s'élançaient droit comme des i vers le ciel.

– Tous les ans, une célèbre course se déroule ici, dit Hannes en se tournant vers James. La *Hahnenkammrennen.* Probablement la course de ski alpin la plus célèbre du monde. Une descente très dure et très dangereuse, mais, rassure-toi, ce n'est pas celle-là que nous allons faire aujourd'hui. Tu vas voir, ça va être génial !

– Je m'en réjouis d'avance.

– Tu sais, James, tu as tout pour devenir un excellent skieur. Je n'ai jamais vu quelqu'un intégrer les techniques de base aussi vite que toi. La plupart des débutants auraient eu besoin de six semaines pour avoir le niveau que tu as aujourd'hui. Tu possèdes naturellement un sens de l'équilibre hors du commun et, visiblement, tu ignores la peur.

– En fait, ça me plaît beaucoup. J'aimerais être aussi bon que vous un jour.

Hannes ne put retenir un sourire flatté.

– Si tu le veux vraiment, il faut que tu fasses un séjour à l'école de ski de Hannes Schneider, à St Anton, dans l'Arlberg. C'est là que j'ai tout appris et là que j'ai fait mes classes de moniteur. Au fil des ans, St Anton est devenu une sorte d'université du ski alpin, La Mecque de tous les piqués de descente. Là-bas, il y a un homme nommé Fuchs qui pourrait faire de toi un vrai champion car, pour ma part, je ne donne des cours qu'aux débutants et aux touristes. Ma vraie passion, c'est l'escalade.

James jeta un œil dehors et s'aperçut qu'ils avaient pris tellement d'altitude qu'ils surplombaient les plus hauts des pins qui jaillissaient de l'à-pic par bosquets entre des blocs de roche déchiquetés. En regardant par la vitre arrière, il était tentant de s'imaginer que la cabine volait dans les airs, à plus de mille mètres d'altitude, glissant à flanc de montagne comme un planeur. Dans leur sillage, Kitzbühel avait l'allure d'une ville miniature. Seule ombre au tableau, le temps avait brutalement changé ce matin. Le ciel était gris, ce qui avait pour effet de changer la vue en carte postale noir et blanc comme si toutes ses couleurs avaient soudain été effacées du paysage. Ainsi les adorables maisons de poupées de Kitzbühel se noyaient-elles dans le gris, sur fond de neige d'un blanc éclatant et de pins d'un noir dense.

Une bourrasque s'engouffra par les fenêtres et fit chanter le câble d'acier auquel ils étaient suspendus au moment où ils croisèrent une cabine vide, descendant en sens inverse.

Quelques minutes plus tard, laissant les arbres derrière eux, ils passèrent une crête et abordèrent une zone plus plane où s'épanouissaient des congères arrondies par les vents et entre lesquelles serpentaient des traces d'animaux, probablement des chamois, hôtes privilégiés de ces lieux. Ensuite, ils parvinrent rapidement à la station où une soudaine frénésie s'empara des passagers qui se déversèrent du téléphérique en un flot tumultueux dans lequel résonnaient le cliquetis des skis qui s'entrechoquent et le pas lourd des croquenots. Il faisait notablement plus froid à cette altitude. À peine descendu, James ressentit la morsure d'un vent coupant. Il réajusta aussitôt son écharpe de coton noir derrière laquelle il dissimula en partie son visage avant d'en bourrer soigneusement les bords dans l'encolure de sa veste afin qu'aucun courant d'air glacé ne puisse s'insinuer dans son cou.

C'était un autre monde ici. Du haut de son sommet tronqué, le Hahnenkamm offrait une vue panoramique sur les montagnes environnantes. Le Kitzbühler Horn, le Resterhohe, le Pengelstein et le Gaisberg. À couper le souffle. Impressionné, James s'immobilisa quelques instants pour prendre la pleine mesure de ce paysage grandiose, parfaitement préservé. Il se sentait comme Dieu le premier jour de Sa Création, baissant les yeux sur son œuvre.

– Ce matin, nous allons skier dans les environs, annonça Hannes. Ne vous en déplaise, j'ai bien peur qu'il faille beaucoup marcher. Heureusement, il y aura aussi de belles descentes pour vous mettre à l'épreuve. Maintenant, chaussez vos skis et allons-y !

Alors qu'ils attachaient leurs fixations, James avisa Miles Langton-Herring engagé dans d'intenses messes basses avec trois garçons plus âgés. Ils n'arrêtaient pas de ricaner en se tenant soigneusement à l'écart des adultes.

– Qu'est-ce qu'ils mijotent ? demanda James en se tournant vers Andrew, debout à côté de lui.

– Soûlographie, répondit impassiblement ce dernier.

– Quoi ? De l'alcool ?

– Ouais, ils ont une flasque de schnaps que quelqu'un de l'hôtel leur a procurée. Ils trouvent que ça fait terriblement rebelle.

James éclata de rire.

– Je sais qu'en Suisse ils envoient de gros saint-bernard au secours des gens en perdition dans la montagne avec une bonbonne d'alcool fort autour du cou, mais j'ignorais qu'il fallait se soûler avant le départ.

– Ils sont complètement crétins, ajouta Andrew. Si effectivement ils picolent, c'est eux qu'on va devoir secourir.

Hannes s'approcha d'eux et confia à James une paire de lunettes enveloppantes.

– Aujourd'hui, ça va être très différent des pistes pour débutants, dit-il tandis que ce dernier ajustait les lunettes sur ses yeux. Il va falloir prendre des décisions rapides. Jusqu'à un certain point, c'est le cerveau qui commande, mais, à grande vitesse, il faut savoir s'en remettre à ses muscles et à son instinct. Fais attention au terrain que tu abordes, essaie de garder toujours un temps d'avance. Les pentes changent sans arrêt, du convexe au concave, du raide au faux plat. Il te faudra également faire attention aux bosses, aux trous et aux dévers, autant d'éléments à prendre en compte pour adapter sa vitesse. Garde bien ton poids sur l'avant comme je te l'ai appris et, le plus important, fais-toi plaisir !

Lorsqu'ils furent tous prêts, ils se mirent en route. Comme annoncé, la piste était bien différente de celles que James avait rencontrées jusqu'ici. À peine lancés, les garçons filaient déjà dans un passage relativement étroit bordé d'un côté par un mur de neige, de l'autre par un à-pic vertigineux. Si d'aventure James perdait le contrôle, il descendrait la montagne beaucoup plus vite que prévu. Les skieurs se suivaient, formant une longue et tortueuse file indienne. L'exaltation du risque poussa certains d'entre eux à crier pendant que d'autres serraient les dents en silence.

Le cœur de James battait à tout rompre. Pourtant, au bout de quelques minutes, il parvint à faire abstraction du danger et se concentra sur son plaisir, son écharpe dissimulant un large sourire.

La piste se terminait par un schuss enivrant, sur une portion large et régulière, commandant l'accès à une petite vallée. Au bas de la descente, les garçons s'arrêtèrent en s'appliquant sur leur dérapage puis partagèrent aussitôt leurs impressions.

Ensuite, ce fut skis sur l'épaule et longue marche dans la neige pour grimper le raidillon donnant accès à la descente suivante.

La séquence se répéta ainsi durant toute la matinée : quelques brèves minutes d'ivresse pour une bonne heure de remontée harassante.

James fut surpris de découvrir des constructions à cette altitude, dont un restaurant servant une nourriture chaude tout à fait décente, entièrement acheminée par téléphérique.

Le temps se leva pendant le déjeuner. Le soleil parut, illuminant le paysage d'une lumière dorée sous laquelle tout paraissait encore plus féerique et plus vif.

Hélas, l'éclaircie ne dura pas. Quand ils sortirent pour reprendre le ski, le soleil avait disparu et le ciel était chargé de nuages.

Tout le monde sembla mettre un temps infini à se préparer. Les skis aux pieds, James resta un long moment appuyé sur ses bâtons en attendant que les autres daignent cesser de plaisanter et de se pousser dans la neige en riant sottement. À cette occasion, il remarqua que Miles et sa bande étaient parmi les derniers à être prêts et qu'ils avaient le rouge aux joues.

M. Eastfield se chargea de remettre dans le rang les éléments perturbateurs.

– Bien, cria-t-il à la cantonade en tapant dans ses mains gantées pour se réchauffer. Nous avons passé une belle matinée. Mais je me suis entretenu avec Herr Oberhauser et il craint que le temps ne se gâte. Tout devrait bien se passer si nous démarrons maintenant, mais je vous en prie, soyez particulièrement vigilants cet après-midi.

James posa les yeux sur le Wilder Kaiser dont le sommet disparaissait dans une épaisse couche de nuages gris, comme si, d'un geste vengeur, un peintre dépité avait passé un coup de brosse sale sur le haut de sa toile.

Ils durent skier sur une longue distance, et beaucoup marcher, pour atteindre le sommet de la piste redescendant vers Kitzbühel. Le temps qu'ils y arrivent, de fines volutes nuageuses filaient sur le sol et le sommet du Kitzbühler Horn, à l'autre bout de la vallée, disparaissait dans une sombre brume rampant sur ses flancs en direction de la ville.

Le Hahnenkamm paraissait dangereusement abrupt par ici. James ressentit un léger vertige. Était-il assez fort pour affronter cette piste ?

– Le temps peut changer très vite, dit Hannes lorsqu'ils furent tous alignés. Donc on reste tous ensemble et l'on respecte scrupuleusement les règles de sécurité. Les zones les plus dangereuses sont délimitées par des cordes, donc restez bien sur la piste. Je prendrai la tête, monsieur Eastfield fermera la marche.

Il marqua une pause, glissa d'un bond jusqu'à James et ajouta avec un grand sourire :

– Si tu réussis à arriver en bas en un seul morceau, tu pourras dire que tu sais skier. Mais fais attention, certaines portions sont vraiment raides. Donc, n'oublie pas, plus la piste est pentue, plus ça va vite, plus il faut se pencher en avant et bien fléchir les genoux. Pense à constamment ajuster l'angle, comme l'aiguille d'une boussole, pour accompagner chaque changement de déclivité. Même chose pour la résistance de l'air. À faible vitesse, c'est rien, mais, quand la cadence s'accélère, c'est une autre affaire. N'aie pas peur de bien te pencher en avant, jusqu'à ce qu'à pleine vitesse tu aies presque l'impression d'être en appui sur le vent.

Après un clin d'œil à James, il aboya quelques mots d'encouragement aux autres, puis poussa sur ses bâtons et se lança sur la pente. James fut soulagé de voir qu'il ne descendait pas tout schuss, mais réalisait au contraire une longue succession de larges virages, coupant et recoupant l'abrupt avec élégance. Les skieurs les plus sûrs d'eux lui emboîtèrent aussitôt le pas. Les autres suivirent, seuls ou à deux, en prenant soin de mettre leurs skis dans la trace laissée par le moniteur.

Maintenant, c'était à lui d'y aller. Il ne pouvait temporiser plus longtemps. Il rabattit ses lunettes devant ses yeux, se pencha en avant, et se laissa glisser.

Un large sourire se dessina sur ses lèvres en entendant ses skis crisser sur la neige fraîche. La gravité allait se charger du reste et le conduire comme par enchantement au pied de la montagne. Tout ce qu'il avait à faire c'était essayer de ne pas tomber.

Durant quelques minutes, ils progressèrent rapidement et régulièrement, puis ils négocièrent un passage plus étroit où virer devenait difficile avant d'aborder un mur impossible à contourner. Le rythme cardiaque de James augmentait en proportion de sa vitesse. Il dépassa quelques garçons qui avaient chuté avec le sentiment d'être soudain le roi de la montagne. La collision de cinq garçons, et leur culbute en un inextricable enchevêtrement de bras, de jambes, de skis et d'éclats de rire mit brutalement fin à ce bref instant d'exaltation.

Tout le groupe fut contraint de s'arrêter. Les fixations d'un des garçons s'étaient arrachées de ses skis. Hannes entreprit de réparer. En attendant, tout le monde s'assit par terre et la griserie générale qui avait prévalu jusque-là céda graduellement la place aux jérémiades et aux reproches à l'adresse de ceux qui étaient tombés.

– C'est de votre faute si on est bloqués ici.

– Juste quand ça commençait à devenir marrant.

– On perd notre temps à cause de vous.

– Retournez avec les débutants, bande de nazes.

Tandis que Hannes s'affairait sur le matériel et, avant que

quiconque comprenne ce qui lui arrivait, un gros nuage les enveloppa. Quasi instantanément, la visibilité fut réduite à néant, avalée par une épaisse purée de pois blanchâtre, froide et humide, étouffant tous les bruits. Avec la neige qui recouvrait le sol, une atmosphère fantomatique planait sur le paysage, comme dans un rêve.

Bientôt, Hannes alla trouver M. Eastfield.

– Nous allons devoir attendre, dit-il. C'est trop dangereux dans ce brouillard.

– Ne vaudrait-il pas mieux que l'on remonte au téléphérique ? demanda Eastfield.

– Ça pourrait prendre une heure, voire deux. Le temps qu'on arrive, il serait peut-être arrêté. En plus, même remonter à pied pourrait se révéler dangereux. Non, le mieux c'est de rester ici et d'attendre une éclaircie. Ça va aller, vous verrez.

En fait d'éclaircie, le nuage ne cessait de s'épaissir. Pour ne rien arranger, il se mit bientôt à neiger. De lourds flocons flottaient paresseusement entre les pins.

Une distribution de chocolat fut rapidement organisée dans l'espoir de compenser l'humeur maussade qui, à l'image du temps, s'était abattue sur le groupe. Las, rien n'y fit et la plupart des garçons mastiquèrent leur part dans un silence pesant, à l'exception de Miles et de ses copains qui, assis à l'écart du groupe, se repassaient à la dérobée une flasque argentée à laquelle ils trempaient régulièrement les lèvres.

Ils avaient perdu espoir de jamais redécoller lorsque, subitement, le nuage se dissipa, laissant à nouveau apparaître le panorama et, par là, le chemin qui les attendait. En effet, perdus dans le brouillard, ils en avaient presque oublié qu'ils étaient perchés à flanc de montagne, à des centaines de mètres au-dessus de la ville. Ce brutal rappel les fit tressaillir.

Aussitôt, Hannes et M. Eastfield s'agitèrent en tous sens en demandant aux garçons de se dépêcher. En guise de réponse, ceux-ci firent claquer dans la hâte leurs bottes dans leurs fixations, enfilèrent leurs gants, chaussèrent leurs lunettes et passèrent les lanières des sacs à dos sur leurs épaules. Par chance, les conditions étaient toujours bonnes quand, dans une grande pagaille, ils se remirent enfin en route.

Las, ils n'étaient pas partis depuis cinq minutes qu'ils rencontrèrent un nouveau nuage. James vit disparaître ceux qui étaient devant lui dans un mur blanc, sans autre choix que de s'y engouffrer lui aussi. Dans la confusion qui s'ensuivit, le groupe se dispersa. Des cris résonnaient de toutes parts, sans qu'il soit possible de déterminer ni l'identité de leur auteur ni la direction qu'il convenait de prendre. C'est alors que James vit Miles filer résolument vers la droite. Persuadé que celui-ci savait où il allait, il l'imita. Les cris du groupe s'estompant dans leurs dos, James réalisa bientôt que Miles faisait fausse route. Il l'appela, accéléra pour le rattraper.

– Hé ! Miles ! Pas par là ! Tu te trompes de route !

Devant lui, Miles tourna et tomba. James se précipita auprès de lui, s'arrêtant dans une gerbe de neige fraîche.

– Oh, fais gaffe ! l'invectiva Miles. Tu m'en as mis partout ! Et puis, qu'est-ce que t'as à gueuler comme ça ? À cause de toi, je suis tombé.

James s'excusa. C'était plus simple que de se justifier.

– Mince, je crois que ce foutu ski a déchaussé, dit Miles en tirant comme un sourd sur sa fixation.

– Arrête. Ça va être pire. Laisse, je vais le faire.

– Je peux très bien me débrouiller tout seul, grogna Miles en repoussant violemment James.

Celui-ci se contenta donc de le regarder se débattre avec ses sangles et ses ressorts et rechausser son ski avec une lenteur exaspérante. Avalé par le brouillard, le bruit des autres avait disparu. La peur de ne pas les retrouver commençait à sérieusement tourmenter James. Scrutant l'impénétrable purée de pois, il tendit l'oreille. En vain. Il avait perdu toute notion d'espace et ne savait plus du tout où ils étaient. Lorsqu'il se retourna vers Miles, celui-ci était en train de boire une lampée d'alcool à sa flasque.

– C'est pas avec ça qu'on va retrouver notre chemin, fit valoir James.

– Bah, ça réchauffe, marmonna Miles d'une voix pâteuse.

– Ça soûle, tu veux dire. Et je doute qu'être éméché soit recommandé dans les conditions présentes.

– Pff! Qu'est-ce que t'y connais d'façon? J'suis sûr que t'as jamais bu de ta vie.

James ne releva pas la provocation, se contentant de répondre qu'ils feraient mieux de se dépêcher. Enfin, Miles se releva en vacillant et glissa la flasque dans la poche de sa parka.

– Par ici, dit James en faisant demi-tour.

– Non, c'est par là, objecta Miles.

– Je t'assure que non. Tu partais à l'opposé de là où il fallait aller.

– Attends! C'est quand même pas toi qui vas me dire ce qu'il faut faire! Je te rappelle que, contrairement à toi, ça fait des années que je fais du ski.

Et, avant qu'il ait pu l'en empêcher, Miles se jeta dans la pente d'un air buté, démarrant si vite qu'il disparut rapidement dans le brouillard. Malgré la peur qui le tenaillait, James n'avait d'autre choix que de le suivre car, abandonné à lui-même, Miles risquait fort d'avoir de gros ennuis.

6

Il y a plus d'une façon d'arriver au bas

James dut se lancer dans un sprint effréné pour rattraper Miles. Par ici, la neige était poudreuse et vierge de toute trace, signe manifeste qu'ils n'étaient pas sur le bon chemin. Il essaya d'en convaincre celui qu'il poursuivait avec pour seul résultat de le faire crier plus fort que lui. Puis Miles prit un virage serré les éloignant encore davantage de l'endroit où James estimait que le reste du groupe se trouvait. À peine sorti de son virage, Miles poussa un cri et, quand James se porta à sa hauteur, il s'aperçut que, s'étant embarqué dans un bosquet, il avait heurté une racine.

James se porta à sa hauteur et le releva sans ménagement.

– Bon, ça suffit maintenant, tes dingueries. Tu vas faire ce qu'on te dit et on va retourner avec les autres, dit-il en prenant Miles par les épaules et en le faisant pivoter dans la direction opposée.

Miles grommela dans sa barbe sans pour autant tenter de se soustraire à son cornac qui, de fait, ne le quittait pas d'une semelle.

Puis, perpendiculaires à la pente, ils progressèrent vers l'autre versant, s'enfonçant dans un bois sans déchausser leurs skis. La manœuvre se révéla aussi lente qu'éreintante.

Cette marche exténuante s'éternisa jusqu'à ce que les arbres s'éclaircissent, redonnant espoir à James de croiser bientôt les autres.

Et puis Miles s'arrêta à nouveau.

– Qu'est-ce qu'il y a encore ? demanda James.

– Une corde, répondit-il en ramassant le bout effiloché d'une longe.

– C'est le bord de la piste, dit James, avisant l'autre extrémité, nouée à un arbre. On a dû la croiser sans s'en rendre compte. Je propose qu'on se remette à descendre.

– On n'a croisé aucune corde ! Je savais bien que tu te gourais de route. On a dû tourner jusqu'à l'autre versant. Maintenant, il nous reste plus qu'à refaire le chemin inverse.

James vit la peur briller au fond des yeux de Miles. Il la sentait exhaler de sa peau moite, mélange de sueur, d'alcool et de quelque chose d'animal. Un sentiment qui le rendait irrationnel, éperdu ; et Dieu sait ce qu'il pourrait faire dans cet état.

– Mais regarde autour de toi, plaida James. C'est la piste ! Regarde la neige ! Elle est tassée. Il n'y a pas d'arbres. C'est par là qu'on aurait dû passer.

– Si c'est la piste, explique-moi où sont les traces ? demanda Miles avec acrimonie. Les autres en auraient forcément laissé. Or, il n'y en a aucune. Preuve qu'ils sont passés de l'autre côté.

– Ne dis pas n'importe quoi, coupa James.

– Je ne dis pas n'importe quoi, s'emporta Miles. Je connais la montagne, moi ! C'est pas la première fois que j'y viens. Alors c'est toi qui vas m'écouter maintenant. Parce que, moi, je sais.

– Tu sais rien du tout. Et tu sais pourquoi ? Parce que tu n'es qu'un fat pompeux et prétentieux qui n'arrête pas de la ramener alors qu'il ferait mieux de se taire. En plus, t'es bourré. Et je n'accepte pas d'ordre venant d'un poivrot.

C'était plus que Miles ne pouvait en supporter. Il lança son bras en avant d'un geste pataud, atteignant James sur le côté du crâne. Pris au dépourvu, gêné par ses skis, celui-ci glissa et s'effondra sur le sol. Le temps qu'il se relève, il ne restait de Miles que son dos s'éloignant dans la pire des directions.

Sentant du sang dans sa bouche, James cracha par terre. Une tache noirâtre macula la neige.

Durant un instant, il envisagea d'abandonner Miles à son sort, tant il paraissait clair que cet imbécile allait les tuer tous les deux. Mais, au fond de lui, il savait qu'il ne pouvait pas le laisser seul. S'il lui arrivait quelque chose, il ne se le pardonnerait jamais.

Il appela vainement plusieurs fois à l'aide, sa voix se perdant dans le brouillard. Seul un lourd silence lui répondit. Après une dernière tentative tout aussi infructueuse, il secoua la tête, remonta son écharpe et, oublieux du froid et de ses courbatures dans les jambes, s'engagea dans la pente à la recherche de Miles. Il regrettait son coup de colère, conscient que, dans ces conditions, la première chose à faire était de garder son sang-froid.

Maintenant, il fallait qu'il arrête Miles, qu'il réussisse à le calmer et qu'il se débrouille pour le remettre sur le bon chemin. Plus facile à dire qu'à faire. D'autant qu'à cet endroit la piste était parsemée de rochers, pour la plupart cachés sous la neige. Sans parler des arbres qui jaillissaient du brouillard au moment où il s'y attendait le moins. De fines branches lui fouettèrent le visage alors qu'il en frôlait un à pleine vitesse. Il se pencha bien en avant, les genoux légèrement pliés, essayant de ne pas se raidir, de se relâcher au maximum pour bien absorber les bosses et les trous qui émaillaient sa route. Par deux fois, il chuta, atterrissant tête la première dans la neige. Par deux fois, il se releva, essuya ses lunettes et repartit.

Au moins Miles ne pouvait-il faire autre chose que descendre. Donc, dans un sens, ils allaient dans la bonne direction. Le problème, c'est qu'ils n'avaient aucune idée de ce qui les attendait sur cette piste et que Miles se rapprochait de plus en plus de l'endroit où la déclivité était la plus forte. Bientôt, cet idiot n'aurait plus d'autre choix que de dévaler la montagne tout droit, sans possibilité de freiner sa chute.

Le seul espoir de James, c'était que Miles tombe. Hélas, il semblait avoir le diable avec lui, à moins qu'il ne fût réellement le crack qu'il prétendait être.

James accéléra, les yeux fixés sur les deux sillons que Miles avait laissés dans la neige. Un rire lui échappa. Se pouvait-il qu'au bout du compte, le fâcheux ouvre une voie praticable sur les pentes du Hahnenkamm, contredisant ainsi les angoisses de James ?

Soudain, il fit irruption hors des nuages, au sommet d'un large mur de neige vierge, dénué de tout arbre, probablement à cause de la pente, défiant jusqu'à l'opiniâtre ténacité des pins. L'instant de terreur passé, James aperçut Miles, en contrebas, quasiment en chute libre, battant des bras, vacillant d'un ski sur l'autre, oscillant de gauche à droite, tel un pochard à l'heure de la fermeture du bar. L'abîme n'en finissait pas, pourtant, miraculeusement, Miles restait debout.

James vit une chance de le rattraper, en se risquant dans l'abrupt. Agrippant fermement ses bâtons, il se pencha tant et si bien vers l'avant que son nez touchait presque ses skis, attaquant la descente dans un schuss sauvage, brutal, rectiligne, dément.

C'était comme faire du voilier en apesanteur. De fait, il n'était pratiquement plus en contact avec la neige. Il avait dompté la gravité. Mais la pression du vent sur son visage était là pour lui rappeler les lois de la cinétique, pour lui rappeler que, s'il ne se penchait pas suffisamment vers l'avant, il serait immédiatement aplati au sol.

Lancé à la poursuite de Miles, James était si intensément concentré sur sa proie, si pressé de la rattraper, qu'il ne prêtait plus guère attention à la nature du terrain qu'il abordait. Il fut brutalement ramené à la réalité par le cri de terreur qui s'échappa de la bouche de Miles au moment où celui-ci, après une légère bosse, disparut dans le vide.

À sa suite, James découvrit bientôt qu'ils s'étaient précipités droit dans un ravin.

Pour le coup, maintenant il volait bel et bien, à une altitude vertigineuse, au-dessus des nuages, au-dessus de la vallée qui s'étalait sous lui et qu'il pouvait embrasser d'un seul regard. Plus rien ne pouvait retenir sa chute. Il comprit aussitôt que c'était la fin, qu'il était mort. La montagne avait fini par réclamer son dû, réclamer la vie de celui qui avait imprudemment prétendu la dominer. Durant une ou deux secondes, ce fut comme s'il était suspendu dans les airs et puis il s'abîma dans le brouillard blanc avec une terrifiante soudaineté.

Il poussa un hurlement affreux, avant de se taire, le souffle coupé. Des volutes de nuages défilèrent devant ses yeux écarquillés de terreur à la vue du sol qui lui sautait au visage. Un reste de lucidité lui commanda de garder son équilibre, les skis bien parallèles, l'avant levé. En un éclair, il vit qu'il avait peut-être une chance. La pente était encore très raide à cet endroit, ce qui sous-entendait qu'il pouvait éventuellement amortir le choc de l'atterrissage. Pour improbable qu'elle soit, ça lui laissait une possibilité de se réceptionner sur ses skis. Il se raidit en prévision de l'impact. Contre toute attente, lorsqu'il toucha le sol, le choc fut étonnamment doux. La semelle de ses skis effleura la neige et il poursuivit sa course dans la pente, indemne. Premier surpris de ce dénouement heureux, il poussa un cri de victoire et, avant qu'il ne comprenne ce qui lui arrivait, perdit l'équilibre et entama une succession incontrôlable de culbutes.

Il ignorait sur quelle distance il avait chuté, toujours est-il que, lorsque sa folle série de roulés-boulés arriva enfin à son terme, il resta étendu dans la neige, passant alternativement du rire aux larmes avec une facilité confinant à la démence. Personne ne croirait jamais ce qu'il venait de faire pour la simple et bonne raison que personne n'en avait été témoin, à moins que Miles…

Miles ? Où était-il ? James s'assit et regarda autour de lui avec la même hébétude que s'il venait de tomber du ciel, ce qui, dans une certaine mesure, était le cas. Malgré la lumière déclinante, la visibilité était correcte. Son sang se glaça lorsqu'il remarqua qu'il se trouvait à moins de trois mètres d'une seconde faille, encore plus dangereuse que celle à laquelle il venait d'échapper. Il s'approcha du bord et découvrit un amas grisâtre de rochers déchiquetés. Miles s'y était-il précipité ?

James scruta attentivement les rochers en contrebas. Aucune trace de lui. Il appela. Une fois. Deux fois. Et il attendit. N'y avait-il pas un bruit, là ? Un très faible murmure ? Il hurla à nouveau le nom de Miles, jusqu'à en avoir mal à la gorge. Et oui. Il y avait bien quelque chose. Ça venait de l'amont. Une légère plainte chevrotante.

Les skis bien perpendiculaires à la pente, James remonta à petits pas, en s'appuyant sur ses bâtons.

– Miles ! Parle-moi ! T'es où ?

– Ici ! appela une petite voix. Je suis là. Plus haut !

– Mais où ? demanda James en essayant vainement de percer du regard l'épaisse masse de nuages amoncelés au-dessus de lui. J'y vois rien !

C'est alors qu'une rafale d'un vent glacé balaya la montagne, dissipant momentanément le brouillard et laissant bientôt apparaître Miles, gisant dans la neige, emberlificoté dans ses skis et ses bâtons, tel un insecte écrasé par un coup de tapette à mouche. Il fallut cinq minutes supplémentaires à James pour se porter à sa hauteur, à l'issue desquelles il s'effondra sur le sol, épuisé, à bout de forces.

– Ben, mon vieux ! dit-il en cherchant son souffle. Un moment, j'ai bien cru que t'étais mort.

– Moi aussi, répondit Miles. Je ne sais pas exactement ce qui s'est passé. J'ai dû me cogner et perdre connaissance pendant un moment.

– Tu as sauté dans un ravin. Tu me crois maintenant quand je te disais qu'on n'était pas sur la bonne piste ?

– Désolé, murmura Miles d'une voix penaude, le teint aussi pâle que la neige, le regard livide, les yeux injectés de sang.

– Tu as mal ? demanda James. (Miles croisa son regard et avala douloureusement sa salive avant de hocher doucement la tête, refoulant ses larmes.) Où ça ?

– Partout. Mais ce qui m'inquiète le plus, c'est ma jambe. J'ai même pas regardé tellement j'ai la trouille de ce que je pourrais voir. En tout cas, ça me fait un mal de chien et je ne peux pas la bouger. Je crains qu'elle ne soit cassée.

S'attendant au pire, James s'arma de courage et baissa les yeux. Miles avait raison : le bas de son tibia droit était courbé de façon surnaturelle. À première vue, il n'y avait ni sang ni os pointant sous son pantalon. Pour autant, il paraissait évident qu'il ne ferait pas deux mètres de plus par ses propres moyens. Ce d'autant moins qu'un de ses skis manquait purement et simplement à l'appel quand l'autre, bien que toujours attaché à son pied gauche, était cassé net en deux.

– C'est pas bon, bougonna James.

Et là, Miles éclata en sanglots.

– Qu'est-ce qu'on va faire ? gémit-il.

– On va te redescendre, répondit James. Et puis on va te transporter à l'hôpital.

– Redescendre ? beugla Miles avec colère. Et comment ? Tu peux me le dire ? Je ne peux pas bouger d'un pouce.

– Oh que si, tu peux, répondit vivement James. De toute façon, tu n'as pas le choix, à moins que tu veuilles crever ici…

– Dis, je vais pas mourir… ? demanda Miles d'une voix blanche en s'agrippant au bras de James.

– Je ferai tout pour que ça n'arrive pas.

– Tout ? Mais quoi ? Qu'est-ce que tu peux faire à toi tout seul ?

– Écoute, répondit James. Si on s'y met à deux, tu t'en sortiras. En revanche, si tu continues à m'enquiquiner comme ça, je te laisse là. C'est clair ?

– Oui. Excuse-moi. C'est juste que… j'ai peur…

– Dans ce cas, on est deux, répondit James. Et, franchement, y'a de quoi. La bonne nouvelle c'est qu'on est vivants tous les deux. Et j'ai bien l'intention que ça continue.

Ce disant, il défit son écharpe et la déchira en trois longues lanières.

– Qu'est-ce que tu fais ? demanda Miles.

– On va devoir faire une attelle pour ta jambe.

– Non ! Faut pas la toucher ! Surtout pas !

– Tais-toi et aide-moi plutôt à retirer ce ski.

Ensemble, ils détachèrent la fixation, puis James présenta un morceau du ski brisé contre le tibia de Miles.

– Maintenant, il faut que j'essaie de redresser ta jambe, dit James. Ça va faire mal. Vu que tu en as, je crois que ça ne serait pas idiot de t'envoyer un bon coup de schnaps.

Miles acquiesça en hochant du bonnet, le teint virant du blanc au vert. Il sortit la flasque de sa poche, dévissa le bouchon et porta le goulot à sa bouche. Profitant de cet instant de distraction, James posa une main sur son genou, une autre sur sa cheville et tira d'un coup sec. Il y eut un craquement sinistre. Miles poussa un hurlement et perdit connaissance, mais au moins sa jambe avait-elle repris une forme à peu près normale. James vérifia. Toujours pas de sang, ce qui était bon signe. Pendant qu'il nouait l'attelle sur le tibia de Miles à l'aide des lanières de son écharpe, celui-ci revint à lui. Quand il réalisa ce que James était en train de faire, il grimaça, grogna de douleur et mordit très fort le bout de son gant de cuir, laissant stoïquement James terminer. D'ailleurs, l'opération achevée, il parut soulagé et bien plus calme. James remarqua néanmoins que sa peau était couverte d'une couche de sueur huileuse et que ses yeux vitreux brillaient d'un éclat fiévreux.

– Bon. Je vais essayer de te prendre sur mon dos.

Miles lui jeta un regard incrédule, laissant clairement entendre qu'il le prenait pour un fou.

– À moins, bien sûr, que tu aies une autre suggestion…

– Non.

– Bon ! Appuie-toi sur ton bâton et essaie de voir si tu peux tenir debout.

Le simple fait de voir Miles essayer de se lever était douloureux. Il se redressa péniblement, avec des gestes gauches, vacillant dangereusement, plié en deux au-dessus de la neige. James se plaça légèrement plus bas dans la pente et se pencha lui aussi.

– Glisse-toi sur mes épaules, dit-il. Mais vas-y doucement. Si jamais on se ramasse, ça peut faire mal.

Miles grogna, s'arc-bouta et se laissa tomber sur le dos de James qui haussa aussitôt les épaules pour le mettre dans une position confortable tout en se laissant déraper dans la pente. Puis il s'arrêta, planta ses bâtons dans la neige et assura leur position. Ça devait tenir.

– On va passer par ce bosquet, là-bas, dit-il. Ensuite, on

essaiera de voir s'il y a un moyen de redescendre direct jusqu'à la vallée. Le problème c'est qu'il y a un ravin juste en dessous de nous.

Il donna une légère impulsion et démarra, prenant aussi peu de pente que possible afin de ne pas être entraîné vers le ravin. Il fallait calculer la trajectoire au plus juste et skier finement.

Après quelques hésitations, il trouva le meilleur angle d'attaque et ils prirent lentement la tangente. Las, ils n'avaient pas parcouru vingt mètres que le dos, le cou, les cuisses et les mollets de James commençaient déjà à demander grâce. Il avait les muscles en feu et, en dépit de ses efforts pour garder les genoux serrés, ceux-ci ne cessaient de trembler de manière incontrôlable. Seule consolation, ils bougeaient et, ça, c'était déjà quelque chose.

Au bout de quelques minutes, ils parvinrent près d'un gros arbre contre lequel James appuya Miles afin de décharger momentanément ses épaules. Après avoir vérifié que son blessé allait bien, il repartit, haletant sous l'effort. Mais, juste derrière l'arbre, ils abordèrent une plaque d'épaisse poudreuse dans laquelle James dérapa, incapable de tenir sa trajectoire. Il savait pertinemment qu'il devait prendre plus de pente s'il voulait éviter de tomber. Avec un peu de chance, la vitesse lui permettrait de reprendre le contrôle.

Il força ses skis à tourner et, la vitesse aidant, reprit une course rectiligne. Hélas, celle-ci les menait dangereusement près du ravin sans compter que, quelques secondes plus tard, ils atteignirent une nouvelle zone de poudreuse dans laquelle, en dépit de ses efforts, James fut emporté. Il avait beau virer et virer encore, il continuait de glisser, quand bien même il se trouvait dos à la pente.

– Accroche-toi, grogna-t-il sans davantage parvenir à s'arrêter.

Il n'avait plus aucune idée de la distance qui le séparait du gouffre. Et la pente continuait de l'attirer inexorablement. Il n'y avait plus qu'une chose à faire : s'écrouler dans la neige.

Miles beugla affreusement et, de douleur, donna un coup de genou qui alla s'écraser sur le visage de James.

– Désolé, s'excusa ce dernier. Mais j'avais pas le choix.

– J'peux plus continuer, répondit Miles. Impossible. J'en peux plus.

– Oh si, tu peux. Tu serais surpris de voir ce qu'un corps peut endurer quand il le faut.

– Qu'est-ce que tu en sais, d'abord ? enragea Miles. On n'est pas au cross d'Eton, ici.

– On ferait peut-être aussi bien de faire comme si, rétorqua James en luttant pour ne pas céder à la colère.

– Tu veux me tuer ou quoi ?

– Pour tout te dire, l'idée m'a traversé l'esprit.

Miles l'insulta.

– Écoute, reprit bientôt James. Nous écharper ne nous avancera à rien du tout. Tu es à bout et moi aussi. Donc il faut commencer à envisager un autre plan. Peut-être vaudrait-il mieux que je te laisse ici et que j'aille chercher les secours tout seul.

Miles l'agrippa par le bras, une expression d'absolue terreur figeant sa face livide.

– Non ! Me laisse pas ! Je pourrais pas le supporter. Et puis, jamais tu n'arriverais à me retrouver.

– Bon, bon, très bien.

Soudain, tournant la tête vers l'aval, James fut pris d'un rire nerveux.

– Regarde ! dit-il en pointant quelque chose du doigt. On est sauvés !

7

Mort blanche

Un peu plus bas dans la montagne, un chalet en bois était niché à flanc de rocher, son toit en pente disparaissant sous une épaisse couche de neige.

Sourd aux véhémentes protestations de Miles, James hissa une fois encore le blessé sur son dos courbaturé et prit la direction du refuge. Les douleurs dans ses genoux et ses chevilles mises entre parenthèses par les endorphines secrétées par son cerveau, il ne sentait pratiquement plus rien sinon un vague engourdissement. Ayant atteint sans encombre la casemate, James put enfin se libérer de son fardeau qu'il posa délicatement sur le sol.

Par bonheur, le refuge n'était pas fermé à clé. James se précipita à l'intérieur, ses jambes tétanisées tremblant de manière incontrôlable. Quelques instants plus tard, il reparut, un large sourire aux lèvres.

– Je crois que c'est un refuge de montagne, annonça-t-il à Miles d'un air triomphant. C'est parfait. Il y a tout ce qu'il faut : un poêle, des couvertures, des lits et aussi de quoi manger.

En d'autres circonstances, l'expression de soulagement qui passa sur les traits de Miles eût prêté à rire. L'heure n'étant pas à la moquerie, James glissa un bras sous l'aisselle de son camarade et, clopin-clopant, ils pénétrèrent à l'intérieur du refuge. Miles s'effondra aussitôt sur un des lits. James, quant à lui, alluma une lampe et s'affaira autour du poêle. Le feu parti, il mit une bouilloire à chauffer et sortit du chocolat et des saucisses sèches du garde-manger.

Ils mangèrent sans échanger un mot.

– À ton avis, quelle heure il peut être ? demanda finalement Miles lorsqu'il eut repris quelque force.

– Difficile à dire avec tous ces nuages, répondit James. Mais, à vue de nez, je dirais qu'il est environ cinq heures, voire un peu plus. Ce qui est sûr, c'est que la nuit va bientôt tomber.

– T'as pas de montre ? demanda Miles légèrement interloqué.

– J'ai bien une vieille montre à gousset, expliqua James en secouant la tête. Mais je ne la porte que rarement. Et toi ?

– Si, une montre-bracelet. Mais j'ai dû la perdre en tombant. Dommage. Elle avait quand même coûté bonbon.

– Montre ou pas, tout ce que je sais c'est qu'il est trop tard pour essayer de continuer maintenant. Je propose qu'on passe la nuit ici, en espérant que le temps se lève d'ici demain matin. Il y a une sorte de luge par là, assez grande pour transporter un homme. Je te descendrai dès qu'il fera jour. Je présume qu'il doit y avoir une voie relativement facile depuis ici.

– On ferait pas mieux d'y aller maintenant ?

– Non, objecta fermement James en s'approchant de la fenêtre.

Dehors, une nouvelle tempête de neige s'annonçait. De gros flocons cotonneux voletaient dans les airs. De lourds nuages bouchaient totalement le ciel. Pour un peu, on se serait cru au beau milieu de la nuit.

– Je suis exténué, ajouta James. Et, que je sache, tu n'es pas non plus en état de baguenauder, encore moins dans le noir.

– Ma jambe me fait un mal de chien, répondit Miles.

James prit alors conscience que, jusque-là, il avait tout fait pour éviter de la regarder. Il n'osait pas.

– Je vais voir s'il n'y a pas un anti-douleur, dit-il en fouillant les placards et les diverses boîtes qui s'y trouvaient.

Finalement, il mit la main sur une trousse de premiers secours contenant, entre autres, une boîte de fer-blanc qui, comme le laissait supposer le logo Bayer dont elle était frappée, renfermait un paquet d'aspirine. Il en donna deux à Miles.

Puis de la vapeur s'échappant de la bouilloire, il plongea deux morceaux de saucisse dans l'eau et, au bout d'un moment, servit le bouillon obtenu dans des quarts en métal.

Miles attrapa le sien en tremblant comme une feuille et, bien que sous plusieurs couvertures, il se plaignit d'être frigorifié. James réalisa alors que lui aussi avait froid. Il retira ses vêtements humides et les mit à sécher sur un dossier de chaise. Ses chaussures étaient complètement trempées, mais il ne voulait pas prendre le risque de les enlever, au cas où il n'arriverait plus à les remettre ensuite, préférant étendre les pieds sur un tabouret, près du poêle, et se plonger dans la contemplation des volutes de vapeur qui s'échappaient du cuir gorgé d'eau.

Il ferma les yeux, la tête aussi lourde qu'un boulet de canon, et ne tarda pas à piquer du nez, s'endormant comme on éteint la lumière.

Avant qu'il comprenne ce qui lui arrivait, Miles le secoua pour le réveiller.

– Mmh… Quoi ? Qu'est-ce qu'il y a ? marmonna-t-il, à demi conscient.

Miles avait des yeux fous, fiévreux. Il tenait un balai en guise de béquille et avait enlevé la moitié de ses vêtements. Il était couvert de sueur.

– Ma jambe ! cria-t-il. Ça me brûle. Je souffre le martyre.

C'est insupportable. J'peux plus tenir. Il faut que tu me sortes de là, que tu m'emmènes chez un docteur.

– Ce serait la dernière chose à faire, répondit James en regardant par la fenêtre.

Dehors, il faisait nuit noire. Les carreaux auraient aussi bien pu être recouverts d'une couche de peinture opaque.

– Ça va aller… tenta James. Demain matin…

– Non, hurla Miles en l'attrapant par le bras et en le secouant vivement. J'ai entendu parler de complications. Un membre fracturé qui s'infecte. Je pourrais perdre ma jambe. En mourir ! La douleur est insoutenable. J'ai envie de m'arracher la jambe !

Avec des gestes raides, James se leva et s'avança péniblement jusqu'à la fenêtre. Au moins la neige semblait s'être arrêtée de tomber. Pour autant, aucune étoile n'était visible dans le ciel.

– Selon toute probabilité, dit-il, si on se risque dehors maintenant, tu n'y gagneras qu'une chose : d'autres blessures.

– T… T'as dit qu'il y avait une luge, bafouilla Miles. Attache-moi dessus et partons d'ici ou je te jure que je vais mourir.

Le regard de James se perdit dans le noir d'encre qui régnait à l'extérieur.

Que faire ?

À chaque seconde qui passait, Miles était plus agité. Et la perspective d'être coincé dans ce refuge en compagnie de quelqu'un en pleine crise d'hystérie faisait craindre le pire à James. D'un autre côté, il était parfaitement inconcevable que Miles redescende par ses propres moyens.

Mais sortir ? En pleine nuit ? Alors qu'il gelait dehors… ?

« Combien sont-ils à avoir trouvé la mort dans ces montagnes ? » se demanda-t-il. Et quelle cruelle ironie de mourir de la même manière que ses parents !

Alerté par un grognement d'animal pris au piège, James fit volte-face et avisa Miles qui se débattait comme un diable pour remettre ses vêtements.

– C'est de la folie pure…

– J'y vais, répondit Miles d'un air décidé. Que ça te plaise ou non.

James comprit alors qu'il était inutile de discuter.

Après avoir rapidement renfilé ses vêtements mouillés, James s'équipa d'une torche, d'un nécessaire d'escalade et d'une corde. Puis il descendit la luge des pitons auxquels elle était accrochée et la porta dehors. Le froid était d'autant plus mordant qu'il succédait à l'atmosphère confinée et douillette du refuge. Il aurait donné n'importe quoi pour retourner à l'abri, s'allonger sous une pile de couvertures et dormir pour toujours.

Au lieu de ça, il aida Miles à mettre son blouson et lui attacha un bout de la corde autour de la taille. Après quoi il noua l'autre extrémité autour de sa poitrine à lui. Comme ça au moins, quoi qu'il arrive, ils ne pourraient pas être séparés.

James alluma la torche, enfila ses gants et transporta Miles à l'extérieur.

– On dirait qu'il y a une sorte de sentier, dit-il en asseyant le blessé sur la luge. On va essayer et on verra bien.

– Merci, dit Miles en agrippant le bras de James avec un sourire forcé.

Pour toute réponse, celui-ci le délesta de la flasque argentée qu'il avait dans la poche.

– Qu'est-ce que tu fais ? s'exclama Miles.

– Je vais en avoir besoin, répondit James avant de vider d'un trait le contenu de la fiole au fond de son gosier. On dirait que la nuit va être longue.

Dans un premier temps, l'alcool lui brûla les entrailles.

Puis une douce sensation de chaleur irradia son ventre. Voilà. Ne restait plus qu'à y aller. Après s'être assuré une dernière fois que Miles était solidement harnaché, il attrapa la longe accrochée à l'avant de la luge et tira.

L'attelage s'ébroua.

Sur la pente, c'était presque plus difficile de diriger la luge que de porter Miles sur son dos. En effet, l'engin semblait animé d'une volonté propre et il allait partout sauf là où James voulait. En outre, il n'arrivait pas à savoir s'il valait mieux pousser par l'arrière ou, au contraire, tirer depuis l'avant. Dans le doute, il alterna les deux méthodes. Sans grande réussite.

Le chemin, si tant est que l'on pût ainsi qualifier la piste grossière sur laquelle ils se trouvaient, serpentait en lacets à flanc de montagne. Pour l'essentiel, il était recouvert de neige. Mais il y avait également des passages où les rochers à nu contraignaient James à tirer la luge de toutes ses forces, ses croquenots de cuir grinçant et crissant dans les cailloux. Se faisant violence pour ignorer la fatigue, il poursuivit sa route avec acharnement, bataillant à chaque pas, vainquant chaque nouveau mètre de haute lutte. Miles accompagnait ses efforts d'incessants gémissements, quand il n'était pas secoué d'un spasme lui arrachant un hurlement de douleur. Il commençait à divaguer, ahanant une suite infinie de faits et de chiffres sans queue ni tête.

– La *Hahnenkammrennen* se tient tous les ans depuis 1931… Le plus haut sommet du monde est l'Everest… bien que la plus haute montagne soit en fait le Mauna Kea… dans l'archipel des îles Hawaï… qui mesure presque dix mille mètres de la base au sommet. C'est un fait que l'on a tendance à ignorer… car l'essentiel se trouve sous la mer… Tendance à ignorer… Le deuxième plus haut sommet est le K2, ou Qogir… Le troisième est le… le… Monte Carlo…

Les premiers à s'être attaqués au K2 sont Oscar Eckenstein et Aleister Crowley, connu comme « l'homme le plus malfaisant du monde »... Tendance à ignorer... Peut-être n'est-il pas aussi malfaisant qu'Attila, roi des Huns ou que Gengis Khan... Gengis Khan qui venait de... de... Monte Carlo... Ce que l'on a tendance à ignorer... Il n'y a qu'une seule règle à suivre quand on est emporté par une avalanche : se baisser et attraper ses chevilles, comme ça on peut déchausser ses skis pour ne pas être entraîné sous la neige... Il n'y a pas deux flocons de neige absolument semblables...

James avait l'impression d'être dans un affreux cauchemar, titubant à flanc de montagne dans la nuit, attaché à un siphonné. Quel bonheur ce serait de se réveiller en sursaut et de se retrouver bien à l'abri dans la chaleur de son lit, à l'hôtel ! Il éclata de rire, réalisant qu'il commençait lui aussi à divaguer sous l'effet du froid et de l'épuisement.

Néanmoins, il progressait. Et chaque pas le rapprochait un peu plus de la vallée, de la sécurité. Il y avait pourtant des moments où il semblait perdre tout contact avec la réalité, avançant dans la nuit comme un somnambule. Si ça se trouve, au bout du compte, il ne garderait aucun souvenir de ces heures. De fait, ces moments d'absence devinrent de plus en plus longs jusqu'à ce que, finalement, il émerge de l'un d'eux, glissant dans la pente, tracté par la luge à laquelle il était accroché. Trop faible pour tenter quoi que ce soit, il se contenta de se protéger le visage jusqu'à ce que la luge s'arrête enfin, butant sèchement contre un rocher. James ne tarda pas à suivre et emboutit l'arrière du traîneau.

Ils avaient perdu le sentier.

Par miracle, il avait encore la torche à la main, ou, plus précisément, au creux de la serre congelée qui lui tenait lieu de main. Il se redressa et balaya les alentours du faisceau de sa lampe. Ils se trouvaient sur un affleurement rocheux. Sous eux s'étendait une vaste zone de neige vierge, mais, pour l'atteindre, il fallait d'abord franchir une paroi rocheuse quasi verticale de plus de cinq mètres de haut.

Inutile de dire que c'était hors de question. Miles pouvait à peine se tenir debout, alors de là à faire de la varappe… Ne restait plus qu'une seule solution : il devait le descendre avec la corde, à la seule force des bras.

James redressa Miles et essaya de lui expliquer ce qui se passait. Ce dernier l'écouta en jetant des regards fiévreux autour de lui, comme s'il cherchait quelqu'un du regard. James n'aurait su dire s'il comprenait ce qu'il lui disait ou pas. Toujours est-il qu'il beugla et pleura toutes les larmes de son corps lorsque James le força à quitter la luge pour l'approcher du bord.

– Tiens-toi tranquille ou ce sera pire, dit James en laissant tomber le traîneau qui s'écrasa sans bruit dans un épais matelas neigeux.

Ne restait plus qu'à espérer que l'atterrissage de Miles soit aussi doux.

Après moult palabres, Miles comprit enfin ce qu'on attendait de lui et se glissa prudemment par-dessus l'arête, sur le ventre, les jambes pendant dans le vide. James laissa lentement la corde filer entre ses doigts, qui, engourdis par le froid, avaient depuis longtemps perdu toute sensation. Centimètre par centimètre, Miles descendit le mur de roche, protégeant sa jambe blessée en poussant régulièrement sur la paroi avec celle qui était encore valide.

Il ne savait pas comment il avait fait. Toujours est-il qu'au bout d'un certain temps, James sentit la corde devenir molle. Baissant alors le faisceau de sa torche à l'aplomb du promontoire, il découvrit son blessé sagement assis dans la neige.

Maintenant c'était son tour.

Faire de l'escalade n'est, en soi, pas chose aisée, mais avec des chaussures de ski et des mains paralysées par le froid, l'entreprise devient plus que périlleuse et, par deux fois, James crut qu'il allait tout lâcher. Toutefois, il était dit que le dieu des montagnes aurait un œil sur eux cette nuit-là car, après quelques minutes d'efforts supplémentaires, James se retrouva assis à côté de Miles avec rien d'autre devant eux qu'une claire étendue de neige vierge, disparaissant en pente douce vers le fond de la vallée.

Pourtant, lorsque James se leva et qu'il fit un pas vers la luge, la neige se déroba sous ses pieds. Il se retourna prestement et s'accrocha au rocher.

– Attention ! La neige est instable ! cria-t-il en essayant de retenir Miles en tirant sur la corde.

Mais celui-ci se mit à paniquer et s'écarta de James, entraîné dans la pente par le poids de sa jambe blessée.

– Bouge pas, hurla ce dernier. Ça peut céder d'une seconde à l'autre.

Trop tard. Toute la plaque de neige fraîchement tombée se mit à glisser comme de l'eau sur un pan incliné, emportant Miles avec elle. Une terrible prémonition traversa l'esprit de James : ils avaient provoqué une avalanche. Il n'eut pas le temps de s'appesantir sur la question, le poids de Miles l'entraînant inexorablement dans sa chute, sans qu'il ne puisse rien y faire. La plaque de neige prit de la vitesse et, dans un écœurant soubresaut, James passa par-dessus l'arête d'un nouveau ravin, dégringolant dans une cascade de neige.

Il n'avait aucune idée de la distance sur laquelle ils avaient chuté, pas plus qu'il ne se sentit atterrir. C'était comme si le temps et l'espace s'étaient purement et simplement solidifiés autour de lui en une masse glacée et sombre. Dans un premier temps, il crut qu'il était mort. Il ne voyait plus rien, il ne sentait plus rien. Il avait l'impression d'être en apesanteur. Il se demanda si c'était ça la vie après la mort : un néant d'éternité. Et puis, petit à petit, il retrouva quelques sensations, en particulier celle d'une énorme pression, comme s'il était coincé au creux d'un gigantesque poing. Il ne pouvait plus bouger du tout. C'est alors seulement qu'il fut pris de terreur et qu'il tenta d'appeler à l'aide, réalisant aussitôt que sa bouche était obstruée. Il secoua la tête et lutta pour cracher, le visage comprimé par quelque chose de dur et de froid.

De la neige. Il avait été enterré vivant dans la coulée.

Une absolue terreur s'empara de lui, hors de portée des secours, seul face à l'étreinte glacée de la mort blanche. Il se demanda pourquoi il n'avait pas plus froid. Soit il était trop engourdi, soit la neige agissait comme une couverture et l'isolait. Faisant ce qu'il pouvait pour dominer sa peur, il fit un point sur la situation. Au moins, il respirait. Une poche d'air avait dû être emprisonnée avec lui, même si, avec le poids de la neige qui appuyait sur sa poitrine, cela lui était difficile. Mais il savait aussi que, plus il essayerait de bouger, plus il brûlerait d'oxygène.

« Calme-toi, James. Tu t'es déjà trouvé dans des situations bien pires auparavant et tu t'en es toujours tiré. Tu peux le faire encore. Garde les idées claires et réfléchis. »

Il avait les jambes repliées, le dos voûté. Un bras semblait rejeté d'un côté tandis que l'autre... L'autre se trouvait devant son visage. Il remua les doigts dans son gant et les sentit bouger sur son nez. Là où son souffle avait fait fondre la glace, une petite cavité s'était formée.

Il plia les doigts, tira de toutes ses forces et parvint à libérer sa main. Puis il écarta comme il put la neige de son visage et retira celle qu'il avait dans la bouche. Pour minime qu'elle soit, cette petite victoire lui avait coûté beaucoup d'énergie. Éreinté par l'effort, le sang battant à ses tempes comme un orchestre en plein ostinato, il se sentit soudain pris de vertiges.

Ça allait être une sacrée épreuve que de se sortir de là.

C'est alors qu'une horrible pensée lui traversa l'esprit : où était le haut, où était le bas ? Il pouvait tout aussi bien être allongé sur le ventre ou même, pourquoi pas, la tête en bas. Inutile de chercher une issue tant qu'il n'était pas certain de la manière dont il était positionné. Sans quoi, il prenait le risque de s'enterrer plus profondément encore. Des larmes de rage, de frustration et d'impuissance montèrent à ses yeux. Il battit des paupières pour s'en débarrasser et les sentit glisser sur sa peau.

Un sourire se dessina sur ses lèvres, il pouffa, poussa un petit cri de triomphe. Les larmes coulaient sur son front, vers la naissance de ses cheveux. Cela signifiait qu'il était à l'envers. C'était déjà un début. Il pouvait utiliser ses jambes et donner des coups de pied vers le haut.

Mais à quelle profondeur pouvait-il bien être ? Un mètre ? Cinq ? Quinze ? Il se figura son image, minuscule point enseveli sur les contreforts d'une imposante montagne. « Mieux vaut se retirer ça de la tête. » L'idée de mourir tout seul là-dessous, enterré vivant, était par trop horrible pour qu'il s'y arrête un seul instant. Son corps ne serait pas retrouvé avant la fonte des neiges, l'été prochain, parfaitement conservé par le froid.

Il frissonna. Il n'y avait qu'un moyen de savoir à quelle profondeur il était. Il se mit à pousser sur ses jambes, enfonçant ses pieds dans la neige, creusant simultanément avec ses doigts pour agrandir l'espace autour de sa tête. Petit à petit, il gagna quelques centimètres jusqu'à pouvoir prendre un peu d'élan pour donner des coups de pied. Puis il ramena ses mains vers son ventre dans l'espoir d'écarter davantage de neige. C'est là qu'il sentit la corde. Cette présence lui redonna du baume au cœur. Il allait pouvoir l'utiliser pour se hisser à la surface et, avec un peu de chance, Miles serait à l'autre bout.

Il se mit aussitôt en action, creusant, griffant, gigotant, se tortillant et ruant. Dix minutes plus tard, il avait créé un espace suffisant pour se retourner.

Bientôt, il fut à nouveau dans le bon sens et, comme il en avait moult fois fait l'expérience par le passé, sitôt qu'il avait identifié un problème et qu'il s'y attelait à corps perdu, toutes ses craintes s'évanouissaient et il ne pensait plus à rien jusqu'à ce que celui-ci soit résolu.

Dorénavant, il avait un plan, un but. Peu importe combien de temps ça prendrait, quels efforts ça demanderait et quelles souffrances il faudrait endurer. Il fallait qu'il le fasse.

« De toute façon, c'est ça ou mourir. »

Il tendit les bras au-dessus de sa tête et gratta la neige. Ce qui tombait à ses pieds, il le damait en le piétinant, créant ainsi un socle assez solide pour s'appuyer et creuser plus haut. Ainsi parvint-il graduellement à percer un tunnel à peine plus large que lui. Il avait le dos en miettes à force de lever tout le temps les bras, dans un noir de suie, quand il ne se débattait pas pour faire tomber la neige à ses pieds – qu'il ne sentait plus depuis longtemps. On aurait dit deux grosses briques accrochées au bout de ses jambes. Malgré toute la neige qui l'entourait, il transpirait. Des rigoles de sueur roulaient sur sa peau, sous ses vêtements. Un air lourd et poisseux emplissait l'espace confiné dans lequel il respirait.

De temps à autre, il s'arrêtait, demeurant un instant immobile pour vérifier qu'il creusait bien droit et non en oblique. Une fois convaincu qu'il était sur le bon chemin, il reprenait de plus belle, évidant une pleine poignée de neige, la laissant tomber, puis époussetant les résidus accrochés à ses vêtements avant de les piétiner consciencieusement. Il répétait ses gestes à l'infini, comme une machine, sans avoir la moindre idée du chemin qu'il avait parcouru, si tant est qu'il ait parcouru quoi que ce fût. Car, au bout du compte, sa petite bulle restait toujours la même. Tout son corps implorait qu'on lui accorde un peu de repos, un peu de sommeil. Il repoussait résolument ces signaux, ne gardant active qu'une infime partie de son cerveau : celle qui lui ordonnait de continuer à bouger, à creuser, à avancer.

Lentement, insensiblement, tandis que les minutes se changeaient en heures, il progressait ainsi à tâtons dans l'obscurité, la gorge râpeuse, les poumons en feu, une odeur de neige plein les narines.

Jusqu'à ce qu'enfin un changement se produise.

Tout à coup, la corde obliqua et alla se perdre dans la paroi de neige. Il vérifia. Non. Il n'avait pas fait d'erreur. Il donna des petits coups secs sur la longe qui, jusqu'ici, lui était apparue comme une bouée de sauvetage et qui, maintenant, le plongeait dans le doute. Devait-il suivre la corde ou poursuivre son chemin à la verticale ? Pouvait-il seulement continuer de monter sans le support de ce fil auquel sa vie avait été si longtemps suspendue ?

En tirant dessus, sa tête heurta le plafond du tunnel et une pluie de neige dégringola sur sa figure. Toussant et crachant, il s'épousseta nerveusement. C'est alors qu'il réalisa que les points lumineux qu'il voyait briller au-dessus de lui n'étaient autres que des étoiles.

Des milliers d'étoiles, qui émaillaient un ciel soyeux, noir comme du velours. Il ne les avait jamais vues aussi brillantes.

Et cet air ! Frais, pimpant, magique. Il en avait presque oublié à quel point il était bon.

Et l'odeur des pins !

Il éclata de rire et hurla à la lune, sa voix minuscule se perdant en écho dans la vallée. Il était vivant. Il était libre.

Mais… Et Miles ?

Qu'allait-il trouver à l'autre bout de la corde ?

8

Bonsoir, Vienne

James se hissa hors du trou et s'effondra dans la neige, demeurant ainsi étendu un long moment, goûtant le reflux de la douleur dans ses muscles perclus de crampes et reprenant lentement ses forces.

C'était la nuit, ce qui signifiait qu'aucune équipe de secours n'était à leur recherche.

Le ciel était clair, mais il pouvait facilement se remettre à neiger. Il n'était pas certain de pouvoir immédiatement reprendre son chemin. Il allait retrouver Miles et, ensuite, il aviserait.

– Allez, feignasse, debout, s'encouragea-t-il à haute voix en se mettant péniblement à genoux.

Tous ses muscles se rebellèrent avec véhémence lorsqu'il tenta de se redresser Quand enfin il y parvint, il resta là, vacillant, des tourbillons plein la tête, le ventre secoué par d'horribles haut-le-cœur.

D'une main tremblante, il saisit la corde et tira. Au début, celle-ci lui résista, puis, brutalement, elle prit du mou et une bonne longueur jaillit de sa gangue de glace comme un ressort s'échappant d'un réveil éventré. Il sut aussitôt que si Miles était aussi profondément enseveli que lui l'avait été, il n'avait aucune chance de le sortir. Ne lui resterait plus alors qu'à couper la longe et à aller chercher de l'aide. La seule chose qui lui donnait encore quelque espoir c'était que le cordage ne devait pas mesurer plus de cinq ou six mètres.

Il s'avança lentement en tirant sur la corde. Au bout de quelques pas, il la sentit se tendre. Il tomba à genoux et se mit aussitôt à creuser. La neige était molle et poudreuse à cet endroit. Rapidement, il rencontra quelque chose de dur.

La tête de Miles. Ou, plus exactement, sa nuque car il avait le visage enfoui dans la neige et ne bougeait plus d'un millimètre. James le dégagea rapidement puis tira sur la corde pour finir de le libérer.

Son corps était rigide et froid, mais, dans son cou, sa jugulaire palpitait faiblement et il respirait encore.

James n'allait pas abandonner, pas maintenant, pas après tout ce qu'il avait traversé pour en arriver là, pas après s'être extrait de son sarcophage de neige. Il allait regagner la vallée et Miles avec lui.

La coulée de neige avait déraciné un petit arbre qui, du haut du précipice, avait suivi le même chemin que les garçons. Il gisait là, au milieu d'un tas de branches brisées. James se fit une canne d'une longue branche droite puis s'arcbouta sur la corde.

Les lumières de Kitzbühel paraissaient affreusement loin. Par chance, quelques fermes isolées, avec de la lumière aux fenêtres, jalonnaient le parcours. James fixa son regard sur la plus proche et se mit en marche, tel un insecte irrésistiblement attiré par la flamme d'une chandelle, traînant le blessé dans son sillage, plantant régulièrement son bâton dans la neige pour s'appuyer.

Ses vêtements claquaient au vent. Un air glacial forçait son chemin dans la moindre ouverture, mordait son visage. Ses yeux étaient à vif. La sueur gelait sur son corps, ce qui n'était pas bon signe. En effet, si sa température baissait trop, il perdrait connaissance. Marcher dans la poudreuse était particulièrement pénible. À chaque pas, ses pieds s'enfonçaient dans la neige jusqu'aux genoux et ses orteils étaient tellement engourdis par le froid qu'il peinait à garder son équilibre. Traînant dans son sillage, Miles n'était plus qu'un poids mort, se coinçant fréquemment dans sa course avant de se débloquer soudain, provoquant immanquablement une nouvelle chute pour James qui, jurant tant et plus, s'effondrait tête la première dans la neige.

Le pire c'était que, malgré ses efforts, les lumières semblaient toujours aussi lointaines. Impossible d'évaluer à quelle distance se trouvait la ferme. Il essaya de se souvenir combien de temps ils avaient mis pour grimper la montagne à bord du funiculaire. Mais ça n'avait pas de sens vu qu'ils étaient déjà bien descendus…

Il ne s'arrêta pas pour autant, forçant ses jambes à avancer, tellement absorbé par le simple fait de mettre un pied devant l'autre qu'il ne remarqua pas les premiers flocons qui tombaient autour de lui. C'est seulement lorsqu'il passa une main sur son visage pour s'essuyer qu'il réalisa à quel point il neigeait.

Bientôt, au loin, les lumières qu'il avait en point de mire vacillèrent un instant et s'éteignirent. Mauvais. S'il avançait au hasard dans le noir, il avait toutes les chances de tourner en rond pendant des heures. Dans un grognement plaintif, il s'effondra sur le sol.

Impossible. Il n'y arriverait jamais. Il était temps d'envisager autre chose. S'abriter en attendant le jour.

Pour cela, il n'y avait qu'une solution. Bien qu'il ait passé des heures à se sortir péniblement d'un trou dans la neige, sa seule chance de survie était d'en creuser un autre et de s'y terrer. Il s'avança jusqu'à l'endroit où la pente était la plus raide, vérifia la direction du vent, et se mit à creuser, utilisant la neige extraite pour élever un rempart contre le vent, qu'il solidifiait en la tassant consciencieusement. Il travailla rapidement, jetant ses dernières forces dans la construction de l'ouvrage.

Une fois que ça serait fait, il pourrait se reposer.

Progressivement, le trou prit forme. Trop épuisé pour façonner autre chose qu'une sorte de terrier en forme de cercueil, il pria secrètement pour que celui-ci puisse les accueillir tous les deux.

Finalement, il noua l'écharpe de Miles au bout du bâton et le planta à l'entrée du sarcophage en guise de balise.

Ce n'était pas parfait, mais c'était le mieux qu'il pouvait faire. Quelqu'un les repérerait peut-être, une fois le jour levé.

Restait à faire entrer Miles à l'intérieur d'une manière ou d'une autre. Il savait qu'ils devaient garder la tête près de l'entrée, au cas où le terrier s'effondrerait sur eux pendant qu'ils dormaient, ce qui sous-entendait se glisser à l'intérieur les pieds devant. Pour lui, cela ne posait pas de problème particulier, en revanche, pour Miles, inconscient et avec une jambe cassée, c'était une autre affaire. Au bout du compte, James s'étendit sur le dos, fit rouler Miles sur son ventre, puis se faufila dans l'ouverture. Une fois à l'intérieur, il le fit basculer et le serra contre lui pour éviter toute déperdition de chaleur, réalisant bientôt qu'il faisait étonnamment chaud dans ce terrier improvisé. Ainsi étendu, James ne tarda pas à ressentir de douloureux picotements dans les doigts et les orteils, signe d'un retour de la circulation sanguine dans ses extrémités. Il se concentra un moment sur les hurlements du vent et sur les bourrasques qui grêlaient l'entrée du trou, espérant ainsi rester éveillé. En vain. Sa conscience déclinait, tel un feu mourant, et, avant qu'il ne comprenne ce qui lui arrivait, il sombra dans un profond sommeil.

À quelque trois cent cinquante kilomètres de là, vers l'est, unique occupante de sa loge de l'Opéra national de Vienne, la Grafin[1] Frieda von Schlick suivait négligemment des yeux la scène en contrebas, sur laquelle une corpulente soprano blonde, vêtue d'une ample toge blanche, s'époumonait tant et si bien dans son aria que sa voix en faisait trembler les murs.

Frieda n'avait jamais été très friande d'opéras, trouvant les histoires difficiles à suivre et le jeu des acteurs beaucoup trop outré. Mais, ce soir-là, elle avait encore plus de mal que d'habitude à se concentrer. Et pour cause puisqu'elle avait passé ces derniers jours au chevet de son mari, dans une clinique au-dessus de Westendorf. Celui-ci ne s'en était pas réellement rendu compte puisque, victime de profondes brûlures, il était bandé des pieds à la tête et gavé de sédatifs. Dans un sens, elle aurait aussi bien pu être au chevet d'un sac de patates. Les médecins prévoyaient de l'opérer dans la matinée du lendemain, dans l'espoir de reconstituer son visage grâce à la chirurgie plastique. La présence de sa femme était parfaitement inutile le temps qu'il sorte de réanimation.

« S'il en sort un jour… »

En effet, le chirurgien – docteur Kitzmuller – l'avait avertie qu'il était possible qu'Otto ne survive pas à l'opération. Il était très faible. Et même des hommes en pleine santé succombaient parfois à l'action du scalpel.

Pauvre Otto ! Allongé dans son lit d'hôpital, bourré de morphine, dont seuls d'occasionnels hochements de tête saccadés indiquaient qu'il était encore en vie. Quant à elle, elle avait fait sa part, assumant pleinement le rôle de l'épouse éplorée. Mais tout cela était d'un tel *ennui* qu'elle se languissait d'être de retour à Vienne.

---

1. Comtesse

Elle savait bien qu'elle aurait dû éprouver davantage de compassion pour son cher Otto, mais l'homme était nigaud. Dès qu'il montait à bord de sa précieuse Bugatti, il fallait toujours qu'il conduise trop vite. Combien de fois l'avait-elle prévenu qu'un jour, ça finirait mal ? Eh bien voilà, ce qui devait arriver était arrivé. Apparemment, le conducteur de l'autre véhicule impliqué dans l'accident était lui aussi sévèrement brûlé. Ils allaient l'opérer en même temps qu'Otto.

Les docteurs lui avaient dit qu'ils avaient de la chance d'être encore vivants.

De la chance ? Elle ne savait pas exactement quels dommages avait subis le visage d'Otto et il faudrait probablement attendre des semaines avant que l'on puisse enlever les bandages. Elle n'osait pas y penser. Si Otto était défiguré, elle savait qu'elle ne pourrait plus jamais le regarder en face. Elle exécrait la laideur.

C'était d'autant plus cruel qu'il avait été *très* beau.

« L'idiot. Le ballot. Le maudit crétin. Le stupide gosse de riche trop gâté ! »

Ses yeux se remplirent de larmes. Tant pis. Si quelqu'un la voyait pleurer, il présumerait que c'était à cause de l'opéra. De fait, il s'agissait là du clou de la saison. *Tristan et Isold*, de Wagner. Et qu'est-ce que c'était long… À croire que ces gros Teutons allaient passer la nuit à se répandre avec force vagissements et larmoiements. Une pesante histoire où les personnages mouraient d'amour.

« Pff ! »

Ces Allemands et leur grossier romantisme morbide !

Car si elle eût aisément admis qu'à sa manière elle aimait bel et bien Otto, au grand jamais elle n'aurait été disposée à mourir pour lui. Encore heureux qu'elle ne se fût pas trouvée dans la voiture. Dieu soit loué, il était seul. En route pour le lugubre Schloss, ce château macabre que sa famille possédait dans les montagnes. Car si son visage à elle avait été défiguré…

Ça, c'était une raison valable de mettre fin à ses jours. Mais l'amour…

Ce qui n'empêchait pas Isold, sur scène, de se mettre dans tous ses états. Frieda se demanda pourquoi elle était obligée d'exprimer ses émotions avec autant d'emphase.

Franchement ! Ça ne se faisait pas dans le monde.

Or, préserver les apparences était justement ce pour quoi elle avait tenu à assister à l'ouverture de la saison lyrique. Elle détestait la musique. Mais elle adorait les mondanités. Les robes, les potins et ce sentiment d'être là où il faut être.

Elle n'aurait raté ça pour rien au monde. Et puis, il n'y avait rien qu'elle puisse faire de plus à la clinique en attendant qu'Otto subisse son opération, le lendemain. Aussi avait-elle demandé à être reconduite à Vienne l'après-midi même.

Ah ! Vienne…

Après cette soirée à l'opéra, elle pourrait savourer un dîner convenable, pas cette saleté de nourriture tyrolienne, bourrative et rustre, dont elle avait dû se contenter dans les Alpes, puis elle rentrerait à la maison pour dormir dans SON lit. Après un long bain paresseux dans la matinée, elle retournerait voir Otto à l'hôpital, fraîche et pimpante.

Et préparée au pire.

La porte de sa loge s'ouvrit. Un laquais en habit entra, tenant un plateau d'argent sur lequel étaient posées une coupe et une bouteille de champagne. Frieda ne daigna pas lui accorder un regard.

– Posez cela sur la table, ordonna-t-elle dédaigneusement avec un vague geste de sa main gantée.

Si elle s'était retournée, elle aurait découvert un petit homme râblé, aux yeux étonnamment bouffis.

Frieda, quant à elle, ne s'embarrassa pas de savoir s'il était parti ou non. Pourquoi diable l'eût-elle fait ? Aussi ne le remarqua-t-elle point, tapi dans l'ombre au fond de la loge, qui ne la quittait pas des yeux, à travers la minuscule fente de ses lourdes paupières flasques, tout en écoutant attentivement la musique.

Cet opéra, Wrangel l'avait attentivement étudié, assistant patiemment à toutes les répétitions qui avaient eu lieu la semaine précédente, discrètement installé dans le poulailler, à l'abri des regards. Au début, il l'avait trouvé grandiloquent, plombé par les longueurs et une pompe superflue. Pourtant, petit à petit, il s'y était fait et, au fil des écoutes, avait même fini par trouver la composition fort émouvante.

Voilà qu'arrivait le moment qu'il attendait : l'apogée de l'acte III, lorsque Isold meurt de chagrin en découvrant la dépouille de son amant défunt. Lentement, la musique enfla. Les cordes et les cuivres répétaient implacablement un motif aux accents tragiques, de plus en plus fort, comme si une houle gigantesque montait de la fosse d'orchestre.

Il restait là, immobile, battant la mesure, suivant mentalement la musique dans l'attente du bouquet final, lorsque le son semblait littéralement exploser de l'orchestre. Le crescendo continuait de monter, à l'infini, la voix d'Isold planant majestueusement au-dessus du flot furieux.

Enfin, il s'avança. En silence, le caoutchouc de ses semelles étouffant ses pas. Quiconque eût levé les yeux vers la loge de la Grafin à ce moment-là eût remarqué un homme se glissant furtivement dans son dos, plaquant une main sur sa bouche et, de l'autre, l'étreignant au niveau de la poitrine pour la soulever de son fauteuil. Mais personne ne leva les yeux. Puisque, comme il l'avait pressenti, tous les regards étaient rivés sur la scène.

Frieda se débattit un bref instant puis s'immobilisa. Personne ne la vit basculer par-dessus le balcon de sa loge. C'est seulement lorsqu'elle s'écrasa sur le sol du parterre que la bonne société viennoise prit conscience du drame.

Un soupir d'épouvante parcourut le public. Toutes les têtes pivotèrent ensemble vers l'allée.

Que s'était-il passé ?

Avait-elle glissé ? S'était-elle délibérément jetée dans le vide ?

Aucune des personnes présentes n'avait le moyen de le savoir. Personne ne l'avait entendue crier.

Et pour cause : la Grafin n'avait pas poussé le moindre cri parce qu'elle avait eu la nuque brisée bien avant de heurter le sol.

Il y avait un carré de ciel. Avec une forme bizarre, mouvante. D'abord une île, puis un nuage, un monstre, un visage humain et, enfin, une fenêtre ouverte sur un autre monde, à travers laquelle James pouvait voir des anges, tout de blanc vêtus, qui allaient et venaient en silence, avec des gestes lents et gracieux. Il ferma les yeux et, lorsqu'il les rouvrit, le bout de ciel s'était transformé en une tache au plafond. La vision la plus claire de toutes. Il distinguait jusqu'à la plus petite fissure dans la maçonnerie, la plus petite cloque dans la peinture. La tache était d'un brun jaunâtre, comme le stigmate d'un vieux dégât des eaux. Il tourna la tête, découvrant une autre fenêtre, avec sa propre vue sur un autre monde. À la différence près que cette fenêtre-ci était carrée et qu'elle donnait sur la montagne…

Il lutta pour reprendre le contrôle de ses sens.

« Redescends sur terre, crétin. Si tu vois les montagnes, c'est parce que tu y es. Ce n'est pas une vue sur un autre monde ; simplement ce que tu vois depuis ton terrier dans la neige. »

Mais alors pourquoi la fenêtre était-elle carrée et pas ronde ?

C'en était trop pour le cerveau fatigué de James.

Il referma les yeux.

Et pourquoi ne souffrait-il pas davantage du froid ? De l'humidité ? Comment se pouvait-il qu'il puisse agiter ses doigts de pieds ?

– James ?

C'était bel et bien un ange qui se tenait là… Non, pas un ange, une femme en blouse blanche, docteur de son état.

Soulagé, il esquissa un sourire.

Il se rappelait maintenant…

Le visage des hommes qui l'avaient retrouvé, terré dans la neige. Hannes Oberhauser et les autres. Puis on l'avait allongé sur une civière que des hommes à ski avaient transportée jusqu'au bas de la pente. Un trajet en ambulance. Et, enfin, le paradis de draps propres, la chaleur d'un lit douillet, le savoureux contact du coton sur la peau.

– Tu es réveillé ? demanda la doctoresse dans un anglais haché, avec un fort accent germanique.

Elle avait un doux visage.

– Ça va, répondit James en allemand. Vous pouvez parler votre langue, vous savez. Je comprends.

– Parfait, sourit la doctoresse. Tu sais où tu es, James ?

– L'endroit m'importe peu, répondit-il en balayant la salle d'hôpital du regard. Du moment que je suis vivant.

Il faisait nuit et ce qu'il avait pris pour une fenêtre n'était autre qu'une affiche accrochée au mur.

– Oui, et c'est presque un miracle, poursuivit la doctoresse. Tu dois avoir une constitution d'acier. Nous redoutions des engelures, l'hypothermie et Dieu sait quoi d'autre encore. Pourtant, à part quelques lésions au niveau de l'épiderme, tu sembles indemne.

James se redressa brusquement.

– L'autre garçon, demanda-t-il d'une voix anxieuse. Miles Langton-Herring ? Il va bien ?

– Calme-toi, répondit le médecin en posant une main sur son bras d'un geste apaisant. Il est en vie. Sa jambe est dans un sale état, mais il s'en remettra.

– Dieu soit loué, soupira James en retombant sur l'oreiller.

– En revanche, il va devoir rester ici un petit bout de temps.

– Mais, moi, je peux partir ?

– Nous aimerions te garder en observation. Et puis, il faut qu'on soigne ta peau. Le froid peut infliger des brûlures aussi profondes que le feu. Pas de panique néanmoins. La chance a voulu que tu sois admis dans l'un des hôpitaux les plus à la pointe d'Europe dans le domaine de la chirurgie esthétique. Nous sommes dans les montagnes ici. L'air est stérile.

– Je m'en souviendrai. Comme ça, la prochaine fois que je serai bien amoché, au moins, je saurai où aller.

La doctoresse éclata de rire, puis tourna les talons et poursuivit sa tournée.

James ferma les paupières et se rendormit sans demander son reste.

Quelques heures plus tard, il fut dérangé par un bruit. Quelqu'un qui criait. Il en était sûr et certain. Pourtant, lorsqu'il s'éveilla, le bruit avait cessé. Et il commença à se demander s'il n'avait pas rêvé.

Il grimaça en essayant d'avaler sa salive. Il avait la gorge irritée, aussi sèche que s'il avait avalé de la poussière... ou que si l'on avait tenté de l'étrangler. Il avait une soif atroce. Au mur, l'horloge marquait quatre heures vingt-sept.

À la faible lueur de la veilleuse, il avisa la carafe et le verre posés sur sa table de chevet, vides tous les deux. Il avait trop mal à la gorge pour appeler, sans compter qu'il ne voulait pas non plus réveiller toute la chambrée. Il rabattit les couvertures, laissa pendre ses jambes au bord du lit, et glissa ses pieds nus dans la paire de chaussons de feutre laissés à son intention. Il grimaça en se mettant debout. Ses jambes ankylosées étaient raides comme des piquets et le frottement du pyjama sur sa peau à vif lui faisait mal. Autant de douleurs qu'il pouvait aisément supporter – au moins cela voulait dire qu'il était vivant.

Il enfila une robe de chambre et s'engagea dans l'allée centrale d'un pas traînant, roulant des épaules et faisant de grands cercles avec la tête pour se détendre. Ce n'est qu'au milieu de l'allée qu'il commença à se rendre compte de l'état des autres patients. La plupart d'entre eux étaient bandés de partout et les rares parties qui ne l'étaient pas laissaient apparaître d'horribles blessures, en particulier au visage et sur les mains. James essaya de ne pas trop regarder, sans toutefois parvenir à empêcher de furtives images de s'imprimer sur sa rétine. Ainsi entrevit-il des lambeaux de peau couverts de cloques, de cicatrices, quand ce n'était pas de profondes entailles ou des chairs à vif, boursouflées comme du lard frit. Il y avait des hommes auxquels il manquait des doigts, des mains, des jambes ; l'un d'eux avait un gros trou au milieu de la face, là où aurait dû se trouver son nez.

James était gêné d'être là. En comparaison, il n'avait vraiment rien. Coupable sentiment de celui qui se retrouve malgré lui dans la position du voyeur, de l'imposteur, de l'intrus. Il baissa la tête et continua de marcher.

En l'absence d'infirmière, il s'en remit à un panneau indiquant la direction des toilettes.

C'est alors qu'il entendit à nouveau la voix, qui appelait derrière une porte entrebâillée. Il jeta un regard à gauche, un à droite et, ne voyant toujours pas de membre du personnel médical, poussa la porte et entra.

La chambre ne contenait que deux lits. Et les corps qui y étaient allongés étaient très semblables l'un à l'autre. Et pour cause, ils étaient si uniformément bandés que c'est à peine si l'on distinguait un bout de peau. La seule partie de leur anatomie encore visible était leurs yeux.

Un des malades bougeait faiblement, comme s'il essayait de s'asseoir. Il marmonnait et appelait d'une voix si inarticulée que James avait le plus grand mal à comprendre ce qu'il disait. Pourtant, une phrase revenait en boucle.

– *Mein Vetter Jürgen...*

Mon cousin Jürgen.

L'homme divaguait, le regard perdu au loin.

– Monsieur ? Ça va ? demanda doucement James. Monsieur ? Vous m'entendez ?

Les yeux restèrent obstinément braqués dans le vide.

– *Mein Vetter Jürgen... Sie werden meinen Vetter Jürgen töten. Eine Donnerkugel. Es wird Donner geben. Es gibt einen mächtigen Knall... Schneeblind ! Schneeblind !*

L'homme semblait persuadé que l'on essayait de tuer son cousin, Jürgen. Et puis le tonnerre et puis aussi quelque chose à propos de la réverbération aveuglante du soleil sur la neige : *snow-blind.*

– Monsieur, vous rêvez, dit James en essayant de trouver un sens aux divagations confuses du malade. Ne vous inquiétez pas. Je suis sûr que votre cousin va bien...

Puis il jeta un œil vers l'autre lit et remarqua que l'homme qui s'y trouvait le fixait intensément, ses yeux grands ouverts lançant des éclairs dans la pénombre.

– Je vais aller chercher de l'aide, dit James. Ne vous inquiétez pas.

Se retournant, il se retrouva nez à nez avec un gaillard trapu et particulièrement râblé. Il avait la largeur d'épaules d'un boxeur. Un boxeur qui aurait pris du poids à l'issue de sa carrière. Il portait un manteau mouillé et un chapeau. De toute évidence, il arrivait tout juste du dehors. Au début, James crut qu'il portait des lunettes d'aviateur, puis il réalisa qu'en fait, il ne s'agissait que de ses paupières, étonnamment bouffies, épaisses et ridées. Comme deux yeux au beurre noir, mais sans la coloration.

– Que faites-vous ici ? maugréa-t-il dans un allemand fortement teinté d'accent russe.

– Il appelait, répliqua James. J'ai cru qu'il avait un problème.

– Il va bien, affirma l'homme en faisant sauter les fermoirs d'un attaché-case en cuir duquel il sortit une seringue. Je vais m'occuper de lui. Je suis son valet. Vous ne devriez pas être ici.

– Je voulais seulement aider…

L'homme jeta un rapide coup d'œil à l'autre patient avant de reporter à nouveau son regard sur James.

– Partez, maintenant, ordonna-t-il en levant la seringue dont il vérifia le contenu.

James s'exécuta. En se retournant pour fermer la porte, il aperçut deux paires d'yeux qui le fixaient. L'une cachée par d'épaisses paupières adipeuses, l'autre par des bandages.

L'homme qui avait fait tant de bruit ne bougeait plus d'un pouce.

9

L'homme sans visage

– C'est ma faute, James. Jamais je n'aurais dû vous embarquer dans cette descente. Le temps était mauvais. Nous aurions dû nous contenter du téléphérique.

– Vous n'y êtes pour rien.

Accompagné de M. Merriot, Hannes Oberhauser avait sorti sa calèche à cheval pour venir chercher James à la clinique. Il calma l'animal pendant que celui-ci grimpait à bord, faisant sèchement tanguer la voiture.

– S'il y a quelqu'un à blâmer, dit le convalescent en tirant une couverture sur ses jambes dès qu'il se fut installé sur la banquette, face à M. Merriot, c'est Miles Langton-Herring. Si je ne l'avais pas suivi, je n'aurais pas fini dans cette clinique.

– Si vous ne l'aviez pas suivi, il serait mort à l'heure qu'il est, fit valoir M. Merriot en tirant sur sa pipe – une fois n'est pas coutume – allumée.

James vit dans cette dérogation une manière pour le professeur de s'accorder un brin de chaleur par cette matinée glaciale.

– Qui sait, répondit James. Quoi qu'il en soit, cela ne nous avancera à rien de chercher indéfiniment des responsabilités. Je n'accuse personne, vous encore moins, Herr Oberhauser.

Tous les autres sont arrivés en bas sans encombre et c'est vous et votre équipe de sauveteurs qui nous avez retrouvés. Par conséquent, j'estime que nous sommes quittes.

Un large sourire se dessina sur le visage de Hannes. Puis il prit place et fit claquer les rênes. Le cheval démarra au pas rapide, posant prudemment ses sabots sur l'asphalte glissante de la route. Le solide fiacre dépourvu de toit s'ébranla dans un concert de cliquetis et de tintements.

– Malgré tout, dit Hannes une fois en chemin. Je me sens responsable. Et donc, pour me racheter à tes yeux, j'aimerais faire un petit geste et t'offrir l'hospitalité. J'en ai parlé à Herr Merriot. Il est d'accord. Tout est arrangé.

– Que voulez-vous dire ? demanda James, un nuage de condensation presque compacte sortant de sa bouche.

– Eh bien, comme tu peux t'en douter, poursuivit le moniteur de ski, les docteurs n'étaient pas chauds pour te laisser sortir si tôt de la clinique…

– Oh, mais je vais parfaitement bien, ne vous inquiétez pas, l'interrompit James. Seulement, je crois que si j'avais dû passer un jour de plus dans cet endroit, je…

– Laissez-le terminer, coupa M. Merriot.

– Donc, ils ont demandé si quelqu'un était en mesure de veiller sur toi pendant quelques jours, poursuivit Hannes. Jusqu'à ce que tout risque de complication soit définitivement écarté.

– Comme je vous le dis, insista James, je vais parfaitement bien.

– Hannes propose aimablement de vous prendre chez lui durant quelques jours, expliqua M. Merriot. C'était la seule manière de vous arracher des griffes des docteurs.

– Comme ça, je pourrais te donner quelques cours de ski supplémentaires, ajouta Hannes. À condition, bien sûr, que tu puisses encore voir une piste en peinture.

– Vous plaisantez, j'espère. Mais, vraiment, je ne voudrais pas constituer une gêne.

– Tat-tat-tat ! Ce sera avec plaisir, conclut Hannes en relançant l'allure du cheval funambule sur la route étroite. Helga, ma femme, a hâte de faire ta connaissance.

La ferme des Oberhauser se trouvait sur les contreforts du Hanenkamm. Ils possédaient un verger ainsi que vingt vaches, parquées pour l'hiver dans une vaste étable, sous la maison, ce qui contribuait à la douce chaleur ambiante des lieux. Hannes expliqua que, l'été, Helga s'occupait des vaches pendant que lui assurait le pécule du ménage en tant que guide de haute montagne pour les randonneurs et autres alpinistes qui affluaient en nombre dans la région, les beaux jours venus.

Construite à fleur de pente, la maison présentait une large terrasse en façade, à laquelle on accédait par un escalier en bois. De fait, la bâtisse était entièrement en pin, rendu presque noir par un revêtement de protection, et taillé dans de jolies formes autour des portes, des fenêtres et des extrémités de charpentes. Sous la large avancée du toit, côté pignon, se dressait une solide réserve de bois de chauffage, alignée au cordeau.

L'intérieur était douillet et confortable. Deux poêles à bois chauffaient la pièce à vivre, débordante de tapis, de couvertures et de meubles en bois peint. Dans la cuisine, une grosse cocotte de ragoût mijotait sur le fourneau, emplissant la maison de délicieuses odeurs.

Helga était une femme joviale et potelée qui accueillit James avec deux bambins accrochés à ses jupes et un nourrisson dans les bras. Quand elle eut réalisé que James parlait allemand, elle le bombarda de questions tout en vaquant à ses occupations.

La conversation se poursuivit pendant le dîner et bientôt James se sentit « liquéfié », comme si, après avoir été changé en bloc de glace, son corps commençait seulement à fondre. Tous ses muscles se détendirent, son souffle se fit plus lent et plus profond, la tension noueuse dans son dos relâcha sa pénible étreinte.

Au fil des discussions, il se surprit lui-même en constatant qu'il s'ouvrait à ce couple d'honnêtes gens plus librement qu'à quiconque depuis la mort de ses parents. Était-ce le fait de parler une autre langue ? De se sentir quelqu'un d'autre ? Toujours est-il qu'il leur raconta sa vie par le menu : tante Charmian, ses amis, ses problèmes à l'école, ses pantalons qui devenaient trop courts pour lui, la qualité de la cuisine… Bref, toutes ces petites choses du quotidien dont il ne s'embarrassait pas d'ordinaire.

« Ça doit être ça, se dit-il. Ça doit être ça d'avoir un père et une mère. » Il dut se contrôler pour ne pas laisser échapper une larme. En effet, lui, ce n'était pas les choses tristes qui l'émouvaient, pas plus que les blessures morales, encore moins la peur… Non, ce qui le touchait le plus, c'était la gentillesse. Les qualités de cœur des gens simples.

Après le souper, ils jouèrent aux cartes et continuèrent à discuter jusqu'à ce que James sente ses paupières se fermer toutes seules.

Helga le conduisit à sa chambre, au fond de la maison, directement sous le toit. La mansarde lui rappela aussitôt sa chambre d'Eton. La comparaison s'arrêtait là, tant celle-ci était plus accueillante que celle de l'internat.

Il se glissa avec bonheur dans la fraîcheur de draps propres. Oui, il allait se plaire ici.

Pourtant, alors qu'il sombrait inexorablement dans le sommeil, une voix lui revint en mémoire, appelant dans la nuit…

« Schneeblind ! Sie werden meinen Vetter Jürgen töten… »
Snow-Blind ! Ils veulent tuer mon cousin Jürgen…

Le reste de la semaine se déroula sans incident, James partageant son temps entre le ski et le souper du soir chez les Oberhauser, immanquablement suivi de parties de cartes, quand il n'allait pas dîner en ville avec les garçons. D'une certaine manière, il préférait le calme et la solitude de la ferme des Oberhauser. Jamais ils n'insistaient, jamais ils n'appuyaient lourdement lorsqu'ils sentaient que James voulait éviter certains sujets. Il n'en allait pas de même avec ses condisciples. Et ce qui les intéressait au plus haut point était l'équipée de James avec Miles.

Malgré lui, James se montrait avare de réponses. Il aurait préféré tout oublier. Qui plus est, il détestait être au centre des attentions, d'autant qu'en l'occurrence, un sentiment d'échec lui laissait un goût amer dans la bouche. Non, il n'était pas un héros.

Loin de là.

La vérité c'est qu'ils s'étaient perdus, que Miles s'était cassé la jambe et que James avait échoué à le ramener en bas sain et sauf.

Un soir qu'ils étaient attablés devant d'épais chocolats chauds dans un café de la Hinterstadt, à Kitzbühel, les garçons épiloguèrent une fois de plus sur ce qui s'était passé, tout le monde parlant en même temps et riant fort.

– Tu aurais dû abandonner cette pipelette là-haut, lança Teddy Makereth. L'hôtel est d'un calme olympien depuis qu'il est à l'hôpital. Du miel pour les oreilles.

En effet, Miles n'avait pas encore quitté la clinique. Sa jambe était salement cassée et ses parents arrivaient le lendemain d'Angleterre pour le rapatrier à la maison.

– Explique-moi un truc, dit Gordon Latimer, pourquoi tu lui as pas cassé l'autre jambe ?

– Arrêtez, il n'est pas si horrible, fit mollement valoir James, se sentant obligé de prendre la défense d'un garçon que lui-même trouvait fortement antipathique.

– Pouah ! s'exclama Teddy d'un ton railleur. Il croit qu'il sait tout, mais il est même pas capable d'arriver entier au bas d'une piste. Nous, on y est bien arrivés ! Alors pourquoi pas lui ?

– Écoutez, les mecs, répondit James en baissant la voix jusqu'au murmure. Je vous le dis à vous, mais vous ne le répétez à personne, vu ? Il était bourré.

– Non ? ! ! !

– Si.

L'éclat de rire général qui s'empara de la tablée ne fit qu'augmenter encore le vacarme assourdissant du café.

Les limbes de l'oubli commençant à jeter un voile salvateur sur les événements, James devenait plus sensible au grotesque de la situation, faisant ainsi, pour la première fois, mention de l'alcoolémie de Miles. En effet, jusqu'ici, il avait considéré que le pauvre garçon avait largement son compte pour ne pas en rajouter. Bien sûr, ses deux acolytes savaient pertinemment ce qui s'était passé – et pour cause puisqu'ils avaient bu ensemble –, mais, jusqu'à présent, James n'avait pas jugé bon d'aborder la question. En outre, il avait suffisamment confiance en ceux qui étaient là pour savoir qu'ils ne vendraient pas la mèche et que, donc, cela n'ajouterait en rien aux problèmes qu'avait déjà Miles.

En sortant du café, la tapageuse petite troupe emprunta un sombre passage voûté, sous l'hôtel Sport. Qu'ils aient regardé au fond de la galerie et ils auraient aperçu un homme en chapeau mou notant quelque chose sur un carnet. Qu'ils aient posé les yeux sur ce carnet et ils auraient découvert un soigneux compte-rendu de tout ce que James avait fait depuis qu'il avait quitté l'hôpital. À condition, bien sûr, qu'ils aient su déchiffrer le code dans lequel il était rédigé.

Mais tout y était. Jusqu'au plus petit détail. Soigneusement noté et consigné. Les heures précises auxquelles il avait quitté le chalet des Oberhauser, le matin, l'endroit où il skiait, pendant combien de temps, ce qu'il faisait chaque soir, à qui il parlait, le nom de ceux qui semblaient être ses amis, ou, au contraire, de ceux qu'il évitait. L'homme n'en avait pas raté une miette, restant caché tout du long, en retrait, gardant ses distances, pour mieux se fondre dans le paysage.

De fait, il n'y avait que les rares fois où James s'était retrouvé seul que l'homme s'était risqué un peu plus près, compensant ses avancées par une vigilance et une prudence accrues.

Ainsi la fois où James avait fait la tournée des magasins en quête d'un cadeau pour tante Charmian. Pendant tout le temps, l'homme s'était tenu à seulement quelques mètres de lui attendant de voir s'il s'aventurerait dans un quartier désert. Mais James était obstinément resté à la lueur criarde des vitrines de la rue principale.

Les soirs où il se rendait en ville, James regagnait la ferme des Oberhauser à pied, l'homme sur ses talons, tout le long du chemin, comme un chat pistant une souris. L'insouciance affichée par le garçon laissait clairement entendre qu'il n'avait aucune idée du danger qui planait, ignorant qu'il était des périls tapis dans la nuit.

Pour l'heure, les ordres se limitaient à la surveillance.

Ça lui allait. Après tout, c'était son boulot, ce pour quoi il avait été formé. En plus, il était patient. Car, au fond de lui, il savait bien que ce travail de fourmi finirait par payer. Viendrait un moment où il entrerait en action et là, son assiduité ferait toute la différence.

Ce soir-là, avec Hannes, James évoqua l'heure du départ. Les vacances étaient presque terminées et il allait bientôt devoir prendre le chemin du retour. Son hôte lui fit promettre de revenir, aussi vite que possible.

– Inutile d'attendre l'hiver. Les Alpes sont magnifiques en été. Et puis, comme ça, on pourrait faire de la marche, de l'escalade, se baigner dans le Schwarzsee…

– Sincèrement, rien ne me ferait plus plaisir, répondit James. J'aimerais tellement voir la montagne couverte d'herbe verte… Mais je ne voudrais pas m'avancer avant d'avoir consulté ma tante. Après tout, elle a peut-être déjà prévu quelque chose pour les vacances.

– Venez tous les deux, lança aussitôt Hannes, magnanime. Enfin, seul ou accompagné, sache qu'il y aura toujours un lit pour toi chez moi. Et si, d'une manière ou d'une autre, je peux te rendre quelque service que ce soit, surtout, n'hésite pas. Je serai ravi de le faire.

– Merci, c'est très gentil de votre part. Mais ça, je le savais déjà. Helga et vous êtes la gentillesse incarnée. D'ailleurs, j'ai été si bien reçu chez vous que, méfiez-vous, je pourrai bien y revenir…

– Quand tu veux. Tu seras toujours le bienvenu.

Le lendemain matin, Andrew Carlton passa chercher James à la ferme. Ils avaient convenu d'aller dire au revoir à Miles avant le voyage de retour en Angleterre. Le temps avait changé. Il faisait plus doux et la neige commençait à fondre. Il était toujours possible de faire du ski, dans les hauteurs du domaine, mais la saison touchait à sa fin. La preuve, toutes les routes étaient ouvertes, tant et si bien qu'Andrew était venu avec le taxi qui devait les emmener à la clinique.

La grisaille s'était abattue sur la région. Une fine bruine hâtait la fonte des neiges qui, dans la vallée, s'étaient déjà changées en gadoue que l'on empilait en tas sales au bord des routes. En roulant, la voiture levait une fine gerbe de gouttelettes.

– Mmh… Bientôt, va falloir reprendre l'école, bougonna Andrew d'un air maussade en écrivant nonchalamment son nom sur la fenêtre embuée du taxi.

– Bah ! c'est pas si terrible, répondit James. Moi, j'ai hâte de retrouver les vieux copains.

– C'est facile pour toi de dire ça. T'as pratiquement pas été là du dernier semestre… pendant que nous on était enchaînés à nos pupitres.

– Dis-toi que ce sera bientôt l'été. Tout paraît moins sombre, au soleil. Mais c'est vrai que l'hiver, à Eton, c'est plutôt déprimant.

– Tu l'as dit, approuva Andrew. En attendant, après l'été vient l'automne, auquel succède un nouvel hiver et ainsi de suite pour des siècles et des siècles. Amen.

– Arrête, le coupa James en riant. Voilà que tu parles comme un vieillard. À notre âge, on n'est pas censés voir aussi loin.

– Je sais, concéda Andrew. Mais tu imagines le nombre d'années de ta vie que tu vas passer à Eton ?

– Certes, mais, moi, j'suis pas comme toi. Je ne me préoccupe guère de l'avenir au-delà du prochain week-end. J'essaie de profiter au jour le jour, sans m'inquiéter de ce qu'il adviendra demain.

– Si seulement ça pouvait être aussi simple, dit Andrew. Hélas, j'ai bien peur que mon père ait une autre conception de la vie et qu'il ait déjà un chemin tout tracé pour moi. Eton, puis Cambridge, bûcher dur, mais pas trop, histoire de se garder du temps pour faire de l'aviron, peut-être même au sein de l'équipe de l'université et puis intégrer l'entreprise familiale, s'installer avec une gentille petite femme et fonder une nouvelle génération de Carlton pour que tout puisse recommencer à nouveau.

– En même temps, ça ne doit pas être désagréable, fit

remarquer James. Au moins, tu sais que tu as un avenir. Moi qui dois me construire sans mes parents, tout cela me paraît un peu plus incertain. Pas d'entreprise familiale. Personne qui n'attende quoi que ce soit de moi.

– Ce qui te laisse la liberté de faire ta vie.

– Ne dis pas ça. Personne ne sait ce qui peut se passer demain. Pense à ces jeunes gens, à l'aube de la Grande Guerre, qui étaient exactement comme toi. Ils croyaient tous connaître les rails sur lesquels allait engager leur destinée… Et ils ont fini en charpie dans des tranchées boueuses.

– Évidemment, dit comme ça, ma vie n'est pas si mal, philosopha Andrew en effaçant soudain son nom du carreau, jusqu'à ce que celui-ci soit parfaitement clair.

Une grosse Rolls Royce noire était garée sur le parvis de la clinique. Abrité sous un parapluie, un chauffeur en livrée se tenait fièrement debout à côté du capot.

– Ça doit être la famille de Miles, dit Andrew en descendant du taxi. Visiblement, son père est plein aux as.

Une fois à l'intérieur, on les dirigea vers la terrasse pour y attendre leur ami. En dépit du froid et du crachin, certains patients en fauteuils d'invalides prenaient l'air, capote fermée, les jambes disparaissant sous d'épaisses couvertures. Assis tout seul dans un coin, tournant le dos à la terrasse, se tenait un homme au crâne rasé, le regard perdu au loin sur la montagne brumeuse. Il portait un haut col dissimulant son cou ainsi que des gants de cuir blanc, vraisemblablement pour cacher ses cicatrices.

Lorsque James s'avança sur la terrasse, l'homme se retourna et le fixa du regard.

Il avait subi de lourdes opérations à la face. De gros bleus jaunâtres s'étendaient autour de ses oreilles et dans son cou, parsemés de profonds points de croûte noirâtres. En revanche, la peau de son visage était lisse et tirée, comme s'il portait un masque. Les chirurgiens avaient fait un travail remarquable. Ailleurs qu'ici, James n'aurait probablement pas pu déceler que ce faciès était le résultat du travail des médecins. Il l'aurait seulement pris pour quelqu'un de particulièrement terne, impavide, dont même les yeux ne montraient aucune émotion.

On apprend tellement en regardant le visage de l'autre. Chaque ligne y exprime quelque chose, que l'on sait lire d'instinct. Or celui-ci n'exprimait rien. Un homme sans visage, en somme.

James détourna les yeux, décontenancé par ce regard inattendu. Lorsque, quelques instants plus tard, il se retourna à nouveau, l'homme l'observait toujours, droit et immobile sur sa chaise. Il aurait aussi bien pu s'agir d'un mannequin dans la vitrine d'un magasin.

Au grand soulagement de James, l'arrivée de Miles clopinant sur ses béquilles, encadré par ses parents, dissipa le malaise qui s'était installé sur la terrasse. Sa mère portait un long manteau de fourrure, son père arborait un haut-de-forme lustré ainsi qu'une splendide paire de moustaches. À supposer que ce soit lui qui portât le manteau de sa femme, on l'eût facilement pris pour une sorte d'animal sauvage, hirsute et particulièrement exotique.

– James ! hurla Miles avec un large sourire. Je suis si content que tu sois là.

Puis, s'efforçant de ne pas tomber en lâchant sa béquille, il lui serra tant bien que mal la main avant de lui présenter ses parents. Si sa mère se montra sèche et distante, son père, à l'inverse, parut sincèrement heureux d'avoir l'occasion de le saluer, le secouant comme un prunier pour en faire la démonstration.

– Je ne voulais pas partir sans t'avoir revu, confia Miles. Je tenais à pouvoir te regarder dans les yeux pour te dire mon infinie gratitude. Tu m'as sauvé la vie, mon pote. Et ça, je n'ai même pas su te le dire sur le moment, tant ce soir-là je me suis comporté comme un con. Mais j'avais très peur et j'essayais de ne pas le montrer.

– Quelle idée ? s'exclama James. Tu aurais dû y aller franco car, franchement, il y avait de quoi !

– Arrête ton char. On me la fait pas à moi. Pas un seul instant je ne t'ai vu avoir vraiment peur.

Avant qu'il ait pu soulever quelque objection, M. Langton-Herring s'interposa et lança, en même temps qu'une grande claque dans le dos de James :

– Passez nous voir, jeune homme, quand vous serez de retour en Angleterre ! Je serais très heureux de pouvoir vous remercier comme il se doit de ce que vous avez fait pour Miles.

– Merci, répondit James. C'est très aimable de votre part. Mais il n'y a vraiment pas de quoi.

– Si je peux me permettre un conseil, ami de ma chère et tendre progéniture, glissa-t-il à l'oreille de James après un clin d'œil affectueux, il appartient au gentilhomme de savoir accepter les louanges lorsqu'elles se présentent et de se montrer courtois lorsque quelqu'un vous offre ses remerciements.

– Bien, dit James. J'essaierai de m'en souvenir.

– Grand bien vous fasse, dit M. Langton-Herring en reconduisant le petit groupe jusqu'au perron de la clinique.

En chemin, James demanda à Miles qui était l'homme au crâne rasé, sur la terrasse.

– Ah lui ! Ce doit être le Graf von Schlick. Ils l'ont opéré l'autre jour. Tout s'est bien passé, mais, entre-temps, il a appris une affreuse nouvelle : sa femme a trouvé la mort dans des circonstances étranges, à Vienne.

– Le malheureux, commenta James.

– Il a eu un accident de voiture, poursuivit Miles. Il a été salement brûlé. Ils ont aussi opéré l'autre type impliqué dans l'accident, hélas, celui-là n'a pas survécu.

– Je crois que je les ai vus, dit James. Quelques jours avant l'opération. Sûr que c'était eux. Il y en avait un qui divaguait à propos de son cousin… Jürgen…

Il bruinait encore lorsqu'ils sortirent. On installa Miles dans la Rolls Royce. Après force gestes de la main et bruyants au revoir, la voiture glissa en silence jusqu'à la route. C'est alors seulement que James remarqua une autre auto garée sur le parking, jusque-là cachée par la Rolls. Une Lagonda noire. Assis au volant, un chauffeur se curait négligemment les ongles à l'aide d'un canif. Visiblement, Miles n'était pas le seul patient que l'on venait chercher aujourd'hui.

Se dirigeant vers le taxi, James jeta un dernier coup d'œil à la clinique. C'est le moment que choisit le Graf von Schlick pour émerger de la double porte en verre et laiton du hall d'entrée. Il était vêtu d'un manteau en astrakan noir qui lui arrivait aux chevilles et portait des gants de cuir noir, son crâne rasé protégé par une toque en fourrure. Une fois encore, il posa sur James son troublant regard vide.

Un deuxième homme, marmonnant dans sa barbe, le suivait de près. Le valet avec les yeux bouffis. Prenant le Graf par l'épaule, il l'aida à descendre les quelques marches.

Donc, ça devait être lui qui délirait sur son cousin, cette fameuse nuit, dans la chambre privée. Et maintenant, son valet le ramenait à la maison.

Malgré tout, ce n'était pas clair, tant les gestes du domestique étaient ambigus. À se demander s'il le chaperonnait ou s'il l'escortait.

L'homme au manteau d'astrakan garda les yeux fixés sur James durant tout le chemin qui le séparait de la Lagonda. Puis il prit place à l'intérieur, les portières claquèrent et la voiture s'éloigna dans une gerbe d'eau sale.

– Vous vous connaissez ? demanda Andrew alors qu'ils quittaient eux aussi le parking à bord de leur taxi.

– Avec le Graf ? Non, j'en doute, répondit James. Je veux dire, je ne sais absolument rien de lui. Je l'ai simplement entraperçu une nuit, à la clinique... Il délirait...

– En tout cas, lui, il te regardait comme s'il te connaissait.

– Je sais. C'est bizarre. En même temps, il me rappelle quelque chose. Comme si je le connaissais d'avant. Enfin, à dire vrai, sa vue m'a un peu troublé.

– Tu m'étonnes ! Moi, il m'a foutu une sévère pétoche.

– T'en fais pas pour lui, répondit James. On ne le reverra jamais. Dans quelques jours, on sera de retour à Eton.

– Maudit sois-tu, James, répliqua Andrew d'une voix étranglée, en se serrant le cou à deux mains. Durant un instant, j'avais presque oublié ce cauchemar.

2. Eton

10

Maudit Bentinck

– On te voit pas pendant quatre mois et, quand tu reviens, t'as l'air d'avoir pris deux ans. Non, franchement, c'est à peine si je te reconnais. Mais pas une once de sagesse en plus, dirait-on, plaisanta Pritpal Nandra, le compagnon d'internat de James, tout en se réchauffant les pieds à la chaleur du poêle.

– Toi, en revanche, tu n'as pas changé d'un poil, répondit James, assis en face de son ami. À part, peut-être, quelques kilos en plus.

– Eh bien, pas du tout, mon cher. Pour ta gouverne, j'en ai même perdu. Car, vois-tu, en ton absence, je me suis mis au tennis de table. Et je suis même devenu plutôt bon. Enfin un domaine où je pourrai te battre.

C'était la première soirée de James à l'école. Arrivé à l'internat avec une heure d'avance sur l'horaire, il s'était précipité dans sa chambre pour avoir le temps de défaire ses valises avant que ses camarades n'arrivent. Tout lui parut à la fois éminemment familier et vaguement étranger. De façon brutale, il prenait conscience qu'il avait manqué une bonne partie de l'année. D'infimes changements avaient eu lieu, comme en témoignaient les nouvelles images que Pritpal avait accrochées au mur ainsi que les meubles neufs dont il avait fait l'acquisition. Il donnait l'impression d'être chez lui ici, ancré dans la routine d'Eton, quand James ne cessait de se sentir légèrement mal à l'aise, tel un usurpateur.

Heureusement, Tommy Chong, le troisième larron du trio, ne tarda pas à faire son apparition, jurant comme un diable en racontant qu'il avait dû subir les assauts d'un chien plus qu'aimant dans Judy's Passage. Bientôt, ils se retrouvèrent tous trois mangeant des toasts en buvant du thé. Et ce fut comme si James n'était jamais parti.

– Je suis très contrarié que tu n'aies reçu aucune de mes lettres, au Mexique, se plaignit Pritpal.

– Laisse, répondit James, j'ai été mis au parfum de tous les cancans en Autriche. Tu sais, tant que tu es dans le bain de l'école, le moindre détail peut prendre une importance considérable. Mais, vu de l'étranger, difficile de s'impliquer autant. Et tout ça peut soudain sembler extrêmement futile.

– Mmh, je vois, répondit Pritpal. Dorénavant, le grand globe-trotter nous regarde de haut, nous autres bouseux…

– Ce n'est pas ce que je voulais dire, s'excusa James. Et je parie qu'il en va partout de la même manière. La vie tout entière est faite de petites choses insignifiantes.

– Comme se battre à mains nues contre des crocodiles et découvrir les trésors perdus du Nouveau Monde, ironisa Pritpal.

James haussa les épaules. Il en avait déjà assez dit comme ça.

– Mais bon, maintenant que je suis là, qu'y a-t-il donc de si important qui mérite qu'on mobilise un avion postal pour me tenir au courant ? demanda-t-il, éloignant ainsi la conversation d'un sujet sensible.

– Pour commencer, il y a Roan, la nouvelle intendante, répondit aussitôt Tommy Chong avec un grand sourire.

En effet, avant Noël, il y avait eu un incendie et Katey, l'ancienne femme de chambre des garçons, ne s'était jamais remise du choc. Elle était partie pendant l'absence de James et Roan avait pris sa place.

Les deux camarades d'internat se firent tout à coup extrêmement volubiles, se coupant sans cesse la parole dans leur volonté d'en chanter le premier les louanges.

– Elle est super jeune…

– À mon sens, dans les dix-huit ans…

– Mais pour Teddy Makereth, elle n'en a guère plus de seize…

– Bref, beaucoup plus jeune que Katey…

– Et beaucoup plus jolie aussi…

– Tous les gars sont amoureux d'elle…

– Elle nous appelle *darling*…

– Elle est irlandaise. Elle connaît tous les airs traditionnels…

– Avec elle, on se sent vraiment aux petits oignons…

– Hé là, hé là ! s'exclama James en levant les mains pour les arrêter. Je crois que j'ai saisi. Un rayon de soleil est entré dans votre vie. Dois-je pour autant en conclure que tout est rose à Codrose ?

– Pas loin… S'il n'y avait ce rosse de Bentinck, répondit Tommy, soudain rembruni.

– Le nouveau surveillant d'internat ? demanda James. Il était déjà là avant que je parte. Un gars strict, d'accord, mais je n'ai pas souvenance qu'il fût si terrible. Certainement moins en tout cas que « Foutu Bill ». Le pire de l'école, celui-là !

– À ton avis, pourquoi y z'ont nommé Theo Bentinck à sa place ? objecta Pritpal. Il est encore plus porté sur la schlague que Foutu Bill. C'est bien simple, on est passés de Foutu Bill à Maudit Bentinck.

– Il est vrai qu'en ce temps-là, Môsieur était tellement

occupé à jouer les grands détectives qu'il n'a pas forcément saisi ce qui se passait, ajouta Tommy. Non, vraiment, Bentinck est pire que tout ce qu'on a connu.

– Oh allez ! Il ne peut pas être aussi horrible que vous le dites.

Tommy fit claquer sa langue contre son palais, puis rétorqua :

– T'imagines même pas ce qu'il peut nous faire subir.

Après avoir nerveusement tourné la tête vers la porte, Pritpal ajouta :

– Peut-être qu'il n'osait pas trop la ramener tant que t'étais là, James. Car, au cas où tu ne le saurais pas, beaucoup d'élèves ont la trouille de toi. Même parmi les anciens. Tu as très mauvaise réputation, tu sais.

– Moi ? s'exclama James, faussement interloqué.

– Oui, toi. Et ne prends pas ton petit air surpris. Tu as toujours su te défendre et plutôt efficacement avec ça. Même quand t'étais bizuth, tu savais déjà parfaitement te dépêtrer des petites brutes et des faux-jetons qui nous pourrissaient la vie. Mais, pendant que t'étais parti, Bentinck s'est hissé au sommet de la hiérarchie et plus personne n'ose le remettre en place.

– Oh là, les gars ! répondit James avec un mouvement de recul. Je vous vois venir avec vos gros sabots. Autant vous le dire tout de suite, ne comptez pas sur moi pour me faire le champion de la cause des opprimés. J'veux pas d'ennuis. Et j'ai bien l'intention de garder la tête basse en attendant que ça se passe. À nous de nous concentrer sur les bonnes choses : l'aviron, le cricket, la course à pied…

– Et qu'est-ce que tu fais du latin, des sciences et du français… ? dit Tommy avec un petit sourire narquois.

– Mmh… T'as raison, répliqua James d'un air abattu. Y'a ça aussi…

– Quoi qu'il en soit, tu pourras pas dire qu'on t'a pas prévenu, grommela Tommy d'un ton accusateur. Car, autant te l'avouer tout de suite, ça risque de pas être évident pour toi de garder la tête basse. Tout le monde en est là, aujourd'hui. Personne ne veut d'ennuis. Mais Bentinck voit le mal partout, même là où y'en a pas. Tiens, l'autre jour, il m'a bastonné au prétexte que j'avais ri pendant le petit déjeuner.

– Et alors ? demanda James, interloqué. On n'a plus le droit de rigoler maintenant ?

– C'est pas ça. Il m'a accusé de me moquer du recteur.

– Codrose ? Et… c'était le cas ?

– Penses-tu, je rigolais d'une blague, mais, bien sûr, je ne pouvais pas le prouver. Et bing !

– Et Codrose ? Il est forcément au courant de ce qui se passe ! Il ne dit rien ?

– Penses-tu. Bentinck lui fait de la lèche, expliqua Pritpal. En plus, au bout du compte, la situation n'est pas pour lui déplaire. L'ordre règne. Tu parles, tout le monde se déplace en marchant sur la pointe des pieds, les yeux rivés au sol. On n'ose même plus respirer de peur qu'on nous le reproche. Et tu sais comme moi que Codrose aime quand ça file droit.

Quelques instants plus tard, on frappa à la porte. Presque comme s'il avait écouté à la porte, Maudit Bentinck fit irruption dans la pièce.

C'est à peine si James se souvenait à quoi il ressemblait. Et puis, on lui en avait dressé un tel tableau qu'il fut presque surpris de découvrir non pas un monstre, mais un type on ne peut plus banal, de taille moyenne, ni gros ni mince, les cheveux châtain terne, avec des lunettes cerclées de métal, la lèvre supérieure ombrée d'un ridicule duvet, soulignant une petite bouche légèrement pincée et un menton en galoche. Sa peau blafarde était grêlée de boutons d'acné.

Bref, un être falot et sans relief dont on avait du mal à

imaginer qu'il puisse être la cause de tant de tourments. En tout état de cause, aux yeux de James, rien ne le différenciait d'un autre.

Malgré tout, il eût été vraiment malvenu de se le mettre à dos à peine arrivé.

– Ah ! Bond ! lança Bentinck en laissant planer un silence plein de sous-entendus.

À Eton, la coutume voulait que l'on s'adresse aux uns et aux autres par le prénom. À l'évidence, Bentinck n'avait pas fait sien cet usage. Qu'à cela ne tienne.

– Bonjour, Bentinck, répondit James d'un air goguenard. Alors ? Bien passées, ces vacances ?

– Pas tes oignons, rétorqua sèchement l'ancien.

Sa voix avait quelque chose de nasillard et d'irritant, comme si elle n'avait pas encore totalement mué.

– Oh, je disais ça par simple politesse, se défendit James. La courtoisie aurait-elle été proscrite en mon absence ?

– Du tout, rétorqua Bentinck. En revanche, l'insolence oui.

– Loin de moi l'idée d'être insolent. Et, si j'ai pu le paraître, ce n'était nullement mon intention.

Bentinck le fusilla du regard.

– Tu te prends pas pour de la petite bière, hein, Bond ? dit-il en s'avançant dans la chambre comme en terrain conquis. Mais si tu crois que je vais gober ton numéro de petit héros de pacotille, tu te fourres sérieusement le doigt dans l'œil. Je me fais bien comprendre ?

James haussa les épaules, se gardant de répliquer.

– J'ai cru comprendre que tu avais encore fait des tiennes en Autriche, Bond, poursuivit le surveillant. Mais, ici, on n'est pas en classe de neige. Et si je te prends à faire ton numéro de flambeur à Codrose, je te rabattrai ton caquet aussi sec, compris ? Le patron ici, c'est moi. Tâche de ne pas l'oublier.

– Pas de problème, répondit James avec un sourire affable. C'est noté.

– Je veux que tu nettoies ma chambre.

– Mais bien sûr, avec plaisir. Dès que j'aurai terminé mon thé.

– Non, objecta Bentinck en tournant les talons. Maintenant !

La porte à peine claquée, Pritpal bondit de sa chaise comme un diable de sa boîte en tapant dans ses mains.

– Tu vas quand même pas le laisser te parler comme ça, hein, James ?

– Et pourquoi pas ? Il est pleinement dans son droit. Il appartient aux plus jeunes de faire tout ce que leur demandent les anciens. Rien de bien nouveau là-dedans.

– Il veut juste te rabaisser.

– Qu'il y aille autant qu'il veut, répondit James. Pour l'heure, je ne me sens nullement rabaissé. Et s'il y a quelqu'un qui devrait se sentir rabaissé, c'est bien lui. C'est lui qui gaspille toute son énergie à ces futilités. Crois-moi, Pritpal, c'est pas un pion d'internat, aussi barbant soit-il, qui me fera sortir de mes gonds.

– Mais nous, on espérait que…

– Écoute, déclara James en se levant. Je t'accorde que c'est rasoir et que j'aimerais autant faire autre chose. Mais ça ne va pas chercher plus loin. Il ne peut pas m'atteindre.

– Dis pas ça, s'exclama Tommy, épouvanté. Ça se voit qu'il cherche qu'un prétexte pour te flanquer une dérouillée.

– Eh bien, qu'il essaye ! Il en sera pour ses frais, répliqua James en approchant son dos du poêle pour emmagasiner un peu de chaleur ; après quoi il sortit et prit la direction de la chambre de Bentinck.

Il faisait frisquet dans le couloir. James frissonna et décida de retourner vite fait dans sa chambre pour prendre un pullover. Persuadé qu'elle était vide, il ouvrit précipitamment la porte et se rua à l'intérieur, manquant de se télescoper avec quelqu'un. Il se figea, nez à nez avec une fille.

Il avait parfaitement conscience qu'il se tenait bien trop près. Lorsqu'il devint évident qu'elle n'était pas disposée à bouger, il recula maladroitement d'un pas.

– James Bond, je présume, dit la fille en le détaillant ostensiblement de la tête aux pieds. J'ai beaucoup entendu parler de toi.

– Et… Et vous devez être Roan, la nouvelle intendante. Moi aussi, j'ai beaucoup entendu parler de vous.

Et ses camarades d'internat n'avaient pas menti.

Roan était effectivement bien plus jolie que celle qui l'avait précédée à ce poste.

Elle était à peu près aussi grande que James, mais plus âgée de deux ou trois ans, le visage encadré d'une longue chevelure brune légèrement ondulée, la peau aussi blanche et soyeuse que le marbre des statues. Ses immenses yeux noirs brillaient d'un éclat intense, comme du verre poli. Un sourire en coin, légèrement moqueur, se dessinait sur ses lèvres pulpeuses.

– Alors comme ça, tu as beaucoup entendu parler de moi ? dit-elle avec l'accent chantant des Irlandais. En bien, j'espère ?

– C'est qu'Eton ne nous a guère habitués à avoir de jeunes et jolies intendantes.

– Écoutez-le, celui-là ! s'exclama Roan en secouant la tête. Jeune et jolie. . Eh bien, pour ta gouverne, *darling*, je suis plus âgée que toi. Quant à « jolie », précisément, ces choses ne sont pas de ton âge. M'est avis que tu devrais plutôt penser à tes études. Au latin, au cricket…

– Vous vous méprenez, objecta James. Je ne faisais qu'énoncer une évidence. Vous êtes jolie. C'est indubitable. De la même manière que le ciel est bleu et que la glace est froide.

– Pour le bleu, aujourd'hui, tu repasseras. Grisaille me semblerait plus approprié. Bon, mais c'est pas tout ça, j'imagine que tu veux récupérer ta chambre ?

– Du tout, je pars à l'instant. Une corvée qui m'attend. Donc si vous avez à faire...

– Pour tout te dire, répondit Roan en attrapant sa pelle et sa balayette, je commençais à me demander si tu allais revenir un jour. Mais, comme tu vois, je n'ai rien touché. Ta chambre est exactement comme tu l'as laissée, disons, juste un peu plus propre. À croire que Katey n'y voyait plus très clair. Ce qu'elle a pu laisser comme poussière et comme saleté ! Et Dieu sait que pour en ramasser, des saletés, vous vous y entendez, les garçons.

Tout en parlant, elle ne cessait de bouger, constamment occupée, vivante, jetant régulièrement d'ardents coups d'œil à James, telle quelque créature mythologique qui aurait possédé le pouvoir d'envoûter quelqu'un d'un simple regard. La pièce semblait trop petite pour contenir son énergie. James était cloué sur place.

Finalement, elle s'arrêta et demanda, une main sur les hanches :

– Mais qu'est-ce que t'as à me regarder comme ça ?

James rougit et détourna le regard, prenant douloureusement conscience de l'état quasi hypnotique dans lequel il était plongé.

Roan éclata de rire, traversa la pièce et se planta devant lui.

– Fais attention à toi, James Bond, dit-elle en appuyant un doigt accusateur sur sa poitrine. Il y a de la magie en moi. Je viens d'une famille de sorcières. Mes ancêtres ont été brûlées vives. Aujourd'hui, ils ne nous brûlent plus. Ils ont trop peur. Mais attention où tu mets les pieds, ou je te change en crapaud.

Sur ces mots, elle le bouscula d'un coup d'épaule et sortit.

James se reprit, réalisant qu'il retenait son souffle depuis un moment déjà. Intérieurement, il esquissa un large sourire. Ce semestre promettait d'être intéressant.

Lorsque, deux minutes plus tard, il emprunta à nouveau le couloir, il se surprit à se demander quand il la reverrait.

Au même instant, deux hommes se tenaient sur le Windsor Bridge, les yeux baissés sur les eaux noires et tumultueuses de la Tamise, négligemment penchés sur le côté, tournant le dos au trafic routier et aux passants. Ils portaient des manteaux sombres et avaient tiré leurs chapeaux jusqu'aux oreilles pour se protéger du froid.

– La cellule de Lisbonne a été démantelée, camarade, dit le plus corpulent des deux, connu de son interlocuteur uniquement par son nom de code : Améthyste. Dorénavant, l'opération Snow-Blind sera dirigée directement par Obsidienne, depuis notre quartier général pour l'Europe.

– Je comprends.

– Cette note contient tous les détails, dit Améthyste en glissant une feuille de papier pliée derrière la rambarde. Comme d'habitude, tu devras la brûler dès que tu l'auras mémorisée.

– Ne t'inquiète pas, camarade. Que je sache, je n'ai encore jamais commis d'impair.

– C'est vrai. Tu es un agent fiable, Émeraude.

– Je ne te le fais pas dire.

– Nous ne nous reverrons plus d'ici au terme de cette mission, poursuivit Améthyste. Désormais, tu ne peux plus compter que sur toi-même. Tu as tout ce qu'il te faut ?

– Presque. Je serai prêt d'ici quelques jours.

– Tu n'as pas besoin de plus d'argent ?

– Pas pour l'instant. Après, peut-être.

– Et le garçon ? Tu comprends que sa mort est impérative.

– Je comprends, répondit Émeraude. Veux-tu que ce soit fait avant ou après l'opération Snow-Blind ?

– Je te laisse le soin de trouver le moment opportun. D'ailleurs, pourquoi ne pas faire d'une pierre deux coups ? Ça permettrait non seulement de l'éliminer, mais aussi de détruire sa réputation. Il doit être réduit à néant à l'issue de cette affaire et j'avoue que ce ne serait pas pour me déplaire qu'il soit relié d'une manière ou d'une autre à Snow-Blind.

– Je verrai ce que je peux faire, répondit Émeraude. Mais si une opportunité se présente avant, je ne la laisserai pas passer. Quoi qu'il en soit, tu peux dormir tranquille, Améthyste. Il ne verra pas le prochain Noël.

– Parfait. Il ne me reste plus qu'à te dire au revoir… et bonne chance.

– Je n'en aurai pas besoin. Tout est une question de compétence, camarade. Et d'adresse. C'est d'ailleurs précisément pour ça que vous m'avez choisi. Parce que je suis le meilleur.

– Cela reste à prouver. En attendant, sache que, si quelque chose venait à mal tourner et que pour une raison ou une autre tu échouais, c'est toi, Émeraude, qui ne verrais pas le prochain Noël.

Après avoir laissé planer un silence lourd de menaces, Améthyste se tourna vers son agent et lui adressa un bref adieu en russe, sa langue maternelle : *Do svidanja.*

– *Do svidanja.*

Sans un mot de plus, les deux hommes se séparèrent, perdus l'un et l'autre dans leurs pensées.

11

S'accointer avec une fille du commun

En ce début de semestre, Roan occupait l'essentiel des pensées de James, en particulier lorsqu'il révisait ses leçons. Ces rêveries l'aidaient en partie à échapper à l'aridité de l'étude, mais, en même temps, lui faisaient paraître les jours plus longs, tant demeurer dans l'ignorance du moment où il pourrait l'apercevoir à nouveau le minait.

Car l'apercevoir était bien le mieux qu'il puisse espérer. En effet, depuis leur première rencontre, elle ne lui avait plus adressé la parole. Elle remplissait bien sa cuvette d'eau le matin, mais elle partait toujours avant qu'il ne soit vraiment réveillé. Le reste du temps, elle était occupée à mille tâches un peu partout dans l'internat. À l'occasion, il la croisait au hasard d'un couloir ou d'un escalier. Elle lui adressait alors un bref hochement de tête et poursuivait hâtivement son chemin. Il en vint à se demander si elle faisait exprès de l'éviter ou si, comme il était plus vraisemblable, elle ne se préoccupait nullement de lui. Après tout, à ses yeux, il n'était probablement qu'un élève parmi tant d'autres.

Par un chaud après-midi de mai, alors que le soleil scintillait à travers les carreaux poussiéreux de sa salle de classe, étendant son empreinte jusqu'au pupitre sur lequel il travaillait, il prit une décision.

Il allait cesser de penser à elle.

Après la sonnerie de trois heures moins le quart marquant la fin des cours de la journée, il emboîta le pas au flot de garçons qui se répandaient sur le chemin du pré sud, le long du fleuve. Devant lui se dressait le château de Windsor, sa pierre prenant une teinte mordorée sous les rayons de l'astre du jour, sa silhouette imposante se détachant avec une étonnante netteté sur l'azur. Mais James était tellement habitué à le voir là que c'est à peine s'il le remarquait encore. Il ne se fondit pas dans le bruyant troupeau des braillards. Ce qu'il voulait c'était sortir sur le fleuve, seul, et éprouver ses muscles. Ça lui viderait la tête et le ferait enfin revenir à lui.

Arrivé aux pontons de la capitainerie, Croaker l'aida à mettre son bateau à l'eau sous le regard vigilant d'Alf, le chef des préposés aux sports nautiques. Croaker était un vieil employé au teint rougeaud et aux yeux perpétuellement mouillés dont la moitié du visage disparaissait sous d'épaisses moustaches. Il travaillait là depuis des lustres et même les plus anciens des moniteurs n'avaient pas souvenance qu'il ait un jour paru plus jeune.

Tous deux mirent le skiff à l'eau, Croaker stabilisa l'embarcation depuis le ponton pendant que James montait précautionneusement à bord. Puis Croaker lui tendit les rames et il s'en alla, remontant obstinément le courant en direction de Boveney Lock.

James était grand amateur d'aviron. Cela demandait un effort intense qui mettait à contribution toutes les parties du corps. Il ressentait systématiquement une saine fatigue après une séance sur le fleuve, un plaisant endolorissement du dos et des épaules qui lui mettait le cœur en joie. Pour l'heure, avec le puissant courant inverse, il avait une forte impression de vitesse. Il doubla quelques rameurs plus lents. Bientôt, l'intense trafic sur le fleuve l'incita à se retourner fréquemment pour s'assurer qu'il ne percutait pas une des nombreuses embarcations présentes sur l'eau.

Aux écluses, un embouteillage de bateaux de tous types et de toutes tailles ne manqua pas de se former. Les barques y côtoyaient les deux et quatre de pointe, avec ou sans barreur et les chaloupes le disputaient aux skiffs et autres sampans. S'ensuivit une franche bousculade au cours de laquelle volèrent des chapelets de noms d'oiseaux. Pour autant, une fois passé sans encombre de l'autre côté, James accéda à une vaste étendue d'eau dormante, bordée d'un côté par des champs d'herbe grasse, de l'autre par de grosses demeures bourgeoises dont les pelouses impeccables venaient mollement mourir sur la berge du fleuve.

Il tira mécaniquement sur les rames, enchaînant les mouvements jusqu'à ressentir les premières crampes à l'instant où, jetant un œil par-dessus son épaule, il aperçut le bosquet d'un îlot connu sous le nom de Queen's Eyot, à six cents mètres derrière lui, au bout du bras d'eau.

Propriété de l'école, l'îlot constituait une destination de choix durant les après-midi d'été.

James manœuvra son bateau jusqu'à un mouillage. Dix minutes plus tard, il était confortablement installé sous la véranda du pavillon d'été de l'école, devant un copieux goûter et une tasse de thé fumant, suivant distraitement du regard un groupe de garçons qui jouaient au base-ball sur la pelouse.

Pleinement ravigoté, il retourna à l'embarcadère avec l'idée de revenir aux écluses. À peine à bord, il se ravisa, décidant de remonter encore un peu le fleuve pour se fatiguer à fond. En outre, il y aurait moins de trafic sur cette partie du plan d'eau, ce qui lui permettrait de vraiment tester ses capacités au sprint. Il fit lentement le tour de l'île avant de tirer vigoureusement sur les pelles, esquissant un sourire à mesure que le skiff prenait de la vitesse, sa carène effilée fendant la surface de l'eau comme la lame d'un couteau.

Un cri en provenance de la berge le fit s'arrêter. Il leva les yeux et avisa une fille debout sur la rive qui appelait son nom en faisant de grands gestes. Il s'approcha, reconnaissant bientôt Roan, vêtue d'une robe d'été, vert uni.

– Ça a l'air marrant, dit-elle lorsqu'il fut arrivé non loin d'elle.

James haussa les épaules.

– Ça te dirait d'emmener une demoiselle faire un tour ? demanda-t-elle avec un sourire.

– Je ne crois pas que ce soit autorisé.

– Pas autorisé ? railla Roan. J'ignorais que James Bond était si respectueux des règlements. Je le prenais pour autre chose qu'un bon petit garçon bien obéissant. Aurais-tu peur d'avoir des problèmes ?

– Pas exactement, répondit James en essayant de paraître aussi détaché que possible. C'est plutôt à *toi* que je pensais en évoquant le règlement.

– Oh, je suis tout à fait capable d'assumer mes actes, merci beaucoup.

– Dans ce cas, monte. Mais fais attention ! C'est pas d'une stabilité à toute épreuve.

Roan avait le pied sûr et, de toute évidence, une certaine habitude des bateaux. Elle sauta à bord d'un pas léger, faisant à peine gîter le skiff. Un grand sourire aux lèvres, elle s'assit à la poupe, face à James, qui remonta vers l'amont, loin des autres garçons.

C'était plus dur à deux. Toutefois, après quelques vigoureuses tractions sur les rames, l'esquif fendit à nouveau les flots à belle allure. En appui sur les coudes, les yeux mi-clos,

Roan étendit les jambes et bascula la tête en arrière pour profiter de la caresse du soleil.

– On ne pourrait pas aller plus vite ? demanda-t-elle, déclenchant aussitôt chez James un regain de pression sur les rames.

Au bout d'un moment, Roan ouvrit à nouveau les yeux.

– À te voir comme ça, on a l'impression que c'est facile, dit-elle. Pourtant, je sais bien que c'est tout le contraire.

– Au fait, que faisais-tu par ici ? demanda James sans relever le compliment.

– Rien… Je me promenais. C'est mon jour de repos. Et le temps était si radieux que je ne voulais pas passer l'après-midi entre quatre murs. J'adore être dehors, qu'il pleuve ou qu'il vente. Mais, toi aussi tu as l'air d'aimer ça. Je parie que tu préfèrerais souvent respirer un bon bol d'air frais plutôt que d'être coincé dans une salle de classe sentant le renfermé à apprendre pourquoi la carte du monde est toute couverte de rouge, aux couleurs du grand Empire britannique. *God save the King*.

– On dirait que tu ne portes pas le grand Empire britannique dans ton cœur.

– Je suis irlandaise, *darling*. Dois-je te rappeler ce que cela signifie ?

– Inutile de me chercher querelle sur ce terrain-là, répliqua James. Je suis moitié écossais, moitié suisse. Mais je n'y ai jamais vu une raison suffisante pour prendre les armes contre les Anglais.

– Décidément, avec toi, on ne sait jamais à quoi s'attendre, hein ?

– Si tu le dis…

– Il y a quelque chose en toi, James, qui laisse à penser que tu as vu plus de choses que ne le devrait un garçon de ton âge. Serais-tu quelqu'un qui réfléchit plus que les autres ?

– Je ne passe pas mon temps à analyser l'histoire, si c'est

ce que tu veux dire. De fait, comme tu l'as toi-même fait remarquer, je suis beaucoup plus un rat des champs qu'un rat de bibliothèque.

Roan éclata de rire.

– D'accord, *darling*, mais, tôt ou tard, il faudra bien que tu abordes le vrai monde.

– Ah, je vois, dit James. Parce que toi, tu vis dans le vrai monde alors que moi, je vis dans une dimension parallèle, c'est ça ?

– Regarde autour de toi, poursuivit Roan en laissant négligemment pendre les doigts dans l'eau. Tu es dans une école de nantis.

– Comme si je ne le savais pas. Pour autant, ce monde-ci n'en est pas moins réel que les quartiers déshérités de Dublin, si tant est que ce soit là que tu aies grandi.

– Tu crois ?

– Aux yeux d'une tribu de Pygmées ayant toujours vécu au Congo, je doute que ton monde paraisse vraiment réel.

– OK, je te l'accorde, répondit-elle en opinant du chef. Mais…

– Écoute, l'interrompit James. Pour aujourd'hui, les cours sont terminés. Alors j'aimerais autant que tu m'épargnes une autre leçon.

Roan le dévisagea un long moment puis éclata de rire et tapa dans ses mains.

– Je vais te dire un truc, James Bond, tu me plais. Tu ne manques ni d'esprit ni de répartie. C'est agréable de discuter avec quelqu'un comme toi.

– Il se fait tard, dit James après un silence en essayant de réprimer un sourire satisfait. On ferait peut-être bien de prendre le chemin du retour. Je te dépose près de l'endroit où je t'ai prise, avant Queen's Eyot, ça te va ?

– Pourquoi ? Tu as honte d'être vu avec moi ?

– Pas du tout, simplement… je pensais…

– Dans ce cas, sache que je voulais aller en ville. Et, si tu étais un vrai gentleman, c'est là que tu me déposerais.

James soupira. Oh, et puis tant pis ! Si tel était le désir de la demoiselle, qu'il en soit ainsi.

À l'écluse, il essuya un concert de sifflets et de brocards plus ou moins désobligeants, sans compter les cris venant de la berge. Il ignora princièrement l'ensemble, fendant la foule des huées avec le même silence impassible que la carène de son bateau l'onde du fleuve. Arrivé à la capitainerie, il ne prêta davantage attention aux regards perplexes que lui lancèrent Croaker, Alf et Charlie, l'autre préposé aux bateaux.

Ce soir-là, pourtant, de retour à Codrose, Theo Bentinck le convoqua à la Bibliothèque, où les anciens qui surveillaient l'internat passaient leurs soirées.

– J'entends dire que tu as été vu sur le fleuve en compagnie d'une femme de chambre, accusa-t-il sur un ton fielleux, sa petite bouche pincée en une moue dédaigneuse.

– En effet, répondit James avec aplomb, sans honte aucune. Roan Power, pour être précis.

Les autres membres de la Bibliothèque avaient beau se prélasser dans leurs fauteuils en prétendant s'absorber dans leur journal ou leur partie de cartes, James avait parfaitement conscience d'être au centre de toutes les attentions.

– As-tu agi délibérément pour porter le déshonneur sur ton internat ?

– Du tout, répondit James, désinvolte. Je l'ai trouvée qui marchait sur la berge et elle m'a demandé si je pouvais la raccompagner en ville. Je ne vois vraiment pas où est le déshonneur là-dedans.

– Tu ne vois vraiment pas où est le déshonneur là-dedans ? répéta Maudit Bentinck avec mépris, tournant autour de James en l'inspectant de la tête aux pieds comme s'il s'agissait d'une quelconque immondice oubliée au milieu de la pièce. Un élève d'Eton s'accointant avec une fille du commun ? Décidément, tu es plus crétin que tu en as l'air.

– S'accointant ? répéta James. Voilà un vocable bien affecté. Hélas, j'ai peur de ne pas saisir ce qu'il recoupe exactement. Tu pourrais être plus précis ?

– Qu'à cela ne tienne. On n'emmène pas une servante faire une balade en bateau ! On ne discute pas avec elles, on ne les voit pas en dehors du cadre de leur travail, bref, on ne s'accointe pas avec elles.

– Peut-être que toi non. Mais moi, oui. Y a-t-il une règle qui l'interdise ? Car, si tel est le cas, j'aimerais beaucoup que tu me montres où il est écrit que nous ne devons pas entretenir de relations avec ces personnes.

– Où as-tu vu que l'on avait besoin d'écrire ce genre de choses noir sur blanc ? pouffa Bentinck d'un air supérieur. C'est une règle tacite, intégrée par tous.

– Pas par moi, objecta James.

– Écoute, je sais bien que tu n'es pas un fils de bonne famille… J'osais toutefois espérer que, même toi, tu comprendrais que les servantes nous sont inférieures. Elles doivent savoir rester à leur place et non jouer les Pompadour à l'arrière d'un bateau de l'école.

– Tu déformes la réalité, plaida James, qui commençait à en avoir assez de ce manège. Elle a simplement profité d'un transport jusqu'à la capitainerie, voilà tout.

– Au vu et au su de tous les garçons de l'école, s'insurgea Bentinck, qui parlait de plus en plus fort. Jamais nous ne parviendrons à laver un tel affront !

Après un instant de stupeur, James ne put s'empêcher d'éclater de rire.

– Penses-tu que la réputation de Codrose s'en remette un jour ? demanda-t-il en balayant du regard les autres membres de la Bibliothèque, qui se retenaient pour ne pas rire. Car, à n'en pas douter, ce sera en couverture du *Times* demain matin : « Un élève de Codrose surpris en train de discuter avec une servante. » M'enfin Bentinck, soyons sérieux !

Le visage du surveillant prit une teinte écarlate.

– Comment oses-tu me parler sur ce ton ? éructa-t-il en lançant son menton en avant, tel un duce d'opérette.

– Oh, ça va, Bentinck. Tu crois pas que tu vas un peu loin, là ?

– Ne me dis pas ce que j'ai à faire, tonna ce dernier. Je suis surveillant d'internat. Je ne supporterai pas qu'on mette en cause mon autorité. Ça te vaudra une rossée, Bond.

– Cela va de soi, dit James. D'ailleurs, je me demandais combien de temps j'allais devoir attendre pour qu'on en arrive au cœur du problème.

– En tout cas, après ça, peut-être que tu comprendras mieux où est ta place.

– Ah oui ? Et où se situe-t-elle au juste ?

– Là où je te dirai qu'elle est ! hurla Bentinck en traversant la pièce à grands pas pour se diriger vers un placard d'où il sortit une fine badine, un peu plus courte qu'une canne, avec un manche incurvé.

James savait qu'il était inutile de protester davantage. Bentinck était en position de force. La loi, c'était lui. Il se demanda alors s'il n'aurait pas mieux fait de tenir sa langue, objectant aussitôt que, depuis le début, Bentinck ne cherchait qu'un prétexte pour lui infliger une raclée. James ne s'inquiétait pas de la douleur – il était capable de la supporter. Non, ce qui le rendait furieux, c'était le plaisir malsain que l'autre allait prendre en le frappant et la satisfaction perverse qu'il tirerait de cette petite victoire.

James ne savait que trop bien à quel point les sadiques pullulaient dans ce bas monde.

Eh bien, soit ! De son côté, il ferait tout ce qui était en son pouvoir pour lui gâcher son plaisir.

Il se mit en position, penché sur la table au centre de la pièce et entendit Bentinck venir lentement se placer derrière lui. Il essaya de se détendre, sachant que, s'il était tendu, la douleur n'en serait que plus vive. Se dissociant de son enveloppe corporelle, il se figura sur le fleuve, loin, très loin de ce pilori. Quoi qu'il arrive ensuite, lui serait ailleurs.

Puis il y eut un grognement, un bref sifflement, et la badine lui cingla les fesses avec un bruit sec dont l'écho emplit la pièce.

James serra les dents pour ne laisser échapper aucun bruit, quand bien même la douleur fut bien plus intense que ce à quoi il s'attendait.

Oui, il fallait bien l'admettre, ça faisait un mal de chien.

Pantelants, les muscles de ses jambes tremblèrent et tressautèrent. Déjà, son postérieur endolori était barré d'une vive brûlure qui irradiait de la morsure causée par la badine. Un second coup de fouet, dont la violence le fit tomber en avant, succéda rapidement au premier. Bentinck n'en était pas à son coup d'essai. C'était même un expert. Et il prit soin de frapper à l'endroit exact où s'était abattue sa badine la première fois.

Schlack !

Et un troisième. Toujours au même endroit.

La douleur se répandit dans tous ses nerfs, éreintant son corps tout entier.

Bentinck ralentit la cadence des trois derniers coups, laissant James lambiner de longues secondes de sorte que la douleur ait le temps de refluer suffisamment pour que son retour soit plus insupportable encore.

Bientôt, la souffrance atteignit un tel niveau qu'elle en devint quasiment irréelle, permettant à James, paradoxalement, d'échapper plus facilement à son supplice et de s'imaginer sur le fleuve avec plus d'acuité encore. Dorénavant, il était avec Roan dont le visage jovial et souriant s'imprimait sur ses rétines. Le soleil scintillait à la surface de l'eau, lançant des éclairs argentés. Des éclairs d'argent et d'or qui se reflétaient dans les yeux de Roan…

Il esquissa un sourire. Cette vision lui fit paraître les derniers coups de canne extrêmement lointains.

Enfin, le martyre cessa.

Bentinck n'y était pas allé de main morte. James sentait des filets de sang dégouliner le long de ses jambes. Il prit une profonde inspiration, figea son expression en un masque impassible et se retourna face à son bourreau, suant et haletant de l'effort consenti.

James savait que l'étiquette lui imposait de le remercier, mais il ne pouvait s'y résoudre. Qu'il le frappe à nouveau si le cœur lui en disait ! Au lieu de ça, il le fixa du regard jusqu'à ce que celui-ci se sente obligé de détourner les yeux.

Puis James s'adressa aux autres garçons présents, qui l'observaient dans un silence de mort.

– Bonsoir, dit-il d'une voix claire, ferme et forte, avant de tourner les talons et de sortir de la pièce d'un pas aussi assuré que son agonie le lui permettait.

Une fois dehors, il geignit et s'appuya contre un mur, les jambes flageolant de manière incontrôlable. Grimaçant de douleur, il passa précautionneusement les doigts sur sa chair meurtrie.

Il demeura ainsi jusqu'à être certain de pouvoir marcher, puis il descendit l'escalier en boitillant, enfila l'étroit corridor du rez-de-chaussée et remonta clopin-clopant jusqu'à sa chambre où il s'effondra à plat ventre sur son lit. Un jour, il aurait sa revanche sur Bentinck. Aucun doute là-dessus.

Quelques minutes plus tard, Pritpal frappa à la porte.

James ne répondit pas. Bientôt, il l'entendit se retirer.

Il ne voulait voir personne. Tout ce qu'il souhaitait, c'était rester seul avec son vague à l'âme. Pourtant, plus il broyait du noir, plus la vision de Roan sur le bateau lui revenait, jusqu'à dissiper toute la tristesse qu'il éprouvait, l'amenant lentement à réaliser qu'il se moquait comme d'une guigne de Maudit Bentinck.

Il s'endormit tout habillé, rêvant de la jeune fille.

12

Une invitation et un ordre

– Vous me semblez plutôt agité ces derniers temps, James. Que se passe-t-il ? Des fourmis dans les jambes ?

– Non, m'sieur. Tout va bien, m'sieur !

– Oui, m'sieur. Non, m'sieur. Tout va bien, m'sieur ! se moqua M. Merriot en rangeant ses livres à l'issue de l'entrevue privée qu'il venait d'avoir avec James.

De fait, si celui-ci se tortillait sur son siège, c'est qu'il lui était encore difficile de s'asseoir suite à la correction qu'il avait subie. Certes, la plaie ne saignait plus et les chairs avaient même commencé à cicatriser, mais son arrière-train était encore très douloureux, couvert qu'il était de bleus violacés. En outre, il avait dû se montrer extrêmement prudent vis-à-vis de Bentinck qui, à n'en pas douter, ne bouderait pas le plaisir de lui infliger un nouveau châtiment susceptible de rouvrir les plaies du précédent.

– Vous êtes vraiment sûr que tout va bien ? demanda Merriot. Rien en quoi je pourrais vous aider ?

– Non, non, m'sieur. Je vous assure.

– Pourtant, je vois bien que vous n'avez pas la tête à vos études ces derniers temps. Je me trompe ?

– Pourtant, j'essaie…

M. Merriot coinça sa pipe éteinte entre ses dents et baissa les yeux sur le bulletin de James.

– Vos résultats sont en baisse, c'est indéniable, déclara-t-il en mordant sa pipe. Si vous ne donnez pas un sérieux coup de collier, vous allez au-devant de graves déconvenues. Combien de blâmes jusqu'à présent ?

– Six ce mois-ci, m'sieur. Et deux billets jaunes.

– Mmh. Pas bon ça. Pas bon du tout, bougonna Merriot en signant le bulletin.

Il le rendit à son élève et le raccompagna à la porte.

– Je ne peux vraiment pas vous en vouloir, James, poursuivit-il en ouvrant le battant. Ce ne doit pas être évident de reprendre le cours d'une vie normale après tout ce qu... (Il marqua une pause, cherchant ses mots.) Après tout ce qui s'est... passé.

En effet, Merriot était l'une des rares personnes de l'école à savoir ce que James avait traversé lors de son voyage en Amérique centrale.

– Vous savez, je suis tout disposé à faire en sorte que la transition se passe bien, ajouta-t-il en sortant. Pour que vous retrouviez au plus vite une vie normale...

– Je sais, m'sieur. Et je vous en sais gré, répondit James. Hélas, j'ai bien peur de ne pas être un élève de latin et de grec particulièrement enthousiaste. J'aime bien les histoires, mais...

– Voyez-vous ça ! Il aime les histoires, s'exclama le professeur en s'engageant dans la rue, au côté de James. Au moins, c'est un début. Et j'imagine que, plus elles sont sanglantes, plus elles vous plaisent ?

– Euh... Maintenant que vous le dites, je crois bien que c'est ça, en effet.

Ils échangèrent un sourire.

Marchant côte à côte, ils descendirent Common Lane en

direction de High Street. Ça faisait du bien d'être dehors par cette belle journée ensoleillée. En outre, James appréciait sincèrement la compagnie de M. Merriot. Doté d'une vive intelligence et d'un solide sens de l'humour, il savait se montrer bon pédagogue, c'est-à-dire ne pas pousser trop loin ses ouailles. On sentait chez lui un réel intérêt pour les élèves dont il essayait d'adoucir la vie au maximum en essayant de rendre l'étude amusante, intéressante et, par là, moins aride. C'était un des rares membres du corps enseignant qui semblait comprendre qu'il n'y avait pas que l'école dans la vie.

– Remerciez le ciel de ne pas avoir étudié ici en 1440, lorsque le bon roi Henry a créé cette vénérable institution, dit Merriot. Imaginez un peu : lever cinq heures du matin pour la prière puis cours à partir de six heures. Latin. Latin et encore latin. Latin le matin, latin l'après-midi et latin le soir. Et pour cause, c'est tout ce qui était enseigné.

Ils traversèrent la rue à hauteur du Buisson Ardent – un célèbre lampadaire, lourdement ouvragé, faisant communément office de point de rendez-vous – et, lorsqu'ils s'arrêtèrent devant la porte voûtée d'Upper School, un nuage passa devant le soleil. James frissonna dans la fraîcheur soudaine. L'été avait beau approcher, le fond de l'air était encore frais.

– Et vous n'étiez autorisé à parler qu'en latin, poursuivit Merriot. Malheur à celui qui était pris en train de parler anglais ! Il était roué de coups sans autre forme de procès. Les cours finissaient à huit heures du soir après quoi il y avait une heure de temps libre, pas une minute de plus.

James n'écoutait pas vraiment. Quelque chose avait attiré son regard de l'autre côté de la rue, où quelqu'un se tenait dans l'ombre entre Durnford House et Hawtrey. James ne l'avait pas remarqué jusqu'ici à cause de l'intense luminosité du soleil qui créait des ombres profondes et noires, mais, maintenant que celui-ci était masqué par un nuage, et que ses yeux s'étaient habitués à ces nouvelles conditions de lumière, il apercevait distinctement la silhouette familière d'un homme en chapeau mou et pardessus, qui recula bien vite dans l'obscurité et disparut.

Pour furtive qu'elle fût, cette vision ébranla James. En effet, il aurait juré que c'était le même homme que celui qu'il avait déjà entrevu quelques semaines auparavant.

Étranger à ce qui venait de se jouer, M. Merriot continuait inlassablement de l'abreuver de détails sur l'histoire d'Eton.

– Il n'y avait que deux repas par jour à l'époque. Et aucun le vendredi, jour de jeûne. Et savez-vous combien de semaines de vacances il y avait ? Six ! Pas les seize que vous autres, enfants gâtés, avez aujourd'hui. Six semaines !!! Je vous demande un peu ! Trois pendant l'été et trois à Noël. Et encore celles d'été n'étaient accordées qu'à ceux qui pouvaient justifier qu'ils rentraient dans leur foyer. Alors, monsieur Bond, n'êtes-vous pas heureux de ne pas vivre au quinzième siècle ?

La tête ailleurs, James bredouilla un « si » hésitant.

– Eh bien, moi aussi, concéda Merriot en lui lançant un clin d'œil avant de s'engouffrer sous l'arche, sa pipe saillant par-devers lui tel le beaupré d'un vaillant voilier.

Avant de lui emboîter le pas, James se retourna et balaya du regard l'endroit où l'homme s'était trouvé une minute plus tôt.

Se pouvait-il que ce soit la même personne ? Et, si oui, pourquoi diable le filait-il ? Sa vie était plutôt calme ces temps-ci. En dehors de Bentinck et des études, il n'avait guère de raison de se faire du mouron. Mais était-ce si sûr ? Au fond de lui, il savait bien que le frisson du danger était le sel de son existence. Pour lutter contre le désœuvrement, son esprit n'était-il pas en train de s'inventer un ennemi imaginaire afin de se créer une nouvelle aventure à laquelle se raccrocher ?

Il n'y avait qu'une manière de le savoir.

Après avoir vérifié qu'il n'y avait pas de voiture, James traversa la rue en courant et s'engouffra dans l'ombre, remonta à toutes jambes le dédale d'allées et de jardins qui s'étendaient derrière Scholl Hall. Débouchant finalement dans Wick Road, il s'arrêta et observa attentivement les alentours. Le soleil fit une nouvelle percée. Un rayon se refléta sur une fenêtre ouverte, attirant son regard.

Là. Il était là.

Au coin de Keate's Lane, il traversait la rue en direction des jardins. James lui donna la chasse. Esquivant quelques cyclistes, il perdit momentanément sa trace. Toutefois, vu les lieux, l'homme ne pouvait être ailleurs que dans Jourdelay's Passage, une galerie couverte habitée par des professeurs de l'école.

Pourtant, lorsqu'il fit irruption dans le passage, celui-ci était vide.

Aucun signe de l'homme au chapeau mou. Il n'avait quand même pas eu le temps de sortir, si ? Et s'il était entré dans un des bâtiments ?

Sur le qui-vive, James s'avança lentement.

Rien. Un jour de printemps ordinaire à Eton.

À moins qu'il ne soit pas du tout venu ici ?

James rebroussa chemin. Arrivé pratiquement au bout du passage, des pas résonnèrent dans son dos. Il fit volte-face et aperçut quelqu'un qui détalait dans la direction opposée, vers High Street

Il avait dû se cacher dans l'embrasure d'une porte.

Cette fois, James n'allait pas le laisser s'échapper. Il démarra en trombe, martelant le sol carrelé à une cadence infernale, tirant sur ses bras, débouchant à l'air libre comme un boulet de canon. Il s'arrêta aussi sec, dérapant sur le trottoir pour éviter de se jeter sous les roues d'un gros camion de charbon qui remontait la rue dans un nuage de fumée et de poussière. James n'eut que le temps de réaliser qu'il avait perdu de vue le fuyard avant que, dans son dos, quelqu'un ne le pousse violemment, le projetant droit sous les roues du camion.

En un éclair, tout se bouscula dans sa tête : une vive douleur aux genoux et aux épaules à l'instant de s'effondrer sur le bitume, le crissement des pneus du camion, le sifflet chuintant de ses freins, le cri d'une femme, celui d'un homme, un grondement de moteur…

Mais rien de fatal. Pas d'impact dévastateur et inégal entre la faible chair humaine et l'implacable tas de tôle.

Et pour cause. Mû par un réflexe animal, James avait réagi d'instinct, sans réfléchir, roulant entre les roues du camion et s'aplatissant sur l'asphalte.

Il resta là, les paupières volontairement closes, retenant son souffle, les muscles tétanisés, des picotements dans toutes les terminaisons nerveuses, se préparant à l'affreuse douleur qu'il n'allait pas manquer de ressentir.

Rien ne se passant, il rouvrit les yeux et tourna la tête sous le châssis du camion, ronflant et fumant. Il y avait assez d'espace pour qu'il passât en dessous, indemne.

Des cris résonnèrent sur le trottoir : « Il n'est pas blessé ? » « Vous le voyez ? » « Que s'est-il passé ? »

– Tout va bien, répondit James en émergeant lentement de sous le poids lourd. Je n'ai rien.

Quelqu'un l'aida à se relever. Par miracle, il n'avait pas une égratignure. Blanc comme un linge, le chauffeur du camion descendit de sa cabine, hésitant entre colère et terreur.

– Eh ben, mon garçon ! Tu m'as fichu une de ces frousses ! Faut pas me jouer des tours pareils ! À mon âge ! Mais qu'est-ce qui t'a pris, bon sang ?

– Quelqu'un m'a bousculé, répondit James en cherchant du regard l'homme à la poursuite duquel il était lancé.

– Du calme. Ce n'est pas de sa faute, déclara une petite femme boulotte, déclenchant aussitôt un concert de commentaires inaudibles.

James n'écoutait pas. Sur le trottoir d'en face, il avait repéré un pardessus et un chapeau mou qui ne lui étaient pas étrangers.

Il tenta d'échapper à la foule des badauds, arguant qu'il n'avait rien, déclinant les secours qu'on lui offrait, jouant des coudes pour s'arracher aux mains qui le palpaient de toutes parts comme pour vérifier que le miracle auquel ils venaient d'assister avait bel et bien eu lieu.

Il s'excusa platement auprès du chauffeur, répéta qu'il n'avait nullement besoin d'une tasse de thé et, enfin, parvint à se dégager. Le temps d'arriver de l'autre côté de la rue, l'homme au chapeau mou était déjà au niveau du coiffeur, marchant à grands pas en direction de Windsor.

– Hé ! cria James en hâtant le pas.

Soudain, il fut happé par quelqu'un qui le retenait par le bras.

– Je vous en prie, hurla-t-il rageusement, serrant le poing au cas où. Je vous l'ai dit ! Je n'ai besoin de rien !

Quand enfin il tourna la tête, il se retrouva nez à nez avec Miles Langton-Herring, stupéfait.

– James ! C'est moi, dit ce dernier en s'appuyant sur sa béquille.

James jeta rapidement un œil au bout de la rue. L'homme avait disparu.

Il soupira. Ce n'était pas encore pour cette fois.

– Qu'y a-t-il, Miles ?

– Je suis de retour.

– Oui, ça, je vois.

– Tu n'as pas l'air content de me voir.

James secoua la tête.

– Je suis désolé, dit-il avec un sourire dépité. J'allais quelque part. Et je suis en retard.

– Effectivement, tu as l'air plutôt pressé. Si je te retiens... ?

– Non, non. Ça n'a plus d'importance maintenant. Comment va ta jambe ?

– Elle se remet doucement. Toujours plâtrée néanmoins. Et ça va encore durer quelques semaines, mais, bon, au moins, je suis à nouveau debout. En fait, je comptais passer te voir tout à l'heure. Alors comme je t'ai aperçu, je me suis dit que ça m'épargnerait le chemin.

– À quel sujet ?

– T'inviter. Mon père aimerait te convier à un petit dîner à la maison.

– En quel honneur ?

– Au fait que je sois toujours en vie, j'imagine, répondit Miles. Nous sommes à Virginia Water, donc tu n'auras pas besoin d'un billet d'absence, juste une autorisation de sortie pour la soirée.

– Écoute, euh...

Le visage de Miles se décomposa.

– Je sais que tu ne m'apprécies pas beaucoup, bougonna-t-il en regardant ses pieds. Malgré tout, ça me ferait vraiment plaisir que tu viennes. Tu sais, cet accident m'a changé. Ça m'a remis les pieds sur terre. J'ai compris que je ne savais pas tout et que je ferais peut-être mieux d'écouter un peu plus souvent ce que les autres ont à dire.

– Excuse-moi, soupira James en acceptant l'invitation que Miles lui tendait. Je ne voulais pas paraître désobligeant. Bien sûr que je viendrai. Préviens ton père et remercie-le chaudement de ma part.

– Tu peux compter sur moi, répondit Miles avec un grand sourire.

Ce soir-là, passant par la porte de derrière, James sortit de l'internat pour aller récupérer son uniforme à la dalle, là où revenaient tous les habits passés à la blanchisserie. En effet, suite à la rossée, il avait dû faire nettoyer et repasser les siens. Ils en revenaient emballés dans du papier marron, tenu par une ficelle. Tandis qu'il cherchait son colis au milieu des autres, Roan fit son apparition. Une fois n'est pas coutume, elle avait sa mine des mauvais jours.

– Je t'ai cherché, dit-elle.

– Ah bon ?

– Bentinck t'a battu, n'est-ce pas ?

– Pff! J'suis pas le premier et j'serai sûrement pas le dernier à y goûter. Depuis qu'il est là, il cogne sur tout ce qui bouge.

– Certes, mais il y a été particulièrement fort avec toi.

– Pas de quoi en faire un drame.

– J'ai vu le sang sur tes vêtements, dit Roan. Il t'a esquinté.

– Bah, t'occupe pas de ça, répondit-il, légèrement embarrassé.

Mais Roan n'était pas du genre à abandonner si facilement.

– J'ai entendu les bruits de couloir, James. Je sais que c'est à cause de moi.

– Pas que. Il m'avait dans le collimateur depuis un moment déjà et il n'attendait qu'un prétexte.

– Peu importe. Je me sens responsable.

James fit mine de s'en aller.

– Inutile de jouer les héros, dit Roan en le retenant par le bras. Il n'y a aucune honte à admettre qu'on souffre. Et ce n'est pas une marque de faiblesse que d'accepter l'aide que les autres vous offrent. Qui a dit que tu devais en permanence porter le poids du monde sur tes épaules ?

– Laisse…

– Comment ça, laisse ? Écoute. Dimanche, j'ai prévu d'aller pique-niquer dans le parc. Pourquoi ne viendrais-tu pas ? C'est moi qui régale. En compensation de ce que tu as enduré pour moi. Et, ne t'inquiète pas, je ferai en sorte que personne ne nous voie, histoire de ne pas donner à Maudit Bentinck une autre occasion de te corriger. Qu'est-ce que tu en dis ?

Pour toute réponse, James haussa les épaules d'un air indécis. Les mains sur les hanches, la tête légèrement penchée de côté, Roan le toisa un instant du regard.

– Mais qu'est-ce qu'on va faire de toi, mon garçon ? demanda-t-elle. C'est quand même pas tous les jours qu'une jolie fille t'invite à un pique-nique !

– Est-ce que j'ai le choix ?

– Non, coupa Roan. Ce n'est pas une invitation, *darling*, c'est un ordre.

– Dans ce cas, je viendrai.

– Bon petit, ironisa Roan. Ah ! J'allais oublier. J'ai ça pour toi.

Et elle lui tendit un petit pot en verre contenant une pâte blanche.

– Qu'est-ce que c'est ?

– Ne t'ai-je pas dit que j'étais une sorcière ? C'est une pommade apaisante de mon cru. Ça te fera du bien et ça t'aidera à cicatriser. Simplement, ne compte pas sur moi pour te l'appliquer.

Puis elle partit d'un grand éclat de rire et tourna les talons. Après son départ, le couloir parut soudain plus petit, plus austère et plus sombre.

Troublé, James remonta dans sa chambrée.

Décidément, le quotidien était beaucoup plus dur à gérer que ce à quoi il s'attendait. Au moins, dans les aventures périlleuses, comme celles qu'il avait vécues au Mexique, il n'avait à s'inquiéter que d'une chose : rester en vie. Certes, cela supposait prendre de terribles risques, mais, dans un sens, ça lui était facile. Ce qui l'était beaucoup moins, c'était de gérer les relations avec les gens, au quotidien. En effet, cela exigeait de comprendre non seulement ses propres émotions, mais également celles de ceux que vous aviez en face et, ça, c'était loin d'être évident. Ainsi, le camion de charbon qui avait failli le tuer l'avait moins secoué que Roan Power en quelques phrases.

De retour dans sa chambre, il frappa du poing contre le dossier de son fauteuil. Pourquoi se sentait-il si bêta quand elle était là ? On aurait dit un gamin. Pourquoi ressentait-il un besoin quasi animal d'être dur et désinvolte à son égard quand tout ce qu'il voulait c'était la faire rire ?

Et puis ce n'était pas comme s'il n'avait jamais fréquenté de filles auparavant. Au contraire, généralement il s'entendait plutôt bien avec elles, les considérant aisément comme ses égales, alors pourquoi celle-ci lui coupait-elle tous ses moyens ?

Il se demanda si c'était ça être amoureux.

« Non, se dit-il en repoussant immédiatement l'idée. L'amour, c'est pour les chiffes molles. »

Avant de se coucher, il appliqua un peu de la pommade qu'elle lui avait donnée sur la partie la plus tendre de son anatomie. En dépit du ridicule que le geste lui inspira, il fut bien forcé d'admettre que ça faisait du bien.

13

L'Homme invisible

James rêvassait au soleil, assis dans sa chambre, devant la fenêtre grande ouverte. Ce n'était pas la chambre la plus spacieuse que l'on puisse imaginer, d'autant que, coincée sous les combles, elle était en partie envahie par les poutres de la charpente et des murs mansardés, mais, au moins, elle était lumineuse et son étage élevé lui permettait de bénéficier d'un semblant de vue. Or, ces derniers temps, il avait besoin d'horizon. Ainsi, depuis son poste d'observation, tel un garde au sommet de son mirador, il pouvait suivre tout ce qui se passait à l'extérieur.

De temps à autre, il jetait machinalement un œil dans Judy's Passage, la ruelle qui menait à Codrose et balayait brièvement les lieux du regard, comme pour s'assurer que tout était tranquille, puis il se remettait à son ouvrage.

Et quiconque l'eût surpris dans sa tâche aurait certainement beaucoup ri.

Pensez, James Bond en train de faire de la couture!

Et pourtant, c'était bien à cela qu'il s'attelait depuis le matin, après avoir emprunté son nécessaire à Roan.

Dans un premier temps, à l'aide d'un canif, il avait patiemment défait l'ourlet du bas de sa redingote dans lequel il était maintenant occupé, avec tout le sérieux du monde, à coudre une petite poche.

Car l'affaire était d'importance.

En effet, il ne pouvait pas démontrer qu'on le suivait, pas plus qu'il ne pouvait apporter de preuve matérielle du fait qu'on l'avait délibérément poussé sous les roues du camion de charbon et que, par conséquent, il ne s'agissait nullement d'un accident. Mais, au fond de lui, il savait pertinemment que quelque chose clochait. Et il ne comptait pas rester assis sans rien faire en attendant qu'un événement plus grave encore ne se produise.

Si l'homme au chapeau mou lui filait à nouveau le train, il serait prêt.

Il étouffa un juron et regarda par la fenêtre pour la centième fois.

C'était ridicule. Il ne pouvait décemment pas continuer à l'appeler « l'homme au chapeau mou ». Il fallait lui trouver un nom. Tant il est vrai que nommer une chose est déjà, dans une certaine mesure, en prendre le contrôle. Mais comment donner un nom à quelqu'un que l'on n'a jamais vu distinctement ? Un homme dont l'existence même restait incertaine et qui était pratiquement invisible.

Elle était là sa réponse. À partir de maintenant, il serait « l'Homme invisible ».

Yes !

James possédait déjà dans le talon de sa chaussure une cache secrète renfermant un canif. Or, même s'il eut été vain d'imaginer s'en servir dans une bagarre, cette petite lame lui avait maintes fois sauvé la mise.

Mais, là, il avait un autre plan.

Quand il eut terminé de coudre la poche, il tira une lame de rasoir de son enveloppe cartonnée et la glissa à l'intérieur. Puis il tendit la veste à bout de bras dans la lumière et inspecta son œuvre. Pas mal. Impossible de deviner qu'une lame de rasoir était cachée là. En outre, James ne craignait pas de se couper puisque, même assis, la basque de sa redingote pendrait sous sa chaise, en toute sécurité.

C'était la cinquième poche secrète de la journée. Dans l'une, il avait dissimulé une pochette d'allumettes et un jeu de crochets de serrurier que lui avait donné son ami Kelly le Rouge ; dans une autre, un bout de crayon et quelques feuilles de papier fin. Enfin, il avait un long pic à brochette en métal dans le pan de sa redingote où se trouvait également une deuxième lame de rasoir, dans une dernière poche prévue à cet effet.

Juste au cas où.

Voilà longtemps qu'à Eton il était d'usage de mettre à profit les basques des queues de pie pour entrer ou sortir en douce des choses de l'école, c'était même une tradition, et des objets bien plus encombrants que ceux-là avaient déjà transité de la sorte.

Satisfait, il enfila la veste et étudia son reflet dans le miroir.

Personne n'aurait jamais pu soupçonner ce qu'elle contenait. Un grand sourire illumina son visage. C'était comme porter un costume de magicien, recélant maints secrets. Durant un instant, il se demanda s'il devait aussi y cacher un lapin blanc ou une colombe. Pourquoi pas une bonne longueur de foulards en soie noués ensemble ?

De fait, cela n'était peut-être pas une mauvaise idée. En effet, la soie possède une résistance étonnante et il pourrait éventuellement s'en servir comme corde.

James baissa les yeux sur sa montre à gousset. Ça attendrait un autre jour. Il se faisait tard. Trafiquer sa veste lui avait pris plus longtemps que ce qu'il avait prévu.

Il remballa le nécessaire à couture et s'empara de son chapeau.

Plus tôt dans la matinée, il avait reçu un message d'Andrew Carlton lui fixant rendez-vous en ville, au garage où les garçons du club du Danger possédaient une petite remise qui leur servait de point de ralliement. Le club étant depuis longtemps dissous, James en avait presque oublié l'existence.

Il quitta l'internat, traversa prestement Eton, puis le pont menant à Windsor. Le soleil brillait dans le ciel, l'air était doux et James fut heureux de constater que les douleurs consécutives au châtiment que lui avait infligé Bentinck avaient pratiquement disparu. Mis à part une légère raideur, celles-ci n'affectaient plus en rien sa démarche.

Après quelques détours dans les ruelles derrière Victoria Barracks, il arriva au garage, situé dans une petite cour bordée d'anciennes écuries reconverties pour accueillir des automobiles. Andrew l'attendait dehors.

– On ne voulait pas te la montrer avant qu'elle soit finie, dit-il en déverrouillant le cadenas de la porte. Non qu'elle le soit vraiment, d'ailleurs, mais bon…

– La Bentley ? laissa avidement échapper James tandis qu'Andrew ouvrait grand les portes du garage.

Et elle lui apparut.

James l'avait achetée l'année précédente avec l'argent qu'il avait gagné dans un casino clandestin, une Bentley Blower de quatre litres et demi. Un gros roadster à ciel ouvert conçu pour la course et qui respirait la puissance. Elle était pratiquement à l'état d'épave quand il en avait fait l'acquisition et tant de choses s'étaient passées depuis qu'il ne se souvenait même plus qu'elle était là.

Ce qui n'était pas le cas de ses compères du club du Danger, qui, de toute évidence, avaient usiné sévère.

– On a bossé dessus tout notre temps libre, expliqua Andrew. C'était l'idée de Perry. Je te dis pas comme il a été dégoûté de devoir abandonner le projet quand il a été renvoyé de l'école. Enfin, à sa manière, il a continué à nous filer un coup de main. Pour tout dire, je doute qu'on ait eu les moyens de la finir sans lui. Il est venu me voir chez moi, à Londres, juste avant la rentrée avec une grosse liasse de coupures d'une livre. Résultat, tout ce qui reste à faire, c'est la mettre en peinture.

De fait, la tôle affichait un vert-de-gris mat qui donnait à l'ensemble un aspect encore plus brutal.

– Remarque, elle est pas mal comme ça, fit remarquer James en passant une main sur les flancs de l'engin. Ça montre qu'elle a vécu. On devrait la laisser telle quelle.

– Dois-je en conclure que tu la trouves à ton goût ?

– Tu plaisantes, j'espère ? s'exclama James. Elle est super chouette ! Si tant est que cet adjectif s'applique à une bête pareille. Et, euh… Elle tourne ?

– Aucun de nous n'a osé lui faire prendre la route, répondit Andrew en haussant les épaules. Mais le type de l'atelier qui a mis les derniers coups de clé a fait un petit essai dans le quartier.

– Comment pourrai-je jamais vous remercier, les gars ?

– Avoir la chance de travailler sur un monstre pareil est en soi une récompense, répondit Andrew. Mais, bon, si tu y tiens, faire un tour avec, un de ces jours, serait loin de me déplaire.

– Tu peux compter sur moi, ce sera avec plaisir, répondit James en essayant de refouler le sourire benêt qui lui venait aux lèvres tandis qu'il inspectait le bolide, s'attardant sur chaque détail.

Certes, les finitions n'avaient pas la perfection des standards de chez Bentley, mais, dans un sens, ça lui donnait un aspect plus brut de décoffrage, plus méchant, en un mot, plus bestial. Dans cette livrée, elle affichait fièrement sa nature : un outil à faire tomber les chronos et non un joujou pour vieux beau. Les sièges en cuir étaient de couleurs différentes ? Et alors ? Ce qui comptait, c'était que les quatre jantes soient les mêmes. À lui seul, le tableau de bord résumait toute la philosophie de l'engin. Les cadrans disparates, récupérés dans des stocks de pièces de marques différentes, n'allaient pas forcément les uns avec les autres et certains, à en juger par leur aspect, n'étaient même pas l'œuvre de l'industrie automobile. Il flottait sur cet improbable alignement de leviers, de boutons et de cadrans un air de marché aux puces du sport mécanique.

James sauta à bord et la fit démarrer, accueillant le puissant grondement du moteur comme la plus douce des musiques. Il donna quelques coups de gaz qui détonèrent comme des coups de canon dans le silence des anciennes écuries, toute la caisse se balançant sur ses suspensions, tel un fauve pressé de partir en chasse.

À contrecœur, James coupa le moteur. Un silence d'autant plus impressionnant qu'il succédait à un bref déchaînement de bruit et de fureur retomba sur le quartier.

Une odeur d'essence et d'huile chaude se répandit dans le garage. Et, aux yeux de James, il n'existait pas de parfum plus enivrant.

Il sortit du baquet à regret et s'approcha d'Andrew.

Les mots ne lui venaient pas. Mais les éclats que lançaient ses yeux en disaient plus long que bien des discours.

Une demi-heure plus tard, en allant rejoindre Roan dans le grand parc de Windsor, ses pensées étaient encore tout occupées par la voiture. Heureusement, elle lui avait dessiné un plan de l'endroit où elle désirait qu'il la retrouve, un coin isolé au milieu des arbres. Elle avait rehaussé son ébauche d'un croquis montrant deux personnages en bâtons pique-niquant en tête à tête. Il avait hâte de jouer la scène en vrai.

Marchant dans la grande allée bordée d'arbres, connue sous le nom de Long Walk, tous ses soucis d'école, de Maudit Bentinck ou d'Homme invisible s'évanouirent.

Une intense activité régnait dans le parc, des dizaines de familles ayant choisi de sortir profiter du soleil. Des gens marchaient, d'autres étaient assis sur les pelouses, certains enfin montaient à cheval. Un chevreuil se montra à la lisière du bois où la frondaison des chênes, des ormes et des noisetiers étaient à son apogée. James se laissa gagner par le bonheur simple de la vie qui foisonnait autour de lui.

Dommage qu'il n'ait pas pu venir avec la Bentley. C'était un jour idéal pour une promenade en voiture. Il s'imagina au volant, sortant en trombe d'un virage, les cheveux flottant au vent. Il pouvait presque entendre le grondement guttural du moteur.

Il se mit à courir, dépassant Snow Hill et sa statue du roi George III, habillé en empereur romain, noblement assis sur son cheval, le regard solennellement tourné en direction de Slough. La famille royale ayant depuis toujours possédé le parc, les signes de sa présence étaient visibles où que se porte le regard. Au nord s'élevaient les tours et tourelles du château de Windsor, à l'est le mausolée de Frogmore, où étaient enterrés la reine Victoria et le prince Albert, enfin il y avait la colline du Roi-George, au centre. La phrase de Roan l'accusant de ne pas vivre dans le vrai monde lui revint en mémoire et il se demanda s'il arrivait à la famille royale de regarder par les fenêtres de son immense château et de s'interroger sur ce que devait être la vie quotidienne des gens ordinaires.

Il suivit la carte jusqu'à identifier le bois que Roan avait marqué d'un grand X, trouvant bientôt le sentier qui partait de la pelouse en s'enfonçant dans les broussailles.

Une minute plus tard, il la découvrit, assise sur une

couverture au milieu d'une clairière, baignée par le demi-jour qui filtrait à travers l'épais feuillage des arbres. Profitant du fait qu'elle ne s'était pas encore rendu compte de sa présence, il s'arrêta un instant pour la regarder.

Elle était en train de manger une pomme, en parfaite harmonie avec le monde.

James fit un effort pour se ressaisir, ralentissant sa respiration et adoptant une expression détachée, à la limite du désinvolte. Puis, quand il fut certain d'apparaître aussi décontracté et serein qu'elle l'était elle-même, il s'avança d'un pas nonchalant dans la clairière.

Ce n'est que lorsqu'il sortit de l'ombre qu'il réalisa qu'elle n'était pas seule.

Un jeune homme qui, jusqu'ici, était caché par un tronc d'arbre, lui apparut soudain, adossé à une souche. Lorsqu'il avisa James, celui-ci jeta l'os de poulet qu'il avait à la main et se leva d'un bond pour l'accueillir.

– J'imagine que tu n'es autre que le célèbre James Bond, dit-il avec un fort accent dont il ne faisait guère de doute qu'il plongeait ses racines à la même source que celui de Roan.

Et il le gratifia d'une solide tape sur l'épaule.

James fit ce qu'il put pour cacher sa déception. En effet, il avait pensé que Roan et lui seraient seuls. N'y avait-il pas que deux personnages dans la scène qu'elle avait ébauchée sur le plan ?

« Ne sois pas stupide. Elle a bien le droit d'inviter qui elle veut à son pique-nique, non ? »

Le jeune homme possédait un physique aussi avenant que celui de sa compatriote, avec une belle crinière blonde, légèrement ondulée et des yeux bleus si foncés qu'ils en paraissaient presque noirs. Il était vêtu d'un singulier costume en skaï vert olive, d'un gilet orange vif et d'une écharpe rouge négligemment nouée autour du cou.

Roan s'étira lascivement sur la couverture avant de lancer à James :

– Je te présente mon poteau Dandy O'Keefe. Tu sais, nous autres *paddies*[1] ressentons le besoin de rester collés les uns aux autres, surtout quand on est loin de chez nous.

– Et euh… on attend encore du monde ? demanda James en tentant bravement de paraître détaché.

– Non. Juste nous trois, répondit Roan en fermant les yeux pour profiter de la caresse du soleil. J'ai croisé Dandy par hasard, ce matin, en ville, et il s'est invité de lui-même.

– Roan m'a raconté que t'avais eu un paquet d'ennuis la dernière fois que tu étais sorti avec elle, ajouta ce dernier en attrapant un pilon de poulet qu'il offrit aussitôt à James. J'espère pour toi, mon petit pote, que tu n'as dit à personne que tu serais là aujourd'hui.

Et il lança un clin d'œil effronté à James qui lui répondit en secouant la tête.

– Pas de danger, c'est notre petit secret, hein, James ? dit Roan.

– En tout cas, c'est sûrement pas moi qui vais vendre la mèche, affirma Dandy.

– Dandy est jardinier, poursuivit Roan. Il travaille pour l'école, lui aussi. Il s'occupe des pelouses des terrains de sport. Personne n'a la main plus verte que lui.

– Tu parles ! Aujourd'hui ce n'est plus qu'engrais chimiques et pesticides en tout genre.

– Au pays, Dandy travaillait dans un grand domaine.

– Ouais ! J'ai émigré pour faire fortune et, entre nous, je sais pas si j'aurais dû. Au train où vont les choses, je serai centenaire, avec une barbe jusqu'aux chevilles, avant d'avoir amassé le million que je m'étais promis de gagner et là, je

1. Expression péjorative désignant les Irlandais (NDT)

serai trop vieux pour en profiter. Mais, bon, c'est pas tout ça. Si on passait aux choses sérieuses ? J'ai faim, moi. Pas vous ?

– Tu as toujours faim, répondit Roan en passant les plats.

James s'émerveilla devant la quantité de nourriture qui s'étalait sous ses yeux. Il y avait du pain, du fromage, du jambon, des tourtes froides, du poulet, des cornichons, des légumes en saumure et des œufs durs. En outre, Roan avait prévu de l'eau, de la citronnade, ainsi que des bières pour Dandy qui en tendit aussitôt une à James.

– Mazette ! C'est un vrai festin ! s'exclama ce dernier.

– Je suis en bons termes avec les gens de la cantine, répondit Roan avec un clin d'œil.

– Roan serait capable de séduire la couronne sur la tête du roi, renchérit Dandy.

– Tu devrais voir le garde-manger de Codrose, poursuivit Roan. Ça déborde de partout, ce qui ne les empêche pas d'être pingres comme pas deux dès qu'il s'agit d'en faire profiter les pensionnaires. En tant qu'interne de Codrose, James, cette nourriture te revient de plein droit.

– Bien sûr, je ne peux en dire autant, fit observer Dandy en avalant une lampée de bière. Mais ce n'en est que meilleur.

Puis il se lança dans le long récit d'une altercation qu'il avait eue dans un pub de Virginia Water dont l'exposé eut le don de faire rire Roan aux éclats. Il faut dire que l'homme était affable, d'agréable compagnie, et jamais à court d'un bon mot ou d'une anecdote savoureuse. James n'en aurait pas moins préféré qu'il ne soit pas là pour savourer seul ce moment avec Roan.

– Dandy a toujours des tas d'embrouilles, confia-t-elle en riant. Il faut dire qu'il a une bonne descente et que, si une bagarre se profile à l'horizon, il ne peut pas s'empêcher d'en être.

– Écoutez-la jouer sa mijaurée, celle-là, railla Dandy. À l'entendre, on croirait que c'est une oie blanche tout juste sortie du nid. Mais te laisse pas abuser par ses airs de sainte-nitouche, James. D'ailleurs, je suis sûr que tu la connais assez pour savoir que c'est juste une apparence. Je l'ai vue allonger trois mecs d'un seul coup de poing.

– N'exagère pas, rétorqua Roan avec un sourire complice. C'était un coup de poing ET un coup de pied.

– Exact. Faut dire qu'elle a un sacré coup de tatane, la donzelle. Crois-moi, mon petit pote, mieux vaut l'avoir de son côté quand ça commence à chauffer.

Sur ces mots, Dandy sortit un grand couteau de sa poche et en déplia la lame pour se couper quelques tranches de fromage. À côté, le canif de James faisait figure de cure-dents. Ce que Dandy avait dans les mains ressemblait à une arme de chasse, puissante, épaisse, munie d'une lame dont on sentait qu'elle avait été affûtée avec amour. Soudain, toutes ses ruses de Sioux, comme coudre des lames de rasoir et divers accessoires dans la basque de sa redingote, lui parurent éminemment pathétiques.

– Mmh ! Tu mates mon couteau, mon petit pote ? demanda Dandy en portant à sa bouche une tranche de fromage coincée sur la lame. Mais pourquoi diable les garçons sont-ils tous fascinés par les couteaux ? Tu te demandes peut-être si je sais m'en servir ?

– Ben… Euh…

Sans un mot de plus, Dandy le retourna d'un geste sûr et précis puis, le tenant par le bout de la lame, le lança de toutes ses forces en direction de James.

Celui-ci se figea. La lame siffla à son oreille avant de se planter dans un arbre avec un bruit sourd.

James tourna la tête. Fiché dans l'écorce, le couteau tremblait doucement.

– Et voilà ce qui s'appelle faire un bide ! s'exclama Roan en riant. Il a même pas bronché. Si tu veux lui mettre les foies, faudra trouver autre chose…

Riant à pleines dents lui aussi, Dandy se leva et alla récupérer son couteau.

– Te bile pas, James, poursuivit Roan, jusqu'ici il a encore jamais planté personne. Il fait ça uniquement pour se rendre intéressant. Tu étais supposé baisser la tête en hurlant. Ça le fait marrer.

– Ouais, alors que là, répondit Dandy en retirant son couteau de l'arbre avec un grognement sourd, t'es resté aussi stoïque qu'une pierre.

Après en avoir essuyé la lame sur sa manche, il le tendit à James qui le sentit aussitôt peser au creux de sa main. Avec quelqu'un comme Dandy à son côté, l'Homme invisible cesserait d'être une menace.

– Joli coup, en tout cas, dit James, sincèrement admiratif.

– Ouais, peut-être que je devrais m'engager dans un cirque, hein ? ironisa Dandy avant de se jeter sur le sol et de traverser la clairière sur les mains sous les cris rieurs et les applaudissements de Roan.

Une pointe de jalousie serra le cœur de James. Pourquoi, lui, n'arrivait-il pas à la faire rire comme ça ? Néanmoins, il savait qu'il eût été parfaitement vain d'essayer maintenant. Cela n'aurait servi qu'à le faire paraître éperdu et désespéré. Or, la dernière chose qu'il voulait, c'était afficher un quelconque empressement.

Sans compter que la compétition n'avait pas lieu d'être. Dandy était plus vieux. C'était un homme, quand James n'était encore qu'un adolescent.

Fichtre. Assis au volant de la Bentley, à faire ronfler le moteur et à rêver d'escapade sur route ouverte, il s'était senti adulte, au sommet du monde, prêt à affronter n'importe quoi.

D'un geste penaud, il rendit son couteau à Dandy qui le fourra dans sa poche.

– Je doute qu'à l'école, on vous enseigne le lancer de couteau, déclara-t-il sur un ton moqueur.

– Non, effectivement, acquiesça James. Mais il y a les Classes, une préparation militaire. On s'entraîne au tir…

– Ben voyons… Et puis aussi à marcher au pas, à saluer, et à bien cirer les pompes, railla Dandy. L'armée, je connais, merci. Je sais comment on entraîne les gamins dans votre genre à devenir de bons petits soldats qui, un jour, seront envoyés en terre étrangère pour dégommer des innocents. Pour le roi et pour la patrie !

– Lâche-le un peu, tu veux ? s'interposa Roan. Inutile de le charrier comme ça.

– Quoi ? Mais qui est-ce qui charrie ? demanda Dandy, faussement indigné. En plus, il est assez grand pour se défendre tout seul, hein, mon petit pote ?

– Tout à fait, répondit James qui, pour l'heure, ne se sentait pas grand du tout.

Il détourna le regard dans l'espoir de cacher sa gêne qui, il en était convaincu, se lisait sur son visage.

C'est là qu'il le vit, se baissant vivement derrière un arbre.

L'Homme invisible.

14

Sur ordre de Sa Majesté

James se raidit, tous les sens en alerte, tel un chien en arrêt.

– Qu'est-ce qu'y a ? demanda Dandy, à qui ce changement d'attitude n'avait pas échappé.

– Sûrement rien, marmonna James en scrutant la pénombre du bois. Juste… J'ai cru voir quelqu'un…

– C'est un endroit public, mon petit pote. C'est pas les gens qui manquent.

– Non, c'est pas ça, répondit James d'une voix hésitante. Je sais que ça va sûrement vous paraître ridicule, mais j'ai l'impression d'être suivi, que quelqu'un m'espionne.

– Tu veux dire, un type de l'école ?

– Non… Enfin, j'sais pas. Un homme.

– Un homme qui t'espionne ? Mais pourquoi diable quelqu'un voudrait-il t'espionner ?

– Bah, oublie. Le fruit de mon imagination débordante, sans doute.

– Et si on allait plutôt tirer ça au clair ? proposa Dandy en se levant d'un bond, sans laisser à James le temps de soulever quelque objection que ce fût. Par où il est allé ?

– Par là… Dans la futaie…

Dandy se mit immédiatement en marche, à grandes

enjambées, dans la direction indiquée par James, qui, après lui avoir emboîté le pas, vint se positionner à sa hauteur.

– On cherche quoi, au juste ? demanda Dandy.

– Un homme, répondit James. Avec un chapeau mou.

– Oui, enfin, ça, y'en a des palanquées. Tu peux pas être un peu plus précis ?

– Hélas, non, avoua James. J'ai jamais pu le voir de près.

Un mouvement attira son regard. Il tourna la tête et aperçut une silhouette furtive, au loin, qui fuyait en bondissant d'arbre en arbre.

– Il est là ! s'écria James en démarrant en trombe.

Tous deux s'enfoncèrent plus profondément dans la forêt, le martèlement de leurs pieds sur le sol assourdi par l'épaisse couche d'humus et de feuilles mortes du sous-bois. Ils se séparèrent et s'engouffrèrent dans les broussailles, à l'affût du moindre mouvement.

Malgré leurs efforts, ils ne trouvèrent aucun signe du fuyard. Bientôt, ils poursuivirent en marchant.

James était juste devant Dandy. La forêt était dense à cet endroit. Un grand silence régnait dans la pénombre du sous-bois. James s'apprêtait à dire quelque chose quand Dandy l'arrêta en posant une main sur son bras.

– Bouge pas, murmura-t-il. Et tends l'oreille… On va peut-être l'entendre.

Immobiles, ils épièrent ensemble les bruits du bois, dans lequel plus rien ne bougeait, comme si toute la faune s'était soudain tue. Tout ce que James entendait, c'était la respiration de Dandy.

Il fit quelques pas à l'écart de l'Irlandais, scrutant les espaces vides entre les troncs gris.

Rien.

Finalement, il secoua la tête et se retourna.

Son couteau à la main, Dandy attendait dans la pénombre,

prêt à bondir, les yeux brillant d'une intensité animale. Tout à coup, il apparut à James sous un nouveau jour. En farouche guerrier irlandais, traquant le chevreuil dans la forêt, telle une représentation stéréotypée tout droit sortie d'un livre d'histoire. Roan avait dit qu'il aimait la bagarre, mais que comptait-il faire exactement avec cette lame impressionnante ?

L'atmosphère devint soudain pesante. L'air lui-même semblait attendre quelque chose. Dandy s'approcha de James.

Soudain, un cri vint rompre le silence. Un cri de femme. Qui appelait à l'aide. La première pensée de James fut qu'il s'agissait de Roan.

– C'est quoi ça ? dit-il en avançant vers l'endroit d'où lui semblait provenir le bruit.

Il coupa à travers les broussailles puis se fraya péniblement un chemin à travers un épais massif de rhododendrons au-delà duquel s'élevait un bosquet de grands chênes bordant une épaisse haie. Derrière la haie, il aperçut une grande maison carrée, peinte en rose pâle. Passant la tête à travers les branchages, il avisa deux fillettes vêtues du même tartan rouge qui jouaient au badminton sur le tapis vert émeraude d'une grande pelouse impeccablement entretenue. La plus âgée des deux, le visage encadré par une épaisse chevelure frisée, le sourcil légèrement froncé, le héla.

– Bonjour, jeune homme ! Nous avons perdu notre volant. Vous ne l'avez pas vu par hasard ?

– Non, répondit James. Mais attendez ! Je vais vérifier.

Balayant du regard les alentours, il ne tarda pas à repérer l'objet, coincé dans les branches d'un vieil arbre rabougri.

– Vous le récupérez, voulez-vous ? demanda la gamine sur un ton qui laissait clairement entendre qu'elle n'avait pas l'habitude que les choses aillent autrement que comme elle le désirait.

James grimpa prestement à l'arbre et leur lança le volant.

– Mille mercis, jeune homme, lança la fillette qui, en dépit de son jeune âge (elle ne pouvait guère avoir plus de huit ans), semblait douée d'une singulière maturité. C'est bien aimable à vous.

– Lilibet lance toujours trop fort, ajouta la cadette, une adorable enfant dénuée de l'étonnante raideur de son aînée.

– Pas de problème, lança James depuis son perchoir dans l'arbre.

– Ce qui est sûr, c'est que vous grimpez rudement bien aux arbres, commenta la petite en souriant.

James haussa les épaules.

– Moi aussi, j'aimerais bien grimper aux arbres, ajouta Lilibet. Mais jamais Crawfie ne le permettrait.

– Qui est donc Crawfie ?

– Notre gouvernante.

– Eh bien, considérez qu'il ne faut pas toujours faire ce que dit Crawfie.

Les deux fillettes éclatèrent de rire et retournèrent à leur partie d'un pas léger pendant que James sautait de l'arbre au pied duquel l'attendaient Dandy et Roan.

Dandy avait remisé son couteau.

– Allez, viens, dit Roan. On ferait mieux de rentrer. Je ne voudrais pas que tu aies d'autres problèmes, James.

Dandy disposait d'un petit pick-up aux portières frappées de l'emblème d'Eton. Après avoir rangé les affaires de pique-nique à l'arrière, il offrit à Roan et à James de les raccompagner à l'école. Tous trois se tassèrent dans la cabine, James coincé entre eux deux.

– En tout cas, je te félicite mon petit pote, lança Dandy lorsqu'ils eurent démarré. Tu t'es fait une amie précieuse, là-bas, dans le parc.

– Qu'est-ce que tu racontes ? protesta James. C'était qu'une gamine.

– Une gamine qu'y dit ! Notre prochaine reine… !

– Quoi ?

– Allons ! Tu ne sais vraiment pas à qui tu parlais ? intervint Roan.

– Non. Leurs têtes me disaient vaguement quelque chose, mais…

– Les princesses royales, Elizabeth et Margaret. Filles du duc d'York. Leur oncle n'est autre qu'Edward George Andrew Patrick David Windsor, prince de Galles, et futur roi d'Angleterre.

– Tu veux dire que c'était Windsor Lodge ?

– Ni plus ni moins, sourit Dandy en lui donnant un petit coup de coude dans le bas du ventre. James Bond, sur ordre de Sa Majesté…

– Elles avaient l'air normales, dit James, incrédule.

– Ne t'y fie pas, mon petit pote. Ces fillettes n'ont rien de normal.

– Maintenant que tu es dans les petits papiers de la famille royale, poursuivit Roan d'un ton moqueur, j'imagine que Monseigneur sera bientôt indigne des petites gens, comme nous.

– Arrête, répondit James. Tu sais bien qu'il n'y a aucune chance pour que, de ma vie, je croise à nouveau un membre de cette famille.

– Mais, pour l'amour du ciel, qui pourrait t'en vouloir au point d'attenter à ta vie ?

– Si je pouvais répondre à cette question, j'aurais résolu en partie cete énigme, répondit James, assis dans sa chambre en compagnie de Pritpal et de Tommy.

Ils grignotaient des toasts aux anchois en écoutant un programme de chansons populaires sur la radio de Tommy. Al Bowlly chantait *The Very Thought of You.* Auparavant, James s'était vu appelé pour préparer le thé de Theo Bentinck, lequel avait laissé un bon morceau de pain frais de son en-cas. Le surveillant lui avait ordonné de le jeter, mais, au lieu de ça, James l'avait rapporté dans sa chambre et ils s'en étaient fait des tartines grillées.

– Si je ne te connaissais pas aussi bien, James, je penserais que tu fabules, avoua Tommy.

– Si seulement ! répondit James. De fait, au début, j'ai cru que c'était mon imagination qui me jouait des tours. Mais plus maintenant.

– Au risque de me répéter, dit Pritpal. Qui pourrait vouloir te tuer ?

– Au risque de me répéter, moi aussi, répondit James. Je n'en ai aucune idée !

– Ce n'était pas une question de rhétorique, poursuivit Pritpal. Nous devons analyser froidement la situation et essayer d'y comprendre quelque chose. Quelle raison objective peut-on trouver qui justifierait le fait de t'éliminer ?

– Je vois où tu veux en venir. Très bien… Ça pourrait être quelqu'un que j'ai offensé. Et là, tout de suite, ça fait du monde au portillon. Ça pourrait être un truc que j'ai fait, quelque chose que j'aurais vu… Merde, Pritpal, ça pourrait être n'importe quoi !

– Quelque chose t'est-il arrivé en Autriche ?

– À part tomber dans un précipice, pas grand-chose.

– As-tu rencontré quelqu'un de bizarre ?

– Non… Enfin… À part le Graf von Schlick.

– Rien que le nom est déjà bien louche, persifla Tommy. Raconte, c'est qui ?

– Un patient de la clinique dans laquelle j'ai été soigné, répondit James. Mais je le cite, lui, uniquement parce que je l'ai croisé dans des circonstances étranges. Le genre de truc qui vous marque.

– Mais encore ?

– C'était la nuit, tard. De toute évidence, il souffrait le martyre, et il délirait. Il criait que quelqu'un voulait tuer son cousin.

– Ah ! Donc tu n'es pas le seul à courir un risque, commenta Pritpal d'un air goguenard. Le cousin du Graf von Schlick est lui aussi en danger.

– J'en serais sûrement resté là si son valet ne s'était soudain présenté dans la chambre, poursuivit James. Un odieux personnage avec un air de malfrat à faire peur. Plus tard, quand je suis retourné dire au revoir à Miles Langton-Herring, j'ai revu le Graf. Seulement, là, on lui avait enlevé ses bandages et il m'a regardé comme si…

– Comme si quoi ? l'interrompit Tommy.

– Comme s'il me connaissait.

– Ben, c'est un fait, fit remarquer Pritpal, puisque tu l'avais vu cette fameuse nuit.

– Non, c'est pas ça, dit James. C'est dur à expliquer. Enfin, tout ça m'a laissé un drôle de goût dans la bouche. Une impression bizarre.

– Et c'est après que tu as commencé à voir l'Homme invisible ?

– Non. Je suis pratiquement sûr de l'avoir vu pendant le trajet jusqu'à Kitzbühel.

– Donc il est impossible que les deux aient un rapport, conclut Pritpal.

– Probable, acquiesça James. Sans ma mésaventure avec Miles, jamais je ne serais allé dans cette clinique et jamais je n'aurais entendu le Graf délirer à propos de son cousin.

– C'est qui son cousin ? demanda Tommy.

– Tout ce que je sais c'est qu'il s'appelle Jürgen.

– Ach ! Maïneu bôvreu kousin Jürgen, moqua Tommy en caricaturant l'accent germanique. Ils vont le déchigueutéheu en bille-heu borceaux !

Un simulacre d'allemand avec une pointe d'accent chinois, il y avait vraiment de quoi rire – ce dont Pritpal et James ne se privèrent pas. Ils riaient encore lorsque Theo Bentinck ouvrit brutalement la porte et entra.

– De quoi riez-vous ? tonna-t-il d'un air menaçant.

– Ah, parce que, dorénavant, il est défendu de rire ? lança James.

– Ça dépend de quoi, répondit Bentinck.

– Rassure-toi, ce n'était pas de toi, confia James.

Le surveillant balaya dédaigneusement la chambre du regard, sa petite bouche pincée en une moue condescendante. Il ouvrit de grands yeux en découvrant les restes de sa miche.

– C'est mon pain, ça ?

– Tu allais le jeter, tu te souviens ? dit James.

– Là n'est pas la question, dit Bentinck. Il s'agit d'un vol.

– Bien sûr que non.

– Qui l'a pris ?

– Tu sais parfaitement qui l'a pris, répondit James. J'étais en train de nettoyer et…

– Silence ! éructa Bentinck. Ce n'est pas à toi que je parlais. (Son regard se reporta sur Tommy.) C'est toi qui l'as pris ?

– Non, c'est pas moi, répondit piteusement Tommy.

– Alors c'est toi ! accusa Bentinck en se tournant vers Pritpal.

Ne sachant trop que répondre, ce dernier lança un regard désespéré à James.

– Laisse-les en dehors de ça, plaida-t-il. C'est moi qui l'ai pris.

Mais Bentinck ne quittait pas Pritpal des yeux.

– Tu en as mangé ? demanda-t-il en le fusillant du regard.

Un morceau de tartine dépassait encore de sa main. Il pouvait difficilement nier.

– Tu as mangé du pain volé.

– Il n'a pas été volé, dit James. Tu allais le jeter à la poubelle. J'ai horreur du gâchis…

– J'en déduis que vous êtes coupables tous les trois, dit Bentinck, sourd à la remarque de James.

Rouge de colère, celui-ci se leva d'un bond.

– Si tu as décidé de punir quelqu'un, punis-moi, gronda-t-il avec véhémence.

– Non, objecta calmement Bentinck avec un air satisfait. Ce n'est pas ce que je vais faire. Vous cantinez ensemble, tous les trois. Dorénavant, je vous tiendrai solidairement responsables de tout manquement au règlement. Tu entends ça, James Bond ? Si *toi*, tu commets un impair, alors je corrigerai un de ces deux-là.

– Mais c'est totalement injuste ! s'insurgea James.

– Voyez-vous ça ? dit Bentinck avec un petit sourire suffisant. Eh bien, vois-tu, sache qu'à Codrose nous faisons tout pour promouvoir l'esprit d'équipe et la responsabilité des uns vis-à-vis des autres. À partir de maintenant, te voilà responsable pour ces deux-là. Tu te prends probablement pour un coriace capable d'encaisser une nouvelle correction. Nous allons voir si ces deux niquedouilles aiment ça autant que toi. Nandra, à la Bibliothèque pour ta volée.

James ressentait une telle rage que, dans un premier temps, il ne sut que dire mais, quand Bentinck, d'un geste de l'index, invita un Pritpal pétrifié de terreur à se lever, il explosa. D'un bond, il alla se placer devant Bentinck et le poussa violemment dans le couloir.

– Tu touches pas à Pritpal !

– Rien que pour ça, je vais rosser les deux, répondit Bentinck d'un air sadique.

James leva le poing. Tommy s'interposa.

– Non, dit-il en se précipitant hors de la pièce. Tu ne ferais qu'empirer les choses.

James s'immobilisa, tremblant de rage, réduit à regarder Tommy et Pritpal emboîter le pas à Bentinck en direction de la Bibliothèque.

15

Invité d'honneur

– Mmh ! Dans le genre rupin, c'est du lourd ! marmonna le chauffeur de taxi lorsque, à la sortie d'une courbe de l'interminable allée de gravier, il avisa la demeure des Langton-Herring.

Et l'expression n'était en rien déplacée. Car l'hôtel particulier qui se dessinait devant eux était tout sauf léger, au propre comme au figuré. De construction récente, dans le plus pur style Tudor, la bâtisse occupait une surface étonnamment vaste, avec toutes sortes de coins et de recoins, deux longues ailes, un toit très incliné en tuiles rouges, un nombre incalculable de cheminées lourdement ouvragées ainsi que de nombreuses dépendances dont un garage assez grand pour accueillir quatre voitures. De la lumière filtrait à travers les carreaux ornés d'un motif au plomb en forme de losange et un brouhaha de musique et de voix s'échappait de l'intérieur.

Une file grandissante de Rolls Royce, de Daimler et de Bentley attendaient de pouvoir déposer leurs occupants sur les marches du perron.

– Je vais descendre là, dit James.

Entourée d'un parc privé, la maison était située sur le côté sud de Great Park. James aurait très bien pu venir en bus, auquel, jugeant qu'il était déjà tard, il avait finalement préféré l'extravagance d'un taxi. En effet, depuis l'incident de la miche de pain, Bentinck lui menait une vie d'enfer, l'obligeant à courir d'un endroit à un autre tel un docile toutou pour éviter d'autres ennuis à Pritpal et à Tommy. Ce soir, comme il savait que James devait sortir, il l'avait délibérément fait trimer pendant une heure, de manière à ce qu'il arrive au moment où la fête battait déjà son plein.

James paya sa course au chauffeur de taxi avant de remonter à pied la file de voitures jusqu'à l'entrée de la maison où deux laquais en livrée étaient chargés d'accueillir les invités. Il se plaça dans la queue, derrière un homme en haut-de-forme rutilant au bras duquel se tenait une femme ployant sous la fourrure et les diamants.

Ne sachant pas à quoi s'attendre, il avait déduit de la manière dont Miles lui avait présenté la chose que la réception ne concernerait que la famille immédiate et quelques amis proches, autour, sans doute, d'un buffet froid agrémenté d'orangeades et d'un air de musique joué sur le Gramophone.

À l'évidence, il s'était trompé. Et pas qu'un peu. Alors que lui s'attendait à trouver une paisible réunion de famille, voilà qu'il débarquait dans un bal de la haute. Heureusement pour lui, il portait l'uniforme de l'école, complet, avec haut-de-forme, ce qui lui permettait de ne pas se sentir trop mal à l'aise au milieu de ces hommes en habit et de ces femmes en robe du soir.

Il s'avança dans le hall et s'arrêta pour jeter un œil autour de lui. Le plus gros arrangement floral qu'il ait jamais vu trônait au centre, à côté d'un quatuor à cordes qui faisait ce qu'il pouvait pour surmonter le bruit ambiant. Sans grand succès. Des toiles étaient accrochées aux murs recouverts de boiseries et un double escalier se déployait majestueusement jusqu'au premier étage.

James confia son chapeau à une jeune femme, puis emboîta le pas à un petit groupe d'invités se dirigeant vers la pièce suivante. À la porte, après une hésitation, il donna son nom au majordome qui, manifestement, n'attendait que ça, et il émergea dans une immense salle de bal pleine à craquer au fond de laquelle les plus téméraires des invités dansaient au pied d'une scène où s'ébattait un orchestre de jazz. Toutefois, pour l'essentiel, les gens se contentaient de rester debout, un verre à la main, à parler entre eux dans un étourdissant brouhaha. À pas mesurés, James alla jusqu'à la pièce contiguë qui se trouvait être la salle à manger. Un buffet froid s'étalait bel et bien sur la table joliment dressée. À ceci près qu'il dépassait de loin tout ce qu'il avait pu imaginer.

De fait, la longue tablée solennelle semblait prête à s'effondrer sous le poids de ce qu'elle portait : d'énormes carrés de viande, des saumons entiers, des homards et des faisans, trônant dans leurs plats à côté d'une kyrielle de saladiers, de bols et de raviers regorgeant de pommes de terre, de riz épicé, d'un assortiment délirant de salades et de fromages, sans oublier les fruits et autres broutilles éparpillées à côté d'énormes gâteaux à la crème et au chocolat.

James poursuivit discrètement son exploration. La pièce dans laquelle il s'engagea ensuite était une bibliothèque où des hommes d'un certain âge, bedonnants et dégarnis, fumaient le cigare en sirotant des alcools. La salle suivante était dévolue aux billards après quoi se trouvait un salon d'apparat, puis un jardin d'hiver et enfin un petit salon donnant dans le hall par lequel James était entré.

Déambulant nonchalamment parmi la foule, il se posa une question qui lui avait plusieurs fois traversé l'esprit depuis qu'il était arrivé : qu'est-ce qu'il faisait là ? Il tourna la tête vers la porte d'entrée et la regarda avec envie. En effet, seul adolescent présent, il se sentait totalement déplacé au milieu de cet aréopage de ducs, de duchesses et de capitaines d'industrie. Personne ne remarquerait son absence s'il rentrait dès maintenant à l'internat. En plus, avec ce monde, jamais M. Langton-Herring ne saurait s'il avait, ou non, honoré son invitation.

Décidé à faire un dernier tour de piste avant de s'éclipser définitivement, il entendit soudain résonner une voix familière. Se retournant, il avisa Miles qui descendait maladroitement l'escalier sur ses béquilles.

– James ! s'écria-t-il en clopinant jusqu'à lui avant de lui serrer chaleureusement la main, emmêlé dans ses cannes. Je suis si content de te voir. Mon père va être ravi.

– Tu crois ? Pourtant, il me semble qu'il a des hôtes autrement plus importants que moi, ce soir.

– Bah, il adore donner des fêtes, répondit Miles. Et puis, la maison vient d'être terminée, alors il ne veut pas perdre une occasion de la faire admirer. Mais, au fait, tu as mangé ?

– Pas encore.

– Oh, mais il le faut. Tu vas voir, il y a un carré de bœuf… Je te dis que ça ! On le fait venir de notre ferme d'Hereford. Si tendre qu'on pourrait presque le couper à la fourchette.

James esquissa un sourire. Décidément, la vie était pleine de surprises. Si on lui avait dit qu'un jour il serait content de voir ce casse-pieds… Au cœur de la tempête, tout port est bon à prendre. D'une oreille résignée, il écouta Miles déblatérer abondamment au sujet de la nourriture tandis qu'ils se rendaient jusqu'à la salle à manger où ils remplirent copieusement leurs assiettes. L'ordinaire de Codrose était le pire d'Eton et, bien que les garçons l'aient amélioré en achetant des extras pour le goûter, James ne se sentait jamais pleinement rassasié. Aussi cette profusion de mets délicats fournissait-elle un retournement bienvenu.

Ensuite, tous deux allèrent s'asseoir dans l'escalier pour manger. Là, badinant à propos de choses et d'autres tout en savourant une nourriture exquise, James finit par trouver quelque attrait à cette soirée qui, de minute en minute, se révélait bien moins détestable que ce qu'il avait cru en entrant.

Leur assiette terminée, ils se rendirent dans la salle de bal pour écouter le groupe.

– Au fait, comment va ta jambe ? demanda James.

– Ça va… On devrait m'enlever le plâtre d'ici une quinzaine de jours. En attendant, pas de charleston pour moi ce soir.

– Pour moi non plus, répondit James en faisant un pas de côté pour éviter un jeune hidalgo en pantalon extra-large faisant tournoyer sur la piste une jeune femme qui ne semblait guère rassurée.

Un autre groupe de spectateurs se recula pour faire de la place aux danseurs. C'est là que, dans la mêlée, James aperçut le père de Miles qui, presque au même moment, remarqua lui aussi sa présence.

Il fut à nouveau frappé de voir à quel point l'homme évoquait une sorte d'hirsute créature sauvage avec ses énormes moustaches, ses rouflaquettes et son épaisse tignasse indocile.

– Ah ! ah ! s'exclama M. Langton-Herring en frappant dans ses mains, l'homme qui tombe à pic, sans mauvais jeu de mots. Justement, je vous cherchais jeune Bond. On m'a dit que vous étiez arrivé entier jusqu'ici, pourtant, en dépit de mes efforts, je ne vous ai vu nulle part. Allons, venez avec moi, jeune homme !

Joignant le geste à la parole, il se fraya un chemin en direction de la scène, aboyant bons mots et paroles agréables à ses convives pour que ceux-ci lui cèdent la place. James et Miles lui emboîtèrent le pas et la petite procession traversa la piste de part en part.

Arrivé à proximité de la scène, M. Langton-Herring hurla à l'orchestre d'arrêter de jouer. Le groupe hâta le final. M. Langton-Herring monta sur l'estrade. Là, en bon tribun, il écarta les bras pour demander le silence et, bientôt, toutes les bouches se turent.

Ce calme soudain incita les convives qui étaient dans les autres pièces à se faufiler jusqu'à la salle de bal. Il en venait de partout, qui se répandait par les ouvertures en jouant des coudes pour se mêler à la foule. Tous les regards se tournèrent vers la scène.

– Je crains que ne soit venue l'heure des discours, explosa la voix de M. Langton-Herring, accueillie par des râles théâtraux de la part de l'assistance. Gardez cela à l'esprit ! Les plaisirs ont toujours une contrepartie. Et, ce soir, celle-ci consiste à écouter ce vieux moulin à paroles de Langton-Herring dans une de ses tristement célèbres tirades !

Tout à coup, James comprenait mieux d'où venait cette manie de l'inflation verbale quasi logorrhéique qui caractérisait Miles, à ceci près que lui ne possédait ni le charme ni la faconde de son aîné.

– Cette soirée est un événement très particulier pour moi, poursuivit Langton-Herring. En effet, j'y ai l'immense plaisir de célébrer non pas un, mais deux invités d'honneur, que j'aimerais vous présenter en quelques mots. Même si, à dire vrai, ce sont des épopées entières qu'il faudrait vous conter pour leur rendre justice. Mais j'ai peur que, si je m'y risquais, quelqu'un me tire dessus.

Des rires fusèrent dans l'assistance.

– Mon premier invité d'honneur est un homme que vous connaissez tous et qu'un jour, vous serez amenés à connaître mieux encore. Un homme dont je me flatte d'être le voisin et que j'ai l'insigne privilège d'appeler mon ami. À vous autres, infâmes roturiers tapageurs, je demande de faire un triomphe à Son Altesse Royale le prince de Galles, héritier du trône d'Angleterre, Edward.

Un grondement laudateur traversa la foule. Des cris jaillirent : « Hourra ! », « Vive le roi ! », « God save the King ! », suivis d'un concert d'applaudissements.

– Vous l'aurez compris, c'est un immense honneur pour moi de l'avoir parmi nous ce soir. Je vous demanderai donc de bien vouloir lever vos verres et de porter un toast… Au Prince !

« Au Prince ! » reprirent les convives en vidant en chœur quelque deux cents flûtes de champagne.

– Le second invité d'honneur de cette soirée, vous ne le connaissez certainement pas, reprit Langton-Herring quand il eut à nouveau capté l'attention de l'assistance. Ce qui ne m'empêche pas d'être convaincu que lui aussi est promis à un grand destin. Aujourd'hui, ce n'est encore qu'un adolescent. Un copain de classe de mon fils. Son nom est Bond… James Bond. Mais où es-tu, mon garçon ? Je t'en prie, approche.

D'une poussée, Miles le précipita sur scène. James trébucha, puis, n'ayant d'autre choix, s'avança timidement, regrettant plus que jamais d'avoir accepté d'assister à cette soirée. En effet, pour quelqu'un qui détestait être sous le feu des projecteurs, il était servi.

Avant de continuer, M. Langton-Herring le prit par l'épaule.

– Certains d'entre vous ont peut-être déjà entendu l'histoire, dit-il. Les autres auront certainement vu avec une lueur de compassion ce pauvre Miles gambader de-ci de-là sur ses cannes suite à un terrible accident de montagne survenu en Autriche qui, sans l'intervention du garçon que voilà, se serait très probablement révélé fatal pour mon fils. En effet, c'est lui qui, au péril de sa vie, l'a redescendu dans la vallée et, sans son dévouement, Miles ne serait certainement pas là ce soir. C'est pourquoi je vous demande de bien vouloir lever vos verres une deuxième fois... À James Bond...

Secrètement, celui-ci pria pour que son embarras ne transparaisse pas trop sur son visage, qu'il sentait s'empourprer à vue d'œil. Le malaise culmina lorsque tout le monde brandit son verre dans sa direction en hurlant « À James Bond ! » avant de le vider d'un trait.

Tous sauf un. Un homme qui se distinguait du reste de l'assistance par sa parfaite immobilité, se bornant à fixer James d'un regard vide et sans âme.

Graf von Schlick.

Mais que diable faisait-il ici ?

James réalisa que Langton-Herring parlait toujours. Il s'arracha de l'homme sans visage et se tourna vers son hôte, qui déclarait :

– Miles me dit que tu n'as pas de montre, James. Permets-moi de combler ce manque, en gage de notre gratitude pour avoir sauvé la vie de notre fils.

Sur ces mots, il lui tendit un petit pochon en velours dans lequel le garçon découvrit une magnifique montre.

– C'est une montre de plongée, poursuivit Langton-Herring pendant que James étudiait l'objet avec ravissement. Du tout dernier cri. Une Mido Multifort, la première montre automatique du marché qui est à la fois étanche et résistante aux chocs. Je peux t'assurer que tu seras le seul garçon d'Eton à en avoir une au poignet.

– Splendide, dit James en tournant amoureusement la pièce d'horlogerie entre ses doigts qui, de fait, avec son bracelet de cuir marron et son aspect à la fois simple et robuste avait tout pour lui plaire.

– Et elle est étanche jusqu'à trente mètres, ajouta Langton-Herring. Tu crois que ce sera suffisant pour toi, fiston ?

– Vous… Vous n'auriez pas dû…

– Allons, allons, feignit de s'emporter Langton-Herring. C'est bien le moins que je pouvais faire. Miles m'a dit que tu pratiquais de nombreux sports, y compris nautiques, alors, en la voyant, j'ai tout de suite pensé à toi. Mais vas-y, je t'en prie, mets-la.

James attacha la montre à son poignet. À croire qu'elle avait été faite pour lui. Momentanément, il en oublia tout le reste. Quand il releva enfin les yeux vers l'assistance, il réalisa soudain que plus personne ne le regardait, que tout le monde était reparti à la fête et que le Graf von Schlick avait disparu.

James demeura sur scène quelques minutes de plus à s'entretenir avec Miles et son père. Lorsque, finalement, il s'apprêta à redescendre sur la piste de danse, deux jolies filles s'interposèrent, lui barrant le passage des quelques marches de l'estrade.

– Je te présente Tillie et Maya, dit Miles. Des copines d'un cousin – ou des cousines d'un copain. Je me souviens jamais. Elles sont venues avec Mme Dudley Ward, et je crois qu'elles brûlent d'envie de faire ta connaissance.

James secoua la tête. Elles le regardaient d'un air impressionné.

– T'es connu ? demanda Tillie, la plus âgée des deux.

– Pas vraiment.

– En tout cas, tu es un héros, renchérit Maya.

– Pas du tout, vous vous trompez, dit James en jouant des coudes pour les dépasser.

Lorsque, quelques pas plus loin, il jeta un œil par-dessus son épaule, il s'aperçut qu'elles le suivaient.

– Hé ! On dirait que tu as déjà tes fans, ironisa Miles.

– Dis-moi, rétorqua James. J'ai cru remarquer le Graf

von Schlick, un peu plus tôt, dans la foule. J'ai des visions ou quoi ?

– Pas du tout, il est bien là, confirma Miles. De ce que je sais, il connaît le prince de Galles. J'imagine qu'ils sont apparentés. Les von Schlick sont originaires de Prusse, tout comme la famille royale d'Angleterre.

– Qu'est-ce que tu racontes ? objecta Maya en apparaissant soudain au côté de Miles. La famille royale n'est pas allemande. Elle est anglaise !

– La reine Victoria était une Hanovre, expliqua Miles de bonne grâce. Or les Hanovre constituent une dynastie royale prussienne exilée ici en 1714. Ensuite, en épousant le prince Albert, la reine Victoria est devenue une Saxe-Coburg-Gotha. Avec la Grande Guerre, il va de soi que cela faisait plutôt désordre que la famille régnant en Grande-Bretagne porte un nom de famille à consonance allemande. Aussi le petit-fils de la reine, George, changea-t-il le patronyme en Windsor, du nom de la ville. Voilà comment est née la maison Windsor et l'on peut légitimement douter qu'il y ait un jour un retour en arrière.

– Ah, je l'ignorais, dit Maya.

– Moi, je le savais, prétendit Tillie.

– Crâneuse, la rembarra aussitôt Maya.

James vit dans la bisbille entre les deux filles une occasion de fuir à ne pas manquer. Il s'éclipsa et se mit en quête des toilettes.

Toutefois, avec le nombre de pièces qu'elle comportait, la maison ne facilitait pas l'entreprise. Une première porte susceptible d'exaucer ses vœux donnait sur un escalier de service, la suivante sur un grand dressing entièrement dévolu aux affaires de chasse.

En tournant les talons, il tomba sur un homme tenant un petit calepin à la main.

– Bonjour, dit-il avec un sourire complaisant. Je me présente, Parker Liautaud, correspondant pour l'Europe du magazine *Time.* J'aurais voulu vous poser quelques questions à propos de vos aventures en Autriche.

– Je n'y tiens pas, répondit James. Tout cela ne mérite aucune attention particulière.

– Je ne suis pas du tout de votre avis. C'est une histoire palpitante. Pour laquelle nos lecteurs se passionnent déjà. Et je suis sûr qu'ils seraient très intéressés de connaître votre version des faits.

Jetant des coups d'œil désespérés autour de lui à la recherche d'une échappatoire, James avisa un homme aux yeux bouffis et aux airs de truand : le valet de von Schlick. Qui avançait lentement dans le couloir.

James se retourna aussitôt vers le jeune journaliste.

– On a beaucoup exagéré toute cette affaire, dit-il. Je n'ai rien à ajouter.

Le sale type approchait.

– Une simple déclaration ?

– Adressez-vous à Miles, répondit hâtivement James en se précipitant vers la première porte venue, qu'il claqua sèchement derrière lui. Il attendit quelques instants, les yeux fixés sur le bouton de porte, afin de s'assurer que ni le reporter ni la canaille ne le suivaient.

Au silence et à la pénombre qui régnaient dans la pièce où il s'était engouffré, James en avait déduit qu'elle était vide. Pourtant, lorsqu'il pivota, à la lueur d'une faible lampe il découvrit deux personnes, assises l'une à côté de l'autre sur un canapé. Tous trois se regardèrent en chien de faïence.

James reconnut l'homme aussitôt. Le prince de Galles. Quelle histoire ! Trois membres de la famille royale en moins d'une semaine. À côté de lui se tenait une femme plus âgée, brune, au visage fin et au regard pétillant d'intelligence. Ils se levèrent poliment tous deux. Il y eut un moment de léger malaise.

– Toutes mes excuses, dit James en embrassant du regard la pièce, qui ressemblait à un fumoir. J'ignorais qu'il y avait quelqu'un.

– Vous êtes perdu ? demanda la femme, de toute évidence américaine. Remarquez, ce ne serait pas étonnant. Dans une maison aussi vaste…

– À vrai dire, je cherchais…

James se glaça à l'idée de dire ce qu'il cherchait exactement. Cela se faisait-il de parler de ce genre de choses à l'héritier du trône ?

– Je… je cherchais quelqu'un, bafouilla-t-il finalement.

– Arrête-moi si je me trompe, intervint le prince. Tu es bien le jeune homme dont Langton-Herring vantait les mérites tout à l'heure, non ?

– Si… Si, Monsieur.

– Enchanté, répondit Edward en tendant la main.

Gauchement, James s'empressa d'avancer et de lui serrer la main.

Après quoi le prince le présenta à la dame, Mme Wallis Simpson.

– Eh bien ! On dirait qu'on partage l'affiche du soir, poursuivit Edward avec une naturelle décontraction. J'ai cru comprendre que tu étais venu en aide à Miles, c'est bien ça ?

– Oui, Monsieur.

– Épatant ! En plus, je vois que tu es élève d'Eton ?

– Absolument, Monsieur. J'ai ce privilège.

– Ah, Eton ! C'est sensas !

Très à l'aise, Edward semblait sincèrement heureux de pouvoir discuter avec James. À l'inverse, Mme Simpson s'était rassise et affichait un profond désintérêt pour la conversation. James en conclut qu'elle n'avait aucun atome crochu avec les jeunes.

– Super école, Eton, poursuivit Edward en palpant ses poches avant d'y enfouir profondément les mains, comme s'il ne savait soudain plus quoi faire d'elles.

– En effet, Monsieur. Un établissement de haute volée. Dans tous les domaines.

– Entre nous, glissa Edward en se penchant vers James avec un clin d'œil complice, et, normalement, je ne serais pas censé te le dire… Mais, cette année, mon père, le roi, visitera l'école à l'occasion des célébrations du 4 Juin.

– Vraiment, Monsieur ? Je l'ignorais.

– Évidemment. La nouvelle n'a pas encore été officialisée. C'est juste un petit tuyau que je te donne comme ça, entre nous. Et une information que tu voudras bien garder pour toi. Mais, comme tu le sais sans doute, la Couronne a toujours entretenu des liens étroits avec Eton.

– Bien entendu, répondit James. Le 4 Juin coïncide d'ailleurs avec l'anniversaire de George III, grand bienfaiteur de l'école.

– Exact.

James avait beau être conscient de cancaner comme un benêt, c'était plus fort que lui.

– Alors le roi George va nous honorer de sa présence ? Vous voulez dire « le roi George », celui d'aujourd'hui, vraiment ?

– Et qui d'autre ? lança Edward. Il serait plutôt difficile pour le précédent de venir, n'est-ce pas ? Puisqu'il est… mort.

– En effet, dit James en cherchant à lire dans les yeux de son interlocuteur s'il ironisait ou pas.

Edward demeura impassible un moment, puis esquissa un sourire. James s'égaya.

– Pour tout dire, ils donnent un déjeuner en son honneur, ajouta Edward.

– Je vois.

– Il faut se méfier comme de la peste de ces déjeuners de cérémonie, poursuivit Edward en regardant par la fenêtre d'un air pensif. Ils peuvent se révéler singulièrement pesants, dans tous les sens du terme. Et, avant qu'on y prenne garde, on prend dix kilos de trop. Pas facile de concilier les deux.

– Sans aucun doute, Monsieur. Enfin… j'imagine.

– Mon père n'arrête pas de me dire de manger plus…

Depuis le canapé où elle feuilletait négligemment un magazine, Mme Simpson étouffa un petit rire qui rappela Edward à sa présence.

– Je t'apporte quelque chose, très chère ? demanda-t-il.

– Merci. En fait, je me disais que j'allais partir, répondit-elle en jetant le magazine sur la table basse tandis qu'elle se levait. Cette soirée est d'un ennui mortel. Enfin, il est des temps où il faut savoir se montrer, n'est-ce pas ?

Après un sourire forcé, elle tourna les talons et quitta la pièce.

Son départ laissa un grand vide. Un moment d'extrême solitude s'abattit sur James qui ne savait que dire, seul face au prince. Il prit une profonde inspiration et chercha une manière polie de prendre lui aussi congé. C'est alors qu'on frappa à la porte.

Trois hommes entrèrent, dont deux qu'il n'avait jamais vus auparavant. En revanche, il ne pouvait pas en dire autant du troisième, qui n'était autre que le Graf von Schlick.

Celui-ci tourna son indéchiffrable visage lisse vers James qui sentit un horrible frisson lui parcourir l'échine.

16

Objet contondant

Tiraillé par de puissantes pulsions contradictoires, James hésitait entre son désir de s'éloigner au plus vite du Graf et son envie de rester pour en apprendre davantage sur lui. En le présentant d'autorité aux nouveaux arrivants, le prince prit la décision à sa place.

Les deux premiers, le vicomte Lymington et un certain 'Chips' Channon, avaient assisté au discours de Langton-Herring. Aussi savaient-ils au moins à peu près qui était James. Ils se montrèrent courtois et redoublèrent d'efforts pour trouver quelque chose d'agréable à dire. Enfin, Edward présenta le Graf.

– Von Schlick nous vient d'Autriche, expliqua-t-il inutilement tandis que James et lui se serraient la main. Tu connais ?

– Seulement depuis un récent voyage, répondit James avant d'ajouter, devant la mine perplexe du prince : avec Miles, au ski…

– Ah mais oui ! Bien sûr !

– Mais, pour tout dire, je connais mieux l'Allemagne, poursuivit James. Nous y allions souvent lorsque j'étais enfant.

– Un pays magnifique ! s'enflamma aussitôt le prince. Quel dommage que nos relations se soient tellement détériorés !

– Tout à fait d'accord, enchérit 'Chips' Channon. Hélas, la Grande Guerre est passée par là…

– Oui, acquiesça James. C'est regrettable.

Regrettable ? Mais qu'est-ce qu'il était en train de dire ? La guerre n'était pas simplement « regrettable ». C'était une tragédie. Un désastre. Une saignée qui avait coûté la vie à des millions de gens. Pour rien. Ou quasiment rien.

– Oui. Et nous devons faire en sorte que cela ne puisse plus jamais se produire, déclara le vicomte Lymington, un homme à la calvitie naissante et au faciès reptilien.

– Absolument, acquiesça Edward. La guerre a fait de terribles ravages. Je suis d'autant plus heureux d'apprendre que l'Allemagne s'en relève enfin. Car, si j'en crois ce que l'on me rapporte, cet Hitler fait des merveilles, là-bas.

– Je crains de ne pas vous suivre jusque-là, Sire, objecta James.

– Tu es trop jeune pour comprendre, coupa Channon. Moi, je sais de quoi je parle. J'ai vu ce qu'il était en train de faire. Il a remis les industries en marche et fait renaître la foi dans l'avenir au sein du peuple.

– C'est vrai que tout cela est plutôt excitant, dit le prince Edward. Cette bonne vieille Angleterre se délite sous nos yeux quand l'Allemagne renaît de ses cendres avec une vigueur renouvelée. Vous verrez que nous ne tarderons pas nous-mêmes à avoir besoin d'un dictateur, ne serait-ce que pour faire barrage aux communistes.

Il étouffa un gloussement, s'ébroua et, comme s'il revenait soudain à lui, ajouta, d'une voix presque timide :

– Maintenant, daigne nous excuser, James. Il faut que je m'entretienne avec ces messieurs.

James adressa ses salutations au vicomte Lymington ainsi qu'à 'Chips' Channon avant de serrer à nouveau la main du Graf, qui n'avait pas quitté sa paire de gants en cuir blanc.

– Bonsoir, murmura-t-il d'une voix rauque en se tenant la gorge, évidemment mutilée par les flammes. Ravi de vous avoir connu.

– En fait, dit James, nous nous sommes déjà rencontrés.

Une lueur d'émotion apparut dans les yeux de l'homme, sans qu'il soit possible, néanmoins, d'en déchiffrer le sens.

– À la clinique, poursuivit James. En Autriche.

– Ah, dit von Schlick, l'éclat momentané de son regard laissant à nouveau place à un vide froid et glaçant.

– J'ai été admis en même temps que Miles.

– Ah oui, bien sûr, crachota von Schlick.

En dépit du malaise que lui procurait la présence de cet homme, James décida de pousser plus loin ses investigations. Certaines questions le taraudaient depuis trop longtemps pour qu'il laisse passer cette occasion.

– La nuit précédant votre opération, Monsieur, vous hurliez dans votre chambre, poursuivit-il. Vous déliriez. Je me suis levé et je suis venu vous voir.

– Je ne me souviens pas, répondit sèchement le Graf.

Mais James n'était pas disposé à renoncer aussi facilement.

– Ça m'est resté, poursuivit-il. Vous criiez que quelqu'un voulait tuer votre cousin Jürgen. Il va bien ? Je veux dire, votre cousin ? Vous sembliez très inquiet à son sujet.

– Sottise, grogna le Graf. Je devais divaguer. Les sédatifs, sans doute.

– Donc il va bien ?

– Je peux vous certifier, répondit le Graf avec davantage de fermeté, que je n'ai pas de cousin George, ni…

– Désolé, l'interrompit James. Je manque à toutes les règles de bienséance et vous prie de bien vouloir m'excuser d'avoir évoqué ce sujet. En tout cas, je suis heureux de voir à quel point l'opération a réussi.

De fait, si l'arrière du crâne du comte laissait encore deviner des cicatrices, son visage, lui, était si régulier et si lisse qu'il en paraissait presque trop parfait.

Le Graf accorda volontiers ses excuses à James qui, après de brefs adieux, quitta la pièce non sans un certain soulagement.

Plus tard, dans le taxi qui le ramenait à Eton, James se remémora la scène. Un détail lui avait mis la puce à l'oreille dont il voulait se souvenir tant que la conversation était encore fraîche dans sa mémoire. Quelque chose qu'avait dit le Graf. Quelque chose qui sonnait faux et que James, trop agité à ce moment-là, n'avait pas relevé. Qu'est-ce que c'était ?

Quelque chose à propos du cousin Jürgen ?

Ah, oui, c'était ça !

Le Graf avait dit qu'il n'avait pas de cousin *George*.

Pourquoi avait-il choisi l'équivalent anglais quand James utilisait le prénom allemand ?

Peut-être voulait-il simplement plaisanter en utilisant la langue de ses hôtes.

Rien n'y fit. James avait beau tourner et retourner dans sa tête la phrase et son contexte, il n'en trouvait pas le sens. Ce d'autant moins qu'il éprouvait les plus grandes difficultés à réfléchir et à se concentrer sur un objet précis. Tant de choses s'étaient déroulées dans cette soirée qu'il était difficile de les digérer toutes. Une expérience quasi irréelle.

Restait pourtant une preuve bien tangible que tout cela avait eu lieu. Une preuve qu'il sentait peser à son poignet.

Il remonta sa manche et baissa les yeux sur sa nouvelle montre.

Selon lui, il ne l'avait pas réellement méritée. Cela ne la rendait pas moins belle pour autant.

Quelques jours plus tard, sur le pont des Quinze-Arches, que James traversait d'un pas lourd après un difficile match de cricket contre Upper Club, Dandy s'arrêta à sa hauteur, au volant de son pick-up.

– T'es sur le feu, mon petit pote ? demanda-t-il en baissant la vitre.

– Pas particulièrement, répondit James. J'ai une version latine à pondre, mais, là, j'suis vraiment pas d'attaque…

– Je me sens seul, lança Dandy. Et puis, je cracherais pas sur un coup de main. Alors, si le cœur t'en dit…

James ne savait que penser de lui. Derrière sa bonhomie se cachaient une imprévisibilité et une violence qui faisaient froid dans le dos. Pour autant, il lui avait prêté main-forte de bon cœur quand il avait repéré l'Homme invisible, dans le bois du parc de Windsor, prouvant ainsi que l'on pouvait également compter sur lui.

– Oh, et puis pourquoi pas ? dit finalement James en grimpant dans la cabine et en se laissant tomber sur le vieux siège élimé, dans les odeurs d'herbe coupée et d'huile chaude. Où on va ?

– J'ai des trucs à charger, répondit Dandy en lançant la camionnette pétaradante sur la route en direction de Slough. Je pourrais le faire seul, mais ce sera beaucoup plus commode à deux.

– Quel genre de truc ? demanda James en contemplant les motifs que le soleil dessinait au sol à travers le canevas des arbres bordant la route.

– Oh, juste des trucs pour les terrains, répondit Dandy. Du désherbant, des engrais, rien de bien passionnant, tu sais. Ça demande un sacré boulot et pas mal de produits chimiques pour avoir des terrains de cricket aussi beaux qu'ils le sont. Et puis je dois également livrer une tonne de fleurs à la chapelle pour les célébrations du 4 Juin. Cette année y mettent vraiment les petits plats dans les grands. Et toi ? Qu'est-ce t'as fait depuis notre histoire dans le parc ? T'as encore vu des espions ?

– Non, répondit James en riant. Tu ne me crois pas, n'est-ce pas ?

– Oh, si, je te crois ! Tout comme je crois aux lutins et au seau d'or à la base des arcs-en-ciel.

James éclata de rire à nouveau.

– C'est vrai que j'ai peut-être un peu exagéré, dit-il en décidant de ne pas s'étendre sur le sujet. Mais, pour répondre à ta question, j'ai mené une existence vraiment tranquille ces derniers temps, si l'on excepte l'incroyable soirée à laquelle j'ai assisté samedi.

– Y'en a qui ont de la chance ! Mais vas-y raconte…

Et, avec un petit sourire en coin, Dandy écouta James lui narrer les grandes lignes de l'incroyable raout chez les Langton-Herring.

– Eh ben comme ça, maintenant, t'as vu comment vivaient ceux de la haute.

– Ouais, je crois qu'on peut dire ça.

– Mais toi, Jimmy, ça te paraît juste que ce Langton-Herring dont tu me causes possède tout ce fric, s'empiffre de homard et de champagne dans son palace pendant que le reste du pays se démène pour ramasser péniblement quatre sous ?

– J'sais pas, répondit James. C'est quoi l'autre option ? Qu'il distribue tout ?

– Ça, c'est pas prêt d'arriver, mon petit pote ! On n'a jamais vu personne renoncer de lui-même à ses privilèges. Voilà pourquoi, parfois, il faut simplement prendre aux uns pour redistribuer à tous.

– Mmh, ce ne serait pas un dangereux communiste que nous aurions là ? ironisa James.

– Si tu le dis, mon petit pote. En attendant, ce que je sais, c'est que ce pays aurait grand besoin d'un bon coup de pied dans le train.

– Tu le penses vraiment ?

– Dans le domaine, on n'a jamais fait mieux que les Français. *Vive la Révolution !*[1]

– Ah oui ? Mais, concrètement, comment tu compterais t'y prendre avec le roi George ? Le raccourcir ? Le coller au mur ? Comme le tsar ?

Dandy esquissa un sourire et secoua la tête.

– Bon, je te l'accorde, c'est pas le genre de choix facile à faire. Mais, franchement, tu crois que les choses vont bouger dans ce foutu pays tant qu'on aura un roi ?

– Est-ce qu'elles doivent forcément bouger ?

– Bon Dieu, oui ! s'exclama Dandy.

– Et les jeunes princesses que nous avons vues l'autre jour ? demanda James. Tu leur couperais la tête à elles aussi ?

– Faut pas prendre les choses sous l'angle individuel, mon petit pote. Deux petites filles ne pèsent pas lourd face à la grande marche de l'Histoire.

– Je serai toujours contre, dit James.

– Parfois, il faut savoir faire ce qu'il faut pour de mauvaises raisons, d'autres, faire ce qu'il ne faut pas pour de bonnes raisons… si tu vois ce que je veux dire.

– Non, pas vraiment, avoua James qui, intrigué par cet échange singulier, aurait aimé pousser son interlocuteur dans ses derniers retranchements afin de se faire enfin une idée sur lui.

Ne lui en déplaise, la discussion tourna court, Dandy se murant dans un profond silence derrière son volant. De fait, il ne décrocha pas un mot de plus jusqu'à ce qu'ils arrivent à

1. En français dans le texte (NDT)

destination : un corps de ferme entouré d'horribles baraques en béton, aux abords de Slough.

Dandy passa les portes, gara la camionnette dans la cour, puis tendit à James une feuille de papier.

– Tiens, voilà la commande, dit-il. Moi, je vais prendre la marchandise dans le hangar, toi, tu vas faire signer la feuille au bureau. Y'a rien à payer, l'école règle ça directement avec eux. Tout ce qu'on a à faire, c'est charger le bahut.

James traversa la cour boueuse et pénétra dans le bureau d'accueil où un homme au nez couperosé et aux yeux imbibés lisait ostensiblement le *Racing Post* en fumant une cigarette. James lui tendit la commande. Il y jeta un rapide coup d'œil.

– Fertilisant, herbicide, peinture argentée… tout est prêt et ne demande qu'à être embarqué, dit-il avant de signer la feuille en s'appliquant tant et si bien qu'il ne pouvait s'empêcher de passer la langue sur ses lèvres.

Puis il donna sèchement un coup de tampon et tendit à James un reçu à signer.

– Alors comme ça, maintenant, Eton fait travailler ses élèves ? Première nouvelle !

– Je donne simplement un coup de main à un ami.

– Ah bon ! Dans ce cas, mon garçon, laisse-moi te donner un conseil : ne t'approche pas trop de certains de ces sacs. De vraies cochonneries qu'y a là-dedans. À croire que, de nos jours, pour que les fleurs gardent toutes leurs jolies couleurs et que les plantes restent belles et fraîches, il faut les badigeonner de toutes sortes de poisons et de produits chimiques. Chlorate de potassium, permanganate de potassium, salpêtre, soufre, que sais-je encore… Enfin, j'imagine que tu connais ça mieux que moi pour l'avoir étudié à l'école. Mais, moi, désolé, c'est pas mon idée du jardinage. Bon, en même temps, c'est ça qui me fait vivre. J'vais pas cracher dans la soupe…

Quand James émergea du bureau, Dandy et un autre homme étaient en train de charger le dernier sac à l'arrière de la camionnette. James alla droit à la cabine, grimpa à bord et attendit Dandy qui, une minute plus tard, prit le volant et démarra.

– Dis donc, y'en a un sacré paquet, fit remarquer James tandis qu'ils reprenaient le chemin d'Eton.

– Ben, y'a un paquet de terrains à l'école, répondit Dandy. Sans compter les terres qu'Eton possède à droite et à gauche.

– J'imagine qu'une fois que tu auras fusillé le roi, tu brûleras ce symbole d'un système éducatif inégalitaire et élitiste, ironisa James.

– Pourquoi pas ?

– Remarque, pour ça, je suis persuadé que tu trouveras des tas d'âmes charitables prêtes à te filer un coup de main.

Après un grand éclat de rire, Dandy se tourna brutalement vers James et lui demanda, avec le plus grand sérieux :

– T'as le béguin pour notre Roan, hein, James ?

– Comment ça ?

– Ah ! Crois pas que je l'ai pas remarqué, mon petit pote.

– Remarqué quoi ?

– J'ai vu comme tu la regardais, l'autre jour, au parc. Avec tes yeux de crapaud mort d'amour.

– Pas du tout, protesta James.

– Ah vraiment ? Eh bien, laisse-moi quand même te dire une chose, mon petit pote. Sois prudent avec cette nana. Elle t'a probablement déjà dit qu'elle était une sorcière ? Eh ben, t'as intérêt à la croire. Fais gaffe avec elle. L'approche pas trop. Une fille comme ça peut être la cause de douleurs bien plus insupportables qu'une balle.

En rentrant à Codrose, James tomba sur Pritpal. Il n'avait pratiquement pas vu ses compagnons d'internat depuis que

Bentinck les avait punis tous les deux à cause du fameux morceau de pain, comme si ceux-ci l'évitaient. James profita de l'occasion pour s'en ouvrir à Pritpal.

– On se réjouissait que tu reviennes, dit tristement son ami. On pensait que tu serais notre sauveur, notre chevalier à l'armure de lumière. Résultat, tu n'as fait qu'envenimer la situation.

– Rassure-moi, Prit, tu ne penses pas ce que tu dis. Parce que c'est quand même pas ma faute, à moi, si Bentinck est un foutu sadique.

– Tu aimes les ennuis, James. Tu as besoin de frisson dans ta vie, de danger. Mais nous, non. Et, maintenant, ton goût du risque quasi morbide va nous attirer toutes les calamités.

– Donc, si je comprends bien, tu ne veux plus me voir ?

Pritpal n'osait pas le regarder en face. Il détournait les yeux, se grattait le nez, fixait le sol.

– Je n'ai jamais été aussi malheureux de ma vie, dit-il. Avant, j'aimais l'école, je me marrais, mais plus maintenant. J'appréhende de me réveiller le matin et de devoir affronter une nouvelle journée à raser les murs, une autre à faire semblant d'aimer les jeux de société, un autre jour à rentrer dans le rang, pour plaire à Bentinck.

– Si je pouvais faire quelque chose, je le ferais volontiers, se défendit James. Mais, franchement, qu'est-ce que j'y peux ?

– Rien, sans doute, acquiesça Pritpal. Et Dieu sait si ça me peine. En attendant, néanmoins, il serait préférable que tu ne fasses rien. Rien du tout.

Puis il tourna les talons et s'éloigna, la tête basse. C'est alors que Bentinck apparut dans le couloir, paradant avec deux garçons de la Bibliothèque à sa remorque. Pritpal tressaillit et se colla au mur.

Alors qu'il passait devant lui, James eut soudain le sentiment de se raidir, comme au garde-à-vous.

Dès qu'il le réalisa, un profond dégoût s'empara de lui. Et il haïssait Bentinck encore davantage d'avoir éveillé en lui cette réaction. Pour autant, il laissa passer l'équipage sans rien dire ni faire.

La mort dans l'âme, il prit le chemin de sa chambre. En chemin, il croisa le couloir dans lequel Roan avait la sienne. En un éclair, sa décision fut prise.

Il vérifia rapidement qu'il n'y avait personne alentour, puis il frappa à sa porte.

– Qui est-ce ?

– James Bond.

Quelques instants plus tard, Roan apparut dans l'encadrement de la porte, avec, sur les lèvres, les restes d'un sourire et les yeux noirs pétillants d'intensité.

– Eh bien, jouvenceau ! Ça se fait de surprendre ainsi une dame en frappant à sa porte ?

– J'ai besoin de quelqu'un à qui parler.

– Et je serais cette personne ?

James haussa les épaules d'un air pathétique.

– Bon, si c'est ça, entre, stupide mendiant.

Il s'exécuta et alla s'asseoir sur une chaise horriblement inconfortable, à côté de la fenêtre. La chambre en elle-même était très semblable à la sienne à ceci près qu'on sentait chez Roan une plus grande volonté d'en faire un endroit bien à elle grâce à divers objets personnels : une photo de l'Irlande au mur, une couette en patchwork sur le lit, un tapis avec des petites bonnes femmes au sol.

– Alors ? Dis-moi. Qu'est-ce qui se passe ? demanda-t-elle en se laissant tomber sur son lit.

– J'suis perdu. J'ai personne à qui parler.

– Et tes amis ?

– Ils me fuient comme la peste. Ils pensent que je vais leur attirer des ennuis.

– Serait-ce le cas ?

– C'est Bentinck. Il a terrifié tout le dortoir.

– Oh, ne t'inquiète pas pour lui. Il te voit comme une menace à son pouvoir et il a une trouille bleue de toi.

– Justement, il s'en prend à mes amis, qui sont sans défense vis-à-vis de lui.

– Et c'est sur eux que tu t'apitoies ou sur toi-même ?

– Euh… soupira James. Les deux.

– La vie est cruelle parfois, *darling*. Et, dans ces cas-là, personne ici-bas ne connaît la meilleure façon d'y faire face. Toi encore moins, qui n'es qu'un gamin. Tu ne peux quand même pas t'attendre à toujours tout savoir.

– Je dois avouer qu'il m'est arrivé de le penser.

– Tu mûris, *darling*. Tu découvres que les choses ne sont pas aussi simples que ce que tu avais cru. Tu as déjà beaucoup couru, James. Ça, je l'ai vu en toi dès le premier jour. Mais, tant qu'on court, les choses sont simples. C'est quand on s'arrête qu'elles se compliquent. Pourquoi crois-tu que les hommes se tuent à leur travail ou partent à la guerre la fleur au fusil ou essaient de traverser le pôle à pied, de gravir les plus hauts sommets ? Ils fuient la vraie vie, James, et tous ses problèmes. Des problèmes qui ne peuvent se résoudre ni à la course ni à la bagarre.

– Mais alors comment ?

– Toi, *darling*, tu es un objet contondant ! Un poinçon qui se fraye un chemin sans réfléchir. Oh, je ne dis pas que tu n'as pas de faille secrète. Je sais parfaitement que sous la surface lisse et froide bout un torrent de lave. C'est précisément ce qui te rend plus adulte et plus intéressant que la grande majorité des autres garçons de ton âge, ce qui ne t'empêche pas de toujours préférer tes poings à ton intelligence ou à ton cœur dès qu'il s'agit d'affronter le monde. Tu dois apprendre à te servir de ton cœur, James, à l'ouvrir.

Parce que, si tu ne le fais pas, il s'affaiblit. Et un cœur affaibli se brise plus facilement. C'est offrir à l'ennemi une cible toute trouvée.

Dans cette petite chambre, James n'était que trop conscient de la proximité physique de Roan. Il ressentit une furieuse envie de se pencher en avant et de l'embrasser quand il se rappela ce que Dandy avait dit à propos d'elle. D'ailleurs, pourquoi avait-il dit ça ? Pour repousser James en tant que rival ? Et elle ? Quelle était la nature exacte de ses sentiments pour le jeune Irlandais ?

– J'ai vu Dandy aujourd'hui, dit-il, l'air de rien.

– Ah ! Vraiment ?

– Tu le connais d'avant ? demanda James. Je veux dire, avant de venir à Eton ?

Roan sauta soudain du lit.

– Allez, James, viens, il est temps pour toi de retourner dans ta chambre. C'est trop dangereux de rester là. Si Bentinck apprenait que tu te « compromets » de nouveau avec une servante, il te passerait à tabac ainsi que tous les autres garçons de l'internat. Borné comme il est, il tenterait probablement de me rosser, moi aussi. Mais qu'il s'y frotte, tiens ! Ce serait signer son arrêt de mort…

Il s'approcha de la porte. À l'instant de partir, Roan le retint.

– Fais gaffe avec Dandy, dit-elle. Méfie-toi de lui.

– Tiens, c'est marrant ! C'est exactement ce qu'il a dit de toi, rétorqua James en quittant la pièce, encore plus confus que lorsqu'il était entré.

17

La physique-chimie n'est pas une matière rébarbative

Au milieu d'une remuante bande de garçons d'Eton, James attendait de pouvoir acheter une fleur à la vieille dame qui, tous les ans, installait son étal sur le Barnespool Bridge. Un autre rituel des célébrations du 4 Juin.

Il se rappela le fiasco de celles de l'année dernière, plombées par le coup de sang de son ami, Mark Goodenough, qui, après avoir appris l'assassinat de son père, avait tenté de se suicider. Il pria pour que l'histoire ne se répète pas.

Après avoir tendu quelques pièces à la vieille dame, il accrocha la fleur à la boutonnière de son veston, se disant qu'il n'avait pas mis longtemps à se fondre de nouveau dans le train-train séculaire d'Eton, à se plier docilement à ses étranges coutumes. De fait, à ce jeu-là, il se sentait déjà dans la peau du vétéran, acceptant ce monde comme le sien, pour aujourd'hui et pour les quatre années prochaines.

Il suivit d'un œil envieux la parade de trois anciens, en habit de *Pop*, bombant le torse dans leurs gilets chamarrés et regardant tous les autres de haut. Il lui tardait, au terme d'un nombre incalculable d'autres rituels typiques d'Eton, d'être l'un d'entre eux.

« Et après ? Quoi ? » Il n'avait pas de père dans les traces de qui marcher, pas de parents pour lui communiquer, consciemment ou non, leurs attentes. Son avenir était une page blanche sur laquelle il pouvait tout écrire.

Oh, bien sûr, il y avait tante Charmian, qui s'occupait de lui depuis la disparition de ses parents, mais elle menait elle-même une vie hors du commun et n'avait par conséquent jamais cherché ni à diriger James dans une direction précise, ni à tirer pour lui des plans sur la comète. Ce n'était pas qu'elle s'en désintéressait, loin de là, mais elle avait toujours préféré l'encourager à être maître de son destin.

Parlant de sa tante, il la verrait tout à l'heure, puisque, tout comme l'année dernière, elle avait fait le déplacement pour assister aux célébrations. James vérifia l'heure à sa montre toute neuve. Elle n'allait pas tarder. Ils avaient rendez-vous près du Buisson Ardent.

En remontant High Street, il tomba sur Pritpal et Tommy venant en sens inverse. Ils semblaient embarrassés.

Ils n'en saluèrent pas moins James qui leur assura qu'il ne nourrissait aucune rancune à leur égard.

– Je sais comme ça doit être dur pour vous, dit-il. Et je suis désolé si, malgré moi, j'ai aggravé les choses. Je vous promets que je vais essayer de changer et qu'en attendant, je ferai tout pour garder profil bas. Le James Bond nouveau est arrivé, vous allez voir ! Votre amitié m'est précieuse. La gâcher est la dernière de mes intentions.

– Tout va bien, répondit Pritpal avec un sourire penaud. J'avais le moral particulièrement en berne lorsque je t'ai vu hier. Tu as raison, ce serait injuste de te rendre responsable.

– Il n'empêche, poursuivit James. Dorénavant, j'aurai davantage la tête sur les épaules. Je serai le collégien modèle. Fini les aventures.

Tommy éclata de rire.

– Ça, j'ai du mal à y croire.

– Tu verras, lança James en guise de conclusion avant de s'éloigner dans High Street.

Il n'avait pas fait dix pas qu'il se figea, aussi brutalement que s'il avait heurté un mur de briques. Et toutes les promesses qu'il venait de faire à ses amis s'évaporèrent instantanément.

En effet, devant chez Spottiswoode, penchée sur la vitrine, il venait de repérer une silhouette qui lui rappelait quelque chose. Une silhouette de femme, qui lui tournait le dos. Un dos qu'il n'oublierait jamais.

Non, ça ne pouvait pas être elle. Il devait rêver.

Il recula à l'ombre d'un immeuble et en attendant que la femme se retourne pour vérifier que c'était bien elle, l'étudia minutieusement, observant chaque détail : les gros souliers noirs, les bas gris, la solide constitution paysanne boudinée dans un tailleur gris tirant aux coutures, la grosse tête ronde posée comme un roc sur l'affleurement d'imposantes épaules, le cheveux gris, comme le reste, coupé court...

Pas de doute, il s'agissait bel et bien du colonel Sedova, connue au sein des services secrets russes sous le sobriquet Babouchka, mamie.

Impossible qu'il en soit autrement.

La seule chose qui ne collait pas, c'était le chapeau. Un improbable bibi sans forme, rehaussé de fleurs qui juraient sur le désespérant gris souris du reste de la tenue.

« Allez... Tourne-toi que je te vois comme il faut. »

Un bruyant groupe de parents d'élèves et de touristes balaya gaiement le trottoir devant chez Spottiswoode. Quand ils sortirent du champ, la silhouette gris souris avait disparu.

James étouffa un juron et se tapa le poing sur le front. Ça ne pouvait pas être elle. Qu'est-ce que Sedova serait venue faire ici, à Eton ? La dernière image qu'il gardait d'elle, c'était un dos, justement, fuyant une sanglante scène de crime par un tunnel souterrain, ici, à Londres, où James venait de ruiner tous ses plans qui consistaient à livrer à Moscou un décrypteur géant, de dernière génération, ultraperformant. Au court de l'affrontement, il l'avait même tenue dans sa ligne de mire, abandonnant finalement l'idée d'appuyer sur la détente en raison de la quantité de sang déjà versée ce jour-là.

Une regrettable erreur ?

Mais qu'est-ce qui se passait ?

Un fatras de pensées confuses monta des sombres tréfonds de son âme, où il les avait refoulées jusqu'ici. Si seulement il parvenait à trouver un sens à tout ça. C'était comme si quelque chose d'important se passait dans une pièce et que lui était coincé derrière la porte. Il avait beau cogner et cogner encore, il ne parvenait pas à entrer.

Une singulière assemblée s'entassait dans cette pièce : l'Homme invisible, Theo Bentinck, Dandy O'Keefe, Roan Power, le Graf von Schlick, le prince Edward. Et maintenant, Sedova.

Bonjour l'ambiance…

Il était à ce point perdu dans ses pensées qu'il ne remarqua qu'au tout dernier moment quelqu'un venant à sa rencontre, en faisant de grands signes.

– James ! Tu rêves ou quoi ? demanda Charmian en secouant la tête, alors qu'elle se trouvait à hauteur de la bibliothèque de l'école.

Avec un sourire, il la salua et déposa un baiser sur sa joue, effaçant du même coup toutes ses idées noires. Charmian portait un simple tailleur cintré de couleur crème ainsi qu'un chapeau d'homme, crânement rabattu sur un œil. Elle n'aurait pas pu être plus différente des autres mères et tantes qui avaient bondi sur l'occasion pour exhiber leurs robes d'été les plus sophistiquées et leurs bijoux les plus précieux.

– Et regarde qui est là ? dit-elle.

Il y avait une telle foule que James n'avait pas remarqué une jeune fille, attendant patiemment au côté de Charmian.

Environ seize ans, jolie, sûre d'elle, mais avec un léger air triste et lointain.

James tressaillit en la reconnaissant enfin. La sœur de Mark Goodenough, Amy. Ensemble, ils avaient traversé maintes péripéties, l'été dernier, en Sardaigne, où James l'avait tirée des griffes d'un comte italien particulièrement dérangé.

– Amy ! s'exclama-t-il en lui faisant rapidement la bise.

Le visage de la jeune fille s'éclaira d'un sourire.

Elle lui apparut soudain différente, plus mûre, plus proche de l'âge de femme que de celui de petite fille.

Il éprouva un léger sentiment de gêne. Depuis ce fameux été, on ne pouvait pas dire qu'il l'avait inondée de lettres, de télégrammes ou de coups de téléphone. Trop de choses s'étaient passées dans sa vie depuis. Au début, ils avaient bien échangé quelques courriers, mais l'intensité de leur expérience commune – jalonnée de cadavres et d'indicible terreur – rendait quasi impossible l'établissement d'une relation normale dans une vie ordinaire.

– Que fais-tu ici ? demanda James.

– Mon cousin, répondit Amy en faisant la grimace. (Même sa voix était différente, plus basse, plus adulte.) Un affreux petit bonhomme nommé Philip. Enfin, je dis cousin comme ça. En réalité, c'est un cousin au troisième degré ou un truc comme ça. Ses parents sont en Inde, ce qui explique qu'ils n'aient pas pu venir aujourd'hui. Tiens, c'est lui, là-bas, avec mon oncle et ma tante.

Et elle leva le menton en direction d'un petit maigrelet du primaire en pleine discussion avec un homme et une femme élégamment habillés.

– Pour tout dire, c'était simplement un prétexte pour venir

te voir, poursuivit Amy. J'ai appelé Charmian, elle m'a dit où vous aviez rendez-vous. Et me voilà !

– Tu as bien fait, je suis très content de te voir, répondit James avec l'espoir que ça ne sonnait ni faux ni forcé. Ce sont les parents chez lesquels tu vis ?

– Ceux-là même, répondit-elle avec un grand sourire. À cet égard, toi et moi, on est un peu dans le même bateau. (Ses yeux retrouvèrent la tristesse et la distance qu'il y avait décelés quelques instant plus tôt.) Je ne suis pas revenue ici depuis que Mark est parti. Tout ça me paraît bien loin, dorénavant.

– Au fait, comment va-t-il, je veux dire Mark ? demanda James avec une pointe de culpabilité pour ne pas avoir écrit la moindre lettre à son ami.

– Beaucoup mieux. Même si, comme tu peux l'imaginer, nous avons tous deux traversé des moments difficiles et qu'il nous arrive d'en rencontrer encore. Mais la blessure se referme doucement. Je présume que tu sais de quoi je parle ? dit Amy en regardant James droit dans les yeux.

– En effet, bougonna ce dernier, à qui il arrivait encore de rêver à ses parents et qui, lorsqu'il était mal, se demandait souvent à quoi aurait pu ressembler la vie sans cet accident d'escalade.

La famille d'Amy approcha. Après les présentations d'usage, ils décidèrent de faire un tour de l'école, tous ensemble. Philip prit d'autorité les commandes de la petite troupe.

À Eton, le 4 Juin était une journée portes ouvertes, une façon pour les garçons de montrer à leur famille où ils en étaient et une occasion pour celles-ci de connaître l'environnement de leur enfant.

– Alors ? Qu'est-ce que je vous montre ? demanda Philip en menant d'un pas assuré le détachement dans Common Lane.

– Tout. On veut tout voir, répondit l'oncle d'Amy, Peter, un jovial homme du Nord un peu enrobé. J'en ai tellement entendu parler sans y avoir jamais mis les pieds que je veux tout visiter. C'est déjà une révélation de voir tous ces garçons bien élevés courir partout dans leur habit d'employé de pompes funèbres.

– Pour certaines parties, je crains qu'il ne vous faille attendre, dit Philip. Le roi visite l'école aujourd'hui. Un service religieux commence à onze heures à la chapelle.

– Oh, j'ai eu mon compte d'églises, répondit oncle Peter. Ce que je veux, c'est voir où tu étudies.

Ainsi Philip entama-t-il sa visite guidée. Amy et James fermaient la marche, ce dernier ne tardant pas à oublier tout le reste pour se lancer dans une insouciante discussion avec elle.

Probablement désireux de prendre son père au pied de la lettre, Philip se montra exhaustif. Ils visitèrent le département d'histoire, le gymnase, les courts de Fives[1], les écoles de dessin, après quoi ils firent un long détour par l'école de musique et, enfin, les nouveaux bâtiments de sciences.

Entrant dans une des salles du labo de sciences, ils tombèrent sur un groupe d'anciens qui, sous l'œil peu rassuré du professeur censé les superviser, exposaient à un public conquis d'avance les avancées de leurs travaux.

– D'aucuns pensent que la physique-chimie est une matière rébarbative, affirmait l'un des apprentis chimistes. À ceux-là nous allons, de ce pas, faire la preuve du contraire. En effet, avec un peu de savoir, il est possible de se livrer à toutes sortes

1. Seul jeu proprement étonien à avoir franchi tel quel les murs de l'école pour s'étendre dans le pays et jusqu'au Nigeria où il compte des milliers de pratiquants. Sorte de jeu de paume à main gantée inventé sur les flancs de la chapelle d'Eton, dans les niches formées par les contreforts des pignons.

d'expériences passionnantes pour approcher les lois de la matière, telle celle qui nous intéresse aujourd'hui, à savoir : l'explosion !

Sur ces mots, il adressa un petit signe de tête à l'un de ses confrères, qui laissa tomber un morceau de matière blanchâtre au fond d'un erlenmeyer[1] accroché à une potence.

Il y eut aussitôt un BANG accompagné d'un éclair qui déclencha quelques cris parmi les mères, suivis d'une timide salve d'applaudissements. Philip s'approcha d'Amy.

– Viens, dit-il en la tirant par la manche. Asseyons-nous là un moment pour regarder. Ça a l'air intéressant.

Amy tenta un instant de protester mais, devant son insistance, elle leva vers James des yeux résignés. Celui-ci s'apprêtait à la suivre lorsqu'il entendit près de lui une voix moqueuse.

– Alors, on est venu avec sa petite copine ?

C'était Roan, dans une éclatante robe d'été et un élégant chapeau blanc.

– Ce n'est pas ma petite copine, objecta James. Simplement une amie.

– Elle est très belle.

– En effet, elle l'est.

– Aussi belle que moi ?

– Ça c'est le genre de question piège à laquelle je ne me risquerai pas à répondre.

– Libre à toi, répondit Roan. Tu passes une agréable journée ?

– On peut dire ça, répondit James.

– C'est génial de voir tout le monde ainsi prendre du plaisir, lança Roan avec un petit air pincé laissant présager du pire.

– Euh… Ton attitude était plus avenante à Codrose,

1. Fiole conique utilisée en chimie (NDT)

rétorqua James. Dépendrait-elle du bâtiment dans lequel tu te trouves ?

– Pas du bâtiment. Des gens. Naïvement, je pensais qu'un jour comme aujourd'hui la moindre des choses était de se montrer discret, voire cérémonieux. Manifestement, tout le monde ne partage pas ma conception. Toi encore moins.

James ne l'avait jamais vue comme ça. Elle semblait avoir perdu la fraîcheur et la gaieté qui la caractérisaient d'habitude au profit d'un air sombre et fielleux.

– Au fait, dit-elle après un silence. Est-ce que tu as vu Dandy aujourd'hui ?

– Non, pourquoi ?

– Oh, pour rien.

– Et toi, tu l'as vu ?

– Il est sur la visite du roi. Il doit préparer la chapelle, répondit Roan avant de se perdre dans la contemplation de l'expérience de chimie qui suivait un cours toujours aussi détonant, comme en témoignait la seconde petite explosion qui venait de secouer les murs de la salle.

Roan paraissait indécise, à la manière de quelqu'un tiraillé par un affreux dilemme. Finalement, les yeux toujours ailleurs, elle reprit :

– Dandy m'a dit de te dire qu'il se sentait seul et qu'il cracherait pas sur un coup de main… Encore une de ses mauvaises blagues, j'imagine.

– Probablement, répondit James. Il se trouve que je l'ai aidé l'autre après-midi. Mais là, je suis occupé.

– Ça, j'avais cru le comprendre, persifla Roan. Occupé par ta jolie petite copine.

– Je te l'ai déjà dit, me semble-t-il. Ce n'est pas ma petite copine !

Le saisissant soudainement par le bras, Roan se retourna et planta ses yeux de braise dans les siens.

– Eh bien, reste avec elle, James. Passe du bon temps. Emmène-la à la rivière. Mais arrête d'imaginer que tu vas sauver le monde à toi tout seul.

– De ce que j'en vois, le monde ne me semble guère avoir besoin d'être sauvé, ironisa James.

– Ça, c'est ce que tu dis, répondit Roan avant de partir d'un bref rire coupant, qu'elle ravala aussitôt. Mais Dieu que cette journée est belle !

Sur ces mots, elle tourna les talons et s'en alla à grands pas.

James secoua la tête. Tout ce qu'il aurait voulu, c'était la suivre, être avec elle. Mais c'était impossible. Il y avait Charmian, Amy.

Amy…

Il l'avait toujours bien aimée. Pourtant jamais elle ne lui avait fait ressentir la même chose que ce qu'il éprouvait pour Roan, créature mystérieuse sachant mêler la joie, la tristesse et l'angoisse dans un même tourbillon d'émotions. Il suffisait qu'elle pose sur lui ses grands yeux noirs pour que son cœur fonde.

Il fut ramené brutalement à la réalité par une détonation beaucoup plus puissante que les précédentes. Fiers d'eux, les anciens balayaient d'un œil amusé l'assistance traversée par un frisson d'effroi.

Le maître de conférences sentit qu'il était temps de reprendre la main et de prouver aux parents horrifiés que son métier ne consistait pas simplement à transformer d'innocents fils de bonne famille en artisans artificiers.

– Vous seriez surpris d'apprendre à quel point il est facile de créer une explosion, dit-il de cette manière, propre aux enseignants, qui nimbe toute chose, y compris les plus exaltantes, d'un léger voile d'ennui. Nombreux sont les éléments qui réagissent violemment au contact de l'air, de l'eau et, bien sûr, de la chaleur. Mettez ensemble les bons composants et vous provoquerez des explosions beaucoup plus spectaculaires que celles-ci. Je ne devrais pas vous le dire mais, pour fabriquer une grosse bombe, tout ce qu'il vous faudrait c'est une bonne dose de chlorate de potassium et une autre de permanganate de potassium, tous deux présents dans de nombreux produits d'usage courant parmi lesquels les herbicides et les fertilisants…

James se leva d'un bond et se fraya un passage à travers la foule en jouant des coudes jusqu'à la paillasse où se tenait le maître de conférences.

– Vous pouvez répéter ce que vous venez de dire ?

– Eh bien, euh… Je parlais des bombes. Pourquoi ? Vous vous intéressez à la chimie ?

– Qu'avez-vous dit sur les herbicides ?

– Simplement qu'en admettant que vous sachiez comment vous y prendre, vous pourriez fabriquer une vilaine bombe en utilisant du permanganate de potassium et…

– Du soufre ? le coupa James.

– Oui, effectivement, aussi.

– Du salpêtre ?

– Certainement.

– De la peinture argentée ?

– Euh… de la peinture argentée ? Je ne suis pas certain. Quoique… Mais si, vous avez raison, la peinture argentée contient des particules d'aluminium… Dites-moi, je vois que vous êtes un expert. J'ose espérer que vous ne prévoyez pas de passer à l'acte.

– Moi, non, répondit James en créant une nouvelle bousculade dans la foule, en sens inverse, cette fois. Mais quelqu'un que je connais, si.

18

Le dispositif infernal

C'était comme si un engrenage rouillé s'était soudain débloqué dans la tête de James. La roue crantée tourna et, subitement, tout se mit en place. Dandy voulait assassiner le roi. Il l'avait pratiquement avoué à James. Il le menait en bateau depuis le début.

James s'en voulait. Quel crétin ! Mais pourquoi ne l'avait-il pas vu plus tôt ? Il se sentait dans la peau d'un touriste errant en Égypte sans trouver les pyramides alors même qu'elles sont sous son nez.

C'était pourtant évident. Miles lui avait fourni la première pièce du puzzle en lui apprenant que le Graf von Schlick était apparenté à la couronne britannique. Amy une deuxième lorsqu'elle avait laissé entendre qu'un cousin n'était pas forcément un cousin germain.

Sie werden meinen Vetter Jürgen töten…

Ils veulent tuer mon cousin Jürgen…

En d'autres termes, ils veulent tuer le roi George.

Le Graf devait avoir eu vent du complot. Peut-être même qu'il était venu pour avertir le prince du danger ? Ce qui expliquerait pourquoi von Schlick s'était montré si fuyant quand James lui avait posé des questions au sujet de son séjour en clinique.

Mais s'ils connaissaient le danger, pourquoi avaient-ils maintenu la visite ?

Pas le temps de tout décrypter maintenant. Paniqué, James baissa les yeux sur sa montre. Durant un court instant, l'angoisse l'empêcha de trouver un sens aux aiguilles. Il prit une profonde inspiration et tenta de calmer son cœur qui battait à un rythme effréné.

Il regarda à nouveau.

Onze heures moins le quart. Soit quinze minutes avant le début du service à la chapelle.

Mais où étaient donc Charmian et les autres ?

Là, au fond de la salle, contemplant les tritons et les grenouilles enfermés dans un vivier. Il était sur le point de les rejoindre lorsque, du coin de l'œil, il aperçut une tache grise.

Cette fois, pas d'erreur possible. C'était bel et bien Babouchka, qui marchait lentement vers le bout de la pièce, cherchant manifestement quelque chose, ou quelqu'un. Dans son sillage se trouvait l'Homme invisible, les traits dissimulés sous son habituel chapeau mou.

Ils étaient tous de mèche. Un énorme complot communiste.

James devait réfléchir vite et réagir promptement.

Impossible de rejoindre Charmian sans que Sedova ne le repère.

Il tourna les talons et sortit en courant, passant en trombe devant Lower Chapel avant d'émerger dans South Meadow Lane où il bifurqua vers la droite. Il s'engouffra à toute allure dans Keate's Lane, bousculant violemment les gens sur son passage, jusqu'à atteindre enfin High Street.

Maintenant, trouver un policier ! Problème. Quand bien même il en trouverait un, aurait-il assez de temps pour le convaincre de faire quelque chose ? Croirait-il seulement à son histoire ? Y aurait-il une seule personne prête à l'écouter ?

Il poursuivit son chemin. Si Dandy avait fabriqué une bombe assez puissante pour faire sauter la chapelle, elle devait forcément prendre de la place. Ce qui ne laissait qu'un seul endroit pour la dissimuler : la crypte sous l'autel.

« Bon sang ! Y'a bien un agent quelque part ? » se dit-il en arrivant en vue de School Hall, les secondes continuant de s'égrener dans sa tête.

À l'angle de la rue de la Bibliothèque, il percuta une bande de badauds arrivant en sens inverse. Il les repoussa sans ménagement avant de fendre de part en part un groupe d'anciens discutant en cercle sur le trottoir.

Sourd à leurs cris de colère, il descendit du trottoir et s'apprêtait à traverser la route en direction du Buisson Ardent quand quelqu'un l'attrapa par la manche et l'obligea à se retourner.

– Bond ! Tu te crois où exactement ?

– Lâche-moi, Bentinck !

– Mais, ma parole, tu te tiens comme un voyou.

– J'ai pas le temps pour tes enfantillages ! hurla James en le repoussant violemment.

Les lunettes de Bentinck valsèrent. Il trébucha en arrière et ne dut d'éviter la chute qu'à un garçon de sa bande qui le retint.

– Ça, tu vas me le payer, grogna Bentinck en levant vers James un doigt accusateur.

Et il se rua sur lui, tel un éléphant en pleine charge.

– Arrête ça ! cria vainement James.

Déjà, Bentinck l'avait saisi par le revers de sa veste, et, visiblement, il n'entendait pas lâcher prise.

Sans réfléchir, James remonta sèchement son genou entre les jambes du surveillant qui s'étrangla et relâcha aussitôt son étreinte.

Faisant volte-face, James se retrouva nez à nez avec un policier.

« Dieu soit loué. »

– Eh bien, eh bien. Que se passe-t-il ici ? demanda l'agent de la force publique. Vous n'avez pas d'autres choses à faire que de vous battre dans la rue ?

– Il y a urgence, dit James.

– Voyez-vous ça !

– Quelqu'un veut assassiner le roi. Il faut que vous veniez avec moi.

Le policier dévisagea James un moment, puis il éclata de rire.

– Ah, elle est bien bonne celle-là ! On me l'avait encore jamais faite. Un moment, j'ai failli marcher. Attention, les garçons. Je vous préviens. Un jour, vos pitreries vous attireront des ennuis.

– Ce n'est pas une pitrerie, répondit James. C'est un complot communiste. Ils projettent un attentat. Contre le roi George.

– Ben voyons, répliqua le policier, goguenard. Et moi, je vais bientôt m'envoler pour la lune.

James lança des regards éperdus autour de lui, cherchant désespérément quelqu'un à qui se raccrocher. Las, il ne rencontra que des faces hilares, celle du policier, bien sûr, mais aussi celles des anciens qui se gondolaient bruyamment en l'écoutant.

– C'est vrai, plaida-t-il. Vous devez me croire.

Déjà, le gardien de la paix s'éloignait. Contrairement à Bentinck qui, ayant repris ses esprits, n'allait pas tarder à revenir à la charge, encore plus furieux qu'avant.

Étouffant un juron, James s'écarta du groupe de garçons et traversa la rue en courant en direction de School Yard.

Filant sous l'arche de l'entrée, il manqua de faire tomber

deux parents d'élèves qui lisaient consciencieusement les plaques accrochées au mur.

Il s'excusa et ralentit. Une foule de dignitaires se pressait dans la cour en attendant de pouvoir entrer dans la chapelle. Au centre, James entraperçut une silhouette de petite taille, portant une grosse barbe. Le roi. Attirer l'attention maintenant eût été idiot. À peine serait-il repéré qu'on le jetterait dehors *manu militari.*

D'un pas déterminé, il remonta l'allée des colonnades sous Upper School puis, comme s'il allait de soi qu'il dût se trouver là, s'engouffra par la vieille porte du fond.

Un pion montait la garde au pied du grand escalier de bois donnant accès à la galerie du transept.

– On ne peut pas monter, dit-il en voyant James arriver.

– Le proviseur veut te voir, répondit simplement ce dernier, d'une voix ferme et forte.

– Le protal ? Mais, pourquoi ?

– Est-ce que je sais, moi ? se défendit James. Il m'a juste envoyé te chercher. Il a dit que c'était urgent. Je prends ta place en attendant.

Le pion tergiversa un instant mais, quand James lui aboya de se dépêcher, il déguerpit aussi sec, en proie à une grande confusion.

James grimpa l'escalier et se précipita dans la galerie où quelques dames mettaient la dernière main à d'énormes arrangements floraux.

– Bonjour, madame, dit James en abordant l'une d'elles. Comment fait-on pour descendre à la crypte, je vous prie ?

D'un haussement de menton, la dame lui indiqua une petite sacristie à l'intention des bedeaux, de laquelle partait un escalier en colimaçon.

James se remit aussitôt en route, traversa le transept et descendit les marches. Au pied de l'escalier se trouvait la crypte, longue, étroite et sombre. Une partie avait été murée. James remarqua aussitôt que l'on avait récemment enlevé quelques briques pour pratiquer une ouverture dans laquelle il s'empressa de passer la tête.

Cet espace, qui courait sous toute la longueur de la chapelle, abritait quantité de vieux cercueils. Il ne détecta aucune présence, sinon, étendu sur le sol près de l'ouverture, le corps d'un bedeau. Parfaitement immobile. À peine eut-il réalisé qu'il gisait dans une mare de sang qu'un éclair déchira l'obscurité, accompagné d'un craquement terrifiant et d'un souffle qui le projeta dans les airs.

Il s'écrasa violemment contre le mur du fond. Sa tête heurta la pierre. Il perdit connaissance.

– C'était quoi, ça ?

– Encore un de ces apprentis chimistes, sans doute.

– Des nouvelles de James ?

– Non. Il n'est pas là non plus.

Lancées sur les traces de James, Charmian et Amy étaient arrivées sur South Meadow Lane.

– Il est sûrement parti en baguenaude, supposa la première. Tu sais comment sont les garçons…

– Je l'ai vu parler à une fille, répondit Amy. Ne voulant pas m'imposer, je suis venue près de vous, près du vivier. Quand je me suis retournée, il n'était plus là.

– Décidément, l'histoire se répète, répondit Charmian. L'an passé, il a fait la même chose. Il a disparu sans crier gare, et on ne l'a plus revu pendant des siècles.

Une expression de profond dépit passa sur les traits d'Amy.

– T'en fais pas, la consola Charmian en posant une main sur son bras. Il va revenir. Il revient toujours.

James avait atrocement mal à la tête.

Tant mieux.

Ça voulait dire qu'il était vivant.

Il gardait les paupières closes. Les ouvrir maintenant lui eût réclamé plus d'efforts qu'il ne se sentait prêt à en consentir. Et puis, en restant comme ça, il n'avait pas à affronter ce qui l'attendait.

Il était sur une chaise. La tête basculée en avant, tirant de tout son poids sur les liens qui le retenaient attaché aux barreaux. Sans eux, nul doute qu'il se serait affalé par terre.

Des cordes lui barraient la poitrine. Il avait les poignets attachés dans le dos. Une chaîne entravait ses chevilles.

Eût-il voulu faire un geste qu'il en aurait été incapable.

– Je sais que tu es réveillé.

La voix de Dandy.

James sentit sa tête chavirer tandis qu'une sensation de brûlure envahissait sa joue opposée. Dandy devait l'avoir giflé.

Enfin, James ouvrit les yeux. En dépit de la pénombre dans laquelle baignait la pièce, le peu de lumière qui impressionna sa rétine augmenta encore sa migraine.

Devant lui se tenait Dandy, un sourire aux lèvres.

– Ah, c'est mieux comme ça ! se félicita-t-il avant de changer d'expression et de faire claquer sa langue sur son palais en signe de réprobation. Seigneur, t'en as mis du temps à te pointer ici, mon petit pote ! Je commençais presque à me demander si t'y arriverais un jour ?

James jeta un regard circulaire autour de lui, ne tardant pas à découvrir un gros baril, calé entre deux cercueils, d'où s'échappait une longue mèche serpentant sur quasiment toute la surface de la crypte.

Alors c'était ça, la bombe. Ça avait l'air si sottement ordinaire. Pourtant, à sa taille, il en déduisait qu'elle était conçue pour souffler l'intégralité du bâtiment.

– Oui, dit Dandy. La voilà, ma Brenda. Tu sais comment on appelle une bombe ? *Un dispositif infernal.* De fait, ma Brenda est réglée pour leur offrir à tous là-haut un aller simple pour l'au-delà. J'ai récupéré l'essentiel avec toi, l'autre jour. Faut dire que j'avais déjà la naphtaline, la farine, le sucre et aussi tous les autres petits trucs dont j'avais besoin. Mais voilà, maintenant, tout est en place. Et ça va faire un sacré boum, crois-moi.

– À quoi ça servira ?

– Premièrement, ça nous débarrassera d'un roi, répondit Dandy. Il est prévu qu'il s'assied juste au-dessus d'ici, abside Ouest. Deuzio, tant que c'était le vieux Jojo qui avait les rênes, jamais les prolétaires de ce pays ne se seraient soulevés. La Révolution, mon petit pote. C'est comme ça qu'on change l'histoire. Pas autrement. Un choc brutal, violent, profond.

– Et moi je suis où là-dedans ? demanda James.

– Toi ? Un ennemi du peuple, bien sûr.

– ...

C'était tellement ridicule qu'après une seconde de stupeur, James éclata de rire.

– Depuis le début, j'avais des ordres te concernant, James, confia Dandy en vérifiant la mèche. Des ordres d'en haut.

Sedova ?

Manifestement, elle ne lui avait jamais pardonné d'avoir ruiné ses plans ici, à Londres. Il regretta amèrement de l'avoir laissée s'enfuir. Elle avait dû comploter durant tout ce temps, ruminant sa vengeance.

– C'est moi qui t'ai poussé sous le camion, avoua Dandy. Mon petit pote, t'as vraiment le cul bordé de nouilles.

– Et dans le parc ? Tu allais me planter, n'est-ce pas ?

– Je dois admettre que l'idée m'a traversé l'esprit. Ce sont les petites princesses qui t'ont sauvé la mise sur ce coup-là. Et puis j'ai eu une meilleure idée. T'attirer ici et te faire sauter avec les autres. Fais tes prières, mon petit pote, car, cette fois, il n'y aura pas de princesse pour voler à ton secours, pas plus que tu ne pourras empêcher leur cher papy de retourner chez son créateur.

Abandonnant son ouvrage, Dandy se redressa, s'essuya les mains sur son pantalon, puis alla vérifier la solidité des liens qui retenaient James.

– Mon petit pote, là, je vais marquer des points. Ils vont être ravis en haut lieu quand ils apprendront la tournure des événements. Vrai. Il restera plus grand-chose de toi. Mais une fois que tout aura sauté, j'enverrai des lettres aux journaux, expliquant comment le communisme est appelé à se répandre partout en Europe, notamment grâce à des gens comme toi, infatigable militant de la cause et poseur de bombe d'un jour.

– Ne sois pas stupide, railla James. Personne ne gobera ça.

– Ah bon ? Tu crois ? Et, à ton avis, pourquoi ai-je pris soin que ce soit toi qui fasses signer la feuille lorsque j'ai chargé les produits chimiques au magasin général ? Non, non, dans cette histoire, le méchant, ce sera toi. Un méchant un peu maladroit, certes, qui se sera fait sauter en même temps que sa bombe ! Un martyr à la cause, en somme. Alors ça te fait quoi de savoir que tu vas contribuer à hisser le drapeau rouge un peu partout en Europe ?

– Tout le monde sait bien que je ne suis pas communiste, répondit James. J'ai pas le profil.

– Mon petit pote, je vais te dire ce que c'est ton profil. Celui du parfait déséquilibré, instable et vengeur, ajouta Dandy d'une voix rageuse. Enfance difficile, parents décédés, pas de figure paternelle à laquelle se référer, harcelé à l'école et qui, au terme de ce calvaire, décide de se venger.

– Non, s'insurgea James. C'est faux.

– Allons, allons ! Il serait facile pour un garçon de ce genre de tomber sous les influences néfastes de *mauvaises gens*. Or, tout le monde sait bien que tu te morfonds d'amour pour Roan, que t'as le béguin, et, tu sais, on est capable de faire des choses insensées par amour.

– Elle est dans le coup avec toi ? C'est ça ?

– J'en ai bien peur, mon petit pote.

– Alors pourquoi m'as-tu mis en garde contre elle, l'autre jour ?

– Elle a le cœur plus tendre que moi, répondit Dandy en sortant son couteau. Je craignais qu'elle ne s'entiche de toi. Mais elle a fait la preuve de la nature de ses sentiments pour toi en t'envoyant ici aujourd'hui. Tu vois, dans la vie comme en amour, on en apprend tous les jours. Sauf que, dans ton cas, ça s'arrête là et que, donc, la leçon arrive un peu tard. Qu'à cela ne tienne. Tu as toujours voulu être un héros, non ? Eh bien ! tes vœux vont être exaucés. Bon, pas au Royaume-Uni, cela va de soi. Par contre, en Union soviétique, tu seras célébré comme une idole. Va savoir, ils iront peut-être jusqu'à t'ériger une statue ?

Et il lui pinça la joue d'un air moqueur avant de poursuivre, faussement désolé :

– Pauvre James Bond, tombé pour le camp d'en face.

– Comment pouvais-tu être sûr que je viendrais ?

– Facile ! Il suffisait que Roan te mette sur les rails. On sait tout sur toi, James : tu es un solitaire qui pense pouvoir tout régler par lui-même. Mais là, mon petit pote, c'est une affaire d'homme, et tu n'es encore qu'un gamin. Même chose avec Roan. Franchement, tu as vraiment cru que tu avais une chance avec elle avec un dur comme moi dans les parages ?

– Je te trouve bien sûr de toi. Mais que se serait-il passé si j'étais venu avec un policier, hein ?

– Eh bien, à l'heure qu'il est, il serait aussi mort que celui-là, répondit Dandy en lançant son couteau à travers la crypte où James l'entendit se planter bruyamment dans un cercueil. C'est très civilisé de la part de ce pays de ne pas armer ses roussins. Hélas, ça facilite aussi la tâche de gens comme moi. Mais… J'en ai déjà trop dit.

Il baissa les yeux sur sa montre.

– Onze heures cinq. À l'heure qu'il est, ils doivent tous être sagement installés là-haut. Donc je vais allumer la mèche et, si tu n'y vois pas d'objection, prendre congé. Tu comprends, il faut que je trouve un coin avantageux pour pouvoir profiter pleinement du spectacle. Avec cette longueur de mèche, ça me laisse dix minutes. D'après mes calculs, à et quart, la fanfare de la Garde va ouvrir le défilé. Tous ces bons petits soldats en rangs serrés, sous leur coiffe en poil d'ours, brandissant l'Union Jack[1], passeront par ici sous les vivats d'une foule en liesse. Et puis – BOUM ! – les décombres de la chapelle, ce symbole de la plus prestigieuse école d'Angleterre, leur tomberont sur la tête et ils seront ensevelis sous des tonnes de gravats. On se souviendra de cette journée pendant des siècles, James. On se souviendra de *toi* ; on se souviendra de *moi.* Grâce au sang versé ce jour, nos noms entreront dans les livres d'histoire. Maintenant, adieu, mon petit pote, et merci pour ton aide, dit Dandy avec un clin d'œil moqueur à James avant de le bâillonner.

Puis il sortit des allumettes de sa poche, en gratta une sur la pierre râpeuse d'un mur et mit le feu à la mèche. James l'entendit ensuite aller récupérer son couteau fiché dans le cercueil et, une seconde plus tard, après un bref éclat de rire meurtrier, se faufiler par le trou dans le mur.

James se redressa aussitôt.

En effet, il avait intensément cogité pendant que Dandy lui parlait. Il avait échafaudé un plan. Et il savait qu'il devait

1. Nom commun du drapeau britannique (NDT)

garder la tête froide, agir avec prudence et méthode, s'il voulait le mettre à exécution.

La peur serait son pire ennemi.

Moins de dix minutes pour se libérer et couper la mèche.

Était-ce suffisant ?

Il le fallait.

Il étudia sa position. Pieds enchaînés, attachés aux pieds de la chaise par un cadenas. Mains liées derrière le dos avec de la corde. Une autre, plus épaisse, passée autour de son buste, amarrée à un pilier de pierre qui se trouvait derrière lui. Les nœuds avaient beau être serrés et experts, James pouvait encore bouger les doigts. Immédiatement, il pinça le tissu de sa redingote, ferma les yeux et, lentement, centimètre par centimètre, fit remonter le lourd vêtement entre ses doigts.

Une entreprise d'une lenteur exaspérante, compliquée par la peur d'un faux mouvement qui l'eût obligé à tout reprendre depuis le début. Enfin, il palpa quelque chose de dur. Une des lames de rasoir, qu'il sortit délicatement de sa poche avant de la retourner, doigts recroquevillés, pour lui faire mordre la corde qui entravait ses mains.

Tchhhhhhhhhhhh…

Crépitait la mèche, louvoyant mollement sur le sol de la crypte avec force étincelles et fumée.

James redoubla d'efforts sur la lame, lui imprimant un rapide mouvement d'avant en arrière tout en maudissant de ne pouvoir vérifier quel dégât – si tant est qu'il en causât aucun –, il faisait à la corde. Enfin, il sentit quelque chose lâcher. Une longueur avait cédé. Ça marchait. Mais Dieu que c'était long !

Tchhhhhhhhhhhh…

Il fixa des yeux la mèche, tentant d'estimer combien de temps il lui restait.

À vue de nez, très peu.

La lame trancha une nouvelle longueur de corde, puis une autre et, enfin, ses poignets furent libérés. Maintenant, il lui fallait ramener ses mains devant lui, ce que les cordes passées autour de son buste et de ses bras rendaient difficile.

« Difficile, mais pas impossible. »

Il se tortilla, frétilla et roula des épaules sans lâcher sa précieuse lame de rasoir.

« Là ! »

Enfin, il voyait ses mains, rouges et sanguinolentes des entailles qu'il y avait faites sans même s'en rendre compte.

« Oublie ça, James. Pas grave. »

Tchhhhhhhhhhh…

Il lacéra la lourde longe de chanvre qui lui barrait la poitrine. Un à un, des brins se désolidarisèrent de la chaîne en frisottant comme des rubans sur une boîte de gâteaux.

« Plus vite… Plus vite… »

Une soudaine irruption dans la combustion de la mèche lui fit un instant lever les yeux. Plus qu'un mètre cinquante avant qu'elle n'atteigne la bombe.

Et là… Patatras ! Dans sa hâte d'en finir, les doigts maculés de sang, il avait laissé échapper la lame.

Sa gorge se noua.

Il osait à peine baisser les yeux.

Plus de peur que de mal. Elle était seulement tombée sur ses genoux ! Il la rattrapa et se remit à la peine.

Tchhhhhhhhhhh…

Une des cordes se détacha, coupée net. C'était tout ce dont James avait besoin. Aussitôt, il sentit la pression sur sa poitrine s'atténuer. Il pivota le torse, donna des coups d'épaule et se démena jusqu'à faire tomber le reste du cordage au niveau de sa taille, ce qui lui permit de libérer enfin ses bras.

Ne restaient plus que les pieds.

Mais là, y'avait le cadenas.

Il jeta un œil à la mèche. Elle était presque au baril.

Il évalua rapidement la distance.

S'il était rapide…

Et s'il se trompait ?

S'il se trompait, il ne serait plus là pour le regretter.

Tchhhhhhhhhhh…

Avec un cri furieux, il lança les bras en avant et bondit, emportant la chaise avec lui.

Il s'écrasa tête la première sur le sol, les paumes pile sur la mèche incandescente. Ignorant la douleur, il referma les mains et tira de toutes ses forces.

La mèche se détacha du baril. Le danger était écarté.

James resta étendu sur le sol, haletant, la joue collée à la froideur de la pierre, osant à peine y croire.

Ce n'était pas terminé pour autant.

Car Dandy courait toujours.

19

Un seul geste et je t'égorge

James sortit le jeu de crochets de serrurier dissimulé dans la basque de sa redingote et, en moins d'une minute, se débarrassa du cadenas. Kelly le Rouge était bon professeur. Il retira la chaîne, se redressa, puis examina rapidement ses blessures. Il avait une grosse bosse à l'arrière du crâne ; une éraflure au menton, suite au coup que Dandy lui avait asséné ; des ecchymoses aux genoux et aux chevilles pour avoir bondi sur le sol, attaché à la chaise. Sans parler de ses mains qui, entaillées par la lame de rasoir à de multiples endroits, saignaient abondamment. La gauche portait en outre des traces de profondes brûlures noirâtres récoltées lorsqu'il l'avait refermée sur le bout incandescent de la mèche. Il l'enroula dans un mouchoir. Ce n'était pas parfait, mais ça irait pour l'instant.

Ce n'était pas le moment de jouer les Florence Nightingale[1]. Il fallait rattraper Dandy avant qu'il ait eu l'occasion de fuir.

Il fourra les crochets et la lame de rasoir dans sa poche. En cas de bagarre, le rasoir ne lui serait d'aucune utilité, mais il

1. (1820-1910) Pionnière des soins infirmiers

lui restait encore la pique en métal. Il la repêcha dans la basque de sa redingote et la glissa dans sa manche gauche, pointe sous le coude, agrippant la poignée de sa main bandée. Ainsi serait-elle cachée et, en même temps, disponible en cas de besoin. Il lui suffirait alors de la tirer de sa manche avec la main droite, comme une épée de son fourreau.

Il était prêt. En toute hâte, il remonta l'escalier et retrouva la lumière du jour.

De la musique et des chants résonnaient dans la chapelle. L'abside était vide. James se précipita vers le grand escalier au pied duquel le pion avait repris sa garde.

– Un autre message du proviseur, cria James en passant en trombe devant lui. Personne, absolument personne, ne doit descendre dans la crypte sans sa permission. Reçu ?

– Mais…

James ne lui laissa pas l'occasion d'en dire davantage. Déjà, il était dehors filant comme une flèche vers la porte voûtée. Sans ralentir sa course, il baissa rapidement les yeux sur sa montre. Voilà une minute que la bombe aurait dû exploser. Il n'avait aucune idée de la précision du temps de mise à feu, mais il voyait mal Dandy revenir vérifier ce qui se passait compte tenu du risque que cela impliquait.

Il fit irruption dans High Street et se retrouva au cœur d'une foule immense.

Comment allait-il retrouver Dandy dans une telle cohue ?

« Réfléchis, James, réfléchis… »

Dandy avait dit qu'il allait « profiter pleinement du spectacle », ce qui sous-entendait rester suffisamment proche pour voir la chapelle. Problème : la plus imposante de toutes les constructions alentour était, par définition, visible de partout. Mais, si Dandy voulait vraiment constater par lui-même les effets de sa bombe, il ne s'éloignerait probablement pas de la cour d'honneur.

James regretta d'avoir ainsi déboulé dans la rue. Si Dandy surveillait l'arcade, il l'avait sans doute déjà repéré.

Était-ce si sûr ?

James regarda autour de lui. Le trottoir était noir de monde, essentiellement des garçons, tous habillés de la même manière.

Il fallait reconnaître que l'uniforme avait parfois du bon.

Il se fondit dans un groupe qui traversait la rue. Aucune voiture. Le trafic était bloqué. Le son du tambour flottait au-dessus de la foule.

« Bien sûr, le défilé. » Tournant la tête, il aperçut le dernier rang d'une fanfare qui s'éloignait dans Slough Road tandis qu'une autre s'avançait sur la route en provenance de Windsor pour prendre sa place. C'était pour ça que les rues étaient bondées, même pour un 4 Juin. Tout le monde voulait la meilleure place. Si la bombe avait explosé, elle aurait fait un carnage, engloutissant la foule sous un déluge de pierres et de gravats.

Ce qui signifiait que Dandy chercherait certainement un abri afin de ne pas être à découvert.

Quel était le meilleur endroit ?

James remonta mentalement des semaines en arrière, le jour où il avait aperçu l'Homme invisible caché dans l'étroit passage entre Durnford et Hawtrey.

Ça tombait sous le sens. À la place de Dandy, c'est certainement là que James serait allé. En passant par-derrière, il pourrait le prendre à revers.

Mais, pour ça, il fallait qu'il se dépêche. Car, maintenant, Dandy devait se douter que quelque chose ne tournait pas rond.

James contourna discrètement la bibliothèque, atteignit la façade arrière de School Hall et s'arrêta devant l'entrée du passage, très obscur après l'éclatant soleil de High Street.

Il jeta un œil au coin du mur. À l'autre extrémité, debout,

de dos, nonchalamment appuyé contre un mur, se tenait un homme qui fumait une cigarette.

Un sourire se dessina sur la bouche de James.

« J'te tiens ! »

Euh… Vraiment ?

En effet, James pouvait difficilement coincer Dandy à lui tout seul, encore moins lorsqu'on connaissait le rapport des forces en présence, un grand couteau dans la poche de l'un, une vulgaire pique à brochettes dans la manche de l'autre.

« Crétin ! » Il s'était rué tête baissée sans envisager la situation dans sa globalité.

Il en était là de ses réflexions quand l'homme laissa tomber sa cigarette et l'écrasa sous sa semelle. Pivotant pour partir, son visage apparut dans la lumière.

Ce n'était pas Dandy.

Alors il était où ?

La réponse devint évidente lorsqu'une large main se plaqua sur sa bouche pendant qu'une autre levait une longue lame d'acier froid dans son cou.

Dandy avait dû le repérer et le suivre jusqu'ici.

– Un seul geste et je t'égorge !

James se glaça, osant à peine respirer, contrairement à Dandy dont il sentait le souffle haché dans sa nuque. Il transpirait. Il tremblait.

Le brillant sang-froid de la crypte avait fait place à une peur palpable.

– Comment t'as fait pour t'en tirer ? souffla la voix de Dandy à son oreille. Parle mais, je te préviens, si tu te mets à hurler, je te coupe la langue.

Et il relâcha la main sur la bouche de son prisonnier.

– Quelqu'un est venu, mentit James. Un autre bedeau, qui m'avait vu descendre à la crypte. Il a retiré la mèche de la bombe. Ils savent tout sur toi.

– Ah ouais ? Ben, tu vois, mon petit pote, ton histoire je la gobe pas. D'façon, ça fait pas une foutue différence. J'ai peut-être raté le roi pour cette fois, mais toi, t'es le suivant sur la liste et j'vais pas te rater.

Dandy esquissa un geste de sa main libre, voulant la remonter pour maintenir la tête de James, ce faisant, il avait brièvement baissé la garde de son couteau.

C'était plus qu'il n'en fallait à James qui, conscient que cette étroite fenêtre de tir était probablement la dernière que lui offrirait Dandy, s'y engouffra sans hésiter.

Il poussa la pique sous son coude autant qu'il put, puis donna un coup derrière lui. De combien dépassait le poinçon ? Difficile à dire. Il espérait simplement que ce serait suffisant pour faire du dégât.

Dandy étouffa un grognement et un juron. Il serra son couteau. Pourtant, lorsqu'il voulut le relever, il grogna à nouveau et toussa. Dans son dos, James sentit son corps secoué d'un spasme.

Manifestement, il venait de comprendre que James avait fait plus que lui donner un coup de coude et qu'il était plus touché que ce qu'il avait imaginé.

Cette fois encore, James saisit aussitôt sa chance, enfonçant ses dents dans le poignet de Dandy pour l'obliger à lâcher sa lame. Puis il se dégagea et bondit en avant.

Lançant le bras pour le rattraper, Dandy referma la main sur la basque de la redingote qui flottait en drapeau derrière James. Il hurla de douleur en sentant la seconde lame de rasoir lui entailler les doigts.

James était libre.

Il courut sans s'arrêter, plus vite qu'il ne l'avait jamais fait. Il savait où aller et prit exactement le même chemin que lorsqu'il avait suivi l'Homme invisible.

Ainsi dévala-t-il Keate's Lane en trombe avant d'émerger

sur Eton Wick Road, où il s'arrêta net pour éviter de percuter une voiture qui passait sous son nez, klaxon hurlant. Il en profita pour jeter un rapide coup d'œil par-dessus son épaule. Dandy n'était plus là.

James avait sans doute tout intérêt à se fondre dans la foule.

Il se remit à courir jusqu'à atteindre High Street où la deuxième fanfare paradait, cymbales tintant, cuivres carillonnant, tambours tonnant, ce qui, ajouté aux hourras de la foule, créait un furieux tintamarre.

Jouant des coudes pour se frayer un passage, il remonta le trottoir vers Windsor, dépassant bientôt Spottiswoode. À hauteur de Hodgson House, il sentit un coup dans les reins.

Il fit volte-face, prêt à se défendre. Ce n'était qu'un petit garçon agitant un drapeau.

Reprenant sa route, il se heurta à quelqu'un qui lui barrait le passage.

Un homme avec un chapeau mou.

Sa main droite disparaissait au fond de la poche de sa veste. Il ne quittait pas James des yeux.

La première occasion pour ce dernier de voir à quoi il ressemblait.

Aucun trait particulier. Long visage mince et froid barré de gros sourcils noirs et de lèvres fines. Le voile gris bleu d'une barbe naissante flottait sous sa peau blanche, il avait des rougeurs au niveau du col.

– Stop, ordonna-t-il carrément.

Hélas pour lui, James n'était pas d'humeur docile. Il le repoussa de toutes ses forces, l'envoyant s'étaler sur la route où défilait la fanfare.

La confusion qui s'ensuivit permit à James de s'éclipser, non s'en s'étonner que la scène se soit produite à l'endroit exact où Dandy avait tenté de le tuer en le jetant sous les roues du camion de charbon. Ce qui signifiait que l'entrée du passage Jourdelay n'était pas loin.

Exact. Il se précipita dans la galerie et se remit à courir.

À mi-parcours, il avisa quelqu'un arrivant en sens inverse.

Dandy.

Qui brandissait son couteau de la main gauche en se tenant le ventre de l'autre, à hauteur d'estomac, où une grosse tache vermillon souillait sa veste. Il laissait une traînée de sang derrière lui. Son visage était hideusement pâle. Son regard fiévreux.

Il sourit en voyant James. Un sourire malsain. Un sourire de tête de mort.

Dandy leva son couteau. James connaissait son adresse de la main droite.

Que valait-il de la gauche ?

N'ayant aucune intention de rester là à attendre qu'il en fasse la démonstration, James pivota. C'est alors qu'il comprit qu'il était fait.

L'Homme invisible arrivait en face, remontant lentement le passage d'une démarche quasi féline, le chapeau mou solidement enfoncé sur le crâne, les yeux vides rivés sur James. Tout en lui respirait l'agent en mission commandée, remplissant froidement son office, sans éprouver ni plaisir ni haine.

Il sortit de sa poche un petit revolver ventru.

James plongea sur le sol au moment où le couteau quittait la main de Dandy. Un unique coup de feu claqua, noyé dans les roulements de tambour de la fanfare.

Tétanisé, tremblant, il resta allongé sur le sol. Ce n'était pas possible. Il ne pouvait pas avoir échappé à la fois au couteau et à la balle. Étonnamment, il ne sentait rien. Certes, en état de choc, le corps sécrète parfois assez d'adrénaline pour neutraliser la douleur. Mais il éprouverait quand même quelque chose s'il avait été touché, non ?

En outre, quand bien même la balle l'aurait manqué, ce n'était sûrement qu'une question de secondes avant que l'Homme invisible ne fasse ce qu'il faut pour rattraper son erreur. Il se recroquevilla en se préparant au deuxième coup de feu, se protégeant la tête, fermant intensément les yeux.

Le coup ne vint jamais.

Et c'est le bruit decrescendo d'une cavalcade qu'il entendit bientôt résonner dans le passage. Il s'étira lentement, ouvrit les yeux.

Le corps de Dandy gisait sur le sol, parfaitement immobile, les bras en croix. Son front s'ornait d'un petit trou rouge et rond. Une mare de sang grandissait sous sa tête.

James n'avait pas encore esquissé un geste, pas plus qu'il n'avait réellement compris ce qui s'était passé, que deux bras puissants l'avaient saisi sous les aisselles et obligé à se lever.

– On déboîte, aboya une voix.

James fut aussitôt évacué *manu militari* de la scène de crime pendant que deux autres hommes étendaient une couverture sur la dépouille. L'un d'eux n'était autre que l'individu à la cigarette que James avait pris pour Dandy quelques minutes plus tôt.

James fut rapidement emmené au fond du passage, les pieds raclant le sol. Il tenta bien de se débattre, mais l'étreinte dans laquelle le tenait son ravisseur lui interdisait tout mouvement. En sortant du passage, il vit furtivement les deux hommes restés en arrière enrouler le corps de Dandy dans la couverture qu'ils venaient d'étendre.

Devant Queen's Schools, une voiture noire s'arrêta dans un crissement de pneus, toutes portières ouvertes. James fut brutalement poussé à l'arrière. Aussitôt après, la voiture redémarra, s'engouffrant dans Eton Wick Road en direction de la campagne. À une allure échevelée, le chauffeur manœuvra le véhicule dans les rues étroites, heurtant un vieux mur de brique au détour d'une ruelle. Le bruit de tôle lui arracha un juron sans qu'il levât le pied pour autant.

L'Homme invisible était assis devant, côté passager. James était seul à l'arrière avec celui qui l'avait escorté dans le passage. Un gros type à la lourde mâchoire et à la carrure de cerbère, qui regardait droit devant lui en témoignant autant d'émotions qu'un mannequin dans une devanture.

Un moment, James envisagea d'ouvrir la portière pour sauter en marche. Devant l'organisation sans faille dont faisaient montre ses ravisseurs, il écarta rapidement cette idée.

Et puis, pour l'heure, il était vivant. Autant le rester. En effet, il ne faisait aucun doute que, s'ils avaient voulu le supprimer, ils l'auraient déjà fait. Pourtant, c'était bien Dandy que l'Homme invisible avait abattu. James était presque aussi curieux qu'effrayé.

Qui étaient ces hommes et que lui voulaient-ils ?

L'Homme invisible alluma une cigarette et baissa la vitre pour laisser s'échapper la fumée.

– Faut qu'on parle, dit-il d'un ton laconique en pivotant sur son siège et en posant ses yeux délavés sur James.

À quoi s'attendait-il, au juste ? Il n'aurait su le dire – un accent étranger peut-être ? Pourquoi pas russe ? –, bref à tout sauf aux douces intonations du terroir écossais qui chantaient dans cette voix.

– Là-bas, reprit l'homme. Dans le passage Jourdelay. Avec le jardinier, O'Keefe. C'était bien ce que j'ai cru voir ?

– Et qu'avez-vous cru voir ? demanda James.

– On aurait dit qu'il voulait te tuer.

– En effet. C'était le cas.

– Pourquoi ?

– Vous voulez dire que vous n'êtes pas au courant ?

– Contente-toi de répondre à la question.

Après un instant de réflexion, James jugea préférable de

dire toute la vérité. Et il lui dressa un tableau rapide des événements du matin.

Les occupants de la voiture l'écoutèrent en silence, dans une ambiance tendue.

Lorsqu'il eut terminé, l'Homme invisible glissa quelque chose à l'oreille du chauffeur qui lui répondit par un hochement de tête. Ensuite, plus personne ne pipa mot. À quelques kilomètres de la ville, ils quittèrent la voie principale et bifurquèrent dans une allée bordée d'arbres. Au bout du chemin se trouvait une vieille maison de brique rouge dont le lierre de la façade ne dissimulait qu'en partie l'état d'abandon. Les carreaux étaient sales, les plates-bandes et la pelouse envahies par les herbes folles. La voiture contourna la bâtisse et alla se garer devant la porte de la cuisine. L'Homme invisible sauta de son siège. Le chauffeur klaxonna trois fois. Un costaud en bras de chemise ne tarda pas à se présenter sur le seuil. Après un rapide coup d'œil à l'intérieur de l'habitacle, il ouvrit la portière et fit signe à James de sortir.

À peine celui-ci avait-il mis pied à terre que la voiture redémarra et repartit en trombe par là où elle était venue.

James suivit à l'intérieur les deux hommes qui ne cessaient de s'entretenir à voix basse, une certaine urgence dans le ton.

La cuisine dans laquelle ils pénétrèrent était entièrement vide à l'exception d'une bouilloire sur le feu, d'un nécessaire à thé et d'un paquet de petits gâteaux à moitié vide.

Ils traversèrent la pièce et s'enfoncèrent dans un couloir sombre et lugubre, leurs pas résonnant sur le parquet ciré. Arrivé devant une porte, l'homme en bras de chemise frappa deux fois, puis entra sans attendre de réponse. L'Homme invisible se précipita à l'autre bout du couloir et décrocha un téléphone dans lequel il aboya une volée d'ordres brefs parmi lesquels James ne perçut que quelques mots : « …crypte… non, Irlandais… pour l'amour du ciel, faites que rien ne transpire… non, attendez qu'il n'y ait plus personne dans la chapelle… »

L'homme en bras de chemise réapparut.

– Entre, ordonna-t-il à James en lui tenant la porte.

Celui-ci s'exécuta et pénétra dans un salon. Un homme plus âgé était assis devant la baie vitrée, le regard tourné vers le jardin. Une forte odeur de tabac à pipe régnait dans la pièce.

Au-dehors, James avisa quelques pommiers envahis par les broussailles, un vélo rouillé abandonné au pied de l'un d'eux. Une mouche se cogna au carreau, se débattant vainement pour sortir.

Une sinistre atmosphère de lieu inhabité flottait dans ce salon vaguement meublé d'objets disparates : deux, trois chaises de salle à manger en bois, un fauteuil d'apparence inhospitalière ainsi qu'un vieux sofa bouffé aux mites. Contre un mur, une table à jeu disparaissant sous des piles de papiers complétait le tableau.

L'homme au carreau se leva. James le reconnut instantanément. Et son premier motif d'étonnement fut que, d'ordinaire, M. Merriot n'allumait pas sa pipe.

– Désolé pour le côté barbouze de tout ceci, James, dit-il en passant un doigt sur son nez aquilin. Mais on n'est jamais trop prudent.

Il esquissa alors un sourire rassurant qui cadrait mal avec l'inquiétude qu'on lisait dans ses yeux.

– Bien. J'imagine que je vous dois des explications…

20

La guerre de l'ombre

En proie à la confusion la plus totale, James se laissa tomber sur l'une des mauvaises chaises en bois installées autour de la table. Devant la perturbante incohérence des idées qui se bousculaient dans sa tête, il prit la décision de ne pas chercher à comprendre. Il en avait déjà trop vu pour la journée. Libre à M. Merriot d'expliquer à quoi rimait ce manège.

– Hélas, j'ai bien peur de ne pas savoir par où commencer, dit le professeur en s'asseyant sur le fauteuil élimé qui faisait face à James.

Il adressa un bref signe de tête à l'homme en bras de chemise qui quitta aussitôt la pièce. De toute évidence, ici, c'était M. Merriot qui était aux commandes.

– J'espère qu'ils ne vous ont pas fait de mal, dit-il. (James haussa dédaigneusement les épaules.) C'est pour votre bien que j'ai demandé qu'on vous exfiltre de la sorte. Nous n'avions aucun moyen de savoir qui d'autre pouvait être impliqué.

– Celui qui m'a conduit ici, répondit James. L'homme au chapeau mou ? Qui est-ce ?

– Dan Nevin. Capitaine Dan Nevin pour être précis. Il avait pour mission de vous filocher.

– Pourquoi ?

– Pour s'assurer qu'il ne vous arriverait rien. Grand bien nous en a pris, d'ailleurs. Il vous couvre depuis votre retour du Mexique.

– Mais pourquoi, m'sieur ?

– Parce que je le lui ai demandé, pardi, répliqua M. Merriot en tirant nerveusement sur sa pipe.

Il paraissait agité, mal à l'aise, comme gêné de devoir s'expliquer ainsi devant James.

– Il est policier ?

– Pas exactement… Peut-être avez-vous déjà entendu parler du Special Intelligence Service ?

– Le SIS ? s'exclama James. Sûrement. Ce sont des genres d'espions, non ?

– Je ne l'avais jamais entendu dire comme ça, répondit Merriot, un sourire amusé au coin des lèvres. Pourtant c'est certainement la manière la plus simple et la plus concise de décrire leur activité. Oui, c'est ça. Des genres d'espions.

– Êtes-vous en train de me dire que ces hommes travaillent pour le SIS, m'sieur ?

– Précisément.

– Dans ce cas, m'sieur, peut-être pourriez-vous reprendre depuis le début car je dois admettre que je suis un peu perdu.

– On le serait à moins, admit Merriot en baissant les yeux sur la pipe qu'il venait de retirer de sa bouche.

Le fourneau était éteint.

– Jamais réussi à garder ce machin allumé, dit-il en posant l'objet sur l'accoudoir de son fauteuil. Mais je pensais que c'était ce qu'un bon professeur devait faire. Fumer la pipe.

– Dois-je en déduire que, vous aussi, vous êtes un espion, m'sieur ?

– *Étais.* Aujourd'hui, je serais plutôt rangé des voitures, comme on dit dans le milieu, même si je continue à apporter ma modeste contribution au SIS.

– Excusez-moi, m'sieur, mais, moi, il me semblait que c'était au collège d'Eton que vous apportiez votre contribution.

– Absolument, absolument. Je travaille pour les deux.

– Ça se fait, ça ?

– Ce n'est pas seulement que ça se fait, répondit Merriot. C'est recommandé. Surtout lorsque, comme moi, on travaille sous l'égide d'une autorité ô combien plus éminente que celle du proviseur. Voyez-vous, pour moi, tout a commencé avant la guerre. À une époque où la Grande-Bretagne ne disposait pas encore d'un réseau de renseignements digne de ce nom. Pourtant, il aurait fallu être aveugle pour ne pas voir les tensions qui couvaient partout en Europe. Le pouvoir prit alors conscience de tout le bénéfice qu'il pouvait tirer à garder un œil sur ses ennemis potentiels, en particulier les Allemands, dont la marine représentait une réelle menace pour le Royaume. Après quelques réformes de fonctionnement, notre service de renseignements s'étoffa rapidement. Au point d'être bientôt scindé en deux entités distinctes. À l'armée de terre de débusquer les espions opérant sur le sol britannique, à la navale de collecter des renseignements à l'étranger. Ces deux sous-directions forment ce que l'on appelle The Directorate of Military Intelligence, sections 5 et 6, plus communément appelées MI5 et MI6. Pour ma part, j'ai été recruté par le MI6, rattaché à la navale, alors que j'étais encore à l'université, sur la base de ma bonne connaissance de l'allemand et de mes qualités physiques. Après quoi le commandant des opérations, « C », m'a envoyé étudier à Hambourg.

– « C », m'sieur ?

– Le nom de code du capitaine sir George Mansfield Smith-Cumming, directeur du MI6.

– Pourquoi Hambourg ?

– Parce que c'est un des principaux ports d'Allemagne.

L'idée étant que je surveille discrètement la rade en notant scrupuleusement tous les mouvements de navires. Quand la guerre a éclaté, je suis resté sur place jusqu'à ce que ça chauffe trop, et puis je me suis retiré. Avec le conflit, les besoins en agents de terrain ont explosé. Hélas, nous n'avions que peu d'hommes possédant une quelconque expérience. Ainsi me vis-je confier la lourde tâche de sélectionner, recruter et former nos nouveaux agents.

Il marqua une pause, semblant ruminer quelque chose dans sa tête.

– De fait, c'est comme ça que j'ai connu votre oncle, ajouta-t-il bientôt.

– Oncle Max ?

– Lui-même. Et vous n'avez pas idée de la satisfaction que me procure le fait de savoir qu'il a vécu assez longtemps pour être oncle. Très peu ont eu cette chance. Le taux de perte était épouvantable. C'étaient les tout débuts, vous comprenez ? On apprenait. Tirant les leçons de nos échecs à mesure que ceux-ci se produisaient. Par chance, on a vite appris. Et votre oncle Max encore plus vite que les autres. Un de nos meilleurs éléments. Bien sûr, ni lui ni moi n'avons jamais eu l'occasion d'en parler. Il a emporté l'essentiel de ses secrets avec lui.

– Il m'a un peu parlé de ce qui lui était arrivé, confia James.

– Un homme d'un courage exceptionnel, répondit Merriot en marquant une pause. Bien évidemment, après la guerre, nos activités ont sensiblement ralenti. Pour autant, il ne serait venu à l'idée de personne de contester la nécessité d'un service de renseignements permanent et bien organisé. Depuis lors, les missions du SIS ont été largement redéployées en direction de la Russie afin de faire face à la menace bolchevique.

– Et vous y participez toujours, m'sieur ?

– Le principal enseignement que nous avons tiré de la guerre, c'est que nous aurions en permanence besoin de renseignements et donc d'officiers pour les recueillir. Il y a des gens comme moi partout dans le pays à l'heure qu'il est, dans des écoles, des universités, des corps d'armée, mais aussi dans les affaires et jusqu'au sein du gouvernement et qui sont perpétuellement en quête de jeunes hommes et femmes dont nous estimons qu'ils pourraient servir leur pays.

– En tant qu'espions ?

– Appelez-les comme vous voulez. Espions, agents secrets, officiers de renseignements. Le résultat est le même. Ainsi, il faut que vous sachiez que votre inscription à Eton ne doit pas tout aux seuls hasards de la vie. J'ai actionné certains leviers pour que vous y soyez admis. Car je voulais vous avoir près de moi, afin de suivre personnellement votre trajectoire. Votre oncle était un homme bien, un des meilleurs. Je me suis dit que peut-être son neveu serait fait de la même étoffe.

– Et mon père ?

– Je l'ai connu également. Il n'a jamais formellement fait partie du service, mais ses activités dans la vente d'armes, à l'issue du conflit, le rendaient particulièrement bien placé pour collecter certaines données sensibles.

– Donc, si je comprends bien, vous me suivez depuis le début ?

– En effet, James. Ainsi ai-je eu le privilège d'assister à vos progrès. Des progrès fulgurants, ma foi. Comme vous. Ce que vous avez déjà traversé, à votre âge, est proprement stupéfiant. Bien des hommes auraient déjà craqué à votre place. Vos aventures ont été… Mais, excusez-moi, vous savez tout ça aussi bien que moi. En revanche, ce que vous ignorez sans doute, c'est que, depuis votre arrivée, j'ai dû batailler ferme pour vous auprès du proviseur. D'abord avec le Dr Alington, puis, plus récemment, avec Claude Elliot. Je ne vous cache pas qu'il y a eu des moments où ils pensaient qu'il aurait été préférable que vous quittiez l'école sans faire de vagues, mais j'ai insisté pour que vous restiez.

– Ils sont au courant de vos activités ?

– Ils savent ce qu'ils doivent savoir.

– Et pour l'attentat de Dandy ? Vous saviez ?

– Nous y voilà… répondit Merriot en extrayant sa longue carcasse du fauteuil dans lequel il était assis pour faire les cent pas dans la pièce aux murs nus dont la monotonie n'était rompue que par la silhouette noirâtre de tableaux depuis longtemps disparus et par les quelques ouvrages oubliés dans les rayonnages d'une ancienne bibliothèque. Tout en en parcourant négligemment les tranches, il reprit :

– Nous avons collecté des informations à Lisbonne. Ou, plus exactement, on est tombés dessus. Il faut dire que nous disposons d'un nombre important d'agents dans cette ville, véritable plaque tournante du renseignement international du fait de la gabegie qui y règne. Enfin, bref, il y a eu du rififi dans la cellule soviétique. Des officiers ont été liquidés. Nous ignorons encore le détail de ce qui s'est passé, toujours est-il que, dans la confusion, nous avons intercepté un message codé à destination de Moscou. Malgré nos efforts, nous ne sommes pas parvenus à en déchiffrer l'intégralité. Toutefois, nous en avons appris assez pour comprendre qu'un attentat d'envergure allait être commis. Nous savions que c'était important, mais nous n'étions pas sûrs à cent pour cent de l'identité de la cible. Aujourd'hui, on sait.

– Excusez-moi, m'sieur, mais je ne comprends toujours pas pourquoi le capitaine Nevin me suivait.

– Dans ce que nous avions décodé du message, il y avait un nom, répondit Merriot. Et ce nom, c'était le vôtre. James Bond.

– Moi ???

– Oui, vous. Et on a eu beau chercher, on ignore encore pourquoi ils ont voulu vous mêler à cet assassinat. Vous, vous le savez ?

– Non, monsieur, je l'ignore, répliqua James. Mais c'est peut-être lié à ce qui s'est passé avec le colonel Sedova, l'année dernière.

– Mmhh…

– Quand avez-vous su pour Dandy ?

– Il n'y a guère plus de vingt minutes, répondit Merriot. Quand Nevin m'a annoncé qu'il l'avait abattu.

– Vous ne saviez rien avant cela ! ? !

Le visage du professeur s'assombrit.

– Hélas, non. Il ne faisait pas partie des agents soviétiques recensés. On est en train d'éplucher son passé.

– Pourtant, vous me surveilliez ? fit valoir James.

– Dernièrement, des poissons plus gros qu'O'Keefe sont venus frayer dans nos eaux, James. Et, parmi eux, des requins extrêmement dangereux.

– Le colonel Sedova.

– En personne. Nous étions tellement occupés à la marquer elle et sa bande de sicaires du Guépéou qu'on en a oublié de regarder la balle. Une faute impardonnable, mais il faut dire qu'O'Keefe a agi avec habileté. À aucun moment il n'a pris contact avec les gens du Guépéou. Dans la panique de ce matin, quand Nevin a perdu votre trace, il a décidé de coller Babouchka au train.

James opina doucement du chef. Ça expliquait pourquoi il les avait vus ensemble dans le bâtiment de sciences.

– Pour tout dire, ça a été un vrai bataclan ce matin, concéda Merriot. Qui a bien failli se solder par une catastrophe nationale. Il est de la plus haute importance que personne ne sache ce qui s'est passé aujourd'hui. Et nous devons faire en sorte que cela ne se reproduise pas.

– Comment ?

– En éliminant les membres du réseau au sein duquel O'Keefe opérait, ce qui sous-entend remonter toute la chaîne de commandement jusqu'au sommet afin d'éradiquer la cellule dans son ensemble. En effet, tout semble indiquer qu'ils ne travaillent pas directement pour Sedova. Ce qui signifie qu'il y a, en ce moment même, un groupe de fous dangereux qui se promènent dans nos rues et dont nous ignorons tout. C'est là que vous entrez en scène.

– Moi, m'sieur ? Mais que voulez-vous que je fasse ?

– Parlez-moi de l'intendante, à l'internat, Roan Power.

– Que désirez-vous savoir ?

– Elle est de mèche avec Dandy, non ?

James soupira en baissant les yeux sur ses chaussures.

– Oui.

– Maintenant que Dandy est mort, poursuivit Merriot, elle constitue notre unique contact avec le réseau. Il est donc capital qu'elle ignore ce qui s'est passé. Bien sûr, elle se rendra vite compte que quelque chose ne s'est pas déroulé comme prévu quand elle saura que la bombe n'a pas sauté. Ce qui compte, c'est qu'elle ignore que Dandy est mort.

– Vous allez l'arrêter ? demanda James.

– Pas encore. D'abord, il faut qu'on sache quelles sont ses intentions. Sans compter que, si elle prend ses cliques et ses claques, elle pourrait bien nous conduire directement aux autres membres de la cellule. En attendant, si on peut glaner quelque information auprès d'elle, cela nous sera des plus utile. Ce qu'on espère, c'est qu'elle attende d'avoir des nouvelles de Dandy pour bouger. C'est là que vous intervenez. Nous aimerions que vous lui donniez de fausses informations.

– En d'autres termes, que je lui mente ?

– Oui, James. C'est notre seul levier, il faut qu'on s'en serve.

Grâce à elle, on a peut-être une chance de remonter tout le réseau.

– Sans vouloir vous offenser, je préférerais rester en dehors de tout ça.

– Je comprends vos appréhensions, James, mais vous devez aussi comprendre à qui l'on a affaire. Les communistes ont déjà assassiné toute la famille royale russe ainsi que des milliers de leurs concitoyens. Ils sont déterminés à étendre leurs principes de voyoucratie étatique partout en Europe. Ils sont constamment en train de comploter pour saper les démocraties. Ce sont de dangereux fanatiques. Nous devons faire tout ce qui est en notre pouvoir pour nous protéger. On entend dire partout que l'Allemagne est notre pire ennemi. Que, tôt ou tard, nous n'aurons d'autre choix que d'entrer à nouveau en guerre contre les Allemands. Or, s'il va de soi que Hitler, avec ses rêves de reconstruire le Saint Empire germanique, a des vues expansionnistes qui menacent indéniablement la paix sur le continent, il y en a aussi parmi nous pour croire que nos véritables ennemis ce sont les Russes et que, s'il y a une guerre, ce sera contre eux. L'histoire n'a pas encore tranché. Mais quoi qu'il arrive, James, l'alternative est simple : soit nous passerons une alliance avec les Soviétiques contre les Allemands, soit nous nous rapprocherons des Allemands pour combattre les Soviétiques. La vérité, c'est que nous sommes déjà en guerre, une guerre secrète, une guerre de l'ombre. Et c'est une guerre sale, d'un nouveau genre, qui répond à ses propres règles. Une guerre qui ne connaîtra jamais ni vainqueur ni vaincu. Car l'allié d'aujourd'hui peut facilement devenir l'ennemi de demain. Nous espionnons les Allemands, les Russes, mais aussi les Américains, les Français et j'en passe… De leur côté, eux font la même chose et nous espionnent en permanence. Non, nous ne pourrons jamais gagner cette guerre – ce qui n'interdit pas de gagner quelques batailles à l'occasion. Or il se trouve que, dans celle qui nous intéresse, nous avons une chance de faire la différence, à condition que nous mettions à profit notre atout : cette fille.

– Que voulez-vous que je fasse ?

– Pour l'instant, rien, répondit Merriot en baissant les yeux sur sa montre. Les événements nous ont pris de court. Nous rassemblons encore des éléments. Écoutez, il est midi et quart, depuis combien de temps avez-vous faussé compagnie à votre tante ?

– Disons, une heure et demie.

– Bien. On vous a concocté une petite histoire, pour vous couvrir. Un des nôtres est allé dire à votre tante que vous aviez été vu vous bagarrant avec un autre élève et que, de ce fait, je vous avais emmené à l'internat pour vous passer un savon. Ce qui expliquera aussi bien votre absence que l'état de vos vêtements et vos divers bleus et bosses. Au fait, il faudra penser à faire nettoyer ces coupures avant de partir. Ensuite, vous déjeunerez avec votre tante. Elle vous attend au Shippe Inn, au bord du fleuve. Si d'aventure vous croisez Roan, qui, sans aucun doute, doit chercher à vous voir, dites-lui que vous avez un message pour elle de la part de Dandy, mais que vous ne pouvez pas parler tant qu'il y a du monde. À cinq heures et demie, on se retrouve à la Grande Ourse où je vous brieferai sur la suite des événements. D'ici là, nous aurons fabriqué une histoire à lui servir.

– Euh… J'suis pas sûr, m'sieur, que…

– Exécution, répondit Merriot, faussement autoritaire. Et repensez à ce que je vous ai dit. On en parlera plus tard. En attendant, soyez prudent. Dandy et Roan sont du même bois. Perfides, ces Irlandais ! Un dangereux cocktail de mélancolie et de violence.

*

– Mais pourquoi diable t'es-tu battu, James ? Regarde-toi, on dirait que tu as fait un plat dans une piscine de chardons.

À table avec Charmian et Amy, que son histoire semblait distraire au plus haut point, James écoutait sans rien dire. Cela faisait un moment déjà qu'il avait perdu pied avec la réalité et, intérieurement, il luttait pour reprendre l'équilibre.

– Et c'était qui ce garçon ? demanda Amy en avalant une cuillérée de consommé.

– Son nom ? Euh... Spooner, répondit James. Il avait dit quelque chose de désobligeant à ton égard.

– Ah, tu te battais pour mon honneur ? dit Amy en riant. Comme c'est romantique !

– Si on peut dire, répondit James qui se détestait de devoir leur mentir ainsi. Quoi qu'il en soit, je suis désolé de vous avoir abandonnées si longtemps.

– Bah, tu nous reviens en un seul morceau, c'est déjà ça, dit Charmian. On va peut-être enfin pouvoir profiter du reste de la journée.

James y mit du sien, affectant comme il le pouvait d'être un élève normal, par un après-midi de 4 Juin normal. Ainsi assistèrent-ils à la traditionnelle parade des bateaux, puis à un match de cricket, avant de prendre le thé sur l'herbe. Ils discutèrent. Ce qui n'empêcha pas James de traverser ces moments dans un état second, comme dans un rêve éveillé, ignorant les trois quarts du temps sur quoi portait la conversation. Seulement quelques heures auparavant, il avait désamorcé une bombe et échappé de justesse à un dangereux terroriste. S'il n'y avait eu ces douloureuses blessures, il aurait aussi bien pu croire que cela ne s'était jamais déroulé.

Il avait sauvé la vie de Sa Majesté ! Et il ne pouvait en parler à personne !

Cinq heures se profila à l'horizon. Il fut temps pour Charmian de rentrer. James l'embrassa et la suivit du regard en faisant de grands gestes tandis qu'elle prenait le chemin de la gare.

Puis ce fut au tour d'Amy de s'en aller. James sentit à ses adieux qu'elle n'était pas dupe, qu'elle s'était rendu compte que quelque chose clochait, mais aussi qu'elle avait choisi de n'en rien dire.

Ils promirent de rester en contact. Pourtant, leur séparation fut raide et quelque peu guindée.

Il la regardait rejoindre son oncle et sa tante, qui l'attendaient, quand, brutalement, à mi-parcours, elle s'arrêta et revint vers lui en courant.

Elle l'embrassa et serra très fort sa main dans la sienne.

– C'était délicieux de te revoir, dit-elle. Je pense à toi tout le temps.

Puis elle tourna les talons et s'en alla, laissant James sur le trottoir, les bras ballants.

Comme cela lui était déjà arrivé à plusieurs reprises au cours de sa vie, il s'extasia de la singulière propriété des secrets : exclure irrémédiablement du monde réel celui qui les porte.

21

Les hommes en chapeau gris

Eton grouillait encore d'activité – et ce serait comme ça jusqu'au bouquet final du feu d'artifice –, en revanche, les matchs de cricket terminés, les terrains de sport avaient retrouvé leur calme, si l'on faisait abstraction d'un petit groupe d'élèves improvisant une partie dans un coin du Triangle. Plongés dans leur conversation, M. Merriot et James remontaient lentement l'allée d'Upper Club, à l'ombre des deux rangées d'ormes immenses.

– Je savais que Nevin me filait, confia James. Je l'ai repéré une fois ou deux.

– Mmh…, c'est bien ce que je pensais, bougonna Merriot avec un sourire satisfait. Vous êtes comme votre oncle. Vous avez ça dans le sang. Rien ne vous échappe, hein ? Vous voyez tout.

– Il m'a suivi jusqu'en Autriche ?

– Tout du long jusqu'à Kitzbühel. Une destination qui, je peux vous le dire maintenant, ne relevait pas uniquement de l'agrément. J'étais en opération. Des choses à creuser.

– En opération ? Vous voulez dire en mission secrète ? À voir avec l'attentat ?

– Non, non, pas du tout. Une autre menace. De basse

intensité celle-là, dont j'ignore encore si elle prendra de l'ampleur, mais que je surveille activement. Parlant de menace, n'allez surtout pas déduire de ce que je vous ai dit tout à l'heure que les Russes sont les seuls dont il faille se méfier. Hitler peut devenir très encombrant. Nous savons d'ores et déjà que les nazis vont tout faire pour annexer l'Autriche, sur la base de l'unité des peuples germanophones. Il y a déjà eu des troubles dans le pays en février et il serait naïf de croire que ça va s'arrêter là. Kitzbühel est située près de la frontière. Nous avons des hommes dans le secteur. Qui nous ont signalé des mouvements de troupes côté allemand. Mais, je m'égare. Inutile que vous soyez au courant, cela ne vous concerne pas.

– Comment ça « cela ne vous concerne pas » ? s'emporta James.

– Je me suis mal exprimé, répliqua Merriot, légèrement désarçonné. Tout ce que je voulais dire c'est que ça n'a rien à voir avec ce que mijotent les communistes.

– Elle est bien bonne, celle-là ! Vous nous conduisez tous dans une région où vous comptez accomplir une mission de renseignements et vous osez dire que ça ne me concerne pas ?

– James... Je savais que ce ne serait pas dangereux, se défendit Merriot. Une simple collecte d'informations, voilà tout.

– Combien de fois vous êtes-vous livré à ce manège ?

– Que voulez-vous dire ?

– Combien de fois nous avez-vous utilisés comme couverture, sinon pire ? demanda James en essayant de maîtriser sa colère. Tenez, au hasard, vous saviez pour lord Hellebore ? Pour la Millenaria ? Pour Fairburn et son séquenceur Némésis ?

Merriot porta sa pipe à sa bouche.

– Des soupçons, répondit-il doucement en détournant les yeux. Une sorte de frisson dans le dos à chaque fois.

– Vous vous êtes servi de moi ?

– Vous nous avez été très utile, James. Force est de l'admettre. Pour ne pas dire crucial. Pour autant, jamais je ne vous aurais mis sciemment dans une situation périlleuse... jusqu'à aujourd'hui.

– Vous voulez que j'interroge Roan ?

– Exact. Elle n'a personne d'autre vers qui se tourner. Laissez-la venir à vous. Il nous faut des noms, des adresses, des dates...

– J'sais pas si je peux le faire.

– Ce n'est pas votre petite amie, James, coupa Merriot d'une voix tranchante. Elle vous a livré sans hésiter à ce boucher d'O'Keefe.

– Peut-être qu'elle se bat simplement pour défendre un idéal.

– Et en quoi le fait de vous assassiner rendrait-il le monde meilleur ? On peut savoir ? Mmh ?

James ne répondit pas. Le soleil brillait encore intensément sur la pelouse des terrains, transformant le feuillage des ormes en intense kaléidoscope vert vif. Dans leurs dos, la pierre des anciens bâtiments de l'école se découpait en rectangles de miel sur le bleu du ciel. Des dizaines de parfums de fleurs et d'herbe coupée flottaient dans la brise tandis qu'au loin s'élevaient les tours et les tourelles du château de Windsor au sommet duquel l'étendard royal claquait fièrement au vent.

– Notre idéal le voilà ! dit Merriot en embrassant le paysage d'un grand geste du bras. C'est pour cela que nous nous battons. Pour le cricket, le football, les gâteaux à la crème à l'heure du thé, pour la famille royale, notre Parlement ; pour des écoles comme celle-ci, pour l'aviron sur le fleuve, les cabarets, les réunions entre amis autour d'une bière, dans la joie et la bonne humeur – et le respect des convenances. Regardez ces grands ormes. Quelqu'un les a plantés, il y a longtemps, en pensant que ses petits-enfants s'assiéraient peut-être à l'ombre de leur ramure. Sous l'œil prévenant de générations de jardiniers, ils ont grandi, se sont épanouis et ils seront encore là longtemps après que nous aurons quitté ce monde. Dans cent ans, des garçons tout comme vous seront heureux de pouvoir s'abriter à l'ombre de leur feuillage en été, et leur cœur se réjouira de les voir bourgeonner au printemps. Vous trouverez pourtant des gens qui plaideraient pour qu'on les abatte sans attendre, considérant que, si le luxe de s'asseoir à l'ombre de leur feuillage n'est pas partagé par tous, alors il vaut encore mieux les couper, purement et simplement. Oui, il y a des gens prêts à allumer un grand feu pour tout brûler. Ce n'est pas notre façon de faire. Nous autres Britanniques préférons ne pas faire table rase du passé et nous accommoder de certains déséquilibres, quitte à essayer de concilier la chèvre et le chou.

– Pourtant, au fond de vous, vous savez que ce n'est pas aussi simple que ça, n'est-ce pas, m'sieur ?

– Oh que si !

– Nevin a abattu Dandy O'Keefe d'une balle en pleine tête. Or, j'ai beau chercher, je vois mal en quoi cela se marie avec les pâtisseries à l'heure du thé et l'aviron sur le fleuve. À mes yeux, cela signifie simplement que, pour que nous puissions profiter de tout ça, quelqu'un, quelque part, doit se salir les mains et se conduire de manière aussi odieuse que Dandy O'Keefe.

– N'oubliez pas, James, répondit Merriot avec une certaine dureté dans la voix, que l'unique raison pour laquelle Nevin a abattu Dandy c'est qu'il essayait de vous tuer.

– Je sais. Et je suis heureux qu'il l'ait fait. Dandy était un tueur. Malgré tout, certaines des choses qu'il a dites étaient justes.

– Si tant est que le communisme soit juste, nuança Merriot. Ce que contredisent, hélas, les meurtres de masse et les souffrances imposées au peuple par les soviets pour asseoir leur pouvoir.

– Excusez-moi, monsieur, mais, si on combat avec les mêmes méthodes que nos ennemis, qu'on ment, qu'on triche et qu'on assassine, alors j'estime que nous ne valons guère mieux qu'eux.

– Là n'est pas la question, coupa Merriot, avec un geste d'humeur ; puis, se ressaisissant, il ajouta d'une voix posée : je comprends vos interrogations, James. Et loin de moi l'idée de nier *qu'il y a*, dans ce pays, des injustices. Certains sont richissimes, d'autres misérables. Mais les choses changent, lentement, à leur rythme. Nous ne voulons pas d'une satanée révolution, avec son cortège de gens alignés contre des murs et passés par les armes. Combien de personnes auraient péri si la bombe de Dandy avait explosé ? Mmh ? Pas seulement le roi. Non, il y aurait également eu des dizaines de victimes innocentes. Des hommes, des femmes, des enfants. Les communistes se contrefichent de l'individu. Ils ne font pas de différence. Pour eux, nous ne sommes qu'une masse informe, le prolétariat, le peuple dans son entier.

– N'agissez-vous pas vous-même de la sorte, m'sieur ?

Merriot s'immobilisa, pris au dépourvu, avant d'objecter avec fermeté :

– Absolument pas.

– Pourtant, vous aussi, vous travaillez pour le bien de tous. N'est-ce pas, m'sieur ? Pour le bien du pays, le bien de l'Empire britannique. Ce qui implique que, parfois, des individus soient sacrifiés sur l'autel d'intérêts supérieurs. Dans un sens, votre credo est le même que celui de Dandy. Car la poursuite d'un bien commun suppose toujours que, de temps à autre, on fasse des choses pas propres. Et c'est précisément là-dedans que vous voulez m'embarquer en me demandant de mentir à Roan pour la piéger. Vous voulez que j'oublie que c'est un être humain. C'est donc ça la manière de faire britannique ?

James s'enflammait, mu par une passion dévorante, dont, au fond de lui, il savait qu'elle avait moins à voir avec ce que Dandy avait pu dire qu'à la nature des sentiments qu'il éprouvait pour Roan. Malgré ce qu'elle avait pu faire.

– Lorsqu'on est jeune, dit Merriot, on voit les choses de manière simple et tranchée. Il y a le bien. Il y a le mal. Un peu comme dans les films de cow-boy, où les gentils portent des chapeaux blancs et les méchants, des noirs. Et puis, quand on vieillit, on s'aperçoit que tout n'est pas si simple et que, dans la réalité, l'immense majorité des hommes a un chapeau gris.

– Et quelle est la couleur du chapeau que vous voulez me faire porter, m'sieur ?

– Répondez seulement à une question, James.

– Je vous écoute ?

– Auriez-vous préféré que cette bombe explose ?

– Bien sûr que non, répondit James en baissant la voix.

– C'est la seule et unique question que vous devez vous poser, James. Le reste, laissez-le aux adultes. Ceci n'est pas un jeu. On pourrait continuer à discuter politique notre vie durant, cela ne changerait rien au fait que le monde est une vaste chapelle pleine d'innocents sacrifiés.

James suivit des yeux l'arête du toit de l'édifice, avec tous ses ornements, en essayant d'imaginer ce que serait le paysage sans lui.

– Qu'attendez-vous de moi ?

James trouva Roan dès qu'il entra dans Codrose. Elle traînait dans le hall, près de la dalle, feignant d'être occupée. Il eut le sentiment qu'elle l'attendait. Elle était agitée, mais tentait de le dissimuler sous un masque de joie factice et de faux entrain.

La première chose qu'elle lui demanda, l'air de ne pas y toucher, alors qu'à l'évidence elle y tenait beaucoup, c'était s'il avait vu Dandy.

James hésita un instant avant de répondre, soupesant toutes les implications de ce qu'il allait dire.

– Oui, je l'ai vu, déclara-t-il finalement d'une voix neutre, se conformant aux instructions reçues. À la chapelle.

– La chapelle ?

– Dans la crypte.

Roan plaqua une main sur sa bouche en attendant la suite.

– On ne peut pas en discuter ici, dit James. Retrouve-moi aux courts de Fives. Moi, je pars maintenant, toi, dans cinq minutes.

Roan l'attrapa par le bras.

– James, il faut que tu me dises ce qui s'est passé. Il va bien ?

– Je te le dirai dans cinq minutes. On ne peut pas en parler ici.

Sans lui donner le temps de soulever la moindre objection, il tourna les talons et s'engouffra à grands pas dans Judy's Passage.

Son cœur battait à tout rompre. Sous ses vêtements poisseux, il sentait une pellicule de sueur sur sa peau. Une sueur froide. Il avait écourté la discussion avec Roan en raison du déchirement qu'il sentait poindre à nouveau. En quittant M. Merriot, il était sûr de ce qu'il devait faire. Maintenant qu'il l'avait vue, il replongeait dans les tourments. Face à elle, il perdait tous ses moyens.

Les rues étaient désertes, tout le monde ayant pris le chemin des berges pour assister au feu d'artifice. Les courts de Fives étaient situés à la lisière nord de l'école, à côté de School Field, et James escomptait bien les trouver vides.

Les courts en eux-mêmes consistaient en une série de renfoncements entre les contreforts de la chapelle dans lesquels des générations de jeunes gens armés de gros gants avaient tapé la balle contre le mur de pierre. Pour finir, le jeu était devenu si populaire que l'école avait fait construire plus de soixante-dix répliques du terrain original pour que les garçons puissent tous pratiquer.

Personne ne jouait quand James arriva. Le soleil déclinant jetait des ombres profondes dans les alcôves. Il n'y avait pas un bruit. À d'autres que James, cette quiétude aurait pu paraître apaisante, mais pas à lui, qui regrettait de ne pouvoir lancer une balle de toutes ses forces contre l'un de ces murs.

Il attendit longtemps, dans la lumière du soir, une part de lui espérant secrètement que Roan ne viendrait pas, qu'elle s'enfuirait pour ne plus jamais revenir, pendant qu'une autre se languissait de la voir arriver.

Finalement, il entendit approcher le *clic-clac-clic-clac* de son pas et elle se présenta devant lui, telle une petite chose sans défense, plus anxieuse que jamais. James détestait l'emprise qu'il avait sur elle à ce moment-là.

– Je suis venue aussi vite que j'ai pu, dit-elle. J'ai dû porter un message pour la Dame.

– T'as été suivie ?

– Suivie ? Non, je ne crois pas, répondit Roan. Enfin, j'ai pas vraiment fait attention. Dis-moi ce que tu sais, James.

– Dandy m'a tout raconté.

– Dieu du ciel ! Que s'est-il passé ? Il faut que je sache. Je me suis fait un sang d'encre.

– Je suis allé à la chapelle, répondit James. Dans la crypte. C'est là que je l'ai trouvé. J'étais au courant de ce qu'il projetait.

– Mais il ne l'a pas fait.

– Non. En effet. Au fond, je crois qu'il se cherchait une excuse pour faire marche arrière. On a longuement discuté et il a lui-même décidé d'abandonner. L'idée de tuer tous ces gens…

– Mais où est-il ?

– Eh bien… Il m'a fait jurer que, s'il renonçait, je ne dirais rien à personne et que je t'aiderais à t'enfuir.

Pour un peu il y aurait cru lui-même, d'autant plus qu'il espérait de tout son cœur que ce fût vrai.

– J'comprends pas, dit Roan. Il est où là ? Il est parti ?

James croisa son regard. Une peur intense se lisait au fond de ses grands yeux noirs.

– Il n'a pas voulu me le dire, répondit-il. J'imagine qu'il a pensé que ce serait plus sûr comme ça… Tout ce qu'il a dit, c'est que…

– Quoi ? Qu'est-ce qu'il a dit ? l'implora-t-elle d'une voix suppliante.

– Calme-toi, coupa rageusement James. Calme-toi et je te le dirai.

– Désolée… Mais j'ai eu si peur… La première fois, quand il m'a expliqué ce qu'on allait faire, j'ai trouvé ça horrible. Horrible, mais nécessaire.

– De tuer tous ces gens ?

– C'était pas ça le plan originel, se défendit Roan. Au départ, nous ne visions qu'une seule personne. Le roi. Quand j'ai appris que nous allions faire sauter la chapelle tout entière…

– Eh bien, tu vois, manifestement, Dandy pense la même chose que toi, dit James en repensant à la violente confrontation qui avait eu lieu dans la crypte. Il a été pris de remords. Il a dit qu'il allait se cacher et qu'une fois qu'il serait sûr que les choses se seraient tassées, il reviendrait te chercher.

– Revenir me chercher ? railla Roan. Mais pour qui il se

prend, celui-là ? Il croit peut-être que je vais l'attendre le cul sur une chaise comme une gourde ?

– Exactement, renchérit James. Il a même beaucoup insisté.

– Ce mec n'a jamais pensé qu'à lui… dit-elle avant de s'arrêter subitement et de demander dans un souffle, la voix tremblante : et la bombe ?

– Il l'a mise en place sans se faire repérer, répondit James. J'imagine qu'il l'a sortie pareillement car je n'ai vu aucun déploiement policier nulle part. Tout est calme à l'école.

– Je sais, dit Roan. Un moment, j'ai même cru que j'étais en train de rêver.

James passa la langue sur ses lèvres et prit une profonde inspiration. Il était temps de passer à la vitesse supérieure.

– Mais… Si tu veux que je t'aide, il faut tout me dire, Roan. Comment tu t'es retrouvée embringuée là-dedans ? Qu'avais-tu prévu comme échappatoire ? Que comptais-tu faire après ?

– Je ne peux rien dire, James.

– Il le faut.

– Ça te ferait courir trop de risques.

James partit d'un rire dur et froid.

– Trop de risques, répéta-t-il d'un ton amer. Je te rappelle que, pas plus tard que ce matin, vous prévoyiez de m'éliminer. Dandy t'a envoyée dans mes pattes pour que tu m'aiguilles sur la chapelle, non ? Pour qu'il puisse me faire sauter en même temps que le roi et tous les autres.

– J'ai essayé de te prévenir, James, tu ne peux pas dire le contraire. Je ne voulais pas que tu y ailles… Tu te souviens ? Pourquoi aurais-je dit toutes ces choses si j'avais réellement voulu que tu y ailles ?

– Pour autant, tu ne m'as pas retenu.

– J'pouvais pas, James. Je t'aime bien. Vraiment bien, même. Mais j'ai eu la trouille. La trouille de Dandy. Je ne voulais pas le croiser. Il peut se montrer très violent, tu sais. Sans compter ceux qui nous ont engagés pour exécuter ce plan. Eux, ils me fichent une frousse bleue. Ils sont puissants. Et extrêmement dangereux. Je veux que tu restes en dehors de tout ça.

– Oui, mais voilà, j'y suis mêlé que je le veuille ou non, répondit James. Alors il faut que je connaisse les tenants et les aboutissants de toute cette affaire. J'ai au moins le droit de savoir à quelle sauce je vais être mangé.

– Je ne peux rien te dire. Je t'assure. Je ne sais rien Nous on ne faisait qu'exécuter les ordres. Et maintenant qu'on a échoué, ils vont probablement chercher à se venger. Ils détestent les déconvenues.

– Voilà pourquoi il faut que tu me dises de qui il s'agit. Pour que je puisse essayer de faire quelque chose.

Délicatement, du bout des doigts, un sourire triste aux lèvres, Roan posa la main sur les lèvres de James.

– Tu es gentil, *darling*. Mais tu n'es encore qu'un gamin. Que pourrais-tu faire ?

– J'suis peut-être encore qu'un gamin, mais je suis aussi ta seule porte de sortie, maintenant que Dandy n'est plus là. Et inversement, moi, je n'ai que toi pour m'en sortir. Ils me veulent mort et, peut-être, je dis bien peut-être, que tu es la seule personne à pouvoir empêcher ça, à moins que…

– À moins que quoi ? le devança Roan avec méfiance.

– À moins que j'aille à la police et que je leur raconte tout.

– Non, protesta Roan en l'agrippant à deux mains, les yeux suppliants. Tu dois me promettre que tu ne feras jamais ça, *darling*. Pour moi, ce serait la fin.

Sur ces mots, elle l'enlaça et l'embrassa sur la bouche. Sa peau était fraîche, son souffle torride. Ses lèvres avaient un goût d'orange, mêlé à quelque chose d'épicé.

Elle lui glissa à l'oreille :

– Le nom de code de l'opération est Snow-Blind. Mon nom de guerre est Diamant, celui de Dandy Émeraude, celui de notre superviseur Améthyste. Améthyste travaille pour Rubis. Rubis dirige la cellule du Portugal. Son vrai nom est Ferreira. Martinho Ferreira.

– Et à qui Ferreira réfère-t-il ? demanda James. Qui est le maillon suivant ?

– Je ne connais que son nom de code : Obsidienne. Tout ce que je sais, c'est qu'il n'est pas basé au Portugal. Je t'en dirai davantage plus tard, *darling*. J'en ai déjà trop dit.

– Pas avant que tu m'aies éclairé sur un dernier point, objecta James.

– Lequel ?

– Quand on s'est rencontrés, est-ce que tu savais que je faisais partie de l'opération ?

– Ça fait longtemps que c'est sur le feu, *darling*. Quand Katey, l'ancienne intendante de Codrose, est partie, ils se sont débrouillés pour me faire engager à sa place. Il fallait qu'on soit aussi proche que possible de Windsor et du roi. Quand on a appris qu'il prévoyait de venir à l'école aujourd'hui, la date a été arrêtée.

– Tu n'as pas répondu à ma question.

– Ils m'ont demandé de tisser des liens avec toi. C'est tout.

– Donc, depuis le début, tu fais semblant.

– Pas du tout, *darling*. Tu m'as plu dès l'instant où j'ai posé les yeux sur toi. J'sais pas… Quelque chose en toi qui fait que tu occuperas toujours une place particulière dans mon cœur.

James détourna les yeux. La guerre de l'ombre, il la touchait du doigt, se figurant deux personnes discutant poliment pendant que leurs ombres s'écharpaient comme des diables sur le mur. Il entrait dans un monde de semi-vérités et de vrais faux mensonges, ne sachant plus ni à qui faire confiance ni qui croire. Un monde où personne n'était ce que laissaient supposer les apparences et où personne ne disait l'entière vérité. Pas même lui. Il en voulait à Merriot de l'avoir mis dans cette situation. En revanche, il avait beau faire, il ne parvenait pas à en vouloir à Roan.

Cette nuit-là, dans son lit, James resta allongé longtemps sans trouver le sommeil. Au matin, il transmettrait à Merriot ce que Roan lui avait appris. Cette échéance n'empêchait pas les idées de se bousculer dans sa tête. Trop de choses s'étaient passées aujourd'hui, parmi lesquelles certaines qu'il avait le plus grand mal à s'expliquer.

Snow-Blind.

Tel était le nom de code que lui avait révélé Roan et tel était également le mot que le Graf von Schlick avait hurlé dans son délire, cette nuit-là, à l'hôpital.

Schneeblind.

Qu'est-ce que le Graf venait faire là-dedans ? Il semblait sincèrement inquiet avant, alors pourquoi n'avait-il pas averti le prince de l'attentat contre son père ? Et où diable était-il allé pêcher l'info sur Snow-Blind ? Un fil dont il ne savait que faire pendait pitoyablement de la pelote qu'il s'évertuait à rembobiner.

Peut-être Merriot serait-il en mesure d'éclairer sa lanterne ? En même temps, que fallait-il attendre d'un homme dont on est persuadé qu'il ne dit pas toute la vérité ?

Ça faisait trop de choses sur lesquelles se concentrer, d'autant qu'une pensée l'obsédait, éclipsant toutes les autres : *ce matin, il avait sauvé la vie du souverain.*

Dans un monde normal, il aurait dû être porté en triomphe dans les rues de la ville, sous les acclamations de la foule en délire, alors que là, il devait tout garder pour lui. L'affaire demeurerait éternellement frappée du sceau du secret. De quel fardeau M. Merriot l'avait-il chargé !

Comble de l'ironie, à part Merriot, la seule autre personne à qui il eût été susceptible de se confier était Roan. Or c'était précisément à elle qu'il devait mentir pour la conduire dans un piège.

Une gamine terrorisée, à peine plus âgée que lui.

Il aurait voulu fuir en courant et aller se cacher. Il aurait voulu frapper quelqu'un, crier sur les toits, être à côté de Roan. Oui, il voulait de toute son âme qu'elle l'aime et qu'elle lui fasse confiance.

À dire vrai, il ne savait plus ce qu'il voulait, si ce n'est que sa mère et son père soient là pour le réconforter, le prendre dans leurs bras, lui dire que tout irait bien.

Hélas, ils ne pouvaient rien pour le tirer de cet infâme imbroglio.

Ni eux ni personne.

Il tira le rideau et regarda sa nouvelle montre à la lueur de la lune.

Presque onze heures.

Il allait faire ce qu'il faisait toujours dans ces cas-là.

Le temps de la réflexion était terminé.

Il était l'heure de passer à l'action.

Il bondit hors de son lit et enfila précipitamment ses vêtements.

22

Un tueur froid

James ne voulait faire aucun bruit. Aussi s'abstint-il de frapper, préférant ouvrir la porte aussi silencieusement que possible avant de se glisser subrepticement à l'intérieur. Roan était là, assise à sa coiffeuse, en robe de chambre, en train de se brosser les cheveux. Elle avait l'air d'avoir pleuré. Elle tressaillit et ouvrit de grands yeux en le voyant, avant de se détendre rapidement. Elle allait dire quelque chose. James lui fit signe de se taire.

– Habille-toi, murmura-t-il en refermant la porte derrière lui.

– Comment ça ? Qu'est-ce qui se passe ?

– Je t'ai menti.

– Que veux-tu dire ? demanda Roan, une lueur de défiance dans ses grands yeux noirs qui brillaient comme des gemmes dans la lumière tamisée de la pièce.

– Dandy est mort, répondit doucement James.

– Non.

– Je mentirais si je disais que ça me désole, mais, ce qui est sûr, c'est que je ne vais pas laisser la même chose t'arriver.

Roan se leva d'un bond et vint se placer devant lui. Elle était transformée. Son expression avait soudain quelque chose de sauvage et de quasi animal.

– Qu'est-ce que tu racontes ? demanda-t-elle d'une voix sifflante.

– J'ai désamorcé la bombe et Dandy m'a poursuivi, répondit James à voix basse. Un certain Dan Nevin a ouvert le feu et l'a abattu. Nevin travaille pour le SIS. Ils sont après toi maintenant. Ils savent tout.

– Tu mens.

– Si seulement. Ils voulaient que je te mène en bateau et que je te tire gentiment les vers du nez. Mais je ne peux pas.

– Dandy est mort ? répéta Roan incrédule, les yeux mouillés de larmes. Ce n'est pas possible. Il ne peut pas être mort. Pas lui. Il était tellement... plein de vie.

– Pour l'amour du ciel, implora James. Garde tes larmes pour plus tard. Dans l'immédiat, le plus important, c'est de partir d'ici. Habille-toi, fais ton sac. Mets-y tout ton nécessaire de voyage. Mais pas de valise. Ils ont peut-être planqué quelqu'un pour te surveiller.

– Tu crois peut-être que je vais partir en cavale, toute seule, en pleine nuit, avec juste les nippes que j'ai sur le dos ?

– Non, répondit James. Je viens avec toi. J'ai un plan.

– Toi ? Mais que peux-tu faire ?

– Écoute, arrête de poser des questions et fais ce qu'on te dit, coupa James. Parce que plus tu retardes l'échéance, plus je commence à avoir la frousse. Et j'aime pas vraiment ça. Il va de soi que je ne veux pas te voir pendue mais, si tu refuses mon aide, je te laisse te débrouiller.

– Non, je viens.

– Tu as une clé de Codrose ?

– Une de la porte de derrière.

– Parfait. Laisse-la ouverte en sortant. Je suivrai quand je serai sûr que la voie est libre. Va au pont du Gueux. Je t'y retrouve dès que je peux. Fais très attention ! Regarde si on te suit. N'y va pas directement. Fais des détours. Une fois que tu y es, mets-toi à couvert et ne sors que si tu es certaine que c'est moi. Si je ne suis pas là dans une demi-heure, ça voudra dire que quelque chose a mal tourné. Dans ce cas, reviens ici. On réessaiera demain soir.

– James ? Pourquoi fais-tu tout ça ?

– Si t'as besoin de demander, c'est que je suis en train de faire une grossière erreur.

Dix minutes plus tard, James était prêt. Tapi derrière la porte de service de l'internat, il attendit quelques instants, s'assura que personne ne venait, puis se glissa discrètement dehors et se mit en route à grands pas. Bien sûr, il était toujours possible que Nevin ou un autre l'observe depuis un coin sombre, mais il y avait peu de chances. Pour eux, James était sagement couché dans son lit, en attente du lendemain. Pour autant, il décida de faire un détour par Windsor.

En outre, ce n'était pas seulement de Nevin et sa bande qu'il fallait se méfier. Si un *beak*[1] le prenait en train de se balader dehors à cette heure de la nuit, ça barderait. Certes, il avait mis l'habit ordinaire du parfait élève d'Eton, mais il pouvait toujours être reconnu si d'aventure on l'arrêtait et qu'on lui posait des questions.

Il s'enfonça dans le dédale de jardins et d'allées qui s'étendait entre Common Lane et Eton Wick Road. Connaissant le quartier comme sa poche, il aurait pu s'y repérer les yeux fermés. Il ressentait un étrange mélange de peur et d'exaltation, à deux doigts qu'il était de trahir Merriot, de trahir son pays, et d'aider une fille qui avait projeté de le tuer. Après ça, sa vie ne serait plus jamais comme avant.

Il coupait les ponts, laissant derrière lui tout ce qu'il avait

1. De « bec ». Jargon d'Eton pour désigner tout détenteur de l'autorité : professeurs, surveillants… (NDT)

connu jusqu'ici : ses amis, Pritpal, Tommy, Andrew Carlton et les gars du club du Danger, la parade des bateaux du 4 Juin, les mots d'absence, les Field *games*, les leçons par cœur, les billets blancs, jaunes, les blâmes…

Tous ces rituels auxquels il avait eu tant de mal à se faire. Le jargon, les traditions… Mais tout ça ne signifiait plus rien maintenant, sinon une regrettable perte de temps.

Il s'arrêta.

« Il est encore possible de faire machine arrière. »

En effet, qu'est-ce qui l'empêchait de laisser Roan se sortir seule de cette ornière ? Après tout, il ne lui devait rien. Valait-elle vraiment qu'on se sacrifie pour elle ?

– Bond ?

James fit volte-face. Quelqu'un lui avait filé le train sans qu'il s'en rende compte.

Theo Bentinck.

– Qu'est-ce que tu fais dehors à cette heure ?

– Je pourrais te poser la même question, rétorqua James avec un air de défi.

Non, ce n'était pas Bentinck, insignifiant reliquat d'un monde qu'il avait choisi d'abandonner, qui allait bouleverser ses plans maintenant. Ce fat n'avait déjà que trop pesé sur sa vie.

– J'obéis à mes propres règles, répondit Bentinck avec la morgue et l'arrogance dont il était coutumier.

– Ça, j'ai eu l'occasion de m'en rendre compte, répondit doucement James.

– Codrose m'autorise à faire ce que je veux. Tant que l'ordre règne dans l'internat.

– Mais dis donc, tu étais au pub ? ironisa James après avoir senti les effluves de bière qui s'échappaient de la bouche de Bentinck.

– Et après ?

– Va te coucher, lança James d'une voix froide et tranchante. Et fais comme si tu m'avais jamais vu.

Bentinck l'attrapa par le col.

– Je t'embarque avec moi, bougre de petit insolent !

James était hargneux. Il le reconnaissait volontiers. Hargneux et confus. En y réfléchissant, peut-être que c'était ça que Bentinck ressentait ? Peut-être même que c'était pour ça qu'il se comportait en brute épaisse. À cause des problèmes qu'il avait rencontrés dans sa vie de Bentinck et qu'il n'avait pas su gérer correctement, en rejetant la faute sur les autres ?

Pour l'heure, c'était le cadet des soucis de James qui avait accumulé tant de rage qu'il aurait voulu tabasser quelqu'un. Que ce quelqu'un fût Bentinck, eh bien soit.

James dévisagea sa petite gueule ordinaire, sa bouche en cul de poule et son menton en galoche.

Car il se pouvait aussi que Bentinck n'ait aucune excuse, qu'il ne soit qu'un vulgaire sadique trouvant sa propre satisfaction dans la souffrance des autres. Chose que James avait toujours eu grand peine à comprendre. Bien sûr, lui aussi avait déjà fait souffrir. Mais toujours en état de légitime défense et, surtout, sans jamais y prendre plaisir.

Là, c'était différent. Il avait beau sentir la colère bouillir en lui, la gravité de ce qu'il s'apprêtait à faire lui dictait de garder un minimum de sang-froid.

– Je vais adorer te bastonner, dit Bentinck.

– Non.

– Oh que si, tu vas voir ! Rien au monde ne me fera plus plaisir. Je vais te briser.

– Non, t'as pas compris. Je sais bien que tu prendrais ton pied à me cravacher, seulement… ça va pas arriver.

– Oh bon ?

– Pas ce soir en tout cas.

Le tenant toujours par le col, Bentinck tordit le poing jusqu'à l'étrangler. James laissa faire.

– Et tu sais quoi, Bond ? Une fois que j'en aurai terminé avec toi, j'irai m'occuper de ces deux petits métèques qui se planquent dans tes jupes.

– Je t'ai dit non.

Et, avant que le surveillant ne comprenne ce qui lui arrivait, il lui envoya à bout portant un direct au foie d'une puissance extraordinaire.

Bentinck s'effondra aussitôt, se tordant de douleur, les mains toujours agrippées au col de James. Droit dans ses bottes, celui-ci attendit qu'il reprenne son souffle.

– Tu vas le regretter jusqu'à la fin de tes jours, menaça Bentinck.

– Ah bon ? Tu crois ? répliqua James en abattant sèchement la main.

Le tranchant cueillit Bentinck au cou. Lâchant prise, celui-ci tomba à genoux avec un petit cri, perdant ses lunettes dans la bataille. Seulement James ne l'avait pas abîmé autant qu'il l'aurait souhaité car, en un rien de temps, il répliqua des deux poings, essayant d'attraper son adversaire comme il pouvait, une main agrippée à sa veste, une autre passée derrière sa nuque pour le cogner contre le mur. Il le frappa ainsi plusieurs fois avant d'armer un direct sauvage à la tête. James se baissa. Le poing de Bentinck ricocha sur le sommet de son crâne. Néanmoins, le coup avait été assez dur pour que James sente ses jambes se dérober sous lui et qu'un voile blanc passe furtivement devant ses yeux. Pourtant, des deux, c'était Bentinck qui était le plus à plaindre. Son cri de douleur fit se redresser James qui le vit se tenir la main droite en grimaçant. Il s'était probablement brisé quelques doigts en heurtant le mur.

La contre-attaque de James fut brutale, impitoyable,

implacable. Une pluie de coups s'abattit sur Bentinck. Au foie et aux reins essentiellement. Puis, lorsque celui-ci fut trop sonné pour répliquer, James s'attaqua à la tête. Ne voulant pas risquer de se briser les doigts – comme son adversaire quelques instants plus tôt – il le frappa du revers des deux mains, et aussi du tranchant et du plat, à l'occasion.

Soudain, comme s'il s'était dissocié de lui-même, James se vit agir. Il y avait quelque chose d'horriblement froid et méthodique dans la manière dont il faisait mordre la poussière à Bentinck, qui sanglotait en le suppliant d'arrêter. Mais James continuait, jusqu'à voir la face de l'ancien virer au noir sous l'afflux massif de sang dans les chairs congestionnées.

Le poussant du pied, il le fit basculer en arrière et écrasa la semelle de sa chaussure sur sa gorge. Puis il retira le pied, arma un nouveau coup.

– Pour l'amour du ciel, arrête ! pleura Bentinck entre ses dents cassées et ses lèvres sanguinolentes. Tu vas me tuer.

Une pensée traversa l'esprit de James.

« Oui. Tue-le. »

Et il revint à lui. Choqué et terrorisé. Baissant des yeux incrédules sur l'épave gémissante qui se roulait à ses pieds. Il eut envie de vomir.

– Je devrais t'achever, cracha-t-il d'un ton venimeux. Pour toutes les souffrances que tu as infligées autour de toi, pour tout le mal que tu as fait. Eh bien, c'est terminé, tu m'entends ? Terminé ! Ici et maintenant, tu vas me promettre que, de toute ta vie, jamais plus tu n'imposeras un châtiment corporel à un élève.

– Je le jure, répondit convulsivement Bentinck. Sur la vie de ma mère. Tout ce que tu veux si tu arrêtes.

– Bentinck, si j'apprends que tu n'as pas tenu parole, tu peux me croire, je te tuerai. Compris ?

Puis, attrapant le surveillant par le collet, il l'obligea à se redresser et planta ses yeux dans les siens, si gonflés que c'est à peine si on les voyait encore.

– Compris, bégaya Bentinck, une peur panique dans le regard.

– Maintenant, retourne dans ta chambre, ordonna James en lui rendant ses lunettes intactes. Et ne dis jamais à personne que tu m'as vu ce soir. J'étais pas là. Pour expliquer ton état, raconte ce que tu veux, je m'en contrefiche. Dis que tu t'es fait tabasser par un type dans la rue, que t'es passé sous un bus, peu m'importe. Mais ne parle jamais à quiconque de ce qui s'est passé, c'est clair ?

– Parfaitement clair, acquiesça Bentinck.

– Ah ! Encore une chose, ajouta James. N'oublie pas que Pritpal Nandra et Tommy Chong sont mes amis et que j'aime pas qu'on fasse de mal à mes amis.

Bentinck ne répondit rien. Sans bouger, le souffle court, James le regarda qui s'éloignait en traînant la jambe.

Lentement, une immense tristesse l'envahit. Des larmes ne tardèrent pas à couler sur ses joues. Toutes les peurs, les tensions et les incertitudes de la journée le submergèrent. Il se sentait coupable pour ce qu'il avait fait à Bentinck, conscient que c'était injuste de tout faire payer à un seul. Au fond, il ne valait guère mieux que le petit chef tyrannique qu'il avait rudoyé. Il aurait pu lui faire peur sans le passer à tabac de la sorte. Enfin, il était bouleversé par ce qu'il avait ressenti en le frappant : un calme serein, presque joyeux.

Il ne valait pas mieux que Dandy.

Il ne valait pas mieux que n'importe quel tyran sanguinaire qui pensait pouvoir améliorer le monde avec un tapis de bombes.

In fine, c'était Bentinck qui avait raison. Il allait le regretter jusqu'à la fin de ses jours.

Au pont du Gueux, sur la route des Épinettes, près d'Upper Club, Roan l'attendait patiemment, tapie dans l'herbe boueuse des berges du Chalvey, sous la voûte de l'ouvrage. Une demi-heure s'était presque écoulée. Elle commençait à sérieusement se demander si James allait venir.

James Bond. Quel garçon surprenant ! Dès qu'elle croyait le cerner, il sortait quelque chose de nouveau de son chapeau.

Un grondement de moteur creva le silence de la nuit. Une voiture s'arrêta sur le pont. Elle se raidit. Prête à fuir en courant si besoin était. Elle était rapide à la course. La preuve, elle n'avait encore jamais vu quelqu'un capable de la battre au sprint, hommes compris. En outre, elle avait l'avantage de l'obscurité et, en dernière extrémité, elle se battrait.

Elle avait un pistolet dans son sac. Un TT-33 de fabrication soviétique. Et puis une voix résonna dans la nuit.

– Roan ?

C'était James, penché à la balustrade du pont.

Elle lui lança un sourire.

– Dépêche-toi, dit-il. La voie est libre.

Roan escalada prestement le talus de la berge. Au sommet, elle découvrit une grosse Bentley Blower qui avait l'air d'avoir déjà bien vécu, arrêtée au milieu de la route, moteur tournant au ralenti. James était déjà retourné au volant.

– C'est une plaisanterie, n'est-ce pas, *darling*?

– Monte, répondit simplement James. On n'a pas de temps à perdre.

James Bond. Jamais à court de ressources.

– Où est-ce qu'on va ? demanda-t-elle en prenant place à son côté.

– À Londres, répondit James. J'ai pris mes dispositions.

– Et ensuite ?

– Ensuite, ce sera à toi de décider.

3. En cavale

23

Une blonde canon

– James Bond ! Je croyais b-bien ne jamais te revoir. J'-j'aurais dû me douter qu'en b-bon vieux pirate, tu sonnerais à ma-ma porte au moment où je m'y attendrais le moins !

James adressa un sourire à son vieil ami Perry Mandeville avant de lui présenter Roan.

– Alors c'est toi la fameuse Roan Power ! s'exclama Perry après un sifflet (et un coup d'œil) admiratif. J'ai b-beaucoup entendu parler de toi, a-avant qu'ils m'éjectent d'Eton.

– Ah, tu étais à Eton ?

– J'en ai bien peur. Mais, je suppose que James a dû te raconter tout ça en l-long en large et en t-travers.

– Non, pas du tout. Il ne m'a jamais parlé de t…

– Perry, moins elle en saura sur toi, mieux ça vaudra, s'interposa James. Et vice versa.

– Sacré James, t-toujours aussi m-mystérieux à ce que je vois. T'es un vrai bandit, poteau. Une terreur ! J'ose pas imaginer dans quoi tu t'es encore f-fourré. Mais, entrez, entrez. J'ai renvoyé tous les domestiques pour la nuit. On devrait être tranquilles.

La demeure des Mandeville, un immense hôtel particulier de facture classique, avec une façade blanche, était sise à la lisière de Regent's Park. Profitant que Perry disparaissait à l'intérieur, James reteint Roan par le bras et lui glissa à l'oreille :

– Les parents de Perry sont à la campagne. Il prend un gros risque en nous accueillant. Je compte sur toi pour ne rien faire qui puisse lui attirer des ennuis.

Malgré une ambiance pesante, le trajet en voiture s'était effectué sans encombre. James avait conduit à vive allure et n'avait commencé à se détendre que lorsqu'ils avaient atteint les faubourgs anonymes et encombrés de la capitale. Ils étaient arrivés par la grand-route Ouest, avaient traversé Shepherd's Bush avant de s'engouffrer dans Bayswater Road, de passer Hyde Park puis Marble Arch, puis de remonter Baker Street jusqu'à Regent's Park.

Tout ce que James avait dit à Roan, c'est qu'il avait téléphoné à un ami qui, par chance, était chez lui et que celui-ci serait sans doute susceptible de les aider.

À l'intérieur, la maison était aussi grandiose que le laissait supposer la façade. Ce fut au tour de Roan de siffler lorsqu'elle embrassa du regard l'immense hall de réception au sol de marbre.

– Mazette ! s'exclama-t-elle. On peut dire que ça va pour vous, monsieur Mandeville.

James se raidit, redoutant quelque commentaire désobligeant sur l'iniquité de la répartition des richesses et des privilèges.

Par chance, il n'en fut rien.

– Oui, enfin, je n'en p-profite guère ces t-temps-ci. J'ai été ostracisé au fin fond de cette chère Écosse. J'imagine que mes p-parents ont pensé qu'un strict régime nordique m-me mettrait un peu de plomb dans la cervelle et me débarrasserait de mes mauvaises manières.

– Et ça a marché ? demanda James.

– Pas le moins du monde, répondit Perry. La preuve, c'est que je ne serais pas là si je n'avais pas séché cette semaine.

Cinq minutes plus tard, ils se retrouvèrent à discuter gaiement dans la cuisine pendant que Perry préparait des œufs brouillés. La cuisine, ou plus exactement l'office, était chaud et accueillant avec ses alignements de casseroles en cuivre reluisantes et sa collection de poêles qui tombaient du plafond à côté d'une énorme cuisinière en fonte.

– Dis donc, j'je te félicite, dit Perry. Tu as fait un boulot du t-tonnerre sur la voiture.

– Je n'ai aucun mérite, objecta James. C'est Andrew Carlton et les autres qu'il faut féliciter.

– Et qu'est-ce q-que t-tu vas en faire, maintenant ?

– Te la confier. Je veux que tu la planques un moment dans un coin, jusqu'à ce que tu sois sûr que la police ne va pas se pointer avec une batterie de questions embarrassantes. Ensuite, tu seras libre de l'utiliser à ta guise jusqu'à ce que je revienne. C'est bien le moins que je puisse faire. Surtout quand on sait que c'est toi qui as financé l'essentiel des réparations.

– Dans q-quelques semaines, c'est mon anniversaire, s'enflamma Perry. J'aurai l'âge légal pou-pour con-conduire.

– Génial !

– J'y ferai attention comme à la pru-prunelle de-de mes yeux, ajouta Perry en poussant les œufs brouillés sur des toasts grillés. Mais quand tu dis « jusqu'à ce que je revienne », tu vas où, au juste ?

– Je dois faire sortir Roan du pays aussi vite que possible. J'ignore combien de temps ils vont mettre à découvrir que l'on a quitté Eton et à réaliser que l'on est ensemble, mais il y a de grandes chances pour que, d'ici demain matin, la police soit alertée.

Perry leva les yeux vers l'horloge de la cuisine.

– Il y a un train pour Douvres qui part de Charing Cross à quatre heures.

James se tourna vers Roan qui lui répondit par un petit signe de tête.

– Dans ce cas, j'ai quelque chose pour toi, dit Perry en traversant la pièce avant de disparaître derrière la porte de l'escalier de service.

Roan posa doucement la main sur celle de James.

– Merci, dit-elle en croisant affectueusement son regard.

– J'imagine que tu as un passeport ? demanda James.

– Pff ! Pas un, trois ! s'écria Roan. Un au nom de Roan Power, un faux que j'ai fait faire à Dublin sur lequel je m'appelle Violet Mackintosh et un qu'Améthyste m'a donné à Lisbonne. Un passeport britannique au nom d'Isabel Downing. Nickel. À part que la photo dessus est affreuse. J'ai l'air d'une sorcière.

– Prends celui-là, ordonna James. Bon, je vais devoir m'habituer à t'appeler Isabel le temps qu'on soit assez loin, en sécurité.

– Et moi ? Comment je vais t'appeler ?

– Bêtement, je n'ai qu'un seul passeport. Alors, ne t'en déplaise, tu m'appelleras Bond, James Bond.

De retour, quelques minutes plus tard, Perry prit place à table avec eux.

– Je t'ai fait un sac d-de v-vieilles fringues, dit-il. Et un autre pour toi, Roan. Des vieux trucs de m-ma mère qui ne lui manqueront certainement p-pas. Bon, sur toi, ça risque de faire un peu épouvantail ; et tu voudras sûrement t-tout enterrer au fond d'un grand trou dès que tu en auras l'occasion, mais ça pourra faire la blague jusqu'à ce que tu refasses ta garde-robe en France. À la dernière mode de Paris !

– En effet, c'est une idée, répondit Roan avec un sourire malicieux.

– Et j'imagine q-que vous n'avez pa-pas plus d'argent l'un que l'autre…

– J'ai quelques livres, répondit James.

– Et moi quelques shillings, dit Roan en haussant les épaules d'un air dépité. Femme de chambre à Eton, ça ne paie pas des mille et des cents, je vous le dis.

– C'est bien ce que j-je p-pensais, dit Perry en laissant tomber une enveloppe marron sur la table. Tenez, voilà des fonds pour le voyage.

– Perry, non ! protesta James. Je ne peux pas accepter. Tu en as déjà fait plus qu'assez.

– Allez, James. Où c-crois-tu aller avec quelques livres ? fit valoir Perry. Là, y'en a cinquante. Vois ça comme un prêt. Gagé sur la Bentley. Si je r-revois p-pas mon oseille, je garde la ba-bagnole. Ce qui, tu avoueras, serait une sacrée bo-bonne affaire.

– Vendu, acquiesça James avec enthousiasme. Mais où diable as-tu dégotté cinquante livres en liquide ?

– À ton avis, James, p-pourquoi je suis là ? Pour rien au monde je ne raterais Ascot. Et, pour une fois, j'ai eu un tuyau qui s'est révélé payant. Y'a même pas de courses en Écosse. C'est dire si y sont p-paumés. Mais, à tout prendre, je préfère que ce soit toi qui aies le pèze, sans q-quoi j-je risque d-de le jouer et de t-tout reperdre.

Trop excités pour dormir, ils demeurèrent tous trois dans la cuisine, à discuter et à rire en buvant du café, comme si le monde au-dehors avait cessé d'exister.

Durant ce bref moment – magique car hors du temps –, ponctué par la série d'anecdotes amusantes dont Perry les abreuvait au sujet de ses exploits des six derniers mois, James oublia momentanément ses soucis. Écouter son ami lui rappela les soirées qu'ils avaient passées ensemble, avant, à traîner sur les toits d'Eton, comme ça, pour rien, à parler de… ?

À parler de quoi, au fait ?

Certainement de rien de sérieux ni d'important. Et pour cause, ils n'étaient alors que deux jeunes garçons appréciant simplement le fait d'être ensemble. James retrouverait-il jamais l'insouciance de cette époque ?

Il se demanda si ce n'était pas cela la vie d'adulte : de brefs instants de bonheur simple, de conversations futiles, avec ceux qu'on aime, entrecoupés de longues périodes de stress, de peur et d'émotions contradictoires.

Finalement, Roan se leva et s'étira.

– Je crois qu'il est temps pour moi d'aller me préparer, dit-elle. Je vais choisir quelques vieilleries de ta mère et me refaire une beauté.

Perry l'accompagna à l'étage pour lui montrer où se trouvait ce dont elle pourrait avoir besoin. Resté à table, James posa la tête sur ses bras croisés, ferma les yeux, et, en moins de temps qu'il n'en faut pour le dire, sombra dans un profond sommeil.

Il n'avait aucune idée du temps pendant lequel il avait dormi quand Perry le secoua pour le réveiller.

– Hé, tu tiens le coup, vieille branche ?

– Va bien falloir, répondit James en se massant les tempes.

S'appuyant sur le poêle encore tiède, Perry demanda :

– Tu es vraiment certain de savoir ce que tu fais ?

– Non, bien sûr, confia James. J'ai même tout à fait conscience que c'est pure folie. Un jour, Perry, je te raconterai toute l'histoire en détail. Mais, pour l'heure, c'est plus sûr de ne rien dire.

– Elle est t-très belle, dit Perry. Et tu ne serais pa-pas le premier à perdre les pédales à cause d'une be-belle femme. J'ai l'impression que c'est elle qui t'entraîne.

– Difficile de dire lequel entraîne l'autre.

– En tout cas, i-il semblerait bien que toi et moi soyons d-dans le même bateau dorénavant, dit Perry. Car j-je doute qu'ils te-te reprennent à Eton après ça.

– En effet, admit James. C'est comment Fettes ?

– Froid. Écossais.

– Dis, Perry, tu crois que je suis stupide de faire ça ?

– Toi ? Stupide ? répéta Perry en retournant un instant la question dans sa tête. Stupide, non. Cintré, certainement.

Tous deux rirent de bon cœur. Quand il eut repris son sérieux, Perry regarda James d'un air inquiet.

– Sois prudent, dit-il.

– Je ne l'ai jamais été, c'est pas maintenant que ça va commencer.

James écrivit une courte lettre à sa tante Charmian disant que tout allait bien et qu'elle ne se fasse pas de souci pour lui. En revanche, il se garda de dire où il allait, encore moins avec qui. Il terminait en promettant de lui écrire à nouveau dès qu'il le pourrait. Puis il ferma l'enveloppe et la confia à Perry qui la posterait lorsqu'ils seraient partis. Il s'en voulait d'imposer cela à sa tante, mais il n'y avait pas d'autre solution.

Ensuite, il monta à l'étage, enfila un vieux costume ayant appartenu à Perry qu'il compléta par un chapeau prélevé dans la garde-robe de M. Mandeville. De loin, il faisait vraiment jeune adulte, même si, de près, il aurait eu beaucoup de mal à cacher son jeune âge. Enfin, il attrapa la valise et descendit dans le hall où l'attendait Roan.

Durant un court instant, il se demanda qui était cette blonde canon qu'il ne reconnaissait pas, debout dans l'entrée. Une amie de Mme Mandeville sans doute. Réalisant bientôt sa méprise, il éclata de rire. En effet, dans sa robe bleue marine et son sévère manteau, rehaussés d'un inénarrable chapeau et d'une paire de lunettes austères, Roan était méconnaissable.

– C'est une perruque ? s'extasia James.

– Tu aimes ? répondit Roan. C'est Améthyste qui me l'a donnée au cas où j'aurais besoin de me déguiser.

– C'est bizarre, dit James. Il va falloir que je m'y fasse. Aux lunettes aussi d'ailleurs.

– Ce sont des fausses. Juste du verre ordinaire. En les portant, c'est moi qui ai l'air ordinaire. Je déteste l'ordinaire, James. Je voudrais rester jeune et belle toute ma vie.

Perry revint par la porte de devant.

– Un taxi vous attend au coin de la rue, dit-il. J'ai pensé que ce serait mieux si le chauffeur ne voyait pas de quelle maison vous veniez.

– Bien joué, le félicita James avant d'embrasser rapidement son ami.

À l'instant de se séparer de lui, celui-ci glissa quelque chose dans sa poche.

– C'est quoi ? demanda James.

– M-mon passeport.

– Comment ça ?

– Écoute, vieux frère. De toute évidence, ton affaire, c'est du-du sérieux. Des coups durs, on en a vécu. J'aurais bien voulu être à ton côté pour celui-là aussi, mais je crains q-que, si je me fais prendre dans une nouvelle embrouille, mon vieux ne-ne décide d-de me déshériter et d-de me couper définitivement l-les vivres. Or, je n'ai p-pas tellement envie de me retrouver à faire la manche d-dans la rue.

– Je ne peux pas, Perry. C'est trop.

– Et pourquoi, grand D-Dieu ? Je n'en ai aucun besoin d'ici les vacances. T'auras qu'à m-me le renvoyer par la poste depuis la France. Personne n'en saura jamais r-rien.

– Mais, Perry…

– Ils s-surveillent peut-être les ports, James. Ils contrôlent sans doute les noms, à la recherche d'un jeune fugueur. Et p-puis, même si c'est pas le cas, tu n'as aucun intérêt à ce qu'on sache q-que James Bond est passé par Douvres ce matin. Brouille les pistes, mon vieux.

– Mais on ne se ressemble pas. Ils vont regarder la photo.

– T'inquiète. Le gars s-sur la photo ne me ressemble pa-pas non plus, répondit Perry. Je l'ai depuis mes douze ans, quand on m'a envoyé p-passer l'été chez une tante, au Kenya. Même un douanier p-peut comprendre qu'on change à ç't'âge-là. Le seul truc que t'auras à te r-rappeler, c'est la date de naissance et donc à te comporter comme un type de seize ans allant sur s-ses dix-sept. Ce qui ne devrait p-pas te poser trop de problèmes. Maintenant, fi-file avant que je change d'avis et que j'a-j'appelle les flics.

En un rien de temps, ils furent à Charing Cross où ils prirent rapidement place à bord du train pour Douvres, sur des sièges séparés. Tout paraissait normal à la gare. Mais, ne voulant prendre aucun risque, ils avaient convenu de faire comme s'ils ne se connaissaient pas jusqu'à être en sécurité à bord du ferry.

Tandis que le train bringuebalait dans la morne banlieue grise du sud de Londres, puis dans la campagne verdoyante du Kent, James feignait de lire un journal. Eût-il été écrit en chinois qu'il en aurait retenu autant. De son côté, Roan regardait défiler le paysage, perdue dans ses pensées.

À l'approche de Douvres, James jeta un œil au passeport de Perry et ne put s'empêcher de sourire à l'air benêt du gamin qu'il découvrit. Il ravala bien vite sa moquerie, se souvenant que le benêt en question, c'était lui dorénavant. Il tenta un moment d'adopter l'air gourde du jeune Perry Mandeville avant de conclure, sous la pression d'efforts peu convaincants, que cela ne servirait à rien sinon à attirer l'attention.

De fait, au contrôle de Douvres, c'est à peine si le douanier en poste regarda la photo, se contentant de vérifier le nom avant de faire signe à James d'avancer vers le ferry. Au sommet de la passerelle, celui-ci s'arrêta et attendit anxieusement que l'agent de Roan fît de même. Après quoi il alla s'enquérir d'un petit déjeuner.

Jusqu'ici, ils n'avaient pas rencontré le moindre problème, ce qui signifiait que personne ne s'était encore rendu compte qu'ils n'étaient plus à Eton.

En revanche, le temps qu'ils arrivent en France, leur disparition serait forcément découverte. À charge pour eux de planifier attentivement l'étape suivante.

L'aurore fut morose. Mais, immédiatement après, le temps se leva et un soleil radieux se mit à briller dans un ciel sans nuages. Les eaux du Channel, parfois péniblement agitées, étaient aussi plates que dans une rade, permettant au ferry de tailler sa route en douceur. James déambula nonchalamment sur le pont pour se dégourdir les jambes. Une fois repérée Roan – qui lisait un livre, assise au grand air sur un transat, à la poupe du bateau –, il fit un autre tour pour s'assurer que personne ne les surveillait.

Quand il revint, Roan était accoudée au bastingage, comme convenu.

Il flâna négligemment jusqu'à se retrouver près d'elle et se perdit dans la contemplation des remous qui bouillonnaient dans le sillage du bateau.

Roan avait chaussé une paire de lunettes de soleil et retenu sa perruque dans un foulard.

– Jusqu'ici tout va bien, dit-elle sans le regarder.

– Pas sûr que ça soit pareil en France, répondit James.

– Ça va aller… Notre bonne étoile nous a accompagnés

jusque-là. Il n'y a pas de raison que ça s'arrête. Surtout si on tente pas le diable. Aussi je propose qu'au terme de cette discussion nous nous séparions à nouveau pour nous retrouver à la gare de Calais.

– Et après ?

– Pourquoi pas Paris ? répondit Roan d'un air évasif. Inutile, toutefois, que tu viennes avec moi, James. Tu en as bien assez fait comme ça.

– Je reste.

– Mais que feras-tu à Paris, *darling*? Ces cinquante livres ne tiendront pas éternellement.

– Et toi ? Qu'est-ce que tu vas faire ?

– Je ne sais pas. Je n'y ai pas encore réfléchi. Mais je peux trouver du travail n'importe où.

– Je ne te laisserai pas réactiver tes anciens réseaux. Je ne veux pas que tu refasses les mêmes erreurs. Surtout, ne sollicite aucune aide de leur part. J'ai pas du tout envie de t'empêcher de faire sauter quelqu'un d'autre.

– Ne t'inquiète pas, *darling*. J'ai retenu la leçon. Sans compter que ma carrière d'agent est derrière moi. Après ce qui s'est passé, leur seule idée va être de me mettre la main dessus et de me faire taire pour de bon. C'est sûr que, pour eux, c'est plus simple de me liquider que de me remettre aux services de ton gouvernement.

– Je ne te le fais pas dire, acquiesça James. Il nous faut donc non seulement échapper aux autorités britanniques, mais aussi aux services secrets soviétiques. Autant le dire tout de suite, nos chances de survie sont proches de zéro.

– Les dieux sont avec nous, *darling*. Inutile de te faire du souci. Mais, dis-moi, n'y a-t-il personne sur le continent vers qui tu pourrais te tourner ? N'aurais-tu pas, dans tes relations, un autre copain du style de Perry M-M-M-Mandeville, caché quelque part ?

– Si. Il y a quelqu'un. Ça fait une trotte. Mais c'est ce que j'ai de mieux à proposer.

– Mais encore ?

– Un Autrichien que j'ai rencontré. Il a dit que je pourrais toujours compter sur lui en cas de besoin.

– Et… il a un nom, cet Autrichien ?

– Hannes Oberhauser. Il est guide de montagne. On pourrait passer un moment chez lui, histoire de se mettre au vert.

– Les montagnes, tu dis ?

– Mmh, mmh… Dans le Tyrol. Loin des sentiers battus.

– Où ça dans le Tyrol ?

– Près d'une bourgade appelée Kitzbühel.

Roan retourna un moment la proposition, les yeux perdus sur une volée de mouettes piaillant au-dessus des remous du bateau. Finalement, elle posa furtivement la main sur celle de James, appuyée à la rambarde du bastingage.

– Allons-y, dit-elle.

Puis elle s'éclipsa discrètement.

24

La Marseillaise

Au contrôle des passeports, côté français, James vécut des moments difficiles, attendant qu'un *douanier*[1] tatillon remplisse, avec une lenteur exaspérante, la kyrielle de formulaires administratifs sur lesquels il recopia les détails du passeport, ses yeux bouffis et larmoyants hésitant sans cesse entre la paperasse et le voyageur qui se tenait devant lui. Pour autant, à aucun moment il ne remarqua que la photo était celle de quelqu'un d'autre. Le mégot qu'il avait eu aux lèvres tout au long de cette interminable procédure alla finalement rejoindre le cendrier. D'un geste autoritaire, l'homme se lança alors dans une volée de tampons au terme de laquelle il rendit à James sa pièce d'identité. Étant passé avant Roan, celui-ci ne put résister à la tentation de l'attendre. Contredisant ce qui était convenu (se retrouver directement à la gare), James alla s'asseoir sur un banc, sous un petit porche au bout de la zone de douane, faisant ce qu'il pouvait pour substituer l'apparence décontractée d'un jeune homme du monde désireux de profiter d'un peu de calme et de silence à celle du garçon anxieux de pouvoir épauler un espion ennemi en cavale.

1. En français dans le texte

Enfin, elle arriva, d'un pas léger et sautillant, un grand sourire aux lèvres, son sac balançant gaiement à son bras. À l'instant de croiser James, elle lui adressa un petit clin d'œil, tout en remettant ses lunettes. Elle fredonnait un air guilleret. James réalisa bientôt qu'il s'agissait de *La Marseillaise.*

Il la suivit des yeux tandis qu'elle quittait le terminal, avant d'être avalée par l'éclat du soleil qui resplendissait dehors.

La voix de Perry résonna dans un coin de sa tête, avec ses mises en garde. Il la refoula obstinément. Il s'était lancé dans l'aventure de son plein gré, il irait jusqu'au bout quoi qu'il en coûte.

Il se leva, attrapa sa valise, et sortit dans la douceur de l'air de France.

En arrivant à la gare, il avisa Roan qui faisait la queue devant un guichet. Il lui avait confié une partie de l'argent et ils avaient convenu d'acheter séparément deux tickets pour Kitzbühel.

En retrait, un œil sur Roan, James balaya du regard le hall de gare. Le fait qu'ils soient arrivés jusque-là sans encombre ne signifiait pas pour autant que personne ne les surveillait.

Au cours de ces dernières semaines, il avait développé une réelle aptitude à détecter toute présence suspecte. Si quelqu'un de louche rôdait dans les parages, il se faisait fort de le découvrir.

Après avoir plusieurs fois embrassé la zone du regard, il s'approcha nonchalamment du kiosque à journaux où il acheta une carte d'Europe ainsi qu'un journal français qu'il fit mine de lire. Puis il se rendit aux toilettes et, là aussi, inspecta rapidement les lieux. En sortant, il se dirigea lentement jusqu'au bout de la gare d'où il étudia attentivement les hommes et les femmes attablés au café ainsi que les quelques personnes se pressant au stand du fleuriste.

Ne remarquant rien d'anormal, il s'apprêtait à rejoindre la

queue pour les tickets lorsqu'il avisa un homme qui lui avait échappé jusqu'ici.

Il n'aurait su dire quoi exactement, mais il y avait chez lui quelque chose qui clochait. Une altérité et une vigilance qui ne collaient pas avec le reste du décor. Il se tenait debout à l'ombre d'un mur, sous la grande horloge de la gare. Comme James, il tenait un journal. Comme James, il ne lisait pas vraiment.

Profitant d'un mouvement de voyageurs, celui-ci s'approcha, abordant l'homme par le flanc, hors de son champ de vision. James eut ainsi l'opportunité de bien étudier son visage. Or celui-ci affichait clairement l'assurance tranquille du policier ou du militaire en service. Aucun doute, il était en planque et il cherchait quelque chose, comme en témoignaient ses yeux qui ne cessaient de balayer méthodiquement le hall de gare.

Pendant que James l'observait, l'homme hocha la tête, d'un geste infime, quasiment imperceptible. Suivant son regard, James avisa une silhouette familière, toute de gris vêtue.

Colonel Sedova, alias mamie.

Elle était là, errant à proximité du kiosque à journaux.

Déjà, James rebroussait chemin, s'éloignant de l'homme sous l'horloge, longeant le côté opposé de l'endroit où se trouvait Sedova. Croisant un groupe de jeunes prêtres volubiles et très animés traversant le hall en direction des guichets de vente de tickets, il leur emboîta le pas, la tête basse.

Une vieille femme avec un chapeau à bords tombants s'éloignait de la queue, son ticket à la main. Roan s'approchait du comptoir.

Elle était sur le point de passer commande lorsque James se porta à sa hauteur et l'arrêta.

– Ne dis rien, souffla-t-il en la tirant par le bras.

Bien qu'il la sentît tendue, Roan garda le silence et ne lui opposa aucune résistance. Il l'entraîna en direction des quais.

– Tais-toi et marche, ordonna-t-il en parcourant du regard le tableau des départs.

Quai numéro trois, un train à destination de Paris partait dans cinq minutes.

– Par ici, dit James en tirant Roan dans son sillage.

– Mais… Je n'ai pas de ticket, protesta-t-elle. Tu es sûr que c'est notre train ?

– Oublie les tickets, répondit James en hâtant encore le pas.

– James ! Qu'est-ce qui se passe ?

– Ils sont à nos trousses.

– Qui ? demanda Roan en se débattant pour suivre l'allure.

– Baisse la tête, regarde devant toi, répondit-il en continuant d'avancer sur le quai, où les derniers voyageurs se hâtaient de monter à bord des wagons, dans les gros nuages de vapeur crachés par la motrice, prête à démarrer.

Bientôt, les contrôleurs joignirent leurs cris aux souffles plaintifs de la loco.

« *En voiture !* »[1]

James ouvrit la porte d'un wagon et poussa Roan à bord.

Jetant un rapide coup d'œil à l'autre bout du quai, il avisa Babouchka, accompagnée de l'homme au journal, qui se précipitaient vers le train en bousculant tout le monde sur leur passage. Un sifflet déchira l'air. Un grognement métallique monta de la locomotive, comme si le monstre trépignait de se mettre en route.

James attendit un instant, puis sauta lui aussi à bord du train où il baissa précipitamment la vitre pour voir ce qui se passait dehors en se penchant à l'extérieur. Leurs poursuivants

1. En français dans le texte

avaient bondi sur le marchepied, environ quatre voitures derrière eux. Un peu plus et ils allaient le rater.

Parfait.

– James, tu es sûr que c'est notre train ? demanda Roan, légèrement courroucée.

– Aucune importance, répondit-il. Suis-moi.

Il avança jusqu'au corridor et jeta un œil vers la queue du train. Un gros bonhomme se débattant avec une énorme valise bouchait l'étroit couloir. James ouvrit la fenêtre de l'autre porte et baissa les yeux sur les rails.

– Dès que le train sera parti, dit-il, on saute. Tu crois que tu y arriveras ?

– Bien sûr, répliqua Roan avec un sourire taquin. Toujours un tour dans votre sac, n'est-ce pas, Mister Bond ?

Dans un soubresaut, le train s'ébranla. Le wagon bringuebala, les freins grincèrent. James échangea un regard avec Roan.

– Prête ?

– Après toi ?

Pour toute réponse, James ouvrit sèchement la porte, laissa tomber sa valise sur la voie, et suivit d'un bond le même chemin. À peine réceptionné sur le ballast, il leva les yeux vers le train, qui prenait de la vitesse. Il frissonna à l'idée que Roan puisse ne pas suivre. Il se rassura deux secondes plus tard en voyant son sac heurter le sol. Elle ne tarda pas à faire de même, sautant du train avec assurance et légèreté. Il se précipita vers elle et l'aida à reprendre son équilibre. Attrapant leurs bagages, ils traversèrent la voie en courant en direction d'un autre train, arrêté à quai. Ils en ouvrirent prestement une porte, lancèrent leurs valises à l'intérieur, puis se hissèrent à bord du wagon avant de redescendre tranquillement de l'autre côté.

– Vas-y, marche, ordonna James. Tant pis pour le train.

On se barre d'ici. Quand on sera certain de les avoir semés, on avisera.

Aussitôt dit, aussitôt fait. Ils remontèrent le quai d'un pas rapide, traversèrent la gare dans le même élan, puis se fondirent dans les rues de la ville.

– C'était moins une, dit finalement James. Prenons ça comme un avertissement sans frais. À nous de faire preuve de prudence dorénavant.

Ils marchèrent jusqu'à la gare routière et grimpèrent dans un autocar qui leur semblait prendre peu ou prou la direction qu'ils souhaitaient. Après avoir quitté Calais, ils descendirent à un arrêt au hasard, en rase campagne.

Du bord de la route, ils regardèrent le bus s'éloigner, les laissant bientôt parfaitement seuls au milieu des champs de patates et de navets, sous un ciel d'azur seulement rompu par le vol de quelques alouettes.

– Et maintenant ? demanda Roan.

– On marche, répondit James en s'accrochant à son bras.

Il la regarda du coin de l'œil. Elle avait l'air morose.

– Haut les cœurs ! s'exclama-t-il. On a réussi. On est partis.

– Et après ? À quoi ça nous avance ?

– Comment ça, à quoi ça nous avance ? On a la France à nos pieds. Que dis-je ? l'Europe… le monde. Pourquoi s'arrêter à Kitzbühel ? On pourrait voyager éternellement si on voulait. On est libres, Roan. Plus d'école. Plus d'adultes pour nous dire ce qu'on doit faire. Plus de billet jaune ni de version latine, plus de *Pop*, plus de Bibliothèque, plus de brimades. Rien que toi et moi, sur la route.

Roan éclata de rire. James y répondit en entonnant le premier couplet de *La Marseillaise* qu'elle lui avait soufflé quelques heures plus tôt. Leurs voix résonnant en chœur, bras dessus, bras dessous, ils avancèrent sur la route, chantant à pleins poumons.

Dans un village, ils achetèrent du pain et du fromage et déjeunèrent au sommet d'une petite colline, en contemplant la campagne qui s'étalait à leurs pieds.

– Pour un peu, j'aurais l'impression d'être chez moi, dit Roan. C'est un peu comme ça, l'Irlande.

– Raconte-moi. Quand tu étais petite.

– Je suis née à Holycross, comté de Tipperary, dans l'ouest du pays. Le genre de patelin où, si tu éternues, tout le monde t'évite dès le lendemain. Je n'ai toujours eu qu'une idée en tête : partir. Mon père était charretier. Il livrait la bière à tous les pubs de la région avec son vieux cheval de trait et sa grosse carriole. Mes parents ont eu onze enfants. Cinq garçons et six filles. Deux de mes sœurs ainsi qu'un de mes frères sont morts en bas âge. Entre nous, on ne s'est jamais très bien entendus. Il fallait toujours se battre pour attirer un tant soit peu l'attention. Il n'y en a qu'un qui trouvait grâce à mes yeux, Johnnie, mon frère aîné. Pour moi, c'était un grand. Pour ne pas dire un adulte. Je le trouvais immense, magnifique, et il me défendait toujours contre les autres. Quand il a eu l'âge, il est parti à Limerick pour chercher du travail. Il a trouvé une place chez un imprimeur. Au commencement de la guerre civile, il s'est retrouvé coincé en ville par le siège de 1922. Les troupes gouvernementales l'ont pris pour un membre de l'IRA et l'ont abattu. Alors qu'il ne se battait pour personne. Simplement quelqu'un qui a eu le malheur de se trouver au mauvais endroit au mauvais moment. Seigneur, il me manque encore aujourd'hui ! J'avais six ans à l'époque. Après ça, ma vie à la maison a été un enfer.

– Plus tard ? demanda James. Comment tu t'es retrouvée à Eton ?

– Tout ça, c'est à cause de Dandy, répondit Roan. Ma vie a changé du jour où nos chemins se sont croisés, à Hollycross justement, alors qu'il était en cavale. Il se cachait dans une vieille grange. En secret, je lui apportais de quoi manger. Je venais d'avoir seize ans. Lui vingt-cinq. Il était plein d'assurance et me rappelait mon frère chéri.

– Pourquoi il fuyait la police ?

– C'était un rebelle. Un furieux. Un rouge, comme disaient les braves gens, bien qu'il fût davantage anarchiste que communiste. Malgré son jeune âge, il avait déjà fait sauter la maison d'un richard, à Belfast. Selon lui, l'IRA avait tout faux. Il pensait qu'ils auraient dû se battre pour les pauvres contre les riches, que c'était ça le vrai combat. Il m'a rempli la tête de ses idéaux, m'a communiqué sa soif de justice sociale et, au bout du compte, je suis partie avec lui. On a fini par atterrir à Dublin où on a rencontré toutes sortes de lascars. Des communistes, des gens de théâtre, des bandits, des types de l'IRA... Quelle époque ! On prévoyait de faire sauter le Parlement... Mais quelqu'un nous a balancés et on a dû quitter le pays dare-dare. On est allés en Espagne. Ensuite, au Portugal. Là-bas, on a rapidement sympathisé avec un groupe de communistes. On est allés à des réunions secrètes, on a étudié des livres, lu des pamphlets, bref on a appris comment le monde tournait vraiment. Jusqu'au jour où Améthyste est entré en scène. Il avait beaucoup entendu parler de nous. Il appartenait à une cellule top secret. La crème des agents soviétiques. Il nous a mis au parfum de ce qu'ils préparaient. Un truc spectaculaire, une action d'éclat qui ferait vraiment la différence.

– L'opération Snow-Blind ?

– Exactement. Un truc tellement confidentiel qu'il était interdit d'en parler à qui que ce soit, pas même aux militants de notre cercle. Améthyste et Rubis nous ont formés, entraînés, et puis j'ai été envoyée à Eton, au mois de janvier de cette année.

James garda le silence un long moment, se demandant, une fois encore, dans quel guêpier il était allé se fourrer.

– J'imagine que Dandy et toi avez changé de noms, dit-il finalement.

– Ça se pourrait.

– Le SIS n'avait aucune information sur toi. C'était quoi le vrai nom de Dandy.

– Bah, je vois pas quel tort ça peut lui faire. Maintenant qu'il est mort… Sean Cullinan.

– Et toi ?

– Ah, nous y voilà. Mais ça, mon petit pote, je le garde pour moi. Ce sera à toi de le découvrir.

– Tu crois pas qu'après tout ce que j'ai fait pour toi tu me dois un petit quelque chose ? demanda James en se retenant pour ne pas hausser le ton.

– Pour toi, répondit-elle en déposant un baiser sur sa joue, je suis comme un personnage de conte de fées, hein, *darling*? Seulement te donner mon vrai nom reviendrait à te donner un atout trop puissant contre moi.

– Je ne cherche pas à t'abattre, explosa James d'un ton rageur. Je veux simplement savoir qui tu es vraiment, Roan… Si tant est que ce soit comme ça que tu t'appelles.

– Ne sois pas fâché, *darling*. Je t'ai dit que j'étais une sorcière.

Et, sans lui donner l'occasion de répondre, elle attrapa son sac et descendit la colline en direction de la route.

25

Entre amis

Dans la vallée d'Inn, James était ballotté dans le même train que celui qui l'avait conduit à Kitzbühel quelques semaines auparavant. À ceci près que, cette fois-ci, il était accompagné de Roan et qu'il fuyait deux implacables services de police. Voilà des jours qu'ils étaient partis. Depuis Calais, ils avaient fait route au sud, direction Amiens, avant de bifurquer à l'est, vers Reims, puis Nancy, passant la frontière suisse aux environs de Bâle. Ensuite, c'était direct jusqu'à Kitzbühel. Le voyage s'était fait en train, en bus, en autostop, à bord de vieux camions déglingués ou de charrettes de paysans tractées par des chevaux, à vélo, après qu'ils en eussent acheté une paire pour pédaler sur une partie du chemin, et aussi, tout simplement, à pied, passant certaines nuits dans les champs, à la belle étoile, d'autres dans des granges ou des hôtels bon marché. Sauf à Reims où, pour le dix-neuvième anniversaire de Roan, ils avaient pris une chambre dans un bel hôtel et dîné dans un bon restaurant. En chemin, ils avaient fait l'acquisition de sacs à dos et d'habits français. Ils faisaient la route en osmose avec elle, se confondant avec ce rouleau d'asphalte qui semblait se dérouler à l'infini au-devant d'eux. James vécut cette escapade comme les plus belles vacances de sa vie, et pour cause, puisqu'elles n'étaient délimitées par aucune date butoir.

Seul écueil, mais néanmoins crucial : l'argent de l'enveloppe marron fondait comme neige au soleil, annonçant chaque jour avec un peu plus de vigueur le dur retour à la réalité.

Le paysage avait changé du tout au tout par rapport à la dernière fois où James l'avait vu. Certes, il y avait encore de la neige sur les plus hauts sommets, en revanche, à l'ombre d'arbres en pleine frondaison, les vallées étaient verdoyantes, parsemées de centaines de fleurs des champs. La campagne explosait de vie, comme si elle voulait profiter à fond de la clémence des éléments avant le prochain hiver. Des vaches à longs poils paissaient dans les prés, des oiseaux chantaient sur les toits. Partout, des hommes et des femmes en habit tyrolien s'acquittaient consciencieusement des travaux des champs.

Dehors toute la journée, James avait pris un teint ambré. Mince et affûté, il se sentait parfaitement à l'aise dans ses vieux vêtements poussiéreux. L'ensemble de ses possessions avait beau se réduire au contenu de son sac à dos, ça lui allait comme ça. De quoi d'autres aurait-il eu besoin ?

Sa vie de lycéen était derrière lui maintenant. En quelques jours, il était passé à l'âge d'homme. Il s'assit à côté de Roan qui regardait défiler le paysage par la fenêtre du wagon. Chaque fois qu'ils voyageaient en train ou en bus, ils étaient particulièrement prudents et ne s'adressaient que rarement la parole au cas où quelqu'un s'étonnerait de ce jeune couple aux accents étrangers.

Plus ils approchaient de leur destination, plus James était nerveux. Le comble de l'insouciance, il l'avait connu sur les routes de France, cheminant au côté de Roan sous le soleil, parlant de tout et de rien. Là, ils arrivaient à une étape cruciale de leur périple sans aucune visibilité de ce qui allait pouvoir se passer. En effet, depuis qu'ils s'étaient fixé Kitzbühel comme objectif, ils avaient foncé tête baissée pour l'atteindre, sans jamais se demander ce qu'il adviendrait une fois qu'ils y seraient.

Et puis il y avait autre chose qui le turlupinait. Un doute insidieux qu'il avait jusqu'ici soigneusement refoulé dans les tréfonds de son crâne, mais qui, maintenant qu'ils touchaient au but, là où tout avait commencé, revenait avec une vivacité lancinante projetant James vers cette fameuse nuit, à la clinique, où il avait été réveillé par les cris du Graf von Schlick.

« Ils vont tuer mon cousin Jürgen… »

Un des éléments qui avaient mis James sur la piste du complot de Dandy.

Pourtant, plus il y réfléchissait, moins ça avait de sens.

Von Schlick était là, à la soirée des Langton-Herring, à Windsor. Il s'était entretenu avec le prince de Galles. Quand James avait évoqué l'incident, il avait affirmé ne se souvenir de rien. Certes, la chose était plausible – après tout, il était en plein délire et il avait peut-être effectivement tout oublié sous l'effet des drogues. Mais pourquoi alors avait-il affirmé ne pas avoir de cousin George ? Bien sûr, on pouvait toujours supposer qu'il ne voulait pas aborder la question avec un gamin un peu trop curieux mais, s'il avait vraiment été au courant du complot visant à éliminer le roi George, pourquoi ne s'en était-il pas ouvert au prince ?

Pourquoi personne n'avait-il prévenu Sa Majesté ?

La première hypothèse, c'était que, bien qu'ayant connaissance du complot, ils en ignoraient les détails.

« Mais, dans ce cas, ils auraient quand même prévenu le SIS, non ? »

Or James était bien placé pour savoir que, le matin du 4 Juin, il était le seul à savoir ce qui se tramait, quand bien même ça avait lieu sous le nez de Merriot, Nevin, et les autres.

La seconde hypothèse, c'était que le Graf avait déliré sous l'effet de la morphine et qu'il ignorait tout du projet d'attentat, James ayant établi un lien là où il n'y en aurait eu aucun.

Impossible. Il avait bel et bien hurlé « *Schneeblind* », Snow-Blind, le nom de l'opération de Roan et Dandy.

En dépit des interrogations de James à ce sujet, Roan était restée dans le vague. Elle ne savait rien à propos du Graf. Ses contacts étaient tous à Lisbonne. Elle n'avait aucune idée de la manière dont ce membre de la noblesse autrichienne avait pu avoir vent de cette opération. Mais, là encore, Roan était restée évasive sur bien des sujets… James eut beau déployer des trésors d'ingéniosité pour lui tirer les vers du nez, elle n'avait rien lâché d'important sur le projet d'attentat pas plus que sur l'identité des personnes impliquées. Tout ce qu'il avait pu obtenir, c'était le nom d'Améthyste : Vladimir Wrangel.

En définitive, James avait cessé de poser des questions, n'étant pas, au fond, totalement désireux d'en savoir davantage. Cette affaire était derrière lui. Il avait sauvé Sa Majesté, c'était tout ce qui comptait. Snow-Blind, Améthyste, le Graf, c'était du passé, des reliefs d'une vie antérieure qu'il allait tout faire pour oublier.

Il en était là de ses réflexions quand, après un arrêt en gare de Jensbach, un homme entra dans leur compartiment. Il portait un gros sac à dos autour duquel était enroulée une corde d'escalade. Il devait avoir une vingtaine d'années et sa solide constitution tout comme sa coupe de cheveux faisaient clairement penser à un militaire. Il était équipé pour les courses en montagne : chaussettes hautes, grosses chaussures de marche, veste de chasse et chapeau de feutre mou. Indéniablement, il avait quelque chose d'anglais. James l'observa du coin de l'œil.

En Suisse, ce dernier avait acheté un journal anglais où il

n'avait rien trouvé ni sur Roan ni sur lui, ce qui ne voulait pas forcément dire que leur disparition ne faisait pas de vagues au pays. D'un air dont ils avaient pris l'habitude au cours de leur voyage, James croisa le regard de Roan, lui demandant d'être sur ses gardes.

Ce que James entrevit quelques instants plus tard, sous le pan de la veste de cet inconnu qui levait les bras pour poser son sac sur le compartiment à bagages, fit plus que confirmer ses soupçons. Ça le glaça.

– *Kommen Sie mit, lassen Sie uns erhalten Friscluft schnuppern*, dit-il en se tournant vers Roan.

Nul besoin de parler un traître mot d'allemand pour comprendre en le voyant se lever et quitter le compartiment en souriant qu'il convenait de lui emboîter le pas dehors.

– Qu'est-ce que t'as dit ? demanda-t-elle lorsqu'ils furent hors de portée d'ouïes indiscrètes, dans le couloir.

– J'ai dit, allons prendre l'air.

– Tu pourrais sans problème passer pour un vrai Allemand, tu sais ?

– Précisément, répondit James. Je ne sais pas qui est le bonhomme qui vient de monter, mais, dans un holster, sous sa veste, il a un Enfield # 2. Mark I. Un revolver en dotation dans nombre de services britanniques, au premier rang desquels les services secrets.

Roan pâlit.

– Tu plaisantes ?

– J'aimerais bien.

– Tu penses qu'il est là pour nous ? demanda-t-elle en jetant furtivement un œil vers le compartiment.

– Je l'ignore. Mais, si c'est le cas, c'est plutôt maladroit comme approche. Quoi qu'il en soit, on ne va pas prendre de risque. On descend à la prochaine. On trouvera bien un moyen de faire le reste du chemin.

– Et dire qu'on y était presque, se lamenta Roan. Pff! Je m'y voyais déjà.

– T'en fais pas, on va y arriver, dit James en posant une main sur son bras pour la rassurer. Maintenant, évitons d'attirer l'attention.

Ils retournèrent à leur place et attendirent patiemment l'arrêt suivant, Worgl, où ils prirent leurs sacs et descendirent.

James fut soulagé de constater que l'homme restait dans le train.

N'étant plus qu'à une trentaine de kilomètres de Kitzbühel, ils décidèrent de faire le reste de la route en taxi. Une décision parfaitement extravagante au vu de leurs finances, mais voilà plusieurs jours qu'ils faisaient attention à ce qu'ils dépensaient et, qui plus est, ils étaient exténués par le voyage. Tout ce qu'ils voulaient dorénavant, c'était arriver à destination.

Sur le trajet, les yeux perdus au-dehors, Roan déplora :

– Je pensais qu'on verrait de la neige. J'adore la neige. C'est si pur, si blanc, si vierge. À quoi bon la montagne s'il n'y a pas de neige ? C'est juste un horrible gros caillou.

– Il n'y a pas de neige ici, répondit James. Du moins pas en été. C'est trop bas.

– Oui, ben, le moins que tu aurais pu faire, c'est t'arranger pour qu'il y en ait quand j'arrive.

James demanda au chauffeur de taxi de les déposer à la lisière de la ville, en contrebas du chalet des Oberhauser. Il tenait à arriver à pied, justifiant intérieurement sa décision par le fait de cacher au chauffeur leur point de chute quand, au fond, il savait pertinemment qu'il s'agissait de se ménager un peu de temps pour réfléchir.

Et pour cause. Jusqu'ici, il avait toujours présumé que Hannes Oberhauser les accueillerait à bras ouverts. Et s'il se trompait ? N'aurait-il pas pris au pied de la lettre une invitation faite par pure politesse ? Après tout, c'était ce qu'on disait toujours aux invités : « Revenez quand vous voulez ; vous êtes ici chez vous… »

Trop tard. Il fallait y penser avant.

Le soleil déclinait. Une lueur indigo nimbait la vallée qui résonnait du tintement des cloches des vaches et du chant d'un ruisseau qui passait non loin de là. Deux tentes étaient plantées dans la pommeraie, en arrière-fond desquelles le sombre bois du chalet semblait presque noir. James sentit une boule se former dans son ventre.

Il hésita et jeta un œil par-dessus son épaule, embrassant du regard le panorama au creux duquel était niché Kitzbühel.

– Veux-tu que je t'attende ici ? demanda Roan. Juste au cas où tu te serais un peu trop avancé. Je te laisse dix minutes. Si t'es pas revenu me chercher à ce moment-là, je prends mes cliques et mes claques et je m'en vais.

– Ça va aller ?

– Va pas te mettre martel en ta jolie petite tête, James Bond. Je peux très bien me débrouiller toute seule.

– Merci.

– Sois pas bête. C'est moi qui devrais te remercier. Et sache que, quoi qu'il arrive, je garderai toujours un souvenir heureux de ces moments passés ensemble. Crois-moi, c'est bien mieux d'être libre que de moisir dans la pourriture d'une prison anglaise.

Elle le prit dans ses bras, le serra un court instant.

– Allez ! dit-elle en le repoussant gentiment. Vas-y maintenant. Va voir ton bonhomme.

Le ventre noué, la gorge sèche, James grimpa l'escalier menant au chalet et tira la corde qui pendait à côté de la porte.

À l'intérieur, il entendit tinter la cloche. Trois secondes plus tard, la porte s'ouvrit.

Les yeux à peine posés sur la solide silhouette de Hannes Oberhauser, dans l'encadrement de la porte, il sut que tout se passerait pour le mieux. Cette simple vision dissipa instantanément ses dernières craintes, James se sentant retomber en enfance, dans la peau du jeune garçon qui rentre à la maison.

– James ? s'exclama Hannes, une expression inquiète le disputant momentanément à la bonhomie générale de son visage, tanné par le soleil. Que fais-tu ici ? Tu as l'air soucieux. Tout va bien ?

James baissa la tête en luttant pour retenir ses larmes.

– Maintenant, oui.

Une demi-heure plus tard, James aidait Hannes à rentrer les vaches pour la nuit. Les grosses bêtes cornues avançaient mollement, bavant et meuglant en s'entassant dans l'étable.

James avait raconté à Hannes une partie de l'histoire. Une partie qui, pour omettre certains détails d'importance, n'en demeurait pas moins assez proche de la réalité. En bref, il y était question de tomber amoureux et de fuir l'école.

À son écoute, Hannes s'était montré discret et compréhensif, laissant James s'expliquer à son rythme, sans jamais le brusquer, ce qui ne voulait pas dire non plus qu'il lui accordait son absolution.

– J'ai su ce qui t'était arrivé l'an passé, dit-il. Du moins dans les grandes lignes. J'imagine que ça n'a pas dû être facile. Ça fait beaucoup pour un jeune gars comme toi. Je comprends aussi que ça ait pu te donner l'envie de t'évader. Mais tu es encore très jeune, James. La fille, elle, elle est assez mûre pour prendre ses décisions, mais, toi…

– Quand le moment sera venu, j'y retournerai, répondit James. Pour le moment, j'ai besoin de me mettre un peu au vert.

Hannes esquissa un sourire.

– Je t'aime bien, James, tu le sais. Et je serai plus qu'heureux de t'avoir un moment parmi nous. Mais je dois prévenir ta tante.

– Pas encore, objecta James. Bientôt.

– Mais elle va se faire un sang d'encre.

– En France, je lui ai envoyé une lettre, répondit James. Je vais lui en écrire une autre disant que tout va bien et que je suis entre de bonnes mains.

James avait bel et bien adressé une lettre à Charmian, *via* une enveloppe destinée à Perry, à qui il demandait de bien vouloir la poster de Londres ou d'Écosse afin que personne ne sache où il se trouvait. Il en ferait de même maintenant qu'il était en Autriche.

– J'ai simplement besoin d'un peu de temps pour m'éclaircir les idées, dit-il. D'ici là, j'aimerais autant que personne ne sache exactement où je suis.

– Dis, James. Tu n'as rien fait de mal, au moins ?

– Non.

– Et elle ?

C'est à cet instant que James prononça l'unique vrai mensonge de son histoire, avouant que Roan était en cavale, non pour échapper au Special Intelligence Service, comme c'était le cas, mais à la police.

– Elle s'est fait prendre en train de voler, dit-il. Je ne veux pas qu'elle ait d'ennuis.

Hannes gloussa doucement.

– Ça, c'est une histoire vieille comme le monde, dit-il. Celle du bon garçon qui met sa vie dans la balance pour les beaux yeux d'une jolie fille.

– Plus j'y pense, plus je me dis que je suis en train de faire une grosse bêtise, répondit James.

– Bah, il vaut toujours mieux faire les bêtises quand on est jeune, raisonna Hannes. Ça laisse le temps de tirer des leçons de ses erreurs. On devrait tous faire de grosses bêtises avant d'être vieux. À quoi bon être jeune, sinon ? En attendant, James, tu t'es mis dans un sacré pétrin.

– J'en ai conscience. Mais maintenant que je suis là, je vais m'atteler à clarifier les choses.

– On peut toujours fuir l'école, James. Ou la police, répondit Hannes avec un sourire triste. Hélas, on ne peut jamais échapper à soi-même. Tôt ou tard, la réalité se rappellera à toi, mon garçon.

– J'en ai conscience. C'est bien pour ça que je veux être prêt quand ça se produira.

Comme ils s'en aperçurent bien vite, James et Roan n'étaient pas les seuls à séjourner au chalet. En effet, les Oberhauser arrondissaient leurs fins de mois en louant leur terrain à des campeurs. Ce soir-là, à table, la grosse marmite de goulasch accompagnée de haricots verts et de pommes de terre qu'avait préparée Helga ne résista pas longtemps au féroce appétit des convives qui sauçaient goulûment leur assiette avec d'épais morceaux de pain.

James balaya la tablée du regard. Roan n'arrêtait pas de parler. Tout le monde tombait sous son charme. Il faut dire que, lorsqu'elle laissait ainsi libre cours à sa personnalité, elle était comme une étoile brillant au firmament et, de même que les papillons de nuit sont inexorablement attirés par la chandelle, ceux qui l'entouraient ne pouvaient éviter de succomber à l'aura qu'elle dégageait. Assis à côté d'elle se trouvait un Anglais d'une quarantaine d'années, nommé Mike Nicholson, qui parcourait les Alpes à la recherche de paysages, de fleurs et de plantes sur lesquels exercer ses dons d'artiste. James ne se faisait pas de souci à son égard, attendu qu'il était parti depuis le printemps et qu'apparemment il n'entretenait que peu de contacts avec le pays. Physiquement, c'était un petit homme rondouillard avec une barbe noire impeccablement taillée et des lunettes. De prime abord, James l'avait trouvé renfrogné et triste, mais il avait rapidement découvert en lui un humour grinçant ainsi qu'une bonhomie qui en faisait quelqu'un de particulièrement plaisant. Les deux autres campeurs, Luca et Bernard, faisaient de l'escalade ensemble pendant leurs vacances avant d'entamer un cursus universitaire à la faculté de Genève, à l'automne. Montagnards avertis, ils avaient aussitôt offert à James de les accompagner lorsque celui-ci leur avait avoué avoir pratiqué un peu de varappe, étant plus jeune.

Dans la douceur du foyer des Oberhauser, la bonne humeur était générale et la salle à manger résonnait du rire des convives. La nourriture était abondante. La bière coulait à flots. Les conversations allaient bon train. James se sentait vraiment entre amis.

Roan tourna vers lui son grand sourire.

Enfin, il avait le sentiment de pouvoir se détendre. Malgré ça, il n'y parvenait pas. Et si des dangers qu'il ne soupçonnait pas l'attendaient, tapis dans l'ombre ?

Et s'il se laissait aveugler ?

Aveugler par la réverbération sur la neige ?

Snow-blind.

26

Une odeur de mort

– Je m'ennuie, *darling*. Allons faire un tour, dit Roan en se balançant nonchalamment d'avant en arrière, un pied au sol, l'autre replié sous elle, dans le fauteuil à bascule de la terrasse.

– Avec plaisir, répondit James qui ne se souvenait pas avoir vécu un moment pareil depuis qu'ils avaient quitté Eton.

Un moment de parfaite insouciance. Il était serein, paisible. À tel point qu'il en devenait presque déprimé. Voilà trois semaines qu'ils étaient là. Et cela lui paraissait trois ans.

Cet après-midi-là, le vide s'était encore approfondi, le plongeant dans une humeur maussade et sombre. Il devait bien l'admettre, lui aussi s'ennuyait. Les difficultés, les tensions et les instants d'euphorie qu'ils avaient connus en venant ici ne l'avaient pas préparé à cette soudaine indolence. L'amertume du regret commençait à couler dans ses veines, un regret qui menaçait d'enfler en colère. En colère contre Roan.

C'était sa faute.

C'était à cause d'elle qu'il était venu ici.

« Non, James. Ne va pas sur ce terrain-là. Tu sais bien que ça ne te mènera nulle part. »

En effet, à y regarder honnêtement, personne ne l'avait forcé. Il avait agi de sa propre initiative. Mais, comme d'habitude, il avait foncé tête baissée sans vraiment réfléchir aux conséquences de ses actes, se ruant de lui-même dans les sables mouvants où il se débattait maintenant. En attendant, partir faire une balade n'était pas une idée plus mauvaise qu'une autre. L'exercice physique avait toujours été pour lui un moyen de se débarrasser des idées noires et des tourments intérieurs qui l'assaillaient dès que ses défenses montraient des signes de faiblesse.

Il se leva et s'étira, fit quelques pas jusqu'à la rambarde de la terrasse, baignée de soleil. La vallée s'étalait à ses pieds sous un air limpide et immobile où les bruits de la campagne se propageaient à des kilomètres à la ronde.

Les cloches des vaches…

Un autre jour qu'aujourd'hui, ce bruit lui eût sans doute paru charmant et pittoresque. Présentement, il le trouvait ridicule et agaçant.

– Bon alors, tu viens ? lança-t-il à Roan qui paressait toujours sur sa chaise.

– En fait, j'espérais que tu me dissuaderais, répondit-elle avec un sourire hésitant. Que tu me proposerais quelque chose de plus excitant à faire.

Mais quoi ? Depuis leur arrivée, ils avaient eu le temps de faire le tour de la question, s'étant plusieurs fois baignés dans le lac Schwarzee, ayant sillonné les vallées à bicyclette, arpenté tous les hameaux ainsi que les fermes les plus isolées de la région. Par deux fois, ils avaient fait le chemin de l'ancienne forteresse aux remparts blanchâtres qui s'élevait au centre de Kufstein, près de la frontière allemande, où tous les jours, à midi précise, l'orgue monumental d'une de ses tours jouait un petit récital en mémoire de tous ceux qui étaient tombés au champ d'honneur pendant la Grande Guerre. Un récital dont les échos résonnaient de vallée en vallée. De fait, par ici, la musique et la danse étaient partout. Pas un jour ne semblait devoir s'écouler sans un festival, un mariage ou une fête quelque part... Certains jours, James aidait aux travaux de la ferme, coupait du bois, binait les carrés de légumes. Les enfants lui avaient montré comment traire une vache. Il s'était familiarisé avec la fabrication du fromage en observant Helga, à la laiterie. Et puis, bien sûr, il y avait la montagne dont il avait parcouru les contreforts, gravi le sommet en funiculaire, escaladé les pics, où il s'était enivré de paysages grandioses. À plusieurs reprises, James avait gravi le Wilder Kaiser avec Hannes et ses pensionnaires, pendant que Roan allait faire les magasins ou s'essayait au dessin en compagnie de Mike Nicholson qui, soit dit en passant, semblait lui témoigner un intérêt dépassant le cadre maître élève. En dépit de toutes ces activités, James avait le sentiment de vivre dans une bulle. La première fois qu'il avait rencontré Roan, elle l'avait accusé de ne pas vivre dans le vrai monde. Or, à bien des égards, ce qu'il vivait actuellement était plus irréel que tout ce qu'il avait vécu à Eton. Et pour cause, il lui suffisait de regarder autour de lui ou d'entendre les cloches des vaches pour savoir qu'il n'était pas chez lui. C'était comme s'il vivait dans le corps d'un autre. Il avait beau tenter de se persuader qu'il possédait tout ce dont il avait toujours rêvé : la sécurité, une « famille », une fille à son bras... Il ne pouvait nier qu'il s'ennuyait.

Ne s'était-il pas berné lui-même en caressant le doux espoir de passer ici le reste de sa vie, menant la même existence que Hannes et sa famille, devenant, pourquoi pas, garçon de ferme, ou guide de montagne ou, éventuellement, moniteur de ski ?

– Bon alors, tu viens ? demanda-t-il en essayant d'oublier sa morosité. Premier au portail !

Et il démarra au sprint. Après un temps de réaction de l'ordre de quelques secondes, Roan l'imita, ne tardant pas à le rattraper dans la course au portail du verger. D'un bond, James sauta la clôture. Roan s'arrêta pour ouvrir la barrière et sortir en marchant.

– Pff ! Tu m'épuises, James Bond ! dit-elle, langue pendante. T'as toujours la bougeotte, comme ça ?

– Pas du tout, c'est toi qui es fainéante.

Ils s'engagèrent sur le chemin descendant vers Kitzbühel.

– Alors, où veux-tu aller ? demanda James en se baissant pour ramasser un bâton.

– Tu sais, répondit Roan, on n'est pas obligés. Si tu préfères faire autre chose…

– Bah, maintenant qu'on est partis. On a plusieurs heures devant nous avant le dîner. Autant en profiter.

Un nuage masqua le soleil, les plongeant brutalement dans la fraîcheur de l'ombre. Roan agrippa le bras de James et le serra, presque comme si elle avait peur.

– Je déteste quand le soleil disparaît. C'est comme si une vie s'éteignait.

– Ne dis pas n'importe quoi, c'est simplement un nuage.

Soudain songeuse, Roan s'arrêta et lâcha le bras de James.

– Allez, on rentre, dit-elle. J'ai changé d'avis.

– Tu changes d'avis comme de chemise.

Roan balaya la vallée du regard.

– Si seulement Dandy était là, dit-elle après un silence. Il adorait la montagne.

Une pointe de culpabilité noua le ventre de James. Roan ne parlait jamais de Dandy. C'était un sujet que tous deux évitaient soigneusement.

– Il savait toujours quoi faire, poursuivit-elle. Il savait prendre des décisions dans l'instant et s'y tenir. Bien sûr, il arrivait qu'il se trompe et sa tête de cochon têtue et bornée l'a parfois conduit droit dans le mur, mais, là, je suis certaine qu'il aurait eu une idée.

– Franchement, qu'on aille se balader ou pas, y'a pas de quoi en faire un fromage, répondit James. Mais, tu vois, rester ici à baragouiner, c'est encore plus énervant que d'être assis à rien faire.

– Ils ne lui ont pas donné les derniers sacrements, dit Roan.

– Quoi ?

– Quand ils l'ont tué. Il n'y avait pas de prêtre. Il est mort dans le péché.

– Excuse-moi, mais je crois que Dieu s'était depuis longtemps fait un avis sur Dandy.

Roan le fusilla du regard. James réalisa qu'il venait de dire ce qu'il ne fallait pas. Le sourire de la jeune femme s'évanouit. Ses yeux noirs embués de larmes lançaient des éclairs haineux.

– Tu t'en fous de lui, hein ?

– Ce n'est pas ce que j'ai dit, se défendit James. D'ailleurs, si tu veux tout savoir, je ne sais pas quoi penser à son sujet. Enfin, je te rappelle quand même qu'il a essayé de me tuer.

Roan resta silencieuse un moment, la poitrine battant au rythme de ses profondes respirations. Finalement, son sourire reparut ou, à tout le moins, une expression qui s'apparentait à un sourire.

– Allez, on y va, dit-elle en démarrant à grands pas, sans un regard pour James.

Celui-ci secoua la tête, puis courut la rattraper.

– Deuxième édition. Où on va ? demanda-t-il.

– Et si on allait à la petite chapelle au-dessus de St Johan.

– Ça fait une trotte, argua James.

– Oh ! Ça fait trop pour ses pauvres petites jambes ? demanda Roan d'un ton moqueur.

– Non, c'est pour toi que je disais ça.

– T'en fais pas pour moi, James Bond. Je sais me débrouiller toute seule. Je te l'ai déjà dit. Merci bien.

Sur ces mots, elle partit d'un grand éclat de rire et se remit à courir. James lui emboîta le pas aussitôt.

Rejoignant bientôt la grand-route, ils traversèrent la rivière sur un pont aux abords de Kitzbühel puis rejoignirent un sentier longeant les contreforts du Kitzbüheler Horn le long duquel il était beaucoup plus agréable de cheminer que sur le bord de la route. Ils marchaient à allure soutenue, d'un pas décidé. Au début, Roan sembla avoir retrouvé sa bonne humeur coutumière, parlant à bâtons rompus, changeant de sujet à tout bout de champ. À peine si elle laissait à James le temps de rompre son incessant monologue, comme si elle craignait par-dessus tout que s'installe le moindre silence. Elle parlait de choses sans importance : des fleurs dont Mike Nicholson lui avait appris les noms, illustrant son propos d'une imitation hilarante dudit Mike, des vaches, de ses chaussures, de la mode, des costumes que portaient les filles d'ici, de son enfance en Irlande, des films qui l'avaient marquée, de la musique sur laquelle elle aimait danser... Les kilomètres aidant, le flot de ses paroles vint à se tarir, comme si, ayant épuisé tous les sujets, elle ne trouvait plus rien à dire.

Quand ils aperçurent enfin la chapelle, ils marchaient depuis près de deux heures et il leur restait encore une demi-heure pour y être. Un lourd silence avait depuis un moment déjà remplacé l'inextinguible soliloque de Roan. James se demanda si elle pensait toujours à Dandy. Il tenta bien de lui parler, essaya de lui remonter le moral. Sans réel succès. Elle avançait d'un air maussade en se rongeant les ongles. Peut-être était-elle tout simplement fatiguée par l'interminable marche qu'ils venaient de faire. Quoi qu'il en soit, elle garda pour elle ce qui occupait ses pensées.

La chapelle s'élevait, seule, à côté d'un petit bois au pied de la face nord du Kitzbüheler Horn. À l'instar des autres bâtiments de la région, elle était construite en bois, avec un toit fortement pentu.

– Premier à la porte ? proposa James dans une énième tentative pour dissiper le vague à l'âme de sa compagne.

Pour toute réponse, celle-ci s'arrêta, le prit par le bras, et l'embrassa.

– En quel honneur ? demanda James, surpris et ému.

– Comme ça, pour rien, répondit Roan. Ou plutôt, pour tout.

– Pourquoi les filles sont-elles toujours si impulsives ?

– Nous ne sommes pas impulsives, objecta Roan. Nous sommes au contraire parfaitement rationnelles. C'est juste que les garçons ne comprennent pas toujours notre logique.

– Si tu le dis…

Roan l'embrassa à nouveau en le serrant dans ses bras.

– James, murmura-t-elle à son oreille.

– Quoi ?

– Je sais que tu as fait tout ça en raison des sentiments que tu as pour moi.

– Certes.

– Se pourrait-il aussi que tu partages certains de mes idéaux ?

Désarçonné, James chercha une minute de trop sa réponse.

Après un profond soupir, Roan tourna brusquement les talons et se dirigea d'un pas pressé vers la chapelle. James se précipita derrière elle.

– Je suis désolé.

– Non, coupa aussitôt Roan. C'est moi qui devrais être désolée.

James vit alors que ses yeux étaient mouillés de larmes.

– Bon, maintenant qu'on est là, qu'est-ce qu'on fait ? demanda James en tentant maladroitement de changer de sujet. Je dois avouer que je n'ai jamais été très porté sur les vieilles pierres.

– Peu importe, répondit Roan. D'ailleurs plus rien n'importe dorénavant.

– Excuse-moi, mais je peine à comprendre…

C'est alors que deux hommes sortirent de l'église.

James comprit aussitôt que quelque chose ne tournait pas rond. Ces types n'avaient l'air ni de marcheurs ni de touristes en baguenaude, encore moins de dévots venus assister à un service religieux. Lunettes de soleil, costume sombre, chapeau, tout cela collait mal avec le paysage, sans parler du long pardessus en cuir noir qu'arborait l'un d'eux. Ils s'arrêtèrent, dévisagèrent James un instant, puis un des deux hommes opina du chef et ils s'avancèrent d'un pas décidé.

Du regard, il interrogea Roan, qui détourna la tête. L'homme au pardessus de cuir dégaina un Luger qu'il pointa fixement sur son ventre. Sidéré, James n'esquissa pas le moindre mouvement de fuite. Quant à livrer bataille, cela eût été tout simplement suicidaire. Non. L'instant de surprise passé, il sentit un énorme poids s'abattre sur ses épaules et une terrible lassitude s'emparer de lui.

Les deux hommes le prirent par le bras et l'escortèrent de force derrière l'église où deux berlines Mercedes-Benz, identiquement noires, étaient cachées sous les arbres.

James fut poussé sans ménagement à l'arrière de l'une d'elles, l'homme au pardessus de cuir prenant place à côté de lui. Roan monta dans la seconde, en compagnie de l'autre type.

Un chauffeur était déjà au volant, un passager à son côté. Celui-ci dit quelque chose en russe, le chauffeur démarra le moteur.

Alors qu'ils partaient, James se retourna pour voir si la voiture de Roan suivait. L'homme au pardessus de cuir le gifla.

– Regarde devant toi.

James eut soudain la désagréable impression de revivre l'enlèvement avec Nevin, jusqu'à la planque où les attendait Merriot. Partant des déconvenues qu'il avait affrontées ce jour-là, il se prépara au pire. En effet, il ne faisait guère de doute que, dans peu de temps, sa vie allait une fois de plus basculer et qu'il aurait à affronter une nouvelle série d'épreuves. Dans cet océan d'inconnu, une chose néanmoins était sûre. Roan l'avait trahi. Elle lui avait menti et l'avait délibérément conduit ici, dans ce piège, où elle l'avait livré à…

« À qui, au fait ? »

Tandis qu'ils tanguaient sèchement dans les ornières, que le chauffeur abordait pourtant au pas, sur le chaotique chemin pentu conduisant à la route proprement dite, en contrebas de l'église, l'homme au manteau de cuir tira les rideaux des fenêtres latérales. James pouvait toujours voir par le pare-brise, mais le paysage qui, il y a dix minutes encore, lui semblait pittoresque et charmant lui apparaissait maintenant détestable. Les quelques paysans qu'ils croisèrent regardèrent passer la voiture d'un air morne, le visage impassible.

Il les détestait. Il détestait l'intégralité de ce foutu pays.

L'homme au manteau de cuir alluma une cigarette d'odorant tabac turc, emplissant l'espace confiné de l'habitacle d'un étouffant nuage de fumée. James se sentit pris de nausées.

Sur le siège passager, l'autre homme entrouvrit la fenêtre. Puis il glissa quelque chose au chauffeur qui partit d'un rire gras. Après quoi l'homme se retourna sur son siège et James encaissa le deuxième choc de la journée.

Il le reconnaissait.

Il faut dire que des yeux boursouflés de la sorte ne s'oubliaient pas facilement. La dernière fois que James les avait croisés, c'était à la soirée des Langton-Herring, avec le Graf von Schlick.

Il n'était pas plus avancé pour autant. Von Schlick était autrichien et non russe. Bien sûr, cela ne l'empêchait pas d'appartenir à la mouvance communiste. Quoi qu'il en soit, il y avait définitivement quelque chose là-dedans qui lui échappait encore.

Enfin, la bonne nouvelle, c'est qu'il était vivant. En effet, s'ils avaient voulu l'éliminer, James avait toutes les raisons de penser qu'ils l'auraient déjà fait.

De retour dans la vallée, la voiture prit la direction de Kitzbühel avant de poursuivre vers le sud, en direction des hautes Alpes. Peu après Jochberg, ils bifurquèrent sur une route secondaire et ralentirent l'allure, enchaînant une série de virages en épingles à cheveux dont on pouvait supposer qu'ils menaient à un col.

Ce n'est que vingt minutes plus tard qu'ils parvinrent à destination. Le soir tombait. Dans la lumière crépusculaire, James ne distingua que les contours massifs d'une haute bâtisse de pierre grise ainsi qu'un grand portail de bois sombre, à double battant. Des cris retentirent, suivis du tintement métallique de lourds écrous. Les portes s'ouvrirent, la voiture s'avança sur une allée de graviers, le bruit de son moteur se réfléchissant en écho sur les hauts murs des bâtiments alentour. Ils étaient dans une sorte de cour. La voiture s'arrêta, James entendit les portes se refermer derrière eux.

Sans un mot, on le fit sortir de la voiture.

La première chose qui le frappa, c'était l'odeur. Une puanteur méphitique. Mélange d'égouts et de déchets organiques en décomposition qui l'obligea à plaquer d'instinct une main sur sa bouche et son nez.

Il réalisa bientôt qu'il se trouvait dans la cour d'un vieux manoir alpin, accroché à flanc de montagne. On avait beau être au début du mois de juillet, il régnait là une atmosphère froide et lugubre. Les volumes étaient hauts, carrés, percés de minuscules ouvertures. À l'ombre du sommet qui dominait l'ensemble, les façades couvertes de mousse et de moisissures ruisselaient d'humidité.

La deuxième voiture arriva bientôt et se gara non loin de la première. James aperçut Roan disparaissant à grands pas dans un bâtiment secondaire, sa chevelure faisant comme un éclair d'argent dans la semi-obscurité.

Dans la voiture, l'homme au manteau de cuir n'avait cessé de fumer, allumant une nouvelle cigarette au mégot de celle qu'il finissait. Celle qu'il avait présentement à la bouche n'était qu'à moitié consumée, il la jeta néanmoins par terre et la piétina avec autorité sur les graviers. En dépit des nausées que ces cigarettes lui avaient occasionnées pendant le voyage, James aurait encore préféré ça à l'ignoble remugle de fosse septique qui flottait dans la cour. Une odeur de mort.

Des clés raclèrent dans des serrures. Une grande porte au sommet de la volée de marches du perron s'ouvrit en grinçant. Un homme sortit et s'immobilisa au sommet de l'escalier, les yeux fixés sur James.

Graf von Schlick.

Vêtu d'un long manteau noir, en peau retournée, rehaussé d'un chapeau en astrakan, le cou dissimulé derrière un haut col montant jusqu'au menton. Il portait cravate et gants de cuir. Comme d'habitude, la peau singulièrement lisse de son visage lui faisait une sorte de masque.

– James Bond, dit-il d'une voix aussi terne et monocorde que ses traits étaient impassibles. Bienvenue au château du Donnerspitze ! Je ne pousserai pas le cynisme jusqu'à vous souhaiter un agréable séjour car tout porte à croire qu'il n'en sera rien.

– Merci pour votre franchise, répondit James dont le

calme apparent contredisait la frénétique agitation qui s'était emparée de ses neurones.

En effet, le Graf avait abandonné le murmure chuintant avec lequel il s'exprimait d'habitude. Or James était certain d'avoir déjà entendu cette voix quelque part. Mais associée à un autre visage.

– Vous voudrez bien excuser cette odeur nauséabonde, déclara-t-il ensuite. Mes hommes s'en occupent. Une conduite bouchée quelque part, sans doute. À moins qu'une pauvre bête ait jugé bon de franchir le mur d'enceinte pour venir crever chez nous.

S'avançant davantage, il s'immobilisa à seulement quelques centimètres de James.

– Vous ne me reconnaissez pas, n'est-ce pas ? Il faut dire qu'au début, moi-même, j'ai eu du mal à le faire. La chirurgie a énormément progressé. L'opération a réussi au-delà de mes espérances. En revanche, votre visage à vous, je le reconnais. Il est à jamais gravé dans ma mémoire.

Cette voix. Si familière. Ce ton si monocorde, sans intonation aucune ni dans les aigus ni dans les basses.

Où l'avait-il entendue ?

– Durant toute cette série de douloureuses opérations, une chose m'a fait tenir, poursuivit le Graf. L'idée qu'un jour nous nous reverrions et que je pourrais enfin achever ce que j'avais commencé au loch Silverfin.

– Silverfin ? s'exclama James. Mais alors…

– Sans doute avez-vous cru que j'avais péri dans l'incendie. Pour tout dire, il s'en est fallu de peu, mais je suis néanmoins parvenu à m'en extirper. Non sans souffrir de regrettables dommages corporels, il est vrai.

C'était comme parler à un automate. La voix était mécanique, les traits ne laissaient rien paraître. Seule la bouche béait légèrement, sous des yeux perpétuellement écarquillés, sans le moindre battement de cils et qui ne montraient aucune émotion.

– Docteur Perseus Friend, affirma finalement James d'une voix blanche.

– En personne. Mais entrez, entrez, je vous en prie. Nous avons tant de choses à nous dire. Sans compter que ça vous fera sûrement plaisir de discuter un peu… avant de mourir.

27

Sauver les apparences

Le hall de réception était incroyablement vaste et haut de plafond. À croire qu'il n'avait pas été conçu pour des êtres humains, mais bien pour une sorte de géant de conte de fées. Les murs laissaient apparaître la pierre grise dans laquelle ils étaient taillés et s'élançaient tels des remparts vers le plafond où ils se perdaient dans l'ombre d'une lourde charpente en bois supportant un toit en pente. Et, de toute évidence, la douceur estivale du dehors n'était pas parvenue à les percer. En effet, il y régnait un froid sépulcral que la petite pile de bûches se consumant dans la monumentale cheminée peinait à dissiper.

Le décor ramena instantanément James un an en arrière, dans un autre sinistre château, situé à l'ouest de l'Écosse, celui-là. Le château Hellebore. C'est là que James avait rencontré le Dr Friend pour la première fois. À l'époque, celui-ci travaillait pour lord Hellebore, un psychopathe qui essayait de créer une substance capable de transformer de vulgaires soldats en invincibles machines de guerre. Le Dr Perseus Friend dirigeait l'équipe de scientifiques qui travaillaient pour Hellebore. Grâce à James, le laboratoire avait entièrement brûlé. De fait, il gardait précisément en mémoire le moment où Friend s'était précipité dans le bâtiment en flammes pour sauver ses travaux. Jamais il n'aurait pensé le revoir un jour.

Quelle funeste méprise !

Car il était bel et bien là, devant lui, assis au bout d'une longue table de bois sombre, sirotant un verre d'eau glacée.

Les murs de la salle à manger étaient décorés de vieux portraits charbonneux, de bannières passées et de quelques improbables morceaux d'armure. James supposa que les portraits représentaient des membres de la famille von Schlick. Restait à savoir pourquoi le Dr Friend se faisait passer pour le Graf et aussi ce qu'il avait à voir avec l'attentat manqué contre le roi George ? James avait toujours pressenti que le Graf jouait un rôle dans cette histoire. Pourtant, jusqu'ici, il n'avait découvert aucun lien le raccordant à Roan.

Ça n'avait aucun sens. Friend avait bien travaillé pour les Russes, par le passé, mais il avait fini par changer de camp et était passé à l'Ouest. Avait-il une fois de plus retourné sa veste ? Ou bien ce qui se tramait était plus compliqué que ça ? James eut bientôt le sentiment que ses questions n'allaient pas rester sans réponses.

En effet, au terme d'un moment où il avait été seul à table, flanqué de deux gardes armés qui ne l'avaient pas quitté des yeux, le Dr Friend les avait rejoints. À peine s'il avait regardé son prisonnier en entrant. Il s'était simplement assis en bout de table et, pendant de longues minutes, avait siroté son verre d'eau en silence, son visage artificiellement lisse ne trahissant aucune émotion, aucun mot ne s'échappant de sa bouche.

Enfin, Friend s'était tourné vers James. Celui-ci gardait le souvenir d'un homme avec des lunettes, or, celui qu'il avait devant lui n'en portait pas. Ce qui faisait apparaître ses yeux encore plus étonnamment fixes et délavés.

– Une question m'a aidé à tenir durant ces semaines et ces mois où je suis resté alité dans différents hôpitaux d'Europe, à souffrir le martyre, dit-il avant de marquer une pause et de faire bruyamment passer une lampée d'eau fraîche entre ses lèvres décharnées. Je me demandais ce que je vous dirais si d'aventure je vous revoyais. Cette question me hantait au point que j'en suis venu à répéter des phrases du genre : « Ah, James Bond, comme on se retrouve ! Hélas, j'ai bien peur que cette fois l'issue n'en soit très différente. » Enfin, vous voyez l'idée. Pourtant, malgré mes efforts, je n'ai trouvé aucune formule qui me satisfasse entièrement. C'était toujours trop… – comment dit-on, déjà ? Ah oui ! Trop cliché. Comme les répliques de l'horrible méchant dans un vulgaire mélodrame hollywoodien. Je cherchais toujours, lorsque vous êtes apparu dans ma chambre, à la clinique, où j'étais bien trop choqué et surpris pour dire quoi que ce soit. D'une part, avec tous ces bandages, je n'en avais guère le loisir, d'autre part, il eût été parfaitement stupide de me découvrir à ce moment-là. Aussi ai-je gardé le silence. Comme quoi, parfois, le mieux est encore de ne rien dire.

Le ronron monotone de sa voix, allié à l'immobilisme de ses traits cireux, le faisait davantage ressembler à un mannequin animé par quelque mécanisme qu'à un être de chair et de sang.

– Mais… J'imagine que vous brûlez de savoir ce que je fais ici, sous les traits du Graf von Schlick, poursuivit-il. Et bien, en attendant l'arrivée de ces dames, je vais vous le dire. Vous allez voir, je suis sûr que ça va vous plaire.

L'incendie faisait rage lorsque je me suis précipité à l'intérieur où j'ai immédiatement compris que tout était perdu, que le laboratoire serait détruit, et moi mort, si je ne sortais pas immédiatement de cet enfer. Des poutres s'étaient effondrées. Elles bloquaient la porte par laquelle j'étais entré. En revanche, il y avait une issue du côté du lac. Et pour cause, les portes avaient entièrement brûlé. J'ai juste eu le temps d'attraper une trousse et, en un éclair, j'ai bondi hors de la fournaise et plongé dans le lac. L'eau a aussitôt éteint les flammes qui avaient dévoré mes vêtements – et aussi, je le crains, une grande partie de mon corps. J'ai nagé. Je n'avais pas le choix. Sachant le goût des anguilles pour le sang et, qui plus est, pour les morceaux de chair calcinés que je perdais en bougeant, elles n'allaient pas manquer de me prendre en chasse. Par chance, le bruit, l'agitation, l'intense chaleur et la pluie de débris tinrent l'essentiel de la meute à l'écart. Je n'eus donc à souffrir des morsures que des plus intrépides d'entre elles. Sans trop savoir comment, j'ai réussi à atteindre la rive opposée et je me suis hissé sur la berge. Là, j'ai pris un risque. Je me suis injecté une dose du sérum que nous venions de mettre au point et que nous n'avions pas encore eu le temps de tester. Les quelques fioles que j'avais dans ma trousse étaient de la dernière génération. Je savais que c'était ma seule chance de survie. D'ailleurs, c'est ce qui m'a donné la force de continuer, sans compter que ça a accéléré le processus de cicatrisation. Après avoir rampé dans les bois, je me suis traîné jusqu'à la maison d'un des employés de Hellebore, un pilote. Cet homme s'était toujours montré loyal, et il avait été grassement payé. Suivant mes instructions, il a fait ce qu'il pouvait pour panser mes plaies, puis, contre une forte somme d'argent, je lui ai offert de me transférer ailleurs dans l'avion privé du patron. À la faveur de la nuit, nous avons décollé et nous sommes allés en Islande, puis en Norvège et, enfin, en Suisse. Je me faisais régulièrement des injections pour tenir. Quelle ironie de constater qu'avec cette dernière mouture du sérum, nous avions résolu l'essentiel des problèmes qui s'étaient posés jusque-là ! En d'autres circonstances, cette molécule eût été une avancée spectaculaire pour la science. Quoi qu'il en soit, son apport permit à mon système immunitaire de cicatriser les plaies dont mon corps était couvert. Il n'empêche, les lésions étaient importantes. Très importantes. En Suisse, j'ai été admis à l'hôpital où j'ai entamé une éprouvante suite d'opérations s'étalant sur plusieurs mois. Mais, comme je l'ai dit, ce n'est pas uniquement le sérum qui m'a permis de tenir, c'est aussi l'espoir d'une revanche. Une revanche envers vous. Envers votre patrie.

– Donc vous vous êtes tourné vers les Russes, supposa James.

Friend avala une lampée d'eau glacée en fixant des yeux son vis-à-vis.

– Voyez-vous, penser que, par deux fois, mes plans ont échoué à cause d'une larve telle que vous m'est particulièrement désagréable. (Il marqua une pause ; son regard se tournant vers la porte à laquelle James donnait le dos.) Ah ! Voilà ces dames !

James pivota sur sa chaise. La première à entrer dans la pièce fut Roan, vêtue d'une simple robe blanche qu'il ne lui avait jamais vue. Elle avait ôté sa perruque et, manifestement, passé du temps à s'apprêter, comme en témoignait le maquillage que James lui voyait pour la première fois. Elle faisait plus âgée qu'à l'accoutumée. Et elle avançait. Regardant droit devant elle. Sans un geste pour lui.

Une autre femme ne tarda pas à suivre le même chemin, dans une chaise roulante remise aux bons soins de l'homme aux yeux bouffis. Elle aussi était belle. S'il n'y avait eu cette fatigue que l'on lisait sur ses traits. De la fatigue ? Pas seulement. Sa tête dodelinait mollement sur ses épaules. Elle avait les yeux à peine ouverts, la bouche était tordue en une moue absente, le teint pâle et luisant. En approchant de la table, sa tête roula du côté de James. Leurs regards se croisèrent. Une lueur passa furtivement dans les yeux de la jeune femme qui sembla soudain revenir à la vie, lui lançant un regard implorant qui s'éteignit presque aussitôt. Son menton retomba sur sa poitrine. Ses traits se relâchèrent à nouveau.

– Bien le bonsoir, mesdames, lança le Dr Friend tandis que Roan tirait une chaise pour s'asseoir et que l'on poussait l'autre femme devant une place vide. Et j'ose espérer que vous nous honorerez également de votre présence, Vladimir ?

– *Da*, répondit l'homme aux yeux en ballon de baudruche en s'asseyant au côté de Roan.

– Des présentations formelles n'ayant pas encore été faites, je vais de ce pas réparer cet impair, poursuivit le Dr Friend en s'adressant à James. Voici mon associé, Vladimir Wrangel, également connu sous le nom d'Améthyste. (Wrangel se tourna vers James et le toisa d'un œil torve.) À son côté, la belle Roan, alias Diamant. Mais, suis-je bête, vous savez déjà tout cela. Cette autre beauté est Liesl Haas, la maîtresse du Graf, que j'ai décidé de garder ici pour sauver les apparences. En d'autres temps, je dirais qu'elle a éclaboussé cet endroit de sa grâce, hélas, pour l'heure, elle a reçu tellement de sédatifs qu'elle pourrait aussi bien avoir passé le Styx.

Ceci expliquait cela. Cette femme était droguée. Décidément, la soirée s'annonçait sous les meilleurs auspices.

Tout à coup, une détonation assourdie résonna au loin. Suivie de l'écho plus net d'un craquement.

– Parlant de sauver les apparences ! s'exclama le Dr Friend. Le son de notre canon ! Une prise de guerre d'un certain général Franz von Schlick à l'issue du siège de Vienne par les Turcs en 1683. Depuis, immuablement, chaque fois qu'un von Schlick réside ici, l'heure pile est marquée d'un coup de canon. Du point du jour au crépuscule. Charmante tradition familiale, vous ne trouvez pas ? Et quelle façon originale de commémorer la liberté retrouvée. De fait, c'est de là que le Schloss tire son nom. *Donnerspitze*. Le château du pic du tonnerre.

Il tapa dans ses mains et deux domestiques dépourvus de tout uniforme apportèrent à table des bols de soupe froide.

– Je ne mange plus que froid, expliqua le Dr Friend. La chaleur, quelle qu'elle soit, m'indispose. Dorénavant, pour moi, c'est eau froide et aliments froids. À cet égard, ce château me convient tout à fait.

Il aspira bruyamment une cuillérée de soupe.

– Mmh, fameux ! s'extasia-t-il avant de se tourner vers Roan et d'ajouter : j'étais justement en train de raconter à James mes péripéties médicales.

Roan bougonna quelque chose sans lever le nez de son assiette.

– Oui, les docteurs ont été proprement stupéfaits de la rapidité avec laquelle mon épiderme a cicatrisé, poursuivit-il, et aussi de la facilité avec laquelle les greffons ont pris. Il faut dire qu'à leur insu, je continuais à m'injecter du sérum SilverFin. Aujourd'hui, ma réserve est épuisée, mais, au moins, je suis toujours là pour en parler. Oh, bien sûr, tous ces séjours à l'hôpital ne m'ont pas coûté que du temps et des souffrances. Heureusement, j'avais pris mes précautions en mettant de côté une petite fortune en pièces d'or, subtilisées au nez et à la barbe de lord Hellebore lui-même, tant je pensais bien avisé de me prémunir contre cet être fourbe, parfaitement indigne de confiance.

– Contrairement à vous, sans doute, ironisa James.

– Serait-ce de l'humour ? répondit Friend. Il me semble que oui. Je n'ose me prononcer tant j'ai peu de penchant pour la chose. Je vous demanderai donc de bien vouloir éviter d'en faire en ma présence. Je n'ai aucun talent ni pour l'humour ni pour le second degré. À mon sens, un homme doit dire franchement ce qu'il pense, un point c'est tout.

– Si vous y tenez, répliqua James. Vous êtes une vipère.

– Vous voyez, répondit Friend, c'est plus fort que vous. Il

faut toujours que vous procédiez par métaphores. Je ne suis pas une vipère, très cher, je suis un homme. Un homme d'une grande intelligence, bien plus malin que lord Hellebore qui, pour être brillant scientifique, n'en était pas moins piètre stratège. Il s'est fourvoyé tout du long. Au plan militaire, le projet SilverFin était une pure perte de temps. Il est passé à côté des véritables finalités de l'expérience. Car nous n'avons nullement besoin de soldats plus résistants. Les hommes constituent une ressource bon marché, disponible quasiment à l'infini. Il suffit de les engendrer en nombre suffisant. Non, la guerre de demain se jouera sur la technologie des armes et sur les progrès de l'intelligence. J'aime ce mot. *Intelligence.* J'ai toujours été quelqu'un d'intelligent. Et c'est sur cette qualité que je m'appuie pour bâtir mon avenir.

C'était donc ça, raisonna James. Des vanités. Tout ce que voulait le Dr Friend c'était flatter son ego, plastronner en public, démontrer à James à quel point il était fin. Ne lui en déplaise, celui-ci avait eu son compte de maniaques se prenant pour des génies. La seule chose que cela lui inspirait c'était un certain mal au ventre.

À moins que ce ne soit la soupe ?

Il en avala péniblement une autre cuillerée. Il avait beau mourir de faim, il devait lutter pour terminer la ration de liquide saumâtre qui s'agitait au fond de son bol. C'était froid et gris et il y flottait des morceaux de trucs indéfinissables. Au bout du compte, il repoussa son bol à moitié plein. Après tout, rien ne l'obligeait à se montrer poli en pareille compagnie. Un instant, il se demanda même s'il ne devait pas renverser par terre l'immonde lavure en signe de dégoût.

– C'est lors de mon séjour en Suisse que j'ai rencontré Wrangel, poursuivit le Dr Friend. Wrangel est un espion qui me courait après depuis qu'il avait entendu dire que je parlais couramment le russe, l'allemand et l'anglais. Notre rencontre m'a permis de découvrir un homme charmant, connaissant très bien le Royaume-Uni, mais aussi les Russes, pour lesquels il avait travaillé. Un homme doué d'un esprit vif et animé de belles et grandes ambitions. Grâce à lui, je suis entré en contact avec ses supérieurs, en l'occurrence, l'extrême sommet de la pyramide. Tous ensemble, nous avons fomenté un plan. Et lorsque j'ai été suffisamment rétabli, j'ai pris la tête d'une unité secrète chargée de la mise en œuvre de l'opération Snow-Blind.

– Donc, Obsidienne, c'est vous ? dit James.

Le Dr Friend acquiesça d'un signe de tête pendant que les deux domestiques servaient le plat suivant. Du jambon froid accompagné d'un œuf dur et d'un mélange de chou cru et d'oignons émincés, avec, à part, une assiette de nouilles froides. L'ensemble n'avait rien de plus réjouissant que le bouillon.

– J'ai envoyé Wrangel et son équipe à Lisbonne, poursuivit le Dr Friend de sa voix monocorde. C'est là que furent recrutés Roan et Dandy. Deux éléments rêvés pour notre mission. Du sang neuf, fraîchement arrivés sur le continent, totalement acquis à la cause communiste et qui cherchaient par tous les moyens à se rendre utiles. Qui plus est, des éléments suffisamment jeunes et naïfs pour ne pas poser trop de questions. Des révolutionnaires idéalistes, aveuglés par leur zèle.

– Comment ça, aveuglés ? le coupa Roan, la fourchette immobilisée en l'air, à quelques centimètres de la bouche.

– Pensiez-vous vraiment, ma chère, qu'après l'assassinat du roi George, les classes populaires allaient se soulever comme un seul homme et renverser leurs patrons ? Croyiez-vous sincèrement qu'il s'agissait là de l'étincelle qui allait mettre le feu aux poudres et conduire à l'instauration de votre utopie communiste en Grande-Bretagne ? Enfin, soyons sérieux. Les Anglais sont des moutons. L'âme de ce peuple se caractérise par son conservatisme, son sentimentalisme et son attachement aux traditions. Ils aiment leur famille royale plus qu'ils ne s'aiment eux-mêmes.

– Dans ce cas, pourquoi nous avez-vous envoyés au casse-pipe ? demanda Roan, la voix cassée.

– Tout à l'heure, je vous ai dit que j'étais imperméable à l'humour, répondit Friend. Pourtant, je dois bien admettre que l'ironie de la situation présente n'est pas pour me déplaire.

– Expliquez-vous, ordonna la jeune femme.

– Eh bien, pour tout vous dire, le drapeau sous lequel j'ai choisi de me ranger n'est frappé ni du marteau ni de la faucille, ma chère, mais bien de la swastika.

La fourchette de Roan tomba bruyamment au creux de son assiette.

– Je… Je ne comprends pas, bredouilla-t-elle.

– Qu'est-ce qu'y te faut de plus ? s'emporta James. Tu as été manipulée de bout en bout par le camp d'en face. C'est un nazi.

– Non, hurla Roan. Ce n'est pas possible ! Ce n'est pas vrai !

– Tout à fait vrai, confirma le Dr Friend. Voyez-vous, Lisbonne est une ville ouverte. Un horrible panier de crabes où s'ébattent librement les agents doubles, voire triples, les roublards en tout genre et les requins de haute mer. Il n'est pas rare d'y croiser des gens qui ne savent pas eux-mêmes pour qui ils travaillent. Wrangel et son équipe n'ont eu aucun mal à identifier les membres de la cellule communiste et à les éliminer. Martinho Ferreira, la tête du réseau, a été étranglé sans coup férir et remplacé par un homme à nous, Cristo Oracabessa. Les communistes auxquels vous pensiez avoir affaire, Roan, n'en étaient pas. Vous traitiez avec des nazis. Le temps que les Russes comprennent ce qui était en train de se passer, la machine était lancée. Dandy et vous étiez déjà partis pour l'Angleterre où vous ne rendiez plus compte qu'à une personne et une seule, Wrangel, alias Améthyste.

– Mais… Mais Wrangel est russe ! s'insurgea Roan.

– Tous les Russes ne sont pas communistes, très chère, argua à juste titre le Dr Friend. Wrangel est un Russe blanc, pas rouge. Il a tout perdu avec l'avènement des communistes. Il travaille à la restauration de l'ordre ancien depuis ce jour.

– Foutaises ! protesta Roan.

– N'avez-vous donc pas écouté ? poursuivit Friend. Je vous l'ai dit. Je ne plaisante pas. Je n'aime pas ça. Snow-Blind est une opération allemande de A à Z. Avalisée par Hitler en personne. Un homme d'une grande intelligence, lui aussi, soit dit en passant. Un plan audacieux, à la vérité, qui n'était pas sans comporter de risques. En revanche, nous savions que, si nous le menions à bien, ce serait un triomphe. À ce propos, Roan, je tiens à vous remercier personnellement, en mon nom et en celui de Hitler. Vous avez été d'une aide précieuse à la cause fasciste.

– Non ! hurla Roan. Je suis communiste ! Pas fasciste !

– Et quelle différence ça fait ? Tu m'expliques ? s'insurgea James. Quel que soit le nom, ou la couleur, qu'on lui donne, un ramassis de fanatiques reste un ramassis de fanatiques, c'est-à-dire beaucoup de gesticulations et de discours grandiloquents et autant de haussements de menton derrière lesquels se cache le même désir : étendre sa domination sur le monde. Avec, pour résultat final, le sacrifice de millions d'innocents.

– Vous vous trompez, rétorqua le Dr Friend. Nous ne sommes pas tous pareils. J'ai vu ce dont les communistes étaient capables lorsque j'étais plus jeune. C'est peu de dire que je n'ai pas apprécié ce dont j'étais témoin. Ils ont répandu le soupçon et la peur jusque dans leurs propres rangs. Quiconque faisait preuve d'indépendance d'esprit ou d'ambition était impitoyablement sanctionné, banni, exécuté. Au sommet de la hiérarchie s'ébattent en toute liberté des esprits simples, arriérés, sans foi ni loi, d'une ignorance crasse. Des paysans ! J'ai toujours su que j'étais en danger avec les communistes. À l'inverse, les nazis savent apprécier le talent à sa juste valeur. Le mien en particulier.

Roan secouait la tête en répétant inlassablement : « non, non, non... »

– L'Europe est sur le fil du rasoir, poursuivit le Dr Friend, sourd à ces bougonnements. Le continent tout entier est en équilibre précaire entre d'un côté le fascisme, de l'autre le communisme. De nombreux pays font les yeux doux à Hitler par crainte d'une contagion bolchevique. L'histoire a légué trop de fortunes à défendre, trop de familles royales à protéger, trop de possédants ayant tout à perdre sous le règne du socialisme. Dans le même temps, avec le fascisme, ce sont leurs précieuses libertés individuelles qu'ils craignent de perdre. Finiront-ils par mettre définitivement la démocratie de côté et embrasser la cause de Hitler ? Peut-être – si cela les garantit contre l'extension du péril rouge. Pour ce qui est de votre souverain, James, il ne se soucie guère de Hitler. Il est solidement assis sur son trône et bénéficie d'un large soutien populaire. Personne en Grande-Bretagne n'aurait l'idée de changer l'ordre établi. En revanche, son fils, Edward, le prince de Galles, tient en haute estime ce que Herr Hitler a réalisé dans son pays. Avec lui sur le trône, les choses auraient pu changer. Mon plan était donc simple : éliminer le régent de la plus spectaculaire des manières et laisser croire à tout le monde que c'était le fait des communistes. Dans l'effervescence consécutive à son départ pour l'au-delà, la Grande-Bretagne aurait certainement eu à cœur de répliquer et de porter un coup fatal à la Russie. Et vers qui se serait-elle tournée pour nouer une alliance contre la menace soviétique ? Je vous le demande ? Vers l'Allemagne, bien sûr. Le seul pays d'Europe ayant assez de courage pour s'opposer efficacement aux communistes. Avec le prince Edward sur le trône, le Royaume-Uni serait ainsi devenu le plus fidèle allié de l'Allemagne et la doctrine du national socialisme, ou, si vous préférez, du nazisme, s'y serait facilement répandue. Là et ailleurs, puisque d'autres pays, émus par le drame, n'auraient pas manqué de prendre soudain conscience du péril qui les menaçait. Hitler serait alors devenu le leader incontesté de l'Europe, et plus aucune puissance n'aurait eu la force de se dresser sur sa route.

James esquissa un sourire. Tous ces éléments décousus qui l'avaient si longtemps déconcerté finissaient par prendre forme. Et, la vérité, c'était qu'ils s'étaient tous faits roulés dans la farine. Merriot, Nevin, Roan, Dandy, James lui-même. Personne n'avait su voir au fond des choses. Il n'y avait jamais eu de complot communiste. C'étaient les nazis qui, depuis le début, tiraient les ficelles. Comble de l'ironie, la seule à avoir un tant soit peu compris ce qui se passait était le colonel Sedova qui avait sans doute découvert la machination à Lisbonne et avait tenté ensuite de l'enrayer.

La guerre de l'ombre, comme l'avait appelée Merriot. Agents et espions s'entretuant dans le noir, ignorant jusqu'à l'identité exacte de l'ennemi qu'ils croyaient combattre.

Et cette guerre ne finirait jamais, avait dit Merriot. Des batailles se profilaient même dangereusement à l'horizon. Des batailles au solde desquelles il n'était pas dit que James ne figure pas au rang des victimes collatérales.

– Moi, dit-il, je crois que vous vous fourrez le doigt dans

l'œil. Jusqu'au coude. Jamais l'Angleterre ne se serait tournée vers Hitler.

– Vous croyez ?

– J'en suis convaincu.

– Dans ce cas, expliquez-moi comment nous avons fait pour mettre si facilement en place Roan et Dandy à Eton ?

James se contenta de hausser les épaules. Et pour cause. Il n'en avait aucune idée.

– Grâce à l'aide de nos amis anglais, très cher, fit valoir le docteur. Contrairement à ce que vous affirmez, Hitler n'a pas que des ennemis dans ce pays, bien au contraire. Ce sont eux qui nous ont appris que le prince ferait un bien meilleur allié que le roi. Mais nous devions en avoir l'assurance. Ainsi fut-il décidé que je prendrais la place de Graf von Schlick, un cousin éloigné, pour le vérifier. Nous avons simulé un accident de voiture. Deux corps couverts de bandages sont arrivés à la clinique. Le Graf et moi. Wrangel l'a bourré de sédatifs pour le faire tenir tranquille jusqu'à l'opération. Malheureusement, la seule nuit où il ne pouvait pas être là pour garder un œil sur lui, il s'est mis à crier et à faire un raffut de tous les diables. Ce qui vous a incité à venir voir ce qui se passait.

Encore une part du mystère sur laquelle James pouvait enfin lever le voile.

– Le Graf connaissait vos intentions, n'est-ce pas ?

– En effet. Malgré son état, et malgré la dose de drogues que nous lui avions administrée, il en avait compris beaucoup plus long que nous ne le pensions. Avec un autre que vous, cela n'eût pas posé de problème. Le Dr Kitzmuller, un des chirurgiens de la clinique, était des nôtres. Un Allemand, fervent adorateur de Hitler. On aurait fait comme avec le Graf. Pendant son opération, le malheureux a succombé à une surdose d'anesthésiant. Ne me restait plus qu'à prendre sa place. Dans tous les sens du terme, puisque, profitant de l'occasion qui nous était offerte, nous avons apporté la touche finale à ma reconstruction faciale, ce à quoi j'ajoutai bientôt des lentilles de contact de mon cru pour que mes yeux correspondent à peu près à ceux du Graf. Je ne peux pas les supporter plus de quelques heures d'affilée. Largement suffisant pour ce que j'avais à faire. Quant à la dissemblance physique, il était facile de mettre ça sur le compte des séquelles de l'accident. La preuve, la plupart des gens n'y ont vu que du feu. À regret, nous avons toutefois dû tuer sa femme, qui eût sans doute rapidement découvert la supercherie.

– Donc, si je comprends bien, avant même que Dandy ait pu approcher le roi, vous aviez déjà tué trois personnes ?

– Huit, corrigea le Dr Friend. Vous semblez oublier les agents de la cellule de Lisbonne.

– Désolé, répliqua James. Au temps pour moi, Dr Friend !

– Non, non, objecta ce dernier. Perseus Friend n'existe plus. Remarquez, ce n'est pas plus mal… attendu qu'il était *persona non grata* dans bien des endroits. En revanche, le Graf von Schlick ! Cousin éloigné du roi d'Angleterre ! Vous avouerez que ça ouvre des portes. Ma nouvelle identité m'a ainsi permis de voyager sans encombre en Angleterre, où j'ai pu rencontrer le prince ainsi que nombre de nos sympathisants.

– Grand bien vous fasse ! répondit James. J'ose toutefois vous rappeler que Sa Majesté est toujours en vie. L'opération Snow-Blind est un échec. Vous avez fait tout ça pour rien.

– En effet, soupira le Dr Friend. Parce qu'une fois de plus, vous, James Bond, êtes venu ruiner les plans que j'avais si patiemment élaborés. Voilà pourquoi, demain, dès l'arrivée du Dr Kitzmuller, je vais vous écorcher vif…

28

Tu lâches jamais le morceau, toi, hein ?

– Je présume que vous avez intégré le fait que votre mort est inéluctable, James. Mais, voyez-vous, je suis quelqu'un de pratique. À ce titre, j'ai horreur du gâchis. Il se trouve que vous êtes jeune, fort, en parfaite santé. Votre peau est ferme. D'une élasticité enviable. À cause de vous, la mienne est, à l'inverse, aussi craquelée que le cuir d'une vieille paire de croquenots. Certaines parties de mon corps sont encore couvertes d'horribles cicatrices du plus mauvais effet. Aujourd'hui, je suis assez fort pour supporter une nouvelle opération et, vous n'allez pas le croire, j'ai installé un modeste bloc opératoire ici même, au Schloss. De nouvelles greffes de peau au niveau du dos, du cou, des jambes et des mains ne peuvent me faire que du bien. Et le donneur est tout trouvé. Après tout, ce n'est qu'un juste retour des choses compte tenu de ce que vous m'avez infligé. Œil pour œil, dent pour dent… peau pour peau.

– Non !

Roan s'était levée d'un bond en hurlant, un couteau de table à la main. Elle se précipita vers le Dr Friend qui, imperturbable, la regarda approcher sans esquisser le moindre geste.

Elle n'avait pas fait quatre pas que Wrangel se levait de table et, l'attrapant par l'épaule, la fit pivoter avant de lui asséner un puissant coup de poing au menton. Pour un homme de sa corpulence, il se déplaçait avec une étonnante aisance. Son direct n'en fut que plus dévastateur.

Sans un bruit, Roan s'effondra sur le sol, s'étalant de tout son long sur les dalles de pierre glacées.

– Il semblerait que, contrairement à ce que ses agissements pourraient laisser croire, la donzelle se soit éprise de vous, James, commenta Friend en baissant les yeux sur le corps inerte de la jeune femme.

– Que comptez-vous faire d'elle ? demanda James en essayant d'adopter un ton aussi détaché que celui du docteur.

– Elle a échoué dans la principale mission que nous lui avions confiée, en revanche, pour tout le reste, elle s'en est plutôt bien tirée. Elle est parvenue à s'évader sans se faire prendre et, qui plus est, elle vous a livré à moi. Néanmoins, il est de la plus haute importance que les Anglais continuent de croire que ce sont bien les communistes qui sont derrière ce projet d'attentat. Nous ne pouvons prendre le risque qu'elle évente la véritable nature de l'opération Snow-Blind. Donc, elle aussi devra mourir.

James attrapa une carafe d'eau en verre taillé et la lança de toutes ses forces en direction du Dr Friend. Celui-ci devait s'attendre à une riposte car il esquiva le projectile d'un simple mouvement de côté. Dans un fracas de verre brisé, la carafe s'écrasa pitoyablement sur le sol derrière lui, sans faire de victime.

– Bel acte de bravoure ! complimenta le Dr Friend de sa sinistre voix égale. Nous verrons demain si vous êtes toujours aussi sémillant, lorsque nous vous disséquerons sans anesthésie devant la fille. Hélas, pour ma part, je serai endormi. Mais j'envisage sérieusement de faire filmer l'intégralité de la scène par mon cher Wrangel. Je suis sûr que ça sera un plaisir d'étudier ses réactions lorsqu'elle vous verra hurler de terreur et vous tordre de douleur, lorsqu'elle verra votre jolie enveloppe d'Apollon réduite à l'état de carré de viande à l'étal d'un boucher. Quand tout sera terminé et que je me serai remis de l'opération, il se peut même que je me délecte de l'exécuter moi-même. Une rouge de moins.

Roan grogna en reprenant lentement connaissance. James se précipita, l'aida à se relever. Elle tituba un instant, caressa sa mâchoire endolorie, avant que ses jambes ne se dérobent à nouveau sous elle. James la rattrapa.

– Merci, murmura-t-elle.

– N'en parlons plus, répondit-il, avec une pointe d'amertume.

Roan se tourna vers lui. Deux grosses larmes coulaient lentement sur ses joues.

– Je suis désolée, dit-elle.

– Un peu tard pour les regrets.

Wrangel s'invita dans la conversation en poussant violemment James dans le dos.

– Allez, avance.

– Enferme-les dans les chambres à côté de celle de Fräulein Haas, notifia le Dr Friend. Et fais bien attention de ne pas abîmer le jeune homme. Je tiens à sa peau.

Côte à côte derrière Wrangel, deux gardes armés sur leurs talons, Roan et James s'enfoncèrent dans les profondeurs du manoir. La jeune femme esquissa un geste vers la main de James, qui s'y refusa.

– Tu savais qu'ils étaient là, hein ? Dans la région de Kitzbühel ?

– Oui, avoua doucement Roan.

– C'est pour ça que tu as accepté sans broncher ma proposition de venir nous planquer ici ?

D'un air penaud, Roan opina du chef puis expliqua :

– Améthyste nous a dit que la cellule de Lisbonne avait été démantelée et qu'Obsidienne était basé en Autriche. Pour le reste, j'ignorais tout. Je ne savais rien ni du Graf ni du docteur Friend.

– Il n'empêche, tu avais tout planifié depuis le début ?

Roan ne répondit pas.

– Oui ou non ? coupa James d'une voix tranchante.

– Oui, acquiesça-t-elle dans un souffle.

– Après tout ce que j'ai fait pour toi. Comment as-tu pu me trahir ainsi ?

– J'ai essayé de t'expliquer, se justifia Roan. La cause pour laquelle je me bats nous dépasse nous, en tant que personnes. Toi, moi, on ne compte pas. Ce qui compte, c'est le sens de l'Histoire. Ce qui compte, c'est que nous gagnions la lutte, quels que soient les moyens employés. Crois-moi, *darling*, ça m'a brisé le cœur. Vraiment. J'ai toujours été amoureuse de toi. Mais, parfois, il faut savoir sacrifier les choses que l'on aime sur l'autel de plus grands desseins.

– Je n'ai jamais entendu pareilles inepties, dit James.

– Ce ne sont pas des inepties, répliqua Roan d'une voix tremblante. Je me bats pour les ouvriers, pour les pauvres qui, partout dans le monde, vivent sous la botte du…

– Oh non ! je t'en conjure, épargne-moi ça. J'en ai par-dessus la tête des discours sur la misère, les masses laborieuses, les prolétaires du monde… Tu es prête à te battre pour des gens que tu ne connaîtras jamais, alors que moi qui suis là devant toi, en chair et en os, tu me fais, sans hésiter, passer par pertes et profits. Pourquoi ? Parce que je viens d'un milieu privilégié ? Parce que j'étais à Eton ? Parce que je suis anglais ? Alors ça fait de moi un détail de l'Histoire ? Une broutille insignifiante ?

– J'étais perdue, *darling*. Je ne savais pas quoi faire. J'avais peur à la fois des Anglais et de ceux qui m'avaient engagée. Je savais qu'ils étaient sans pitié. Comme tu as pu t'en rendre compte, ma mission a échoué. J'étais terrifiée à l'idée de ce qu'ils allaient me faire endurer. J'ai toujours su que tu avais de l'importance à leurs yeux. J'ai pensé que, si je te livrais, j'obtiendrais peut-être leur clémence.

– Friend a raison, rétorqua James. C'est vraiment burlesque.

– Si j'avais su ce qui allait se passer, sanglota Roan, je m'y serais prise autrement, mais j'étais aux abois, je voulais sauver ma peau.

James partit d'un petit rire moqueur.

– Et, pour finir, c'est la mienne que tu as donnée.

– Je ne savais pas, *darling*...

– Ça, j'ai cru le comprendre, *darling*, répliqua James, accusateur. D'ailleurs, en résumé, tu ne savais rien de rien sur rien. Résultat ? On va mourir tous les deux. Et, que je sache, ça ne fera pas avancer d'un iota la cause du peuple.

La chambre dans laquelle James fut enfermé était une petite pièce basse de plafond percée d'un unique vasistas carré. Les murs étaient gris, le sol de pierre on ne peut plus rustre, et les seuls éléments de décor censés égayer ce lugubre réduit étaient un lit en bois, un lavabo à l'ancienne supportant un bassin d'eau et un tapis miteux tirant vers le caca d'oie.

Pour couronner le tout, il y régnait une infâme puanteur.

Comme si les relents de pourriture qui l'avaient pris à la gorge en arrivant dans la cour étaient tous concentrés là.

Il se rua aussitôt à la fenêtre dans l'espoir de faire entrer un peu d'air frais.

Las, une épaisse grille d'acier scellée sur la façade bloquait le mouvement du vantail qui ne s'ouvrait que de quelques centimètres. Suffisamment néanmoins pour faire entrer une bouffée de vapeurs nauséabondes de l'extérieur. Le souffle pestilentiel lui fit l'effet d'une gifle. Il plaqua une main sur sa bouche et recula, secoué d'un haut-le-cœur.

Il prit son mouchoir, le trempa dans le lavabo et se masqua le visage. Puis il retourna à la fenêtre et se colla à l'ouverture pour appeler : Roan

Quelques secondes plus tard, une réponse lui parvint.

– James ? C'est toi ?

– Oui. Écoute, je suis désolé pour ce que j'ai dit. J'étais en colère, et déçu.

– On le serait à moins, *darling*. Je peux comprendre. Jésus, Marie, Joseph ! Qu'est-ce que ça pue ! On doit être juste au-dessus de la fosse septique.

– Possible ! hurla James. Dis, tu vois quelque chose de ta fenêtre ?

– Non, pas vraiment. J'arrive pas à l'ouvrir assez. Mais de ce que j'en vois, on doit être côté vallée parce que y'a un sacré vide là-dessous.

– Le vide, c'est pas le plus grave, répondit James. Si j'arrivais à me glisser dehors, je pourrais peut-être trouver un moyen de descendre et d'aller chercher de l'aide.

– Tu lâches jamais le morceau, toi, hein ?

– On peut dire ça comme ça.

– Crois-moi, *darling*, j'apprécie ta ténacité, mais tu n'es encore qu'un gosse. Regarde les choses en face. Personne ne va venir nous sauver. Tu te souviens du jour où je t'ai dit que je voulais rester jeune et belle toute ma vie ? Eh bien, on dirait que mes vœux vont être exaucés.

– Ça, ça reste à prouver, rétorqua James. En tout cas, ne compte pas sur moi pour rester là sans rien faire en attendant que le jour se lève. Je préférerais encore finir écrabouillé par terre plutôt que de voir ce malade se faire un justaucorps avec ma peau.

– Tu crois qu'il le ferait vraiment ?

– Je n'en doute pas un instant, répondit James, car contrairement à toi, je connais le personnage.

– J'ai peur, James. Cet endroit me fiche la chair de poule.

– T'inquiète pas. On va pas faire de vieux os.

James passa la chambre au peigne fin à la recherche de tout ce qui pourrait lui être utile. Le lit était couvert d'un drap et d'une fine couverture. En les découpant en lanières et en les nouant ensemble, il pourrait éventuellement improviser une corde. Mais, pour que cela serve à quelque chose, il fallait d'abord passer le rempart de la fenêtre. Il pouvait démonter le lit et se servir des pieds comme d'une arme. En même temps, il ne goûtait guère l'idée d'affronter les nervis du docteur et leurs pistolets avec un vulgaire morceau de bois. Il pouvait essayer de défoncer la porte avec le lavabo, mais le bruit ne manquerait pas d'alerter les gardes qui rappliqueraient aussitôt.

Il retourna à la fenêtre. Impossible de voir dehors par le minuscule entrebâillement. Ne restait plus qu'à la sortir de son cadre.

« C'est comme si c'était fait. »

Il retira sa chaussure et sortit le canif caché dans le compartiment secret du talon. Puis il déplia la lame et gratta les couches de peinture qui avaient successivement recouvert les éléments de la charnière puis il s'attaqua aux vis. C'était sans espoir. Elles étaient soudées par la rouille. En revanche, le bois du dormant était tendre. Il devait être là depuis au moins cinquante ans et, de toute évidence, l'entretien des huisseries extérieures n'avait pas fait partie des priorités du docteur lorsqu'il s'était installé.

James enfonça énergiquement la lame de son couteau dans les fibres du bois.

« Oui. Ça va marcher. »

Il lui fallut près d'une heure de minutieux efforts pour gratter, évider et raboter l'encadrement, mais, au bout du compte, il put sans peine arracher les vis et déposer la fenêtre. Maintenant, il pouvait tranquillement s'occuper du reste.

En guise d'escabeau, il poussa le lit sous l'ouverture, réajusta son mouchoir pour se protéger de l'affreuse puanteur qui planait toujours dans l'air, puis se pencha dehors pour étudier la manière dont la grille était scellée.

De gros boulons rouillés affleuraient aux quatre angles. Les barreaux d'acier faisaient un bon centimètre de diamètre et le mur de façade était constitué de blocs de granit taillés dans la masse.

De toute évidence, retirer la grille n'était pas envisageable.

Tant qu'il avait été à l'œuvre, concentré sur son ouvrage, James avait presque oublié le souffle méphitique qui sévissait autour du manoir. Il s'y était fait. Mais, maintenant que le vent se faisait plus violent, il le prenait à nouveau à la gorge. L'estomac au bord des lèvres, il courut au lavabo pour remettre de l'eau sur son mouchoir. Ça ne le prémunissait pas totalement de cette diablerie, mais ça aidait un petit peu.

Il se rapprocha de la fenêtre et leva les yeux au ciel. De lourds nuages poussés par un vent frais le disputaient à une lune scintillante, brillant au firmament de la nuit, qui éclairait le paysage par intermittence.

Il attendit une éclaircie et regarda en bas.

Ce qu'il découvrit n'avait rien d'encourageant.

Un vide vertigineux s'ouvrait sous lui. Une zone de rochers escarpés s'étalait directement en contrebas, au-delà de laquelle il distinguait vaguement la cime de grands pins. Quand bien même il parviendrait à faire sauter le verrou de la grille d'acier, descendre le long de la façade nécessiterait un équipement d'escalade.

« Pourquoi ne pas grimper, alors ? »

Il tourna la tête et leva les yeux. Des nuages obscurcissaient la lune.

Durant un moment, il ne vit rien d'autre que la noirceur de la façade. Au-dessus de sa fenêtre, il semblait y avoir une sorte de corniche parsemée d'herbes folles et de petits arbustes qui avaient poussé dans les anfractuosités de la maçonnerie. Il changea de position et étudia les côtés. À gauche se trouvait la fenêtre de Roan, à droite, une forme se découpait contre le mur. Une pierre peut-être, ou un autre arbuste.

Il tourna à nouveau la tête vers le haut. Un maigre rayon lumineux, filtrant des nuages, vint jouer sur un morceau de métal. Concentré, James attendit le retour de la lumière, bien décidé à ne pas laisser passer sa chance si, d'aventure, celle-ci se présentait.

Quelle barbe, ce temps ! Les nuages finirent toutefois par passer. Et la forme d'un objet métallique, peut-être un outil, se fit peu à peu jour jusqu'à ce que, finalement, crevant l'obscurité, se dessine… un piolet.

Que diable faisait ce piolet pendu au-dessus de la fenêtre de sa chambre ?

À la lueur de la lune, il commença à distinguer les détails avec plus de précision. Le piolet pendait dans le vide, accroché à une corde le long de laquelle glissa le regard de James. Elle était prise dans une vieille racine qui saillait de la paroi.

L'obscurité retomba sur le Schloss. James attendit une nouvelle éclaircie. Finalement, le ciel se dégagea enfin et c'était comme si une poursuite balayait la façade.

James se glaça en réalisant que la masse sombre qu'il avait vue sur sa droite n'était autre que celle d'un cadavre, pendu la tête en bas à une seconde corde, passée autour de sa taille et entortillée à l'une de ses chevilles, après quoi elle remontait tout droit jusqu'à un mousqueton, fiché dans la paroi, environ cinq mètres en surplomb de la dépouille.

Avec une brutalité choquante, James comprit l'origine de l'affreuse odeur qui régnait autour du château. Difficile de dire depuis combien de temps il était pendu là. Mais l'accident ne devait pas dater d'hier car le corps était dans un état avancé de décomposition.

Cuit au soleil, battu par les vents, le faciès était comme momifié, d'une teinte presque noire. Les lèvres desséchées s'étaient rabougries sur les dents en une grimace morbide. Les yeux avaient depuis belle lurette disparu. Mangés par les oiseaux. Ne restaient que deux trous béants, horriblement vides. La curée des oiseaux ne s'était pas arrêtée là. Ils avaient également arraché de nombreux lambeaux de chair tant et si bien que, par endroits, les os du visage étaient à vif.

L'arrière du crâne paraissait anormalement aplati, du sang séché était pris dans les cheveux et de longs filets d'humeurs visqueuses pendaient de la tête.

Il avait dû discrètement escalader la façade depuis le bas puis faire un faux pas et s'être fracturé le crâne dans l'accident.

À l'évidence, le Dr Friend ignorait qu'il était là, sans quoi il l'aurait fait enlever.

Un homme qui, comme lui, se préoccupait autant de sauver les apparences n'eût certainement pas apprécié d'avoir un macchabée se balançant au mur de son château.

Luttant pour surmonter sa répulsion, James détailla plus avant la dépouille. La manière dont cet homme était habillé lui rappelait vaguement quelque chose. C'est alors que, sous l'aisselle, il avisa le cuir patiné d'un holster retenant un Enfield # 2 Mk I.

L'Anglais qu'ils avaient croisé dans le train.

James repensa à la discussion qu'il avait eue avec Merriot,

des semaines auparavant, alors qu'ils marchaient tous deux à l'ombre des ormes bordant l'allée d'Upper Club. Qu'est-ce qu'il avait dit déjà ?

« Une destination qui, je peux vous le dire maintenant, ne relevait pas uniquement de l'agrément. J'étais en opération. Des choses à creuser… »

Or, à l'époque, tous deux ignoraient que l'opération Snow-Blind et le regain d'activités allemandes à la frontière du Tyrol étaient liés. D'ailleurs, Merriot l'ignorait certainement encore. La seule explication plausible que James put trouver était que le SIS avait mis le Schloss Donnerspritze sous surveillance rapprochée et que l'homme pendu à côté de sa fenêtre n'était autre qu'un agent britannique en mission.

Quoi qu'il en soit, un pistolet était accroché à son côté.

Que James parvienne à s'en emparer et cela ferait de lui le plus heureux des hommes.

29

Pour le roi, pour la patrie

Passant un bras entre les barreaux d'acier, James tendit la main pour attraper le piolet. Debout sur le lit, il se ratatina contre le plafond de la cage, dans l'espoir d'allonger le bras au maximum. Il tâtonna quelques instants jusqu'à ce que, enfin, il sente au bout de ses doigts la froideur de la lame. Il poussa sur ses jambes pour gagner quelques centimètres, l'épaule littéralement encastrée dans la grille d'acier. D'une chiquenaude, il fit se balancer l'objet au bout de sa corde. Lorsque celui-ci revint vers lui, il le saisit par la lame et tira d'un coup sec. La corde se libéra de la racine à laquelle elle était accrochée, James assura sa prise tandis que la longe s'abîmait le long de la façade en ondoyant comme un serpent en fuite. À charge pour lui de ne pas lâcher car la corde semblait étonnamment lourde. De fait, en se tendant, elle lui déboîta à moitié l'épaule. Il tint bon et, une minute plus tard, le piolet comme la corde étaient remontés en sécurité dans la chambre. Ensuite, il tenta d'évaluer la distance qui le séparait du cadavre. S'il parvenait à l'accrocher en lançant le piolet, il serait peut-être en mesure de l'attirer assez près pour attraper le revolver.

Il esquissa un sourire.

« Il y a toujours un moyen. »

Au jugé, il mesura la longueur de corde nécessaire et la noua solidement à un barreau d'acier. Puis il fit passer le piolet à travers la grille et laissa filer la corde entre ses mains jusqu'à sentir l'objet peser à l'aplomb de la fenêtre. Après quoi, il imprima un mouvement de balancier à la longe et, dès qu'il estima l'impulsion suffisante, tira sur ses bras pour lancer le piolet sur le mort. La lame heurta vainement la poitrine, puis retomba dans le vide.

James recommença. Cette fois, le piolet s'écrasa sur le visage de sa cible avec un craquement nauséeux.

James se sentit pris d'un malaise, celui du profanateur de sépulture.

« N'y pense pas. Cet homme est mort. Voilà longtemps qu'il ne sent plus rien. En outre, si, comme on peut le penser, il s'agit bel et bien d'un agent britannique envoyé en mission de renseignement chez le Dr Friend, il serait certainement heureux de savoir que sa mort n'a pas été vaine. »

– Pour le roi, pour la patrie, grogna James, les dents serrées, en corrigeant légèrement la longueur de corde.

Il balança à nouveau. Le piolet cingla l'air jusqu'à l'apex de sa course où il s'immobilisa un instant avant de repartir en sens inverse et de se coincer dans la ceinture du malheureux.

« Parfait. »

Sur son rebord de fenêtre, James changea de position pour passer les deux bras à travers la grille. Puis il attrapa la corde et attira prudemment le cadavre à lui. Encore, encore… Des rais de lumière venaient jouer sur la crosse du pistolet niché dans son étui le faisant rutiler comme le jouet rêvé dans la vitrine d'un grand magasin.

« Merde ! »

Le piolet s'était échappé de la ceinture. Raclant contre le ventre du mort, il avait fait sauter plusieurs boutons de chemise, avant de s'abîmer vers le sol en tintant contre le mur.

La charogne se balança au bout de sa longe.

Qu'à cela ne tienne. Il l'avait déjà fait une fois, il pouvait le refaire.

– Dis, tu fais quoi, là, dehors ? résonna la voix de Roan depuis la fenêtre voisine.

– Ne regarde pas.

– De toute façon, je peux pas.

– J'ai trouvé quelque chose qui pourrait nous être utile. Va écouter à la porte. Si tu entends du bruit, préviens-moi.

– OK.

James commençait à avoir mal aux bras. Pas facile de manœuvrer le piolet à travers la grille. Il avait les épaules en feu. Pourtant, pas un seul instant, il n'imagina abandonner et, grognant sous l'effort, il balança à nouveau le piolet.

Au terme de cinq essais infructueux, il raccrocha la fameuse ceinture. Avec un soupir de soulagement, il ramena son bras à l'intérieur pour détendre ses muscles, massant doucement les régions les plus douloureuses.

Quand il se sentit à nouveau prêt, il remonta sur le lit, attrapa la corde et tira. Cette fois, le piolet tenait bien en place, las, en attirant le corps à lui, l'effet de pendule le faisait monter le long du mur, aussi dut-il se reculer jusqu'au fond de la grille pour poursuivre sa manœuvre jusqu'à ce que l'angle soit trop tendu pour espérer continuer. À vue d'œil, le corps était néanmoins assez proche de la fenêtre pour lui permettre d'atteindre l'arme. Il attacha donc la corde au barreau.

Tendant le bras gauche à travers la grille, il attrapa la chemise de l'homme. Sous ses doigts, les chairs lui parurent douces et chaudes. James savait pertinemment que cette tiédeur ne venait pas du corps lui-même, mais des colonies de bactéries qui se développaient à l'intérieur des entrailles.

Palpant le lourd tissu de la chemise, il avança la main à la recherche du holster, accroché sous l'aisselle opposée.

Agrippant le vêtement, il essaya de glaner quelques centimètres, mais, ce faisant, il sentit quelque chose céder.

Le piolet avait dû entailler la peau du mort car, avant qu'il comprenne ce qui lui arrivait, il se retrouva aspergé d'une pluie d'humeurs fétides, échappées du ventre du cadavre.

James remercia le ciel d'avoir eu un mouchoir sur la bouche et le nez, lui épargnant d'avaler ou d'inhaler tout ou partie de l'infâme cloaque qui pendait de la chemise du malheureux en longs filets visqueux. Il lutta de toutes ses forces pour ne pas vomir et se résolut, quoi qu'il arrive, à ne pas lâcher. Si la dépouille de l'homme partait en lambeaux, le revolver serait peut-être à jamais perdu. En attendant, il avait des bouts d'intestin enroulés sur l'avant-bras et sa main disparaissait totalement dans un amas de viscères. L'odeur de mort et de pourriture qui se répandait dans l'air avait de quoi faire tourner de l'œil le plus solide des médecins légistes et, durant quelques instants, il se sentit tout proche de défaillir.

Il retint son souffle, lutta contre le vertige, essaya de détourner les yeux. Pourtant, il avait beau faire, son regard était irrésistiblement attiré par cet hallucinant spectacle où, gluantes, d'un bleu grisâtre, les entrailles du mort luisaient sous la lune d'un éclat quasi hypnotique. Les larmes aux yeux, James fourragea dans l'embrouillamini de boyaux jusqu'à sentir sous ses doigts le cuir doux et lisse du holster… et l'acier du revolver.

Il palpa l'objet, referma ses doigts sur la crosse, le glissa lentement hors de sa housse.

« Surtout ne pas lâcher maintenant. »

Centimètre par centimètre, il sortit l'arme de sa gangue de fange, de longs fils d'humeurs sirupeuses dansant sous son bras. Il lutta vaillamment pour ne pas penser à ce qu'il touchait. Des relents de bile lui chatouillaient les papilles. Le sang battait à ses tempes.

Mais il l'avait. Là. Au creux de sa main.

Le revolver totalement libéré de l'amas de flegme puant, James se laissa lourdement tomber sur le lit.

Le souffle court, secoué de convulsions, il lâcha l'objet qui s'écrasa bruyamment sur le sol. Entre deux spasmes, il se rua vers le lavabo, arracha sa chemise et se passa furieusement de l'eau sur les bras, la poitrine, le visage.

Encore et encore, frénétiquement, sans pouvoir s'arrêter, comme s'il devait absolument s'activer pour ne pas succomber à l'horreur de ce qu'il venait de vivre.

Il nettoya également le revolver, ramassa les résidus qui maculaient le rebord de fenêtre avec sa chemise, qu'il balança ensuite par les barreaux. Seulement vêtu de son maillot de corps, il frissonna un court instant dans le froid de la petite chambre, puis se précipita sur la fenêtre posée au sol et, dans une tentative désespérée de faire un rempart contre l'horrible chose qui se trouvait dehors, la remit prestement en place.

Enfin, haletant et tremblant, il se recroquevilla dans un coin de la pièce, dos au mur, et, les paupières obstinément closes, reprit lentement – très lentement – son calme, se concentrant sur ce qu'il venait d'accomplir et sur ce qu'il convenait de faire ensuite, évacuant ainsi peu à peu les terribles images imprimées dans sa mémoire.

Finalement, il attrapa le pistolet et le regarda fixement.

Il esquissa un sourire en le faisant tourner sous ses yeux.

Le premier round était pour lui.

BOUM…

James se réveilla en sursaut. L'aube était levée. Le canon des von Schlick venait de tirer son premier coup de la journée.

Il baissa les yeux sur sa montre. Cinq heures.

Dans sa frénésie, il avait soigneusement nettoyé la Mido Multifort dans son mouchoir, constatant avec bonheur qu'elle était non seulement résistante à l'eau, mais aussi aux fluides humains. À la faveur du coup de canon, il pouvait en outre s'apercevoir que la précision de son mouvement n'avait pas subi la moindre altération.

Une chance, car c'est sur ça qu'il comptait pour quitter sa prison.

En effet, durant la nuit, entre quelques plages d'un sommeil agité, il avait eu le temps d'élaborer un plan, décidant de prendre lui-même l'initiative du combat plutôt que d'attendre sagement l'arrivée du Dr Friend et de ses cohortes. Oui, il allait sortir d'ici. Et personne ne l'en empêcherait.

La nuit n'avait rien fait pour dissiper la puanteur. Dehors, des oiseaux se disputaient bruyamment le festin qu'il leur avait servi sur un plateau.

Une énième fois, son estomac se retourna. Sa bouche se remplit de salive.

« Mieux vaut éviter de penser à ça. »

Il s'assit au coin du lit, sortit le revolver de sous son oreiller et vida soigneusement le barillet sur la couverture. La chambre vidée, il testa le mécanisme, appuyant quatre fois de suite sur la queue de détente. Tout fonctionnait normalement. Il rechargea soigneusement le magasin. L'arme pesait lourdement. Le moment venu, il devrait s'assurer de la tenir avec fermeté car il n'aurait pas de seconde chance.

Satisfait, il remit le revolver en place sous son oreiller et s'étendit, reprenant des forces, sans véritablement dormir, pendant environ quarante minutes. À six heures moins dix, il s'étira et sauta du lit. Puis il ôta sa montre, tira la couronne du remontoir et avança les aiguilles jusqu'à six heures précises.

Et il attendit, tendant l'oreille pour le coup suivant, décomptant mentalement les secondes.

BOUM…

À la détonation du canon, il repoussa la couronne. La trotteuse reprit sa course autour du cadran.

Ne restait plus qu'à espérer que l'artificier en charge du cérémonial ait une montre aussi précise que la sienne.

Ensuite, il fit les cent pas dans la pièce, échauffant ses muscles, roulant des épaules pour dissiper la raideur de ses articulations. De temps à autre, il s'arrêtait et faisait quelques étirements avant de se jeter sur le sol et d'enchaîner vingt pompes. Il devait être prêt. Affûté. Pour cela, il fallait faire monter le taux d'adrénaline.

Tout au fond de lui, il sentit battre le frisson familier de l'action, l'exaltation du danger, le bouillonnement de la prise de risque. Fini les tracas ! Fini les innombrables raisonnements pour comprendre ce qui se tramait ! Dorénavant, l'action monopolisait toute sa concentration. Une action simple, précise : *s'échapper du Schloss.*

À sept heures moins cinq, il attrapa sa montre, l'attacha à l'intérieur de son poignet gauche et se prépara.

L'Enfield dans la main droite, il alla se poster à environ un mètre de la porte et, d'un geste déterminé, braqua le revolver sur la serrure. S'aidant de la main gauche, le cadran de la montre bien visible au creux du poignet, il stabilisa la mire.

Les secondes, puis les minutes s'égrenèrent…

Sept heures moins quatre… Moins trois…

Il arma le chien, qui se coinça dans le mécanisme de détente avec un claquement sec.

Plus qu'une minute. Il accompagna du regard la révolution de la trotteuse.

Trente secondes, vingt…

Il appuya doucement sur la détente, augmentant lentement la pression, encore…

Dix secondes, neuf, huit, sept…

Il retint son souffle.

5, 4, 3, 2, 1…

Maintenant !

À l'instant précis où la trotteuse marqua midi, il appliqua la dernière once de pression.

Une explosion jumelle secoua le château ; une provenant du pistolet que James avait dans les mains, l'autre du canon sur les remparts.

Louée soit la ponctualité allemande !

Un épais nuage de fumée et une forte odeur de cordite envahirent la pièce avant de se dissiper lentement, aspirés par un courant d'air venant de la fenêtre.

L'arme braquée sur le battant, à hauteur d'homme, James attendit. La détonation lui avait paru incroyablement forte. Se pouvait-il que celle du canon l'ait totalement masquée ?

C'est ce qu'on allait voir. En attendant, s'il prenait à quiconque l'envie d'ouvrir la porte, il écoperait aussitôt d'une balle dans le buffet.

Personne ne vint.

En dehors du tapage des oiseaux, dehors, tout était calme.

Il se détendit, souffla, puis troqua son revolver pour son canif, avec lequel il fourragea dans la serrure en miettes jusqu'à ce que la porte s'ouvre. Brandissant à nouveau son revolver, il se glissa dans le couloir.

R.A.S.

Pourtant, il y avait forcément un garde dans les environs, avec les clés des autres cellules.

La veille au soir, James ne se rappelait pas avoir croisé un poste de garde en montant jusqu'ici, aussi s'engagea-t-il sur la gauche, dans la direction opposée à celle qu'ils avaient prise en venant. Il enfila le couloir, dont le sol était légèrement en pente, et passa un angle.

Sur sa droite, il avisa bientôt un étroit corridor au bout

duquel se dressait une lourde porte en métal, percée d'un petit hublot.

Avançant à pas de loup, James s'approcha jusqu'à pouvoir jeter discrètement un œil à l'intérieur. Assis à une grande table, dos à la porte, les deux gardes de la veille buvaient tranquillement un café en fumant une cigarette. L'un d'eux était plongé dans un livre. Derrière eux, James remarqua un appareil faisant penser à un standard téléphonique.

Les deux nervis avaient tombé la veste, ils étaient en bras de chemise et bretelles, les élastiques mollement croisés dans le dos. Sans leurs pistolets, ils avaient perdu leur air menaçant et ressemblaient à deux bons pères de famille parfaitement inoffensifs.

Regardant autour de lui, James remarqua un faisceau de fils électriques courant le long du mur. Il sortit son couteau et coupa les câbles.

Puis il prit une profonde inspiration, leva son revolver et ouvrit la porte.

– *Bewegen Sie sich nicht!* aboya-t-il en faisant irruption dans la pièce.

À son injonction de ne pas bouger d'un pouce, les deux hommes répondirent en levant les mains en l'air de leur propre initiative, trop assoupis et trop surpris pour tenter quoi que ce soit d'autre.

– *Wo sind die Schlüssel?* demanda James en balayant la pièce du regard à la recherche des clés.

Un des deux gardes leva le menton en direction d'un gros anneau de métal, pendu à un clou près de la porte. En pas chassés, son arme toujours braquée sur les vigiles, James s'approcha et décrocha le trousseau. Profitant de cet instant d'inattention, l'homme le plus proche de lui esquissa un geste vers son fusil, appuyé au mur. La main de James s'abattit en cinglant l'air. Le talon de la crosse de son pistolet s'écrasa sur la mâchoire du type, qui retomba sur sa chaise en grognant.

– *Das nächste Mal erschiesse ich Sie!* hurla James.

L'attitude des hommes laissait clairement entendre qu'ils avaient reçu le message. La prochaine fois, il ferait feu.

James leur demanda d'enlever leurs ceintures avant d'ordonner à celui qu'il avait amoché d'attacher son collègue à un pied de la table et de le bâillonner. Après quoi, sous la menace de son arme, il l'obligea à sortir.

– *Sperren Sie die Tür auf*, ordonna-t-il lorsqu'ils furent dehors.

L'homme s'exécuta et verrouilla la porte derrière eux.

James lui enfonça alors le canon de son revolver dans les reins et l'obligea à marcher vers les cellules.

Là, il lui fit ouvrir la porte de la pièce où était enfermée Roan.

Ils la trouvèrent étendue sur son lit. James lui demanda de sortir en vitesse. Elle obtempéra de bonne grâce. À peine eut-elle franchi le seuil de la porte que James poussa le garde à l'intérieur, claqua vivement le battant et referma à clé.

Un sourire benêt se dessina sur le visage de Roan.

– Je ne sais pas comment t'as fait, *darling*... mais tu nous as sauvés.

– Pas tout à fait, nuança James. Il est tôt. Tout le monde n'est pas encore levé dans ce nid de truands.

– Pff! Je ne m'en fais pas pour ça, dit Roan après l'avoir chaudement embrassé. Je suis sûre et certaine que tu vas réussir, *darling*.

30

Quelqu'un a laissé sortir les hamsters

En allant ouvrir à Fräulein Hass, James expliqua rapidement à Roan ce qui s'était passé, non sans éluder certains des détails les plus déplaisants. Dès que la porte fut ouverte, Roan courut réveiller Liesl pendant que James surveillait le couloir.

Liesl paraissait sonnée, mais, dans l'ensemble, en meilleur état que la veille au soir. Ses cils papillonnèrent, un sourire se dessina sur sa bouche et elle murmura quelques mots en allemand à Roan.

– Dis-lui qu'on va essayer de la sortir de là, demanda-t-elle, à genoux au pied du lit, en prenant la main de Liesl dans la sienne. Même si ça ne va pas être facile avec sa chaise roulante.

À son grand étonnement, Liesl posa les pieds par terre et, d'un pas vacillant, se dressa sur ses jambes.

– Pas de souci, dit-elle. Je parle anglais.

– Et vous marchez aussi ! s'extasia Roan.

– Je suis actrice, répondit Liesl en glissant les pieds dans ses chaussures. Ça fait des semaines que je joue la comédie, que je feins l'atonie, à l'article de la mort. Chaque fois que je peux, je fais semblant de prendre les pilules qu'ils me donnent et puis je les recrache ensuite.

Contredisant ces belles paroles, lorsqu'elle tenta de faire un pas, elle tituba maladroitement et se rattrapa au bras de Roan.

– J'ai éperdument cherché un moyen de sortir d'ici, dit-elle, et voilà que vous arrivez.

– On aura tout le temps de se dire merci plus tard, coupa James. Vous connaissez une autre sortie ? En dehors du portail principal, forcément gardé ?

– Il y a une petite porte qui donne sur un sentier de montagne, répondit Liesl. Mais il faut traverser tout le Schloss pour y arriver.

– On vous suit, répliqua James.

En dehors des immenses pièces d'apparat, le château était un dédale d'antichambres et de corridors froids et humides. Liesl n'étant pas toujours sûre de la route à suivre, par deux fois, ils durent faire demi-tour. Un air d'abandon flottait dans cette partie du manoir. Ils croisèrent des pièces remplies jusqu'au plafond de vieux meubles tombant en poussière, d'autres débordantes de vieux équipements de chasse ou d'outils de jardinage rouillés, un local technique, où trois grosses chaudières gargouillaient en lâchant de la vapeur ainsi qu'une pièce ressemblant à une sorte de buanderie. Finalement, ils parvinrent au pied d'un escalier en colimaçon qu'ils gravirent jusqu'à se retrouver face à une lourde porte en bois.

– Je suis pratiquement sûre que ça donne sur l'ancienne salle de bal, déclara Liesl en posant la main sur la clenche. Otto voulait la restaurer comme au temps de sa gloire. Il rêvait de donner de grands bals auxquels il aurait convié tous ses amis de Vienne.

Brutalement, elle s'effondra en larmes.

– Tout ça, sanglota-t-elle, c'était avant que ne commence ce cauchemar. Avant que ce monstre ne l'assassine. Combien de fois j'ai prié le ciel pour qu'il me tue, moi aussi!

– Ce sera bientôt terminé, la rassura James. Ça ne ramènera pas M. von Schlick, mais nous ferons ce qu'il faut pour que l'horrible Dr Friend paye pour ce qu'il a fait.

Liesl ouvrit la porte. Ils pénétrèrent dans la pièce.

Contrairement à l'aile qu'ils venaient de traverser, manifestement, ici, on n'avait pas chômé. L'immense salle de bal était entièrement refaite. Mais pas pour y danser. Non, cette pièce avait changé de fonction. Elle était devenue un… bloc opératoire. Drapées de lourds rideaux, les fenêtres occultaient totalement le jour. Au centre, un cercle de lumière crue illuminait une zone où se dressaient des tables en acier poli, des lavabos, des chariots métalliques ainsi que de hautes armoires de métal et de verre sur les étagères desquelles scintillait un inquiétant éventail d'instruments de chirurgie : scalpels, scies, couteaux à large lame, clamps, seringues…, harmonieusement alignés, comme autant d'outils de torture hérités d'un autre âge.

Deux masques en caoutchouc, reliés à deux étroites bonbonnes de gaz, étaient disposés à la tête d'une table d'opération équipée de sinistres sangles de cuir destinées à maintenir le patient immobile. Deux caméras sur trépied attendaient dans l'ombre.

– T'avais raison. On dirait que ce type ne plaisantait pas, fit remarquer Roan. Il avait vraiment l'intention de t'écorcher vif.

– Moi et Dieu sait qui d'autre, renchérit James. Les expérimentations humaines ne lui font pas peur, crois-moi.

– Bien au contraire! acquiesça une voix à l'autre bout de la pièce.

Descendant le grand escalier apparut le Dr Friend, accompagné de Wrangel, un Luger à la main (contrairement au Dr Friend qui ne semblait pas armé).

– À ce propos, je me demande bien pourquoi nous nous émouvons autant dès qu'une vie humaine est en jeu ? poursuivit le docteur. La valeur est proportionnelle à la rareté, que je sache. Or on trouve des vies humaines à profusion sur terre. J'ai conduit des expériences qui auraient pu bénéficier à des millions de gens, cela compense largement la perte de quelques spécimens en cours de route, vous ne trouvez pas ?

– Et en quoi m'écorcher vif fera-t-il le bien de l'humanité ? demanda James. Vous m'expliquez ?

– En rien, concéda le docteur avec un petit sourire carnassier. Pour mon bénéfice propre. Ce n'est pas parce que l'on est un homme d'action qu'on n'a pas le droit à un petit plaisir de temps en temps.

Le Dr Friend avait revêtu un pyjama blanc et son crâne chauve était nu. Il portait ses lunettes et, pour la première fois, ressemblait un tant soit peu à son ancien moi. Ses mains étaient gantées de caoutchouc.

– Quelqu'un a laissé sortir les hamsters, à ce que je vois ! dit-il, sapant aussitôt la pointe d'humour, si tant est que c'en fut une, par le ton morne et plat de sa voix. Qu'à cela ne tienne, je vais m'arranger pour qu'ils regagnent au plus vite leur cage.

– Ça, j'en doute, répliqua James en le braquant avec son revolver.

– Allons ! Soyons sérieux ! Croyez-vous un seul instant que vous allez faire le poids contre mes hommes et moi ? demanda Friend qui, arrivé au bas de l'escalier, avançait lentement vers la table d'opération. J'ose vous rappeler que nos rangs comptent dix-huit personnes, vingt-cinq si l'on ajoute le personnel de maison. Face à quoi ? Deux filles et un adolescent ?

– Dis comme ça, bien sûr…, répondit James. Ce qui ne m'empêchera pas, avant de tomber, de vous emmener avec moi *ad patres*. Soyez-en sûr, je n'hésiterai pas à faire feu.

– Mais enfin ! Mon cher ! À moyenne distance, l'imprécision du Enfield est de notoriété publique, répliqua Friend. Wrangel vous aura coupé en deux avant que vous ne m'ayez égratigné.

– Un risque que vous êtes prêt à courir ? répondit James en poussant la voix.

– Absolument, agréa Friend. Je suis un scientifique, un rationaliste. J'ai évalué la situation. Je m'estime relativement à l'abri. Vous, à l'inverse, êtes dans une position précaire. Wrangel a une puissance de feu supérieure. Non seulement il est bon tireur mais, qui plus est, il a prouvé à maintes reprises qu'il était capable de tuer quelqu'un avec son Luger. Et vous, James Bond ? Je me pose la question ? Combien de personnes avez-vous déjà tuées ? Vous savez, ce n'est pas aussi facile qu'au cinéma. Encore moins si l'on considère que quatre de mes hommes s'alignent en ce moment même sur vos arrières.

James ne se retourna pas. Friend bluffait. Pour autant, il ne pouvait jurer de rien. Il s'en moquait. Il n'allait pas laisser le docteur reprendre la main. Et, sans crier gare, il hurla à Roan et Liesl de s'allonger sur le sol, lui-même plongeant à l'abri d'une table métallique.

Dès qu'il toucha terre, il vida son chargeur sur une des deux bonbonnes de gaz, luttant pour maîtriser le recul de son arme qui ruait méchamment dans sa main.

Wrangel répliqua. Dans une volée d'échardes, une balle se ficha dans le bois du plancher, non loin de James. Une seconde plus tard, une énorme explosion secoua la salle de bal, éteignant toutes les lumières d'un coup, soufflant les lourds rideaux qui, seuls, laissaient filtrer un peu de lumière.

Prudemment, James roula à découvert, temporairement sourd et souffrant le martyre suite à la formidable pression exercée sur ses tympans par la déflagration. Un calme sinistre succédait à ce brutal déchaînement de violence. De fait, l'explosion s'était révélée beaucoup plus puissante qu'il ne l'avait imaginé. Tout le matériel était éparpillé, le sol jonché de débris. Même repris, ce n'est pas aujourd'hui que Kitzmuller l'opérerait.

Aucun signe du docteur. Ni de Wrangel. En revanche, James ne tarda pas à repérer Roan et Liesl évanouies près de la porte. Évidemment, elles ne s'étaient pas couchées à temps.

Comme James le supputait, les quatre gardes du Dr Friend n'étaient que pure fable. En revanche, avec ce raffut, nul doute qu'un peloton allait rapidement rappliquer. Il n'y avait donc pas une seconde à perdre. James se précipita vers les filles et essaya de les relever. Il les secoua, leur cria dans les oreilles, puis, de guerre lasse, leur asséna une série de claques sur les joues.

Roan fut la première à émerger. À la vue de James, elle sourit faiblement avant d'écarquiller les yeux de terreur. Sans comprendre ce qui lui arrivait, James se sentit alors soulevé du sol.

Wrangel ! Comme s'il s'était agi d'un vulgaire sac de patates, il le hissa au-dessus de sa tête et le projeta dans les airs. Il atterrit sur un chariot d'hôpital qui se renversa en heurtant une armoire métallique. James s'effondra sur le sol dans une pluie de débris, s'entaillant douloureusement sur des tessons de verre.

Il lutta pour se redresser face à Wrangel.

Le Russe se tenait non loin des bonbonnes lorsque celles-ci avaient explosé. Comme James, il n'était plus vêtu que d'un maillot de corps. Le souffle lui avait arraché sa veste et sa chemise. Son pantalon était en lambeaux. Il saignait abondamment du flanc et son visage donnait l'impression qu'il avait pris un terrible coup de soleil.

Le bougre n'en semblait pas diminué pour autant. Il avançait sur James d'un pas souple, sur la pointe des pieds, les bras écartés. Comme un lutteur.

Il sut d'emblée qu'il n'avait aucune chance. Wrangel était plus grand, plus lourd et, de toute évidence, aguerri au corps à corps. La seule issue était l'esquive.

Las, alors que rien ne le laissait présager, Wrangel accéléra subitement le pas et se jeta sur lui, concluant son bond d'un puissant crochet du droit.

James se plia en deux, évitant le coup miraculeusement. Il répliqua par un direct au ventre.

C'était comme cogner un quartier de bœuf. Le poing de James s'écrasa pathétiquement sur un mur de graisse et de muscle. À peine si Wrangel s'aperçut qu'il l'avait touché. Ainsi, sans marquer le plus petit temps d'arrêt, il repartit à l'assaut d'un direct du gauche qui cueillit James sur le côté du crâne et l'envoya bouler contre le mur. Il s'effondra. Le souffle coupé. Trente-six chandelles dansant devant ses yeux. Maigre consolation, dans son vertige, il crut noter que le coup lui avait débouché les oreilles, lui rendant un tant soit peu son ouïe.

À quatre pattes, haletant comme un chien, il tenta de reprendre ses esprits, réalisant bientôt qu'il était entouré d'un amas de meubles disloqués et de métal tordu. Avisant un lourd pied de lampe, il le ramassa prestement, se leva d'un bond, et en balança un grand coup à la tête de Wrangel.

Pour toute parade, celui-ci se contenta de lever le bras, repoussant l'assaut avec la même aisance que si James l'avait attaqué avec un plumeau à poussière. Dans le même élan, il lui arracha l'objet des mains et le jeta dédaigneusement par terre, sa morgue semblant clairement signifier qu'il préférait tuer son adversaire à mains nues.

James recula, ramassant tout ce qu'il pouvait trouver pour le lui jeter au visage. Projectiles ou pas, Wrangel poursuivait sa marche en avant, imperturbable, tel un char d'assaut. Un chariot métallique en guise de bélier, James se rua sur lui de toutes ses forces, après quoi il le frappa avec une chaise. En vain. Finalement, il se retrouva acculé dans un angle, sans possibilité de fuir. Un bref échange de coups de poing le laissa allongé sur le sol, à moitié assommé. La lourde silhouette de Wrangel se dessina avec une netteté grandissante à travers le voile qui brouillait sa vue.

Une nouvelle fois, Wrangel le souleva dans les airs, avant de le jeter à plat dos sur la table d'opération. Pour invisibles que fussent ses yeux derrière les poches de chair flasque et bouffie qui lui tenaient lieu de paupières, James sentait qu'il se délectait de ce qu'il faisait. Remontant le long de son buste, ses grosses mains s'arrêtèrent au niveau du cou et serrèrent.

Le combat avait vidé James de ses dernières forces. Il pouvait à peine bouger. Dans un pathétique dernier effort, il battit des bras en cherchant à interrompre le geste de son bourreau, mais c'était sans espoir.

Il avait la gorge en feu. La tête qui tournait. Les yeux si comprimés qu'ils lui donnaient l'impression qu'ils allaient jaillir de leur orbite. Lentement, ses poumons se remplirent de dioxyde de carbone, se rapprochant inexorablement du point de non-retour. Toutes les couleurs du décor se fondirent en une teinte indéfinissable.

Juste avant de perdre connaissance, du coin de l'œil, James perçut un mouvement. Une seconde plus tard, Wrangel poussa un horrible cri aigu, dément, interminable.

Relâchant son étreinte, il porta vivement une main à son

visage et recula en titubant. Quand il écarta la main, James s'aperçut qu'il avait un scalpel planté à la base de l'oreille.

Il recula encore, toujours sur la pointe des pieds, comme un danseur, en faisant des moulinets avec les bras, sa plainte grotesquement efféminée continuant de résonner derrière ses dents serrées, jusqu'à ce que, finalement, il s'effondre sur le dos dans un bruit de verre brisé.

James se redressa, toussant, crachant, cherchant son souffle. Roan était là, debout, en état de choc.

– Je ne voyais pas quoi faire d'autre, dit-elle, les yeux dans le vague.

– On ne va quand même pas s'apitoyer sur son sort, répondit James d'une voix cassée. Occupons-nous plutôt de sortir d'ici.

Ils allèrent chercher Liesl qui, tétanisée, recroquevillée par terre, tremblait comme une feuille.

– Dépêchons, tonna James en la forçant à se relever. Les gardes seront là d'un instant à l'autre.

– Attends ! l'arrêta Roan. Écoute !

Les fracas d'une fusillade résonnaient à l'extérieur.

– Sur qui ils tirent ? demanda James.

Roan secoua la tête.

James se précipita vers une fenêtre et arracha les rideaux, découvrant une petite cour déserte.

– On va passer par là, on dirait que la voie est libre, supposa-t-il en attrapant une caméra qu'il lança aussitôt à travers la vitre.

Aidé de Roan, il déblaya rapidement les tessons de verre restés accrochés dans l'encadrement puis ils bondirent dehors.

D'ici le tumulte de l'accrochage était plus évident. On y distinguait clairement des échanges de coups de feu à l'arme légère, ponctués de claquements plus nourris, vraisemblablement un fusil d'assaut.

Liesl était terrifiée. Elle tremblait de la tête aux pieds en jetant des coups d'œil affolés dans toutes les directions.

James se tourna vers Roan qui, de nouveau, secoua la tête.

Mais, dans cet état, Liesl pouvait tous les mettre en danger. Avisant une resserre en béton, James l'attrapa par le bras.

– Tiens, en attendant que tout soit fini, entrez là-dedans et cachez-vous, ordonna-t-il. Inutile d'aller risquer une balle perdue.

– Vous restez avec moi ? demanda Liesl d'une voix inquiète.

– On va essayer d'aller voir ce qui se passe, répondit James. Mais ne vous inquiètez pas, on ne va pas vous abandonner ici.

– Promis ?

– Promis. Maintenant, rentrez là-dedans et tenez-vous tranquille jusqu'à ce qu'il n'y ait plus de bruit.

Liesl à l'abri, ils gravirent quatre à quatre une volée de marches conduisant aux remparts du château, le long desquels ils avancèrent prudemment à couvert jusqu'à trouver un point d'observation surplombant la cour principale.

Une furieuse fusillade faisait rage entre les agents allemands du Dr Friend et un autre groupe d'hommes portant des vêtements de montagne de couleur sombre.

– C'est qui ? demanda Roan.

– Difficile à dire, répondit James, mais on leur doit une fière chandelle.

Perdant du terrain, les Allemands furent bientôt contraints de se retirer à l'intérieur.

– Qu'est-ce qu'on va faire ? demanda Roan.

Avant que James ait eu l'occasion de répondre, un garde allemand, armé d'un Luger, apparut à l'autre bout du rempart. Après un cri, il ouvrit le feu.

Roan et James rebroussèrent chemin et se jetèrent au bas de l'escalier. Dans la cour, James regarda par-dessus son épaule. Ajustant froidement sa mire, l'homme se préparait à tirer. C'est alors que le claquement maléfique d'une mitrailleuse déchira l'air. Une rafale de balles grêla le rempart. L'Allemand poussa un cri et trébucha en avant, s'effondrant au pied des marches dans un horrible bruit spongieux.

Roan et James coururent se mettre à l'abri. Pourtant, arrivés au milieu de la cour, une vision d'horreur les figea sur place.

Sortant du bâtiment, tel un robot se balançant mécaniquement sur des jambes parfaitement raides, le Luger de Wrangel balayant l'air au rythme de ses oscillations, avançait le Dr Friend. Debout à côté des armoires où s'étalaient les instruments de chirurgie quand les bonbonnes avaient sauté, c'était lui qui, de toute évidence, avait le plus souffert. Son flanc gauche était hérissé de débris de la tête aux pieds. Des couteaux, des scalpels, des seringues, des pièces de métal tordues et des tessons de verre lui sortaient du corps de manière presque comique. Il en avait sur le visage, sur l'épaule, le bras, les côtes et même le long de la jambe.

Toujours aussi impassible, sans ses lunettes, il marchait en regardant dans le vague, l'air perdu.

Pour autant, lorsqu'il tourna la tête vers James, il le reconnut aussitôt.

– Bond, eut-il le temps de siffler entre ses dents avant d'appuyer aussitôt sur la détente.

Il avait tiré au hasard. La balle ricocha sur les pavés de la cour sans faire de dégât. Mais ce n'était qu'une question de temps avant qu'il trouve sa cible.

– On dégage, cria James en prenant Roan par le bras.

Et ils démarrèrent en trombe en direction d'une porte voûtée ouvrant sur le devant du château. Deux balles sifflèrent près d'eux, comme deux guêpes en colère. Alors qu'ils disparaissaient sous l'arche, Friend tira à nouveau. Cette fois, la balle manqua de peu sa cible. Elle se ficha dans le mur à quelques centimètres de la tête de James, faisant voler des éclats de granit et un nuage de poussière.

Ils émergèrent à l'air libre, dans la cour principale, où ils longèrent une interminable Mercedes-Benz 770 à châssis long, de couleur crème, toutes portes ouvertes, au volant de laquelle était affalé un homme, les bras repliés sur la tête.

Par bonheur, le front semblait s'être déplacé et personne ne se dressait entre eux et l'énorme portail à moitié ouvert. Au-delà des portes s'étirait la route, la liberté.

– Par ici, cria James en tirant sèchement Roan par le bras.

Une détonation claqua. Roan s'étrangla.

– T'es touchée ? demanda-t-il en faisant volte-face.

– Non… Ma cheville. Elle s'est tordue.

Incapable qu'elle était de prendre appui sur sa jambe, James passa un bras sous son aisselle et la traîna vers le portail. Jetant un œil par-dessus son épaule, il découvrit le Dr Friend, à l'autre bout de la cour, qui avançait en titubant, perdant des bouts de verre et des débris à chaque pas.

C'est sûr, il était trop loin pour les avoir…

Ils arrivèrent enfin au portail. James poussa Roan en sécurité à l'extérieur. Il fallait retarder Friend. Il appuya de tout son poids sur la vieille porte en bois et poussa. Un battant refermé, il se précipita vers l'autre. Il ne l'avait pas atteint qu'il ressentit une violente douleur à la tempe et que quelque chose semblait s'enfoncer dans ses cheveux. Une seconde plus tard son crâne lui parut exploser. Un affreux craquement résonna au loin.

Ses jambes se dérobèrent sous lui.

Il s'affala.

À travers les ténèbres sirupeuses dans lesquelles il s'enfonçait, la tête comme prise dans un étau, il entendit Roan hurler son nom. Il essaya de dire quelque chose pour la rassurer, mais rien ne vint. Et puis la noirceur l'avala tout entier.

31

Cœur de diamant

Roan était couchée sur la route, recroquevillée sur elle-même. Impuissante, elle avait assisté au geste caricatural du Dr Friend, qui d'un mouvement mécanique avait levé le bras vers le portail et ouvert le feu. Elle n'avait pu que hurler en voyant James s'effondrer, touché à la tête. Elle avait ensuite tenté de se porter à son secours, mais quelqu'un l'avait attrapée et projetée au sol.

Une femme. Toute de gris vêtue.

Trop abasourdie pour réagir, Roan la vit s'avancer dans l'entrebâillement du portail en levant un pistolet vers le Dr Friend.

Elle ne fit feu qu'une fois.

La balle l'atteignit en plein front, perçant un trou parfaitement rond dans ce masque artificiellement lisse et ressortant à l'arrière du crâne dans une gerbe de cervelle et de sang.

Se tournant à nouveau vers Roan, elle fit disparaître son arme sous sa veste.

Elle resta un instant plantée là, les jambes écartées, tel un bloc de pierre inamovible, le tissu de ses vêtements trop cintrés tendu à craquer sous la pression. Elle avait les cheveux gris, coupés très court, un faciès large et carré de paysanne.

– Je suis le colonel Sedova, dit-elle. Mais tout le monde

m'appelle Babouchka, mamie. J'appartiens à la police secrète soviétique. Tu nous as causé bien des problèmes, mademoiselle Power.

– Vous... Vous me connaissez ?

– Voilà des semaines que je te suis à la trace. En fait, depuis que j'ai découvert ce que complotaient les nazis, à Lisbonne. Au départ, je ne te connaissais que sous ton nom de code, Diamant. Et puis, quand votre traque m'a menée à Eton, j'ai fini par découvrir ta véritable identité. Malheureusement, Bond et vous avez pris la tangente avant que j'aie eu le temps de te mettre le grappin dessus. Peu à peu, nous avons remonté le fil de l'opération Snow-Blind sans en saisir tous les tenants et aboutissants, pas plus que le vrai nom de celui qui était derrière tout ça, Obsidienne. Aujourd'hui, je sais tout.

– Dans ce cas, vous êtes au courant que je croyais travailler pour vous, répondit Roan en se remettant péniblement debout, sa cheville foulée envoyant des aiguillons de douleur dans toute sa jambe. Je ne savais pas non plus qui était Obsidienne. J'ignorais tout du docteur Friend, du Graf, et du reste. Je pensais agir pour le bien de l'humanité, défendre la cause.

– Je comprends, répondit Babouchka à voix basse. Tu as été piégée. Tu ne pouvais pas savoir.

Un homme trapu, avec une cicatrice qui lui barrait le visage, un fusil à la main, passa le portail avant de s'arrêter et de balayer le château du regard. Les coups de feu avaient cessé. Il échangea quelques mots en russe avec le colonel qui leva le menton en direction de Roan.

Pour toute réponse, il passa la sangle de son fusil sur son épaule et dégaina tranquillement le pistolet qu'il avait à la ceinture, avant de le braquer froidement sur Roan.

– Qu'est-ce que vous faites ? s'exclama cette dernière. Je suis de votre côté. Vous avez dit que vous compreniez.

– Ah, si seulement on avait été les premiers à s'intéresser à toi, se lamenta Babouchka. Les choses auraient été bien différentes. Nous avons grand besoin de femmes dans ton genre, camarade.

– Je serais heureuse de rentrer avec vous à Moscou, plaida Roan. Je ferai tout ce que tu me demanderas, camarade. Tout ce que je veux, c'est aider la cause communiste.

– Soit, mais qui me dit qu'on peut te faire confiance ? répliqua Babouchka en baissant les yeux sur le corps inanimé de James.

Roan le regarda également. Elle mourait d'envie de se porter à son secours. Mais, terrifiée par les Russes, elle se contenta d'ajouter :

– Bien sûr que tu peux me faire confiance ! Tu as bien vu que le docteur Friend a essayé de me tuer ?

– Comment s'y retrouver dans toute cette pagaille ? fit valoir Babouchka. Si nous avions réussi à t'arrêter à Calais, on se serait épargné tout ça. Hélas, le gamin a été plus malin que nous, même si c'est par lui que nous avons finalement retrouvé votre trace. Après Calais, nous avons mis tous nos agents sur le coup pour découvrir où vous aviez bien pu aller. En épluchant le passé récent de Bond, nous avons supposé qu'il pourrait avoir envie de revenir ici, à Kitzbühel. On a donc mis un agent en planque, un Anglais répondant au nom de Nicholson. Malheureusement, tu as décidé de livrer Bond à l'ennemi juste au moment où nous allions intervenir. Nicholson était sur vos talons hier. Par chance, il a reconnu les voitures comme étant celles du château.

– Donc tout est bien qui finit bien, dit Roan avec un sourire forcé.

– Que tu dis !

– Le docteur Friend est mort, affirma Roan. Cette base n'existe plus.

– Et que fais-tu de Bond ?

– Que viens-je faire là-dedans ? demanda James en se redressant.

– Oh, James, s'exclama Roan, les larmes aux yeux. Dieu soit loué, tu n'as rien !

– Euh, ça, c'est moins sûr, répondit-il. Enfin, au moins, j'ai les yeux ouverts. Et aussi un sacré mal de crâne.

– La balle du docteur Friend n'a fait que vous égratigner la tempe, expliqua Babouchka.

James porta une main à son crâne. Il en retira un peu de sang, mais, de fait, ne sentit rien d'autre qu'une douloureuse éraflure.

Tout tremblant, il se releva péniblement.

– Le colonel Sedova est russe, expliqua Roan. Elle est venue pour…

– Merci, l'interrompit James, on a déjà eu l'occasion de faire connaissance. Quant à savoir pourquoi elle est là, j'ai tout entendu.

Babouchka marmonna deux mots à l'agent du Guépéou. Celui-ci fit instantanément pivoter son arme vers James.

– Cette situation a quelque chose de déjà-vu, vous ne trouvez pas ? dit Babouchka. À ceci près que la dernière fois, à Londres, c'est *vous* qui me teniez sous la menace de votre arme. Je vous avais alors demandé, de soldat à soldat, de me laisser partir.

– Ce que j'ai fait, répondit James.

– J'imagine que je devrais vous rendre la pareille aujourd'hui.

– D'autant que l'ennemi, ce n'est pas moi.

– Voyez-vous ça ?

– Non. Vous devriez même me remercier d'avoir arrêté Dandy. Car, si sa bombe avait explosé, vous autres Russes seriez dans un sale pétrin à l'heure qu'il est.

– Tous ceux qui s'opposent à l'État sont par définition des ennemis.

– Allons ! Vous n'allez pas me faire croire que je représente une menace pour le puissant Empire soviétique…

– Détrompez-vous, James. Vous pourriez même nous être d'une grande utilité. Les Anglais détiennent plusieurs de nos agents, nous pourrions les échanger contre vous.

– En tout cas, moi, je n'irai pas en Russie avec vous, coupa James d'un ton catégorique.

– Très bien, répondit Babouchka. Dans ce cas, l'alternative est simple. Soit vous venez avec moi, soit je vous abats sur-le-champ.

– Alors préparez-vous à tirer, répondit James en se caressant douloureusement la tête. Parce que je ne viendrai pas avec vous.

Babouchka éclata de rire.

– Décidément, votre bravoure vous honore, jeune homme.

– Le jeune homme est fatigué, mamie. Et il a eu son compte de bagarre.

– Laisse-le partir, implora Roan. Il m'a aidée à m'enfuir. Il n'est d'aucun intérêt pour toi.

– Toi, on ne t'a pas sonnée, coupa Babouchka. Ceci ne te regarde en rien.

– Et comment que ça me regarde, répondit Roan avec colère. James et moi avons tout partagé ensemble.

– N'est-ce pas toi qui l'as livré pieds et poings liés à ce monstre de foire ?

– J'ai fait une erreur. Quand je m'en suis rendu compte, il était trop tard. Je voulais simplement sauver ma peau. Aujourd'hui, je le regrette amèrement. Ce que j'ai fait était vraiment moche.

James regarda Babouchka droit dans les yeux.

– Vous avoir laissé la vie sauve ce jour-là, à Londres, ça ne compte pas ? demanda-t-il sans la quitter du regard.

Silencieuse, parfaitement immobile, Babouchka pesa un instant la situation avant de déclarer finalement :

– Bon. Ma décision est prise.

James n'en sut pas davantage car c'est à cet instant précis qu'un vent de panique se déchaîna aux abords du château.

Tout commença par une détonation sèche et précise. L'agent du Guépéou qui se trouvait au côté de mamie s'effondra avec un soupir. Au même moment, un cri retentit depuis un bosquet, en surplomb de la route. Une voix anglaise.

– Lâchez vos armes et levez les mains en l'air !

Avant que James ait le temps de réaliser, Babouchka sortit un pistolet de sous sa tunique.

– Je suis désolée, dit-elle.

Et elle appuya sur la détente. Tandis qu'il se jetait de côté, conscient que seul un miracle pouvait le sauver, James eut seulement le temps d'entendre Roan hurler : NON !

Jamais il ne serait assez rapide. Pas à cette distance. Finalement, avec un immense soulagement, il s'écroula sur le sol. Indemne.

Le miracle avait eu lieu.

Mais pourquoi Roan était-elle étendue à son côté ? Et pourquoi sa robe blanche était-elle toute tachée de sang ?

Une folle terreur s'empara de lui. Il fallait à tout prix qu'il vérifie qu'elle n'avait rien, qu'elle ne s'était pas jetée entre Babouchka et lui. Le déroulement de la bataille ne lui en laissa pas l'occasion. Des hommes en armes dévalaient de la colline.

Pistolet au clair, Babouchka hésita entre eux et lui.

Lui, en revanche, n'hésita pas. Il roula sur le côté, attrapa le pistolet tombé des mains de l'agent du Guépéou et tira quatre coups de suite sur mamie.

Un grognement sourd s'échappa de sa cage thoracique avant que, projetée en arrière par l'impact, elle ne s'écrase sur les rochers qui bordaient la route.

Deux secondes plus tard, trois hommes étaient là.

– Qu'est-ce que vous attendiez pour tirer ? reprocha James d'un ton amer en se remettant péniblement debout.

– On ne pouvait pas prendre le risque, fiston.

Ils étaient bien anglais, en tenue de camouflage, cagoulés. Arme à l'épaule, ils firent mouvement vers le château, prêts à ouvrir le feu. Bientôt, Nevin apparut, tenant un fusil de tireur d'élite. Une fois n'est pas coutume, il s'était défait de son éternel chapeau mou. Prestement, il tira James à couvert derrière un rocher.

– On n'est jamais trop prudent, dit-il. Ça va, mon garçon ?

– Je ne suis pas touché, si c'est ce que vous voulez dire, répliqua James. Mais je dois aller voir Roan. Elle, elle l'est.

– Tu restes là. C'est trop dangereux.

– Je m'en suis sorti sans vous jusqu'ici, brailla James. Je ne vais tout de même pas la laisser agonisante au milieu de la route !

– Je n'ai pas fait tout ce chemin pour te perdre maintenant, fiston, répondit Nevin en le retenant par le bras. Quand on aura le signal, on sortira. D'ici là, on ne bouge pas.

– Désolé, Nevin, objecta James en se libérant d'un coup d'épaule, mais vous avez un train de retard. La fête est finie.

Il regarda par-dessus le rocher.

Roan avait disparu.

Une sombre flaque de sang maculait le sol à l'endroit où elle était tombée. D'autres traces semblaient indiquer qu'elle avait longé le Schloss avant de bifurquer vers le sentier de montagne.

– Elle est vivante, murmura James avec un soupir de soulagement.

Une balle siffla, tirée depuis les remparts du château. Il était allé un peu vite. La fête n'était pas encore tout à fait terminée.

– Il y a une autre jeune femme, dit-il en se retournant vers son compatriote. Elle s'appelle Liesl. Elle est cachée dans la resserre de la cour du fond. Je compte sur vous pour vous assurez qu'elle va bien. Friend la retenait en otage.

– Reste ici, hurla Nevin en épaulant son fusil à lunette. Pas de souci pour la fille. Je m'en occupe.

Mais James n'écoutait plus. Accroupi sur le sol, il courut vers le sentier en baissant la tête, s'attendant à chaque instant à être fauché par une balle.

Pourtant, aucune ne vint et, bientôt, il crapahutait à l'assaut du chemin à flanc de montagne. Graduellement, les échos de la fusillade s'estompèrent.

Et plus il s'en écartait, moins il se sentait concerné. C'était leur problème maintenant. À eux de s'en débrouiller. De ce qu'il entendait d'ici, les coups de feu auraient aussi bien pu être les pétards de la fête.

Il jeta un œil à la route en contrebas. Aucun signe de Nevin. Babouchka gisait là où il l'avait laissée.

Combien d'autres mourraient d'ici la fin du jour ?

Il courait de toutes ses forces. Les poumons en feu. Une ou deux fois, il se laissa entraîner à l'écart du sentier et fut contraint de s'arrêter pour retrouver son chemin, bien que marcher dans les pas de Roan ne demandât guère plus que suivre les traces rouges. Elle perdait beaucoup de sang.

Passant une crête, il jeta un dernier regard par-dessus son épaule. Les toits du Schloss se dessinaient à ses pieds, des hommes s'agitaient en tous sens, dont un groupe qui détalait sur la route.

James plissa les paupières.

Babouchka n'était plus là.

Quelqu'un avait-il enlevé le corps ?

Il ne s'en inquiéta pas plus que ça. *Nevin's problem.*

Pour lui, seule comptait Roan.

Il reprit sa marche en avant, grimpant plus haut dans la montagne. Peu à peu, l'air se faisait plus frais. Les derniers échos du combat se fondaient dans le lointain.

Et il grimpait. Encore et toujours. À travers un épais bois de grands pins particulièrement odorants. Sans ces terribles traces sombres, par terre, il aurait pu se croire en balade. Une balade semblable à toutes celles qu'il avait faites avec Roan.

Le sentier émergea du bois. Des carrés d'herbe grasse, émaillés ici ou là de fleurs sauvages, s'étalaient entre les affleurements rocheux.

Et puis, un peu plus haut, il l'aperçut, minuscule forme ratatinée au creux d'un rocher. Il se précipita vers elle, priant pour qu'elle soit encore en vie.

À ses côtés, il constata qu'elle avait les yeux ouverts, que ses lèvres tremblaient.

« Dieu soit loué. »

Il s'agenouilla à son côté et lui caressa le visage. Elle se tenait la poitrine. Sous ses bras, sa robe avait pris une teinte vermillon. Elle était secouée de tremblements. Sa peau si pâle qu'elle en devenait presque lumineuse offrait un contraste saisissant avec ses yeux, plus noirs que jamais.

– *Darling*, murmura-t-elle. Tu t'en es sorti.

James la prit dans ses bras et la serra contre lui. Toute chaleur semblait l'avoir quittée.

– Ça va aller, dit-il. Je vais aller chercher du secours. C'est fini. Plus personne n'essaiera de te faire du mal.

– Ça serait bien, répondit-elle avec un demi-sourire.

James baissa les yeux sur la tache de sang.

– Qu'as-tu fait ? Espèce de folle ?

– Je n'ai pas pu m'en empêcher, *darling*. Pas après tout ce qu'on avait traversé. Je n'allais pas la laisser te tuer.

– Personne n'est aussi courageuse que toi.

– Je ne suis pas courageuse, objecta Roan à mi-voix, le corps secoué d'un frisson.

– Pourquoi es-tu montée jusqu'ici ?

– Pour trouver la paix. Loin du bruit et de la fureur. J'aime la montagne. Je voulais voir la neige. Je pensais que, si je montais assez haut, j'en verrais peut-être.

– Eh bien, tu vois. Il n'y en pas. Tu t'es tapé tout ça pour rien.

– Je t'ai causé tant d'ennuis, *darling*. Tu dois vraiment penser que je suis une sorcière.

– Non, répondit James. Et tu sais pourquoi ? Parce que je suis amoureux de toi. Je n'ai pas choisi. Mais c'est ainsi. Et rien de ce que tu as fait ou de ce que tu pourras faire n'y changera.

– Regarde ce que ça t'a valu, répondit tristement Roan. Tu te souviens, un jour je t'ai dit : « Il faut ouvrir son cœur, le laisser ramasser quelques coups pour le rendre plus fort. » Seulement voilà, le mien en a trop reçu. Il est devenu dur… comme de la pierre. Oui, j'ai un cœur de pierre, *darling*.

– Exact. Une pierre magnifique. Un diamant brut.

– Cœur de diamant, soupira Roan avant de tousser doucement.

– Arrête de parler. Garde tes forces.

– Pas avant de t'avoir avoué une chose.

– Laquelle ?

– Tout ce que j'ai dit sur le grand soir. Je ne sais plus si j'y crois vraiment. Ni si j'y ai jamais cru, d'ailleurs. Oh, je sais bien que le monde est plein d'injustices, que les pauvres sont exploités, mais c'est Dandy qui m'a entraînée dans la politique. Sa passion. Fasciné qu'il était par la Russie. Par la révolution.

– Je t'en prie, arrête. Ça n'a pas d'importance.

– C'est que… Je ne t'ai pas tout dit, confia Roan. Avant, je ne pouvais pas. Je ne voulais pas te faire plus de mal que je ne t'en avais déjà fait.

– J'comprends pas ?

– Dandy, répondit Roan. Ce n'était pas simplement mon petit ami, ni un mentor dont je partageais l'idéal. C'était mon mari, James.

– Quoi ?

– Oui, nous étions mari et femme. J'aurais fait n'importe quoi pour lui. Quand j'ai su qu'il était mort, tout s'est écroulé. J'en voulais à la terre entière. Je voulais… faire du mal, me venger de tout et de tout le monde.

– Y compris de moi.

– Je suis désolée.

– Donc, si je comprends bien, tu n'as jamais rien ressenti pour moi ?

– Ne sois pas bête. Bien sûr que si. Je t'ai dit que je t'aimais, non ? Et, crois-moi, l'amour, c'est trop important pour supporter le mensonge. Mais il se trouve qu'on peut aimer et haïr en même temps.

– Aujourd'hui encore ? Tu me hais ?

– Oh ! Regarde ! Il neige…

James leva la tête et regarda autour de lui. Rien.

– Je ne crois pas, répondit-il pour finir.

– Enfin, tu ne vois pas ? dit Roan, le visage illuminé d'un sourire enfantin. Des flocons blancs. Qui flottent dans les airs. C'est si beau, James. Je savais que je verrais la neige avant de mourir.

– Tu ne vas pas mourir.

– Pas tant que tu seras là pour veiller sur moi, hein ? Non. Bien sûr que je ne te hais plus. Tu es l'homme le plus extraordinaire que j'aie jamais rencontré… Ouh… Mais cette jolie neige est affreusement froide ! Regarde, on doit être pris dans un blizzard.

– Il n'y a rien, répondit James, le cœur brisé. Pas de neige.

Roan lui prit la main. James frissonna au contact de sa peau, froide comme l'hiver. Il baissa les yeux Au creux de la sienne, la main de Roan lui parut soudain toute petite, comme celle d'un enfant. Il la caressa d'un geste hésitant.

– C'est magnifique, dit-elle. Magnifique. .

– Je t'en supplie. Ne meurs pas.

Pourtant, inexorablement, elle lui échappait. Quelle que soit la chaleur de son étreinte, la profondeur de son amour, quoi qu'il dise ou quoi qu'il fasse, il était impuissant face à la mort.

– Je t'en prie…, murmura-t-il encore.

Elle ne l'entendait plus.

32

Le serment sur la montagne

Au sommet du Hahnenkamm, enivré de l'air pur des cimes, James s'assit au soleil, le dos contre un rocher. Kitzbühel hors de vue, il était comme seul au monde, contemplant un paysage inchangé depuis des millions d'années. D'ici, les pitoyables chicaneries des hommes ne signifiaient plus rien.

Depuis son belvédère, il voyait les autres chaînes de montagnes se dresser autour de lui. Au sud, dans le lointain, les aiguilles des hautes Alpes, encore coiffées de neige, quand ici les sommets étaient d'un vif émeraude, émaillé de sombres rochers et du vert plus noir des pins. Un ciel immense d'un bleu profond s'étirait à l'infini au-dessus de sa tête. Seul dans la cabine du téléphérique qui l'avait mené ici, il avait regardé Kitzbühel se ratatiner lentement jusqu'à lui donner l'impression qu'il n'aurait eu qu'à tendre le bras pour en prendre possession, tel un enfant jouant avec des maisons miniatures et des petites voitures. De là-haut, la ville paraissait pimpante, simple, savamment agencée. Ça devait être comme ça que Dieu voyait les choses. De loin, rien ne devait venir perturber la perfection du monde.

Pourtant, en bas, cet ordre n'existait pas. Il était bien placé pour le savoir. Les choses étaient au contraire chaotiques, compliquées, entre autres parce que l'on ne pouvait jamais être sûr de ce que les uns et les autres disaient ou faisaient. La vie était confuse. Car les gens la rendaient ainsi. À cause d'eux ce monde si parfait ployait sous la tristesse, la peur et la violence.

Il aurait voulu demeurer sur ces hauteurs pour toujours. Ne jamais redescendre. Il pria pour rester éternellement jeune, comme Peter Pan. Quelle merveille ce serait de ne jamais grandir, de ne jamais avoir à affronter les vicissitudes du monde ! Hélas, rien ne peut arrêter le cours du temps. Il *faut* grandir. Pas plus qu'il n'est possible de s'extraire totalement de la réalité. Car, tôt ou tard, celle-ci vous rattrape par la peau du dos et, sourde à vos ruades et à vos cris, vous repousse dans la baratte géante à grands coups de botte dans l'arrière-train.

Pour autant, il y a des moyens de faire avec. Des outils pour comprendre. James se fit la promesse d'apprendre à se servir de tous. Les bleus, les entailles et les éraflures qu'il avait sur tout le corps, stigmates de ce qu'il avait traversé depuis son retour en Europe, finiraient par guérir. Il ne le savait que trop bien, lui qui, par le passé, avait déjà dit adieu à une kyrielle de bosses et de plaies, quand ce n'était pas des fractures. En revanche, son cœur aurait besoin de beaucoup plus de temps pour cicatriser. Le temps que sa mémoire cesse d'être hantée de souvenirs douloureux.

À l'avenir, il porterait un bouclier sur son cœur. Il construirait un rempart pour le protéger. Pour rester seul. Comme en ce moment, au sommet de la montagne, tel un aigle en son repaire.

Seul.

Il l'était depuis que ses parents étaient morts et il l'était aujourd'hui encore. Regardant les choses en face, sans faux-semblant, il était bien forcé d'admettre qu'il n'y avait qu'une personne au monde sur laquelle il pouvait vraiment compter : lui-même.

Il s'étira, leva les yeux au ciel.

« Bah, après tout, il n'y a pas de mal à être seul. »

Il demeura un moment étendu là, à écouter battre le cœur de la terre, immanente, solide, éternelle, à se nourrir de sa force, à laisser dériver au loin les pensées confuses.

Il s'assit et remarqua qu'il n'était plus seul. Un groupe de randonneurs sorti de la station du téléphérique se déployait le long de la crête. Pas plus gros que des fourmis. Il esquissa un sourire. Finalement, être seul n'était pas aussi aisé qu'on pouvait le croire. Il ferma un œil puis, gardant l'autre plissé, leva le pouce devant lui jusqu'à masquer en partie le groupe de marcheurs. Un pouce de géant. Qui, d'une simple pression, les aurait tous anéantis.

Il les écrasa.

Comme ce serait facile.

Bien sûr, ils continuèrent à avancer.

Au bout d'un moment, il reconnut la légère claudication d'Oberhauser, en tête du groupe. Bientôt, celui-ci leva le bras en direction de l'endroit où se trouvait James.

Ils le cherchaient donc. Quand il disait que c'était difficile d'être seul…

Il observa plus attentivement le groupe.

Trois personnes accompagnaient Oberhauser qui, d'ailleurs, s'arrêtait et retournait au téléphérique. Incontestablement, parmi les trois qui restaient se trouvait M. Merriot – James distinguait son éternelle pipe éteinte. Sans peur de se tromper, James supputa que l'homme au chapeau mou qui se trouvait à son côté n'était autre que Dan Nevin. En revanche, le troisième, qui, sans doute en raison de sa forte corpulence, progressait difficilement entre les rochers, luttant pour ne pas se faire trop distancer, il ne l'avait jamais vu.

Bah, il fallait bien que ça arrive, raisonna-t-il avec fatalisme. De toute façon, où qu'il ait fui, ils l'auraient traqué sans répit jusqu'à retrouver sa trace. D'une certaine manière, il se sentit soulagé. Il fallait bien en finir un jour avec cette histoire.

Quand Merriot fut assez proche pour se faire entendre, il appela James qui lui répondit en agitant le bras sans rien dire en retour. Quelques minutes plus tard, le trio arriva à sa hauteur, les joues roses et le souffle court.

– Sacrée vue, s'extasia Merriot en embrassant le paysage du regard.

James acquiesça d'un hochement de tête.

– Ça va, fiston ? demanda Nevin.

– On fait aller, répondit James d'un ton laconique en levant les yeux vers le troisième homme, hors d'haleine.

– Je vous présente sir Donald Buchanan, dit Merriot en s'asseyant sur un rocher. Sir Donald est au gouvernement. Pour faire simple, je dirai que c'est mon chef.

Présentement, sir Donald transpirait beaucoup, sans doute à cause de sa constitution qui laissait plus volontiers présager d'un adepte de la bonne chair que de la gym.

– Comment allez-vous, jeune homme ? dit Buchanan d'une voix sifflante. Ravi de faire votre connaissance.

– Vraiment ? répondit James. J'imagine que vous êtes venus m'arrêter.

– Vous arrêter ? s'exclama Merriot avec un sourire bienveillant. Mais pas du tout, mon cher. Bien au contraire. Nous comprenons les raisons qui vous ont poussé à agir comme vous l'avez fait. En vous investissant d'une mission de cette importance, nous avons fait peser sur vos frêles épaules un fardeau qu'elles n'étaient pas prêtes à supporter. Vous n'êtes encore qu'un jeune homme. À notre décharge, nous étions paniqués par ce qui venait de se passer et aveuglés par notre volonté d'arrêter les responsables. Mais, comme d'habitude avec vous, *in fine*, tout est rentré dans l'ordre.

– Que vous dites, rétorqua James. Roan est morte.

– C'est regrettable, dit Merriot. Elle avait beau avoir planifié de terribles choses avec son acolyte, au fond, c'était une âme innocente. Elle s'est simplement trouvée embringuée dans une histoire qui la dépassait. Une histoire plus compliquée et plus vaste que ce qu'elle aurait jamais pu imaginer.

– Et donc, fin de la représentation ? demanda James.

– Je doute qu'on tire jamais le rideau, répondit Merriot. La Grande Comédie, comme on disait autrefois en parlant de cette guerre de l'ombre, mêlant espions, agents doubles, complots et cadavres dans les placards.

– Dit comme ça, s'interposa Buchanan en s'essuyant le visage avec un mouchoir, ça semble affreusement crasseux.

Nevin éclata de rire.

– Pas crasseux, dit-il en allumant une cigarette. Pire.

– Qu'est-il arrivé à mamie ? demanda James. Je veux dire au colonel Sedova ?

– Volatilisée, répondit Nevin. Dommage. Elle aurait fait une prise de choix. Enfin, d'après ce qu'on sait, c'est le grand chambardement à Moscou. Le Guépéou a été dissous. Avalé par le commissariat du peuple à l'intérieur, le NKVD.

James écoutait à peine. En quoi changer le nom de l'étiquette sur un produit périmé rendrait-il le contenu plus comestible ?

– Au fait ? demanda soudain Merriot. J'imagine que vous vous demandez comment nous avons fait pour vous retrouver, au château, non ?

– Vous y aviez envoyé quelqu'un, répondit James d'une voix blanche. Il est mort.

– Exact, dit Nevin. On a retrouvé ce pauvre vieux. Walsh qu'il s'appelait. On filochait le Graf pour une tout autre affaire. Jamais on n'aurait imaginé qu'il était lié à l'attentat.

– Personne n'a rien vu venir, avoua Merriot.

– On a perdu le contact avec Walsh, poursuivit Nevin, mais l'un de ses derniers messages faisait état d'un garçon et d'une fille, croisés dans le train. Il nous a fallu un peu de temps pour réaliser ce que cela voulait dire et encore davantage pour tirer toute l'affaire au clair.

Merriot se leva et, posant une main sur l'épaule de James, demanda :

– Vous êtes encore si jeune, mon garçon. Qu'allons-nous bien pouvoir faire de vous ?

Le principal intéressé haussa les épaules. Pour l'heure, il s'en moquait comme d'une guigne. Au fond de lui, il se sentait vide.

– Je me suis entretenu avec votre honorable tante Charmian, poursuivit Merriot. De fait, elle est là, à Kitzbühel. Je lui ai simplement demandé la primeur de l'entretien avec vous.

– Mmh, je vois, répondit James. Pour me faire répéter les mensonges que vous voulez que je serve aux gens qui m'interrogeront sur ce qui s'est passé ?

– Ce que j'ai toujours aimé chez vous, répondit Merriot, c'est votre vivacité d'esprit.

– Le hic, dit Buchanan, c'est qu'on préférerait que vous ne disiez rien. À personne.

– Ni même à ma tante ?

– Ni même à votre tante, confirma Buchanan. Certains détails de cette histoire pourraient nous mettre dans un grand embarras. Nous aurions l'air fin si ça venait à se savoir.

– Sans parler de la question du prince de Galles, ajouta Nevin.

Buchanan toussa et détourna le regard.

– Personne ne devra jamais connaître la vérité sur cette affaire, confirma Merriot. Nous allons vous faire signer des papiers et remplir différents formulaires, l'Official Secrets Act, ce genre de choses. Ensuite, ce sera motus et bouche cousue.

– C'est tout ? s'exclama James. Pas de sanctions pour être parti en cavale avec une femme recherchée par la justice ? Mon rôle là-dedans sera passé sous silence ?

– Pas de sanction, répondit calmement Merriot. Nous allons passer un marché ensemble qui durera tant que vous en respecterez les termes. N'oublions pas que vous avez sauvé la vie du roi. À ce propos, il voulait vous offrir une médaille, qu'en votre nom, cela va de soi, j'ai refusée.

– Cela va de soi, releva James.

– Bien sûr, il ignore en grande partie ce qui s'est passé. Les seuls à connaître l'entière vérité sont au sommet de *cette* montagne, et nous aimerions qu'il en demeure ainsi.

– Si, un jour, vous avez le malheur d'en parler à qui que ce soit, ajouta Buchanan, les foudres du gouvernement de Sa Majesté s'abattront sur vous avec une implacabilité sans faille. Et, croyez-moi, lorsque ça arrive, ce n'est pas beau à voir.

James soupira. Au fond de lui, il était plus qu'heureux de pouvoir tourner la page sur ce douloureux épisode.

– Comptez sur moi, dit-il, je serai muet comme une tombe.

– Brave garçon, s'exclama Merriot. Bon, plus prosaïquement. Vous aurez compris que vous ne pouvez pas retourner à Eton.

– Je m'en doutais.

– Ce chapitre de votre vie est clos, poursuivit Merriot. Et je dois avouer que vous allez me manquer. Certes, les humanités n'étaient pas votre fort, mais vous avez toujours été un élève clairvoyant et ouvert. Et quel athlète ! Un jour, sir Donald, il faut que vous le voyiez courir !

– Mmh, mmh, bougonna ce dernier qui, de toute évidence, ne montrait pas plus d'intérêt pour la course à pied en particulier que pour la chose sportive en général.

– Nous nous sommes arrangés pour vous faire transférer à Edinburgh. Dans l'ancienne école de votre père, à Fettes. Quelque chose me dit que vous allez vous y plaire. L'enseignement du sport y est d'excellence et je suis certain que vous vous y ferez rapidement de nouveaux amis. Nous inventerons une histoire pour justifier votre départ d'Eton. Ce ne devrait pas être bien compliqué. Quelques arrangements avec la réalité des faits devraient amplement suffire.

– Toujours un bon principe, ça, acquiesça Nevin en bloquant une bouffée de tabac au fond de ses poumons. Quitte à dire un mensonge, autant qu'il soit aussi proche de la réalité que possible. C'est plus facile à gérer.

– Je saurai m'en souvenir, répondit James.

– Pour autant, il va quand même falloir brouiller un peu les pistes si on veut que tout colle, nuança Merriot. À en croire les registres de l'école, vous aurez quitté l'établissement il y a un an, ce qui vous disculpe, de fait, de tous les événements du dernier semestre. Ainsi toute cette affaire est-elle officiellement effacée des tablettes.

– Et le prince de Galles ? demanda James. Que va-t-il devenir ? Difficile de l'effacer des tablettes, lui.

– Ça, c'est notre problème, répondit Buchanan d'un air sombre.

– À mon sens, il n'avait aucune idée de ce qui se tramait derrière tout ça, dit Nevin. Tout le monde sait qu'il ne porte pas son père dans son cœur mais, s'il avait réalisé qu'ils voulaient l'éliminer, je suis sûr qu'il s'y serait opposé.

– Il n'empêche, argua Buchanan. Il a démontré un engouement facile et certaines de ses convictions politiques ne semblent guère rassurantes. Nous allons devoir veiller à ce que ce genre de chose ne se reproduise pas. S'il le faut, en lui barrant la route du trône.

– Complots, contre-espionnage et cadavres dans le placard, ironisa James.

– Quelque chose comme ça, en effet, acquiesça Buchanan. Mais, par définition, ce que l'opinion publique ignore, l'opinion publique ne peut en souffrir.

– Et vous êtes doué pour garder des secrets, James, fit valoir Merriot. Particulièrement doué même. Presque autant que nous autres ici présents. Cela fait de vous un candidat naturel pour le job. Vous avez toutes les qualités requises.

– Vous voulez dire, en tant qu'espion ?

– Tout à fait, en tant qu'espion, répondit Merriot. C'est dans vos gènes.

James se passa une main dans les cheveux.

– C'est presque la dernière chose que mon oncle Max m'a dite avant de mourir : « Tout sauf espion. »

– Sage conseil s'il en est, commenta Merriot. Mais peut-être aussi que nos destins sont moins le fruit de choix personnels que de prédispositions qui nous dépassent. Quoi qu'il en soit, nous aurons toujours besoin de gens comme vous, sachez-le. Pour l'instant, vous êtes jeune. Et vous avez besoin de repos. Pendant un temps, vous allez sans doute vous fondre avec bonheur dans les habits d'un étudiant ordinaire, mais le moment venu, quand vous serez assez mûr, qui sait si vous n'entendrez pas résonner l'appel aux armes ?

– Une guerre se profile à l'horizon, James, ajouta Nevin. Nous faisons tout ce qui est en notre pouvoir pour l'éviter, mais je crains que, tôt ou tard, le cours des événements ne balaye tous nos efforts. Selon moi, d'ici cinq ans, l'Europe sera à feu et à sang. Et nous aurons besoin de monde pour éteindre l'incendie.

– Ou en allumer d'autres, marmonna Buchanan.

– J'ai eu mon lot de souffrances et de feu, répondit James. Il se passera du temps avant que j'éprouve à nouveau l'envie de remonter au front.

– Personne ici n'a *envie* de se battre, nuança Merriot. Mais si la guerre éclate, croyez-moi, j'aurai vite fait de troquer mon stylo pour un fusil.

– N'y a-t-il donc pas d'autre choix ? demanda James.

Merriot le regarda d'un air chagrin, un petit sourire aux lèvres.

– Je crains que non, dit-il en détournant la tête, les yeux perdus au loin. Nous autres enseignants, nous devons parfois essayer de donner l'impression à nos élèves que nous savons tout. Hélas, il faut bien admettre qu'au fond, il n'en est rien.

Puis il marqua un temps d'arrêt, fixa à nouveau James et, relevant fièrement le menton, lui tendit la main.

– Bon, alors ? La cause est entendue ?

James considéra un moment la proposition.

– J'imagine que je n'ai pas trop le choix...

– J'ai bien peur que non, confirma Buchanan.

– Pourrai-je revoir mes amis ?

– Nous ne pouvons pas vous en empêcher, répondit Merriot. Cela dit, sincèrement, nous préférerions que vous vous en absteniez.

– Ils doivent savoir que je suis partie avec Roan.

– Une affaire de cœur. Rien de plus.

« Rien de plus ? »

James serra la main de Merriot.

– Parfois, ajouta ce dernier, on ignore si ce qu'on fait est juste. Mais peut-être que, lorsque vous en aurez vu assez sur ce que Hitler nous prépare, vous comprendrez que c'est là le genre d'homme qu'il faut à tout prix arrêter.

– Sans doute, répondit James.

– Bon, allez, coupa Buchanan en tournant les talons. J'aimerais être rentré pour le souper. On peut faire confiance au môme ?

– Oui, répondit simplement Merriot.

– Tu descends avec nous ? demanda Nevin en se tournant vers James.

– Non, je vais rester encore un peu. Profiter des derniers rayons du soleil.

– Vous pourrez signer les papiers demain matin, avant notre départ, dit Buchanan.

– Comme vous voudrez, répondit James. Mais je vous ai dit que j'étais d'accord, pour moi, c'est tout ce qui compte.

Buchanan bougonna dans sa barbe et reprit le chemin du téléphérique. Nevin porta une main à son chapeau en signe de salut et lui emboîta le pas.

– Au revoir, dit Merriot lorsqu'ils se furent légèrement éloignés. Je vous regretterai, James. Mais je suis convaincu que ce n'est qu'un au revoir et que nous nous reverrons, quelque part, au détour de la route.

– Au revoir, m'sieur. Merci d'avoir organisé tout ça. Je suis sûr que ce n'était pas aussi simple que ce que vous avez bien voulu le dire. D'autant que vous ne me ferez pas croire que sir Donald n'eût pas grandement préféré m'enfermer dans un trou quelconque et jeter la clé aux oubliettes.

Merriot lui fit un clin d'œil.

– La vivacité d'esprit, s'exclama-t-il en faisant volte-face. La vivacité d'esprit !

– Une dernière chose, l'arrêta James.

– Oui ?

– Roan ? Vous connaissez son vrai nom ?

– Roan Cullinan. De son nom de femme mariée. Mais elle ne l'utilisait jamais pour d'évidentes raison de sécurité.

– Et son nom de jeune fille ?

– Étonnamment, il semblerait qu'elle fut celle qu'elle prétendait être. Roan Power. Elle avançait démasquée.

– Merci.

Coinçant sa pipe entre ses dents, Merriot alla rejoindre les autres. James le regarda s'éloigner de sa démarche souple et légère.

Il demeura sur place jusqu'à être certain que les autres étaient bien partis. Après quoi il attendit encore un peu, dans les frimas du jour déclinant. Finalement, il se leva, étira ses muscles endoloris, et redescendit lentement vers Kitzbühel, dédaignant le téléphérique. Il voulait un peu de temps pour réfléchir. Et il ne réfléchissait jamais mieux qu'en marchant. Certes, le sinueux chemin accroché à flanc de montagne représentait deux bonnes heures de marche, mais il n'était pas pressé.

Il se remémora cette autre descente, avec Miles Langton-Herring. Ce souvenir lui parut remonter à une éternité.

Il était content que Charmian soit là. Le souffle de sa joie de vivre n'avait pas son pareil pour éloigner les idées noires. Et puis, peut-être resterait-elle un peu. Nul doute qu'elle apprécierait les Oberhauser. James l'emmènerait en montagne.

À cette simple pensée, il se sentait déjà plus léger et plus gai. Après tout, et si c'était vraiment aussi simple que ça ? Quelques traits de plume et quelques signatures au bas d'un document, et hop ! Tout est effacé. Comme neuf ! De fait, bientôt, il serait dans une nouvelle école. Fettes. Synonyme pour lui de nouveau départ. Là-bas, on n'attendrait rien de lui, puisque personne ne le connaîtrait. À part Perry. Un sourire se dessina au coin de ses lèvres. Oui, il avait oublié que

Perry était à Fettes. Donc, contrairement à ce qu'il pensait, l'endroit ne lui serait pas totalement étranger. Oh, bien sûr, il ne manquerait pas quelques fâcheux pour chercher à intimider le nouveau à son arrivée, histoire de lui montrer qui était le chef, mais il s'en accommoderait. Voilà longtemps que les cadors des cours de récréation ne l'impressionnaient plus.

À la sortie du premier virage que décrivait le chemin, il découvrit Hannes Oberhauser, qui l'attendait.

– Je pensais bien que tu descendrais par là, dit-il, la bouche fendue en un grand sourire.

– C'est parce que vous me connaissez trop bien, répondit James.

Oberhauser le prit par l'épaule et, côte à côte, ils reprirent leur marche.

– Je voulais m'assurer que tu allais bien, dit Hannes.

– Dans ce cas, soyez rassuré. Tout va bien, répondit James (et il le pensait vraiment).

– Helga fait des escalopes viennoises pour dîner. J'ai cru comprendre que tu aimais ça.

– Je m'en lèche déjà les babines.

– Ta tante sera des nôtres. J'ai fait sa connaissance. Une femme charmante.

– En effet, elle l'est, confirma James.

Et ils descendirent ainsi le chemin, bientôt avalés par la frondaison des grands pins.

Un chamois sortit à découvert et regarda prudemment dans la direction qu'ils avaient prise. Puis, d'un bond, lui aussi disparut.

Et la montagne se tut.

Table des matières

L'auteur

Charlie Higson est né en 1958 en Grande-Bretagne. Après avoir fondé un groupe de musique dans les années 1980, il se tourne vers l'écriture. Auteur de scénarios, et interprète, de séries pour la télévision, Charlie Higson écrit également des romans à suspense pour adultes.

Remerciements

Ce livre mettant un point final à ce volet de la vie de James Bond, je voulais en profiter pour remercier comme il se doit tous ceux qui m'ont aidé à écrire cette série. Certains l'ont déjà été précédemment, mais, dans ce domaine, répétition ne saurait nuire. Donc, en dehors de tout ordre aucun :

Vicky Fullick
Frank, Jim et Sidney
Kate Jones
Alexandra Cann
Susan Powell
Bernard Fergusson pour son livre Eton Portrait
Zoë Watkins
Corinne Turner
Fleur Gooch
Kate Grimond
Lucy Fleming
Matthew Fleming
Rebecca McNally
Amanda Punter
Adele Minchin
Kirsten Grant
Francesca Dow
Lucy Chavasse et toute l'équipe de Colman Getty
Michael Meredith
Nick Baker
Tous les garçons et les filles qui ont lu ces livres
John Cox
Ian Fleming

Découvrez les premières aventures de
JAMES BOND

Opération SilverFin

Avant de devenir l'espion mondialement connu, James Bond fut un garçon de treize ans comme les autres. Après la mort accidentelle de ses parents, il intègre le prestigieux collège d'Eton où il devient l'ennemi juré de Georges Hellebore, un garçon arrogant dont le père richissime est fasciné par la science. Lors de vacances en Écosse, James fait la connaissance de Kelly, un gamin débrouillard à la recherche de son cousin mystérieusement disparu. L'enquête des deux garçons les conduit dans une propriété jalousement gardée, appartenant à Hellebore…

La mort est contagieuse

De retour à Eton, James Bond réalise qu'une mystérieuse organisation aux rituels sanglants a infiltré le collège. Et l'un des professeurs semble en faire partie ! Avant d'avoir pu en découvrir davantage, James part en Sardaigne où il rencontre le comte Ugo. Cet Italien fantasque et cruel pourrait bien être lié à l'organisation clandestine…

Poker fatal

Pour une fois, James avait décidé d'aborder sagement sa nouvelle année à Eton, mais voilà qu'une lettre codée le met sur la piste de dangereux criminels. Le professeur Fairburn a été enlevé. Et James a très exactement 48h pour le délivrer. Enlèvements, course-poursuite en voiture, visite nocturne dans un cimetière, rien n'arrêtera James Bond.

Menace sur l'Eldorado

Lagrimas negras : une île ensoleillée des Caraïbes où les criminels viennent se cacher et oublier leurs méfaits. En face, sur le continent, l'ancien pilote Jack Stone a laissé ses deux enfants sous la protection de James Bond. Mais des cambrioleurs pénètrent dans la maison, au moment où une tempête s'abat sur la ville ! Commence alors une fuite mortelle à travers la jungle mexicaine…

Mise en pages : Maryline Gatepaille

Loi n°49-956 du 16 juillet 1949
sur les publications destinées à la jeunesse
ISBN 978-2-07-062394-5
Numéro d'édition : 164459
Numéro d'impression : 99116
Dépôt légal : avril 2010
Imprimé en France par CPI Firmin Didot